掠影

吕晴湾
LV QING WAN

著

团结出版社
UNITY PRESS

图书在版编目（CIP）数据

掠影／吕晴湾著. -- 北京：团结出版社，2022.12
ISBN 978-7-5126-9920-5

Ⅰ.①掠… Ⅱ.①吕… Ⅲ.①短篇小说-小说集-中国-当代 Ⅳ.①I247.7

中国版本图书馆 CIP 数据核字（2022）第 230188 号

出　　版：团结出版社
　　　　　（北京市东城区东皇城根南街 84 号　邮编：100006）
电　　话：（010）65228880　65244790
网　　址：www.tjpress.com
E － mail：65244790@163.com
出版策划：力扬文化
经　　销：全国新华书店
印　　刷：成都兴怡包装装潢有限公司
开　　本：145mm×210mm　1/32
印　　张：11.75
字　　数：246 千字
版　　次：2023 年 3 月第 1 版
印　　次：2023 年 3 月第 1 次印刷
书　　号：ISBN 978-7-5126-9920-5
定　　价：68.00 元

目录
Contents

少年郎

青峰直入云霄，莫望其巅，唯见山花烂漫，渺无际涯。风从谷底腾跃而起，拂过漫山的长药景天，浅粉色的，娇艳欲滴。清风采集着花香，一路上了山巅。山顶一棵古榕树，树冠磅礴延展向天空，似要笼盖住整片山。清风托起山岚，悠然攀缠古树，把那少年郎的白袍轻扬。

少年高高地坐在树杈上，明明是空谷寂寥，他却俯见了众生。心中有天地，眼前便是芸芸。他每日时常投掷一枚透明筛子，筛子所落之家，他便开始看这一家的荣辱盛衰，有时见有积善之家潦倒，会忍不住扶他一扶、引他一引，遇到寡义之人，则会绊他一跤，让他栽个不长不短的跟头，或短痛一时，或殃及十年八载，或埋患于日后。但他也不常如此，他可记着师父的话呢，世间万物，人兽草木，芥子微尘，皆有其灵，各有其气运，轻易拨引不得。

眼见着朝阳便要跃出远山，他从衣袖中拖出两片黏糊糊的轻薄彩云，一青一绯，晶莹透亮，甚惹人怜。两朵云片得他悉心培育，日夜浇灌，已有了灵性，若将它俩放去人间，不加指引，会是个什么样的命局？他思忖已久，这时将两团彩云托在手心，两团彩云半醒了，见了少年，便睁开眼看他，少年嘟囔道："走罢，去人间走一遭，尘世繁华迷乱，若能见得本心，也算圆满了。"

那青云在他指尖绵绵一靠，"哧溜"一下便滑脱了出去，眨眼工夫便展开了云身。绯云却软软地依偎在他掌心，迟迟不愿离去。少年把它轻挠，微微一笑："也好，你便再伴我几日。"

又过了三天，少年来到观心镜前，注视着人间，叹了口气："这里头混沌不堪，总是污浊，真舍不得云儿；可这里头似乎也有良辰美景，怕云儿到时，也舍不得。"不自觉地捧出那片绯云来，放在手心轻轻摩挲。绯云正自酣睡，觉察到动静，便醒了来，见前方亮光闪闪，明净无边，便睁眼去看，乍一见却不由地打了个激灵，想缩身回少年的衣袖中去。少年见它似乎看见了观心镜，便忙用衣袖挡住了它眼，揣着它，转身回了蝉宫，心中却有些狐疑，不知它是否已看透了凡间众生的定数和命理。

到了子夜，少年便来到瑶台，轻轻放它下了青峰，趁它还在熟睡。

绯云一路跌宕，渐行渐远，他目送它去，忍不住担心，不过是去三十日罢了——他安慰自己。他随师父修行已多年，却仍七情犹在、六根未净。有时他会想，这样也好——到底他还年轻，不过三千岁。

第一梦

听王唤他，玘灌忙起身行礼，眼前的王眉头紧锁，深抿着嘴，与往日恢宏镇定的气魄大不相同，玘灌不知发生了什么，正想问，却见王摆了摆手，对他道："灌儿，我大荆立朝百年，今虽一派太平气象，实则危机四伏。往后你要尽心效力，明白吗？"玘灌疑惑道："有您在，哪会有什么危机，况且他们都说灌儿无能，我……"一抬眼只见王的眉宇间已透出一股恼意，玘灌忙把话咽了回去；可王的眼神分明却又慈爱起来，掺着哀愁，威严依旧，一张方脸的轮廓清晰异常，他叹道："你喜怒不定，不愿文饰，他们便说你胸无大志，可灌儿，往后能尽力辅佐你父王的，怕再无他子。"玘灌藏不住喜色，挺了挺身板，拱起手来肃然应道："是！"却听王低声一叹："只可惜……"玘灌奇道："可惜什么？"王的嘴角勾起一弯惆怅："荆国的王，终须得是荆国的子孙。唔，今日是灌儿你的十一岁寿辰，此物赐予你，王城之内，只此一件。来。"王取出一件东西来，泛着幽蓝的光，其身修长，却不知是何物。玘灌叩拜礼罢，伸手去接，却摸了个空，忙抬头看，王却不见了。

忽有人推他："小公孙醒醒！"玘灌惊醒，见内侍洪络、赵佚正跪在自己榻边，此时从深宫中传来了一阵丧钟。玘灌不由得心头一震，问："洪络，这是什么响声？"洪络拜倒："小公孙，是大王驾崩了!"玘灌回想起方才还在梦中见过大王,这时不由一惊,唬出一身冷汗来,只觉浑身绵软,没有力气,便由着诸仆为他更衣。不知何故,他没来由地害怕起来,拉住洪络道:"昨日见大王还好好的,怎么……"洪络只怕他说出什么不吉的话来,连忙躬下身来哄:"小公孙,大王高寿正寝,洪福齐天,走吧,可不敢让他们等咱哪。"

洪络几人扶着玘灌乘上步辇,匆匆赶到了王的寝殿华阳宫。

远远地便听见一片哀戚声,低压压的黑洞洞的空落落,玘灌只觉那一阵阵哭声,在黑夜中攫住了他心魂,他打了个寒噤,挽紧洪络进了殿。

这时元宵刚过,春寒料峭,只因屋里拥满了人,倒是热烘烘的。

穿过人群的间隙,玘灌望见了平躺在里间那张古铜色的深邃磅礴的龙榻上的祖父象宜公,覆着锦被,露出明黄色的锦绣寝袍来,此时的象宜公一动不动,似是睡着了。玘灌揉了揉眼,疑心自己还在梦里,忽觉心口发紧,背后一阵凉意袭来,迫着他不禁向前多走了两步。

王公要臣已悉数进殿,纷纷抹泪垂首,静待王令。

这时,奉常请出总管如樽道:"诸位大人,请先止哀,大王遗诏在此,大位一定,才好办理丧仪呐。"

众人顿了顿,随即便齐齐拜下,肃静听宣,如樽打开金丝轴,朗声道:"先王遗诏:国公创基至今,民生恒昌,四海初定。长公子洪元君沉稳守礼,勤勉自励,今禀宗庙,奏社稷,传荆国公位于洪元君。盼能不负众望,继兴大荆。领示天下。"

一时间众人静默,却未有人应。大夫毕杰跪立起身,问:

"如大人，先王竟是何时驾崩？为何我等连最后一面都没能见上？"如樽道："毕大人，先王昨日疲乏，命臣早些服侍他就寝，臣半夜探侍，大王却已驾崩，遂鸣了丧钟。"毕杰不再言语。站在如樽身侧的右丞陈道正走了下来，请出洪元来到众人之前，朗声道："参拜新君！"说着自己先拜下身去，众人略略一顿，继而唱诵叩拜，行了大礼。

　　玘灌听闻父亲袭了王位，便向他看去，只见洪元君在朝袍外披着件栗色的貂皮斗篷，素而无纹，这时已哽咽到说不出话，只是抬了抬手，请众人起身。

　　如樽又向玘灌道："四公子，请到这边来。"

　　堂中复而肃静，众人齐齐看向玘灌，只见他着一袭河青底长袍，上绣浅粉色的芍药樱花纹，腰系宝蓝色宫绦，以玉珏、荷包饰之，因其年幼，尚未结发，乌黑的头发便在头顶编成一束辫子，垂于脑后，别着两粒乳白清透的象牙珠子。他肤色白皙，下颌圆润，眉眼似星月，只因他尚迷惘，恍惚如在梦中，还不知发生了什么，便如那池中的幼莲，既沉静，却又轻浮如行云。玘灌缓步上前，如樽轻声道："这是先王留给公子的。"一旁的宦儿端上个八九寸大的鸾凤花鸟彩皮盒来，玘灌一愣，不知该不该喜，行礼接下，退在一旁，又朝王的榻上望去，想起梦中的情景来。王还是躺在那里，与平日无异，榻前案几上那缸光洁幽深的铜盆里，正静静矗立着几株墨紫色的纳兰提花，花朵幼圆如蝶翼，曳着烛光，脉络分明，散发着幽幽奇香。玘灌想上去唤醒大王，却终究不曾逾矩，伫立在原地一动不敢动，便同榻上的象宜公一样。

　　渐渐地，殿中又响起了哀声。

　　广安三十二年正月廿三，荆国公象宜崩。

象宜公

象宜公洧昌乃荆国第四代国君。

天下二十六国并立，遂天子乃天下共尊，荆国地处淮河以西，是遂天子册封的异姓诸侯国，国君尊贵不及遂朝安姓贵族，最初承袭的只是第四等子爵爵位，加之居于边陲，土地贫瘠，人口稀薄，无肥田沃壤可耕，无名山大川可倚，凭着几代国君公子励精图治，骁勇有谋，开拓疆域，国力逐日渐升，到了第三代国公执政时期，荆国已能与孟、梁、楠等大国匹敌，遂天子思忖权衡，将荆国公的爵位升至第一等公爵。

三十二年前，第十六位遂天子安宗驾崩，列国硝烟顿起，烽火遍八方，象宜公率兵斡旋，定纷止争，平息战乱，最后挺入遂廷，废黜新君安陵，尊其年仅十岁的幼弟安城君为天子，迎入荆都呈阳长住，待其成年，则以长女公主绣歌妻之。象宜公修历法，取"广安"二字纪年，并施于诸国；遂朝文臣武将半自愿、半无奈，也悉数来荆，遂朝天子成了傀儡，荆国则踏入了霸主之列。

那时象宜，也才刚过而立之年，初登王位，却一举而威震诸国，此后东征西伐，纵横捭阖，北交梁、孟，南结佟、卫，西并陈、蔡，唯东面的邻国楠国诗礼之邦，世代公爵，拥河海，抱山川，富甲于世，国富兵强，待荆国止于客礼，无结盟之意，荆国曾在混战中夺得楠国十三城，却知并非是其国力不敌自己，只是楠国不愿轻易举兵才割了城池，伤不了元气，是以之后不敢伐楠。

象宜公在位三十载，雄才大略，功勋卓著。到了晚年，却则因早青年时频繁征战，病根深沉，健康每况愈下，少了当年的英雄气，心境难免沉闷，长子洪元君因此兴建了宏伟瑰丽的华阳宫，想以此抚慰其父，然时日一长，象宜终觉倦怠惆怅，去年岁末，他带病率众往围场骑射，返途中染了风寒，之后便一病不起；洪元君与象宜的幼子骁元君在榻边日夜侍奉，象宜公病情终于在今年正月有所好转；哪知元宵才过不到七日，便噩耗突传。

大雪封住了整座王城。整一个冬天，雪不曾停，铺天盖地，裹住了荆国大地的江河山川，裹住了荆都呈阳的重楼巍墙，迎来了新年，也在为驾崩的荆国公象宜戴孝送安。平原广阔，江河邈远，风雪驰骋，啸出骇浪。迷迷茫茫，混混沌沌，有些惆怅。平原、湖泊、驰渠、驿站、银装素裹，连成了一片雪原。男丁女眷，猫狗孩童，窝着炉，挨着炕，不愿出门，山村清冷，街市空荡。

廿八日清晨，送丧的仪仗一路出了王城，玘灌的脸儿冻得红扑扑的，一身缟素，行走在仪仗之中；唢呐鼓乐追随，纸花铺了一路。

行了近一个时辰，纸花散了一地，队伍终于将至王陵。玘灌自幼便在王祖父身边，此时却不觉悲伤，只感到疲倦乏力，他想起自己曾问王祖父，想要活到多少岁。象宜公听了有些愠怒，可随后脸上又掠过一阵笑意，便同那日梦中的一般无二，那时正是仲夏，象宜公看着窗外的藤萝，细听蝉鸣，端着那樽棕红色的龙首玛瑙杯，轻呷，缓缓说道："灌儿，死生富贵，往往不是自己能定夺的。"

可玘灌心里却有个念想，觉得活到三十便够了，他怕再长大，会变得孤苦无依，即便如象宜公般戎马倥偬，丰功伟绩，也一样奈何不了暮年惨淡，体弱多伤。象宜走时，其子靖元、洪元、重元、骁元，或离世、或戍边、或远征沙场，多半不在身旁，是以玘灌觉得王祖父晚景凄凉。

他有时甚至想，反正最后都要走，为何还要奋发图强。这些话，他当然没敢对象宜说。其实他心里有很多话，都不敢同旁人讲。

他有些晃神，这时不知被什么绊了一下，幸得随从赶忙搀住了，才未曾迎面摔下，一跌一扶之间，孝服却撩起了，露出里面的翠色的锦袍来，上头还绣着粉色的樱花、苜蓿纹样，逾越分纪，与众人素色的孝服甚不相合；洪元君听闻后异常着恼，勒令玘灌出列，不得入国公寝陵。玘灌只好垂手站在路边，望着仪仗渐远。

玘灌一路上本还在回想梦中王祖父同他说过的话，虽不明白为什么会在梦里对他说那些，却也感到骄傲、自豪。可这时便又泄了气，他虽是嫡出，却是个不得宠的，且闲纵惯了，最是无能，荆国的大业，再怎么轮，也如何能轮到他来担？

想这些也不过是徒增烦扰，先王励精图治三十载，只愿他能安心长眠，不再劳神烦寂，玘灌只是想衣锦绣送他。

目光所至，雪花沾着晨霜，星星点点，纷纷扬扬，摇落飘洒，白日黯淡，不扎眼，不亮堂，也不温暖。

玘 灌

"那四公子可是先王亲自抚养的，先王亲自教他读书射骑，与他一同用膳，如今先王驾崩了，他竟一点儿也不难过，先王真是白疼了他。"

"就是，出殡那日，他居然还穿锦衣。"

"这可是大不敬啊，也太无礼了。他脾气也倔，前年端阳下大雨，他偏要去莲池边，说要等睡莲开，不管怎么劝他就是不听。"

"等睡莲开，这是什么道理？"

"还能有什么道理，就是喜欢古怪。"

"那后来呢？"

"我们还能如何，只能冒着雨伺候呗。他等了一个时辰，眼见着那莲苞要开了，你猜怎么着，他却一声不吭，转头又走了。"

"这可真怪。"

"是啊。你别瞧他长得俊，其实心里可呆。前两年吴国进贡的那对琥珀鹦鹉，先王特令司工署造了金丝笼，嘱咐我们好生照看。有一日早上，我去喂食，却发现那鹦鹉不见了。铃儿说四公子摆弄过，我便急着去寻他，一回头，却见四公子正倚着门痴笑，我问他可曾见了，他却道：'小鹦鹉找妈妈去了，姐姐想妈妈么?' 也不说他见没见。"

"这……" 那年纪轻些的宫女有些疑惑，却只是抿了抿嘴没有接话。

"怪不得王后娘娘会厌他。你说这四公子与太子都是王后所生，为何性情这般不同?"

"是啊，太子仁和稳重，四公子确有些乖张了。诶，姐姐，听闻王后娘娘还有一个二公子，为何从不曾见?"

"二公子我也没见过，或许还在病中吧。从前听人说，那二公子四岁上生过一场大病，半年都不见好，大王那会儿还是公子，贴了告示寻访名医，后来还是被一个道士医好的，之后二公子便寄养在道观了。"

"还有这回事呐。姐姐，是在哪家道观，为何我没听人说起过?"

"我也说不上来，只知是在荆国东北，靠近梁、孟的什么地方。那会儿大王还是公子，住在宫外的王府，所以二公子的事，宫里的人自然知道的少啦。"

"寄养在道观……可……大王和王后如何舍得?"

"大概也舍不得吧，只是那道士说，若要二公子长大成人，便需随他居于山中，直到及冠才能回宫，否则怕会逢难。"

"啊，可二公子现在……也未曾及冠啊，怎地听说他要回宫啦……"

"你啊，笨死算了，二公子这回回宫，是为了大王即位，得回来参拜啊。大典过后便回去了，你整日这么糊里糊涂的，怎么当差?"

那小宫女听闻，自觉失言，用手捂了捂脸，哈了口暖气，一时两人都觉可笑，对望一眼，咯咯地笑作了一团，此时她箩筐中的花芽已满，足以做成香囊，年稍长的宫女便催促道："不早了，你初入太子府伺候可别晚了，快去吧，太子府离这儿可有些远呢。"

过了一会儿，又听年长的宫女道："哎哎哎，你瞧瞧，丢三落四的，太子要的水仙花露水，你集了一晨，竟又忘了？"

那小宫女忙回道："是了是了，还好姐姐替我记着。"

这是一片三角枫林，林间地上栽满了水仙花，是象宜公特许拨给长孙梨治的凌波园。凌波园中的水仙花种名贵，多见重瓣、玉玲珑、银台金盏。新春时节，离地一丈的半空枫叶尚青，积雪松软地挂在枝丫上，下方的水仙花球深掩于土壤，花蕊娇小，花瓣点点，洁白无暇，一时辨不清是雪还是花，绿茎娉婷，玉洁冰清。花香悠然，细细密密地随风拂荡。绕在林外的青石道长长的通往太庙，格外幽静。

一个年轻的宦儿正站在石道旁，他本奉旨往太庙除灰清扫，路过此处，听见两个小宫女对话，便忘了天寒，忍不住躲在大石后偷听。这时见二人要出来了，忙提起拂尘一溜烟跑了开去，急匆匆地往太庙走。

太庙座落于后山半坡之上，庄严肃穆，已逾百年。这小宦儿拾级而上，气喘吁吁的，一面却想：便是华贵又如何，便是气派又如何，离了尘世，还不是和来时一样。

他抱着扫帚终于走完了长长的石阶，喘了几口气，先踏进了山门，眼前竖立着一座五彩琉璃九龙壁，上头嵌着开国君主的书法石刻《心经》，笔走龙蛇，字体遒劲。绕过壁屏，便是五间三层大殿，一色的正红砖墙，覆着橙碧色琉璃，主殿高耸，磅礴瑰丽，抬眼望去，只见屋顶上停着龙脊，飞檐上歇着凤翼，檐下凿着牛腿兽角。穿过庭院，跨进正堂，堂中四根大柱高立，擎着屋顶四四方方的藻井，顶上描着金线，是青、绿大底，油彩层层，绘满了植物、花卉，下头正中的榉木桌上，历代君王的灵牌便端严齐整地被供奉其上。

这小宦是头一回被派来太庙打理，这时他望着这魁伟恢宏的庙堂，不由被慑住了，只觉自己方才的胡思亵渎了里头的神灵，罪不容诛，追悔羞愧，跟着便感到双膝发软，竟忍不住想要叩拜。他晃了会儿神，却见一人正合眼伏在牌位前的案上，似是睡着了，臂弯里还抱着个铜盒，正是四公子玘灌。小宦连忙上前，去扶玘灌起身，却见他满脸泪痕，玘灌迷迷糊糊醒来，揉了揉眼，皱起眉道："做你该做的事情吧，让我一个人待一会儿。"

骁 元

旌旗拥簇，羽书频传。荆国的铁骑浩浩汤汤，一路西进。

大漠广远，戈壁崎岖，路途遥远，行军艰难，古道旁不时能见森森白骨，有牲畜的，有烈兽的，也有人的。

广安三十二年，正月过半，边境严寒，肃风凛冽，十万大军向西挺近，将上高原，当先的将军头戴翅凤盔，身着窄袖云肩膝襕袍，外头罩着连身铠甲，用金扣纽系，底边饰着祥云凤纹，他一手勒马绳，一手持钺，腰间配着一柄长剑，弓袋、箭囊悬在鞍边，留着一溜细细的胡须，不过是弱冠年纪，虽是武将，眉间却透着三分青涩，七分儒雅，一行人马风尘仆仆。

此时却见一纵单骑，从大军的尾端疾驰而来，马上之人头扎黑巾，肩围项帕，身披罩甲，腰束革带，却是一名驿使骑兵，自呈阳来。那驿使行至军前将马勒住，引来马儿一阵嘶鸣，一封加急的信笺便呈给了少年将军。

少年将军接过信笺，将马走到一旁，让大军继续赶行路，他细细阅罢，道了声"知道了"，将信纸收至袖袋中，略送了送驿使，便调转马头，驱马回到了军前。

天色渐沉，不见孤烟，一日将尽，大军寻到一处背风的峡谷，支起营帐歇下，过不多时，漫坡的军帐中腾升起暖融融的光亮来，遍布峡谷，光影攒动，如千军万马。少年将军走出中心那顶大军帐，他未除铠甲，腰悬长剑，独自登上了高高的陡崖。

这一片原是座古城，映着夜色依稀能见它废弃的断壁残垣——当年的长墉不颓，高堞不荒。迢遥旅程，征途尚远，天际有繁星闪烁。冷风在耳边穿梭，他略微感觉到有些冷，只是这冰凉的感觉有些麻木有些疏离有些远，他等了一会儿，终于自东面地平线上升出一弦淡淡的残月，他望着它，那是故乡的方向。

"父亲，以前每次远行，我都会和您约定，您在那头，儿子在这头，我们一同看月亮；您离我太遥远，风度不过，信笺难往，雁群也会迷失方向，只有月光永远不会被阻拦，连着我们，我望着它，便如望见了您一样。您记得吗，儿子出城那天，月尚圆，一路往西，月渐弯。不知它还要再圆回几次，儿子才能回家，再行四五日便能到召国了，我会不负父亲所望，打赢这场仗。只是往后，您不能同儿子一起看月亮了。"

他解下铜剑立在一旁，提起袍裾跪下身去，拿火折子燃起一簇淡淡的光，对着白月的方向，拜下身去，久久地伏在地上。

重 元

夕阳西下，红霞爬山了天涯。一日的练兵罢，校练场上尘沙起落飞扬，一彪军马从场中奔驰而来，当先的将军三十五六年纪，身长八尺，瘦脸圆眼，留着短须，头戴一顶墨色轻纱方巾，身披一件暗粟穿花穿袖袍，解开了一半斜掖在肩腰之间，腰缠鹿皮带，脚蹬一双厚底皂靴，鞍下灰马毛鬃发亮，他身前抱着七岁的小女儿，八名副将紧随其后，佩长剑披坚甲，宽背圆腰，一色跨着高头大马。

这将军便是象宜公的三子，号重元，常年戍守在荆国的南境蕲春城，人称南境将军。女儿葭儿憨直随他，他常把她带在身边，出入军营。

知父亲将要练兵归来，小儿子疾生便早在院中等他，这时听见了由远及近的马蹄声，便"呀呀"地摆着小腿跑出院子去迎，重元在院廊边停了马，翻身下马，把马绳抛给仆从，对疾生哈哈一笑，从箭囊中取出用枝丫削成的弹弓，递给小儿子逗引他嬉耍。

南境地低，冬季常有疫病蔓延，当年他为小儿子取这"疾生"的名字，便是为了祈求神灵能助小儿避灾避难，然而疾生体弱，前几日又染了风寒，这两日才转好。

其他公子的孩子自幼便有一众随从书童伴着玩耍，他的孩子却没有，宫里不曾拨给他。不过也好，孩子们不娇惯，不论男娃女娃，幼时便要拉得开弓、上得了马。

屋中已有热腾腾的饭香传来，他大赞一声："好香！"一左一右抱起一双儿女，悄咪咪地对两个孩子说道："猜猜娘今天做了什么好吃的？"他一面往里屋走去，却不见妻子来迎，这时里屋趋步走出个婢女，对他行礼道："将军，宫里来人了。"他心中一沉，放下两个孩子，命仆人带去后院嬉戏，整了整衣冠独自向客堂走去。

妻子正在屋内，见了他便招呼道："三郎快来，公公来了。"走出屋来挽他进门，妻子一身茄色襦裙，上头还沾着水珠，正是从庖中带出。春去秋来，每日都是她亲自下厨，做好饭菜，等候他从校场归来。

那公公一身青底穿花穿袖袍，正是从呈阳来。重元同妻子并肩进了客堂，恭恭敬敬地拜下，公公便将象宜公崩、洪元君即位的消息方方正正地宣读了一遍，再念了洪元的诏书，诏书中命重元即刻返回呈阳，与新君相聚，并将有重任相托。重元听罢，先长叹了口气，掩不住欢喜，他三跪九叩领了旨，扶着妻子站起身问："我大哥可好？"妻子轻撞了撞他手肘："是大王！"

那内使微笑道："将军，大王都好，只是先公才去，大王有些感伤，命将军速速返回呈阳相见，还请将军同夫人早做准备，好即日便北上回呈阳呢。"

重元传令下去，收拾衣褛，预备携家眷动身北上，前往王城参拜新君洪元。北归路遥，大约要半月方才能抵达呈阳。他驻守南境近二十年，此地湿热，是瘴疠之地，练兵的艰辛、虫兽的侵袭、疾病的折磨，都要忍受，好在有妻有儿女，不寂寞冷清。他请内使上桌用饭，妻子往窖中取了黍米酒，去烫了端来，这黍米酒乃自他来南时沉酿下，如今正好一十九年。他亲自执壶，为内使和自己斟满，一气饮下大半碗，辣得他直晃泪花。

寒冰消融，热酒涔涔，春雁北返，将归故园。他和妻子，要回家了。

黄 阳

　　惊蛰一过，地气蒸腾，由南向北逐渐转暖，江南的梅柳渡过苍江，杏林的烟雨漫过山峦，莺雀啁啼千里，春日经落呈阳。

　　荆国与楠国隔着溦河西东相接，国界处桓屋山脉横亘，榛榛莽莽，少有人家。

　　主峰黄阳，其山路崎岖，群峰环绕，落霞时分，只见山坳处转出两个孩子来，一色穿着沾尘的半旧的布衣裳，形容举止间的气度却分明显露出二人乃出身世家。其中那女孩稍年长些，十三四岁，面容白皙，极秀美，男孩不过七八岁，身材纤细，腿上负了伤，一路上都在喊累，这时却因实在乏了，才不再言语。两人的形容有几分相似，原便是姑侄，自楠国来，因逃难才奔走往荆。二人本有一匹骝马，却因不懂料理乘骑，半途被它脱缰跑丢，贴身的丫头又走散了，一路便只能靠典当些玉石首饰，才得换些餐食度日，如此行走了六七日，离荆国却还有七八日脚程，姑侄俩早已不支，此时见这一带山谷漆漆，便盼能仗着它庇护一二，歇喘片刻。

　　进山后她总怕迷路，时时处处留意方向，无奈阡陌纵横，岔道众多，终究还是走迷了，横竖转不出去。

　　眼见着红日渐沉，却还没有寻到个落脚的去处，她不由心焦，迷蒙之间，隐约有一阵香味飘来，顺着香味望去，却是不远处的谷间有烟火蒸腾，她心头一喜，想是有人家，便拉着侄儿向那边走去，临近了却先见一面瀑布，瀑面不款，水流却急，从山腰石眼处倾泻而下，飞溅至谷底的那一潭深涧之中，山涧幽幽，碧水泛彩，激荡飞扬，一位少年正坐在涧边古树下一方平滑的石块上，身边放着个竹篓，对面支着木架，燃着柴火，架上串着一烤鱼，原来方才那烟火便是从这一处升起。

　　男孩见了烤鱼，便甩开姑姑的手，顾不得山坡上砂砾攒动，跌跌撞撞滑了下去。"川儿！川儿！"女孩唤他不应，便忙跟了上去。

　　一脚深一脚浅，好不容易稳着身子来到谷底，她轻轻喘了喘，松了口气，抬起头，才发现少年身后所倚的竟是一棵层叠碧绿、树干有碗口粗的黄杨，须知这黄杨生长最蹉跎时光，如此一株，少说也得百十余年，树荫下齐膝生长着各色灌木，粲然四张的双喜大戟、星点圆廓的斑叶橐吾、葱茏幼黄的金叶小檗，一派生机盎然，少年倚在树边，正拿枝条拾拨炭木，见了两人，便将他俩细细地打量了一番。

　　若在平日，被这般打量，她定会责备对方轻薄无礼，然而对面这少年的双眸却明净地如一泓秋水，不掺丝毫杂质，清澈地能映出自己的身影，她一怔，不由地也多望了他两眼，只见他一身蓝灰素纹布衫，朴实素净，方方的脸颊温润明朗，眉眼很是清秀，不过十一二岁年纪。

　　少年返身从竹篓里又叉出两条柳根鱼，一寸宽、一掌长，鎏金剔透，晶莹润圆，柳根鱼脱离水后只存了半口气，少年架起柴火来炙烤，一盏茶工夫，便又有阵阵香气传来，鱼肉已熟了七八分，烤架上泛起一阵"滋滋"的跑油声，鱼儿外酥里嫩，馋得川儿直嚷要吃。少年没有理会二人，解开腰间的荷包，从里头取出一搓香料与盐巴，摩挲着铺洒在鱼肚鱼脊上，片刻过后他熄了柴火，提起钓竿，背上竹篓，捏起一只轻咬了一口，冲川儿一笑，返身走进了一条杂草齐腰的小径，三步两步上了山坡，不多时，便消失在了林间。

姑侄两人均是饥肠辘辘、乏饿交加，川儿看着木架上留下的几条烤鱼，一瘸一拐小跑上前抓起来便啃，也递给了姑姑一条。

少女接过一尝，心赞：好味道。

天色已沉，涧边正恰有个浅浅的山洞，洞外是有一帘浓密的紫天竺，既温暖，又能防风避兽，姑侄俩便在洞中宿下。

次日清晨，川儿还在熟睡，少女先醒了，便来到涧边，她散开一瀑乌黑的长发，就着山涧过水，听见有窸窣的风拂草声，略抬了抬眼，余光到处，却见是昨日那少年，他正挑着竹桶，顺着小径溜趟下山坡，来到涧边打水。

她半挽起秀发转向他，询问去荆国的路，他看着她却有些出神，启了启唇似要答话，又似是想起了什么，走开了去，来到水边将一撮说不出名的蒲草折下，放在水中浸湿了取出，略略掐捏几下，揉作几个小团，往身边的宽石上一放，仍不言语，一矮身子提上水桶，便回了山。

少女看着少年的身影渐行渐远，知他无意折返，不由心生狐疑，她来到水边，俯身拾起宽石上的那几个草团，数了数，又细看了看，猜知是药，与川儿各服了一粒，将余下的包好携带在身上。

　　这日天晴，姑侄二人继续赶路，山中小径绵延缠绕，两人早忘了来时的路，弯弯绕绕走了一整日才出了山，又行了七八日，终于到了荆都呈阳。

　　一路上二人倚仗着草药，竟长了好些精神，男孩的腿伤也逐渐复原。临近呈阳，草药正好服完，少女心下一奇，感念少年相助之恩，但想到他不肯指路，让自己多行了好几日，又有些薄怪，有一日她忽想——或许是他先天有疾，不会说话？恍然释然，反添了些许歉意。

洪 元

　　荆国的宫城建立在国都呈阳的东北向，倚着龙源山，照着前朝后寝的格局，自南向北地势渐升，宫城之中山水沧池布列，并不雕琢，宏伟磅礴，一派天然。宝和宫位于王宫中轴正北，地势中高，是历代荆国公的寝宫主殿，从其阁楼可俯瞰王宫诸阁。

　　天色渐沉，洪元公披着件轻薄的酱褐色绸衫，正临着黄花窗，对着几案阅览奏章。他原本就着日光，这时天色暗了，书案上的那一盆石莲已不再落影，才想起来唤如樽掌灯。

　　如樽侍候在一旁不敢打扰，这时闻传便连声应着，吩咐内侍添灯，他回身望了望洪元案上堆积的折子，躬身道："大王，该歇啦。"

　　洪元公搁笔，把头往后仰了仰，只觉肩背酸胀，他端起手边的茶正要饮，如樽忙上来捧下，躬身道："大王，这茶凉，不敢寒着身子呀。"匆匆下去沏热茶。洪元将指头也略松了松，道："世人皆以国君为尊，却只见其显耀，不知其辛劳。先王在时，孤也未曾想到，这担子会如此重呐。"洪元即位一年余，如樽侍奉左右，深知其勤勉于政，朝乾夕惕，日间批阅奏折常至深夜，寒来暑往，早朝不曾有片日间歇。这时如樽奉来热茶，复而叮吟："大王严明，乃大荆百姓之福祉。只是大王也需保重身子，不好日日醒夜呐。"

洪元接过杯盏，看那杯中茶叶正借着水势上下翻涌，浅上沉下；他轻呷几口，觉得神清气爽，又问："三弟走到哪里了？"

"今日午时来报称，重元君已过璞阳了。"

"如此说来，再行一两日，便能抵达呈阳。孩子们都平安吧？"

"大公子同郡主都安好，一道归来。大王莫心急，南境为重元君职责所在，必得安排妥当才好返城呐。"

洪元公听罢一笑说道："你说的是。先王在时，孤与故太子，还有骁元，均在朝中任职，唯有三弟，这十余年皆在南境驻守，每年回宫述职，也都是来去匆匆，停不了几日，三弟辛劳呐。"

话音刚落，便走进来一名小宦，对洪元公行礼罢，如樽便接过他手中那本沉沉的册子，呈上来道："大王居丧已满月矣，该择吉日选妃啦，国中公卿大夫适龄的女儿都已记录在册，大王请过目。"

洪元公已饮罢茶，正半倚在一只青花底彩云出岫靠枕上，带着些疲意，有些出神，又见他中等身量，着一身玄色蟒袍，方阔脸庞，疏眉细目，唇上的一簇窄须齐整锃亮，庄严斯文，他接过那册子却没有开启，只是放在了几案上，抬头问如樽："历来新君即位，会添多少女子入宫？"如樽欠身道："回大王，依照惯例，宫女会按离宫人数补足，妃嫔则会新进八至十二人。"洪元公略一思索，道："宫女便照例补足吧，妃嫔么，添二三人便是。选妃之事，交于太后操办吧，西北战事未定，孤亦不能安。"如樽问："大王，二三人……这……似乎少了些？"洪元公道："荆国战事连年，前线边关吃紧，这后宫里头，每一宫都是一笔不小的开支，补给戍边的将士们吧。"

如樽躬身唱喏，接过名册递还给小宦，嘱咐了一番，这时洪元又道："如大人，王后那边怎么样了？"

如樽闻言，神情有些不安："王后娘娘仍请旨……移居济云观。"

洪元公叹了口气，没有说话。

济云观是荆国的王家道观，离呈阳近四十里，里头居住者除去僧尼，便是膝下无子的王公遗孀，也有受冷遇的妃嫔，如樽只怕王后一去，便再难回宫，他几次向王后谏言劝阻均是无果，委实有些灰心，但始终坚持王后无过，不当离宫去，这时便垂着手，郑重地向洪元请谏："大王，王后娘娘德行优渥，福泽六宫，统筹后宫纷繁事务。又是三位公子的嫡母……万不可离宫呐。"

洪元公看了看余置在杯中的茶叶，说道："道观冷清，孤也不愿王后前去，只是王后执意，又如何奈得。如大人，便是你，也劝阻不了啊。"

如樽一怔，不好再说什么，只好唱了声喏退出殿去，正遇着前来昏定的太子梨治，便拉过他，言说他能再劝一劝王后。梨治却只轻轻说了句："这不是我们为人臣子所能左右的啊。"说罢向如樽欠了欠身，之后正了正衣冠进了殿去。

如樽侍立在门外，听不清二人所议何事，言语间却觉洪元颇为不满。他寻思着梨治乃大王长子、先王长孙，颇受器重，八岁上象宜公便亲为其加冠，赐号安阳，采邑千户，又赐朝服玉带，命他入朝听政，象宜公孙辈十余人中，享此恩宠者仅梨治与故太子靖元之子璟且两人。梨治自幼谦和谨慎，稳重周全，未见有失。洪元公即位，却待梨治日渐苛刻。梨治想必也有委屈，做事愈发细致周全，他守孝知礼，心胸宽广，知父王是因朝局未稳，境遇不佳，又与母后失和，方才如此，故从不曾含怨。

如樽又忖度着洪元公是因与陶夫人相欢，欲拔擢其子三公子季庆，才冷落王后、贬责太子梨治。如樽侍奉先君象宜公多年，看着梨治、玘灌长大，对此二人自与对别的公子不同，是以时常心忧。

过了一会儿，梨治退出殿来，如樽忙上前探问，却见梨治的神色平淡如常，只是带着些许松懈与疲惫，道："如大人，父王心境不顺，还烦您多上心照料。"不及如樽再言，便躬了躬身子翩然离去。

怀 羽

　　荆国的王家园林望春园坐落在宫城正北，与宫外的自然山体合而为一，不曾用宫墙围住，谷野幽寂，宽阔无边，正是荆廷的大气之处。园中遍植花卉，从春到秋都是一派繁华景象。

　　正是暮春时节，园中花苗郁然正茂，望春园内莲池泛漪，一望无际，周遭的灌木齐了半腰。一个十八九岁的年轻小宦，面红齿白，身材高挑，头戴平罗帽，身穿深色直裰，踩着皂靴，正往园中走来，此人名唤赵佚，是锦华宫四公子玘灌的贴身内臣。

　　赵佚进了石拱门，随着曲曲折折的小径一边向里走，一边向四周张望，找寻着幼主玘灌，一路上只见楼阁磅礴，亭台精美，只是寂寥冷清，略显空荡，不觉间已来到了园林深处。

　　荆国国风硬朗尚武，宫内殿宇庭院多是方方正正的落笔，唯有望春园不同，袅娜娉婷，婉约绰然，原是已故的靖元太子寻访楠国名匠，为其父象宜公贺寿而建。园林修建到第四年，几近落成，象宜公六十大寿也将至，于是朝中布备着双喜同庆，不料荆国西境却突发属国陈、蔡叛乱。象宜公命长子洪元君带兵平乱，历时四月，叛乱息止，洪元君得胜归来。哪知靖元太子却在宫中突然猝亡，年仅三十岁。象宜公白发人送黑发人，悲伤郁结，身体每况愈下，这望春园也修不下去了，是以搁置，荒废至今。

　　玘灌却爱极了此处的亭台楼阁、繁池花榭，常独自溜进来观赏一番。赵佚伴着玘灌长大，熟知他脾性，料此时玘灌必在望春园中，于是寻入了园来，一路唤四公子，却不见人答应。

　　玘灌平日里便爱同仆从们戏耍避猫猫的把戏，这时见赵佚寻他，干脆直身躺入了不远处的红红绿绿的兔儿伞丛中，一动也不动。这时尚是清晨，草丛中露水细密，早沾湿了衣袍，他却愣是忍住了没有作声。

　　又过了一会儿，他听赵佚着急，喊他的声音都变了调，才终于没忍住笑出了声。赵佚见了，忙跑上来扶他，一面说道："哎呀，四公子，要是受凉了可如何是好，这里可潮呢。太子正等你哩，等你一同——"玘灌道："好了好了赵佚，去回我的话，就说我身子不适，请太子代我问安便是了。"玘灌见草间有蛐蛐蹦跳，便俯身去捉，赵佚又道："公子，那济云观离宫少说也有四十里地，大王又不许哥儿自行出城，往后要想再见王后娘娘，可就难了呀！"玘灌皱了皱眉："唉，我都说了不去，真啰唆，走吧走吧。"随手解下腰间的折枝牡丹玉佩抛了过去道："你拿这去，太子便不会怪罪于你，只怨我便是。"赵佚忙接下了，玘灌丢下方才捉住的蛐蛐，蹦蹦跳跳进了小林深处。赵佚知他年幼贪玩，正要上前，却见玘灌回头说道："别跟着我，你没服过复荣丸，万一招了这里的蛇虫，就麻烦啦。"赵佚看着这片丛林，知他所言非虚，此间却有毒蛇盘踞，曾有传言称当年靖元太子便是被这园中的毒蛇所伤，不治而亡。宫中虽曾清理过几次，无奈望春园太大，占地数百顷，总清不净。望春园少有人往，也是为此。赵佚望着玘灌远去的背影，有些无奈，只能将玉佩仔细收好，垂下眉眼重重叹了口气。

知赵佚走远，玘灌这才拾起他藏在树洞中的一副桃木面具，拂去上头的些许泥土，轻抚那面壳，这面具有些粗糙，圆圆的脸庞如望月，莫辨男女，红釉勾勒出的丹唇轻启，笑意无辜，带有几分邪气。面具的下端有一个可拆卸的基座，当中扎着一只锦绣织袋，用金丝束口，里头盛满了睡莲花种，金丝绳的端口垂坠着一对沉甸甸、圆鼓鼓的紫檀木球。这副面具是象宜公亲自打磨好送给玘灌的，檀球轻轻一捶会发出淳厚的声响，便如象宜公在低语，沉着祥和。玘灌感到心安，心头一乐，却淌下泪来。先王疼他，知他最爱睡莲。

他抹抹眼泪，站起身来，向园外走去。

望春园以东静伫着一片宫阁殿宇，正是六宫所在，是妃嫔们的居处，当心那座最是磅礴，乃王后的寝宫方宁宫。宫墙之外榕树四合，枝丫上攀满了紫藤，一瀑瀑的峥嵘繁茂，直泻下地来，覆住了一周的绿瓦红墙。

玘灌向方宁宫走去，却没有走进正门，而是绕到了后院，攀上最大的那棵古榕树，他坐在枝头，朝寝殿望去。寝殿外植种着八株高大的银杏树，此时树叶尚青，待到秋日，金色的杏叶便会积落满院，檐边台上，东西四方。

殿内植种着各色山茶花，软黄的虎爪，洒绯的依栏娇，亮红的人面桃花，姿态各异，插放在各式铜盆陶罐之中，繁而不乱，错落典雅。临窗榻上设一小几，几上的琉璃瓶中束着一扎米白色鲜嫩的雪塔，右边坐着一位中年美妇，盘着九龙随云髻，髻上别着支嵌宝凤鸟鎏金银簪，双耳缀着宝石花蝶坠，披一件通袖龙纹缎宽衣，外搭一件黑绿织金花云肩，里衬一袭柚黄织金云龙海水纹襕裙，踩着轻盈的罗袜，透亮的瓜子脸略施薄粉而皙，清澈的羽眉浅画淡墨而翠，玲珑的薄唇不点而红，清丽绝伦，华彩尊贵，便是怀羽王后。她对面坐着个弱冠少年，一身柘黄织金圆领锦袍，外罩着件桔色薄纱衣，腰束一条栖凤纹玉带，细细的面颊有些苍白，正是太子梨治，母子俩相貌肖似，眉眼都甚清秀。梨治虽竭力隐忍，却仍藏不住忧伤，欲言又止。

这时侍女来报，称二公子到了；随后便走进个十二三岁的少年来，身板挺直，步履端稳，年纪虽轻，却已束发，发根处别了支清雅透亮的玉簪。他穿着一身蒲白松纹软缎袍，腰间系着花青叠环纹宫绦，上面除了一个月白的绣囊并无别的饰物，方方的脸庞周正润泽，来到榻前恭敬拜下，轻轻说道："给母亲请安，给大哥哥请安。"

怀羽王后乃孟国公主，本姓是"孟"，单名一个"苑"字，她生性淡漠，端重自矜，得人敬慕，只是略觉凉薄，只有这时对着两个孩子，才流露出少有的亲近之色来，她扶起二儿子，拉他来到自己身边坐下，柔声问道："手这么凉，身子可有不适？"说着又叫贴身女官春晓去取手炉。二公子封号平阳，名唤青蘅，幼时因体弱曾随师傅居于山中，今回了宫，却不问政事、拒入朝堂，因他袭了一手好医道，便常在宫中的御药房研药，消磨时光；怀羽安心于他能少入纷争，却又忧心他孤弱无法自保，更帮衬不了长子梨治。她执着青蘅的手，盼他能暖些，哪怕分秒也好。青蘅也不觉羞赧，他常年与川林花鸟为友，通人事便晚，尚无男女分别。春晓捧来了几只精巧暖炉，给几人逐一添上，青蘅接过，轻声对怀羽道："冷着母后啦。"

怀羽抚了抚他的额，道："不碍事。"嘴角挂着微笑，美人依旧。

梨治本是洒脱爽朗的性子，这时却愁容满面，一对俊秀的眉头深深蹙着，他有些迟疑，却还是说道："母后，一定要去济云观吗？"梨治是三子中唯一由她亲自抚养成人的，她深知梨治仁孝谦和，断不会行差踏错、逾越分纪，只因其身为嫡长，担子更重，行事亦更谨慎；她常想，储君于梨治，未必是福；梨治为子为父为君为臣皆可，却未必能做个好太子。因为储君之位从来都是诸方利益的较量。可自己的母国孟国待她疏薄；三公子季庆的外戚却日渐显扬。每思于此，怀羽便不免忧虑，这时她拉起他的手，笑道："让太子挂念了。"有心说笑，不过是想逗一逗这愁闷的儿子，也宽慰自己一番。梨治便叹了口气，眉眼稍展，这时他想起了玘灌，便道："母后，灌儿身子不适，托我向您……问安了。"

怀羽点了点头，收起方才逗乐的笑容，叮咛道："母后此去，不能常与你们相见。往后若觉大王有不公之处，忍下便是……母后不在，你们要照顾好自己。"

她从案中捧出一方玉盒，取出一对白玉红沁饕餮纹龙首佩，正面各雕一对小夔龙、小夔凤，背面则用阳文隶书分别刻着"太平""安康"，一双白玉佩放在她纤长的指间，她话语温柔："这一对玉采自同胚，如你二人，安阳、平阳。兄弟齐心，平平安安。"

梨治用衣袖拭了拭眼角，接过玉佩仔细放入怀中；青蘅则将它放在了腰间的荷包里。

这时听外头宣"大王到"，于是几人起身拜迎。

洪元公头戴十二瓣乌纱冠，上饰彩云列山，着一身玄底青边蟠龙锦袍，登飞龙祥云缎面靴，才一进屋便道："王后免礼，坐。"上前扶起怀羽，同她对面坐下，也赐梨治、青蘅坐。这时他闻见了茶花的清香，便对怀羽道："王后这儿的山茶，还是打理地这么好。"

怀羽报之一笑："大王谬赞了，都是丫头们的功劳，日夜照料。"

洪元也笑："雨水惊蛰，正是山茶花开的好时节啊。"

怀羽道："大王忘了，方宁宫的山茶花，是四季都开的。还是大王当年去佟国找来的花种呢。"

洪元低了低眉，"嗯"了一声，别过眼去，略略一顿，才又道："王后，一定要去济云观啊？"

怀羽望着洪元，缓缓说道："济云一带山水秀美，观中也清静，臣妾去到那里，正好休养。有诸多抱歉，还请大王见谅。"

洪元叹了口气，眼角微微一扁："也罢，王后便去休养几日，什么时候想回来了，便派信来，孤接你回宫。"

怀羽欠身道："谢大王。"

洪元问二子："灌儿呢？"

梨治欠身答道："四弟身子不适，未曾前来。"

洪元公皱了皱眉："愈发没规矩了。"又向梨治、青蘅道："王后前往济云观，你们莫要以杂事前去打搅，要照看好灌儿，别让他胡乱出宫。"洪元膝下四子，梨治、青蘅、季庆、玘灌，只季庆系陶夫人所出，其余三位公子皆为怀羽之子。

梨治、青蘅一一应下，洪元公对怀羽道："再过几日便入夏了，寡人会差人送冰块来，王后安心静养便是。"

马车已在宫外等候多时，玘灌倚在榕树枝头，见王后一众出了寝殿，又出了宫门，来到了马车边；玘灌又攀高了两节，想再看一看母亲，这榕树高达数丈，树冠伸展过女墙，遮蔽了日光，投下一片幽静倏然。

春晓扶怀羽上了马车，清风轻拂，马蹄声扬，怀羽回头，轻挥绣帕，帕角扬起时，勾勒出一道淡淡的纹，绣帕之后，容颜已然湿润。

车队渐远，宫门掩上的，是叶落的声。

连 若

车辇终于消失在一处不知名的殿宇的拐角，玘灌转过身，想顺着树干下来，袍子却被枝杈勾住了，一绊之下脚下踩空了，不及回神便已硬生生地俯面摔下。这树高丈余，玘灌只疼得浑身发颤，直想落泪，却喘着气哭不出声，一时间尤其惊恐，怕自己就此死去，又想到象宜公驾崩，想到母亲凉薄，念想一起一落，身上的痛楚便又加重了一层，这时他喘过气来，便忍不住叫唤，眼前却模糊了。

"小兄弟，醒醒。"不知过了多久，恍惚间竟有人唤自己，玘灌睁眼，却见是一少女，正盈盈地望着自己。少女见他尚有气息，松了口气，低下身来扶他："地上凉，快起来。"这才发觉玘灌右颊高高隆起的肿块，吓了一跳，忙想唤人，却因这处僻静，迟迟不见有人来去，少女不敢丢下玘灌，只好用力搀起他，深一脚浅一脚地往一处偏殿走去。

临近院门时，玘灌问："你是……"

"连若——"不及细听，已进了小院，玘灌只觉周身花香缠绕，不禁叹道："好香。"举头只见满园满树的丁香，花枝摇曳，树影成荫，瓷白的清紫的花瓣纷纷闹闹。然而这香并非来自丁香，却一时也说不上来源头。

进了屋，少女扶他来到一处藤椅上躺下，自己去里屋取创药，玘灌躺定，环视屋中景致，方见沿窗铺满了盆栽茉莉，碧叶茵茵，银瓣闪闪，光影浮动，玉净花明。

过不多时，少女便出来了，她穿着件天青色菱纹纱裙，腰间宽宽地系着根缱绻缠绵的秋香色带子，面容美极。

她将化淤的创药倒入盆中冰凉的井水里，又将棉巾在药水中浸湿，轻挤至半干，过来查看玘灌伤处，只见他一侧的肩部、肘部、腿部，皆肿得有半寸高，好在不曾伤及筋骨。她将棉巾敷在玘灌肿起的右颊上，柔声问："好些了吗？"

语音空灵，润泽柔和一如那沾了露水的茉莉，玘灌抬眼，正遇见少女的神情，掺杂着怜惜，说不清是不是还掺杂着些许迷离。

玘灌见她取药、换药举止娴雅，又觉那药水芬芳缠绵，便问："姐姐，这是什么药，真好闻。"少女答："加了茉莉露水的，想是茉莉的味道吧。"

玘灌一时有些痴，感到时空都凝滞了，待回过神，便忍不住问："姐姐是新来的吗，服侍的是哪位娘娘？"少女道："我入宫不久，还不知会服侍哪位娘娘。"玘灌嘻嘻一笑："那不如去我那里。"见少女脸色微微一变，玘灌自知失言，忙赔礼道："姐姐，你……你恼了吗？我……我胡说的，我哪儿配你服侍呢，连我娘都嫌我，唉，姐姐，你可别生气啊。"那少女淡淡一笑："我没有恼。你娘又怎会嫌你呢，多半是你淘气她唬你的。"玘灌这时湿了眼眶，垂下了头，摇头道："你不知道的，她只喜欢我两个哥哥，从来都不喜欢我。从前我和她一块儿住，她便从不多同我言语，更不会对我笑，只说我像父亲。后来我不和她一块儿住了，每回去找她，她都不愿见我。我折了纸鸢给她，日日盼着那纸鸢能飞，我……我想看她笑，她很美，可是后来才知道，她把纸鸢折了，扔进了后山。她喜欢睡莲，我便去池边等睡莲开，采来送她，可春晓说娘病了，不能见我。我正要走，却听见了哥哥的声音，他们都在里面，她没有生病，她只是不肯见我。往后，我仍会去看睡莲，但我再也不想看它开了，因为就算睡莲花开，娘也不会见我。她还送玉佩给哥哥，独我没有。娘是真的嫌我，我知道。姐姐，你一定也嫌我吧。"说到后面，已哽咽了。

少女见了，忙柔声安慰道："不会的，不会的，你看，你也有翡翠呀，她也许先前给了你，你忘了。"这块翡翠本戴在他项间，因方才摔落，这时便露了出来，玘灌拿起它，认真地说道："这是爷爷给我的，爷爷说了，这块翠玉，我们兄弟几人，他只给了我。"少女见他终于有了几分神气，便微笑道："你看，你爷爷不是待你最好么？"玘灌垂头道："可他去世了。"说着淌下泪来。少女拿出绢帕给他擦擦眼泪，轻声安慰："总会有不如意的事啊，我也一样，爹爹最疼我了，可他也去世了，不然，我也不会……来宫里。"之后，便不再说话，只是陪着玘灌，让他静静流泪。

暮色将合，少女便向玘灌道："来，看还能不能走。"玘灌动了动胳膊，肿块已消了好些。少女道："不早了，早些回去吧。"唤来一个小宫女："送四公子回锦华宫吧。请大太监传医官，这事别跟旁人提起。"

玘灌心下一震，转身问："姐姐，你怎么知道我是谁？"少女抿嘴一笑："先王亲自抚育的，除了四公子，还有谁呢？"玘灌见她笑靥如花，又是一痴："你一定不是一般的宫女。"

书 房

　　孟夏时节，学宫中的合欢花訇訇然开遍，沾着潮潮糊糊的雨露，芬芳氤氲四溢，玘灌先前因摔伤休养了好一阵，近几日才返回学宫，只是他闻见这花香，脑海中便不自觉地浮现出个身影来，口中虽仍随众诵着读书，思绪却不由地缠绵起来。

　　荆国的子弟原是在各自宫中，请师傅教习，洪元即位后，开辟承明殿，将一众王族公子，尽召至此受典蒙训，巳时读书，未时写字，申时则去围场习武射箭。此时学宫中集聚了子弟二十余，加之伴郎书童，共四五十众集聚一堂，颇是热闹。公子们年幼，除太子梨治外，其余的都不曾加官，因此未着朝服，青青粉粉地穿戴着各色缎袍幞巾，清风拂过，翻动书卷，撩起诸子脑后的飘带和襟袍，灵动翻飞，将光影浮动。

　　玘灌慵懒得有些晃神，被花香迷住了，他本就爱胭脂花草，每遇花期便会命赵侠、洪络制成香料密存，二人不识字，玘灌闲来无事便教习一二，好让他们在琉璃瓶外添上字条。洪络勤恳善记，赵侠则马虎，句读不分，得过且过，惹出过不少笑话，玘灌想起他有一回还把"花蕊"的"蕊"念成了"心"，不禁笑出了声。

　　正在堂中讲学的太师傅同阖见了，便板起脸道："四公子，你有何见？"玘灌来不及收敛笑容，仓促答道："太师傅，是……方才书里的话，可笑。"同阖早知玘灌原由象宜公亲自养育，有些不驯，这时便肃然道："这是祖传礼制，你如何竟觉它可笑？你不得其法，不明其要，才无法领会其中精要。去到庭下，诵读三十遍，把书记熟了再回来！"玘灌并不知方才书中说了什么，只是不服同阖责罚，这时扬起头道："先王从不教我这些，治国为君及人臣，当学兵法、操百器、察民情、体民意，我们终日居于深宫，远离市井黎民，何谈成仁。路不拾遗、夜不闭户本是荆国常有之象，如今盗窃之事却屡禁不止，还不是因为税赋徭役沉重，民心纷乱么，荆国乃大国，不该如此的。"同阖虽怒，这时却也不由一愣，一时堂中鸦雀无声。忽听另一位太师傅陈道正缓缓问道："那依四公子之见，何为大国？"玘灌一顿，随即答道："有三者可谓大国，其国之幅员辽阔，可谓大国；其国之子民济济，可谓大国；其国之兵力强盛，亦可谓大国。"

　　陈道正见他尚年幼，却有些见识，面上不动声色，心下却暗暗赞了个好。陈道正乃当朝首辅，因工于诗书，被洪元公拜为太师，教习子弟。同阖则早已不悦，全看着陈道正才容玘灌说完，这时斥道："骄逸自满！还不快到庭下去！"玘灌傲然："玘灌何错之有，倒是太师傅，三天两头地往三公子宫里去，是教他断文识字呢还是……"一语未了，却被太子梨治劝住："灌儿！"三公子季庆也不过十二三岁的年纪，血气方刚，这时一拍书案，愤然瞪眼瞧着玘灌，同阖则惊怒交集："你大可离开承明殿，不必回来！"玘灌起身："我才不稀罕！"

　　却被门外一人厉声喝断："放肆！"

庭下背手站着那人，着一身玄黑蟒纹滚金长袍，腰缠腾龙逐云琉金带，身后跟着一干侍女妃嫔，正是荆国公洪元，他已在窗外立了多时，只是不曾让小宦通报，书房中的诸子这时见了，忙从座上起身，来到庭下叩拜行礼。

洪元公看着一众年轻公子，道："免礼吧，回到你们的书案边去。天大地大，读书人最大。荆国立朝百年，排艰除难，砥砺前行，方有今日之国运恒昌，你们身为王族，当为天下表率，掌典史、知兵法，如此我大荆方能稳朝堂、定社稷、安疆域，尔等须牢记。"

众人听罢，齐齐地行礼，朗声称"是，臣谨记"，端容起身，这才回屋坐下。

洪元公又点玘灌："玘灌留下。"玘灌于是不敢起身，只是伏地跪着，洪元背着手缓缓踱了几步，道："你小小年纪，竟目无师长，如此自大，枉费先王栽培养育。你可知错？"玘灌虽惧，却又有些不服，便没有吭声。

洪元公见状，便吩咐左右："拉他下去，藤杖二十，罚跪两个时辰。"

玘灌挨打，却一声不吭。一时庭下只闻杖声凄凄，执杖的侍卫自然知他尊贵，也知洪元并未降罪，便也没有往重里打，只把藤杖甩得呼呼作响。

杖罢，洪元公道："下课了去太庙跪好，自己反省，今晚的蜡烛燃尽前，不许回来。"梨治正要前来求情，却有一名随侍的妃子走上前来，对着洪元公盈盈行礼道："大王，四公子年幼，一时气盛也是有的，况且先王才走，他必是常有挂念，才会如此言说，请大王恕他这回，长跪……就免了吧？"

洪元公听玘灌陈辞，其实心中也觉可爱，且同阖的越礼之举，他亦早有觉察，这时借玘灌敲打同阊，也无不可；他怒只怒在玘灌骄傲自满、不尊师长，自己又素来教子极严，若不惩戒，怕被人称包庇纵容，这时有人求情，却是正好。

洪元公回过头来，见这是位新入宫的妃子，一张脸庞素净精致，又听她吐属优雅，顿生好感，便道："连妃有心了。"又道："曾听你说过，你有个侄儿，斯文端正，与玘灌年纪相若，过几日着他入宫来吧，陪着玘灌一同读书，和你也有个照应，可好？"这妃子心下感动，屈膝拜谢道："谢大王恩典。"洪元又对玘灌道："看在连妃的面上，长跪暂免，若敢再犯，必依律惩处，绝不容情。"

说罢点了同阊随行离去，陈道正忙命人将玘灌扶回座上。

太子梨治松了口气，转眼忽见二公子青蘅脸上微微泛红，不禁一奇。青蘅自幼聪颖不外露，四岁上因病离宫，直至洪元即位才回呈阳，回宫后，他上午读书，下午则多在御药房消磨时光，寡与旁人来往，较其幼时，更添了沉静。在一干公子里头，靖元太子之子璟旦和重元君之子疾生也都喜静，疾生是宽厚谦让，不与争风；璟旦则是儒雅温和，平和中庸；可青蘅的静呢，梨治总觉他有自己的一个天地，旁人无法进入，青蘅也不愿出来。这时他竟红了脸，却是无端。

课罢，子弟们纷纷拾卷离席，季庆带着几个书伴来到玘灌跟前，低声斥道："小子，你若再敢无礼……"一语未竟，却触到了青蘅的目光，青蘅只是眨了眨眼，随后便别开头去，季庆却觉凛然可畏，愣是把话吞了回去，招呼几个公子一块儿走了。梨治追上来道："三公子，灌儿年幼，口不择言，你多包涵，莫放在心上。"季庆拱手行礼道："遵太子命。"

太 庙

蝉声盈耳，晚钟悠鸣，女墙上的凌霄花映着霞光，窸窸窣窣投了一地，藤摇光，影曳蔓，交织错落，也分不清是晚风在拂动花枝，还是花枝摇曳了光影。

连若携着创药，披了件藕色折枝豆杉纹绉丝薄披风，带着婢女洛儿，来到了玘灌的锦华宫。

赵佚正在廊下值守，见了连若便忙引她进屋小坐，连若随他进门，一面说道："四公子可好些了，我来瞧瞧他。"赵佚行礼回话："回夫人，四公子的伤不碍事，只是这会子出去了，不在屋里呢。"连若停下了脚步问："天快黑了，他能去哪儿，你们也不跟着？"赵佚答："多半是去太庙了，公子不让我们跟着。"连若不语，心中却想，那也得跟着啊，若有个闪失，如何交待？赵佚看出了连若心思，垂手苦笑："既是四公子不让我们跟着，我们就真跟不了了。"连若便知是玘灌捣鬼，微微一笑："罢了。"

太庙建在宫城西北的半山上，顺着那方向望去，可见玄天皓月繁星。整座祠堂笼罩在一片明月的清辉中，雄浑宽敞。松柏森森，西侧有一弯浅浅的池，池上有流萤舞动，映在水面上，如繁星落水，星点烂漫，它们扑闪着，飞在小池上，在半山腰上拢着光芒，守护着太庙，静谧而安详。

连若扶着洛儿来到太庙的山脚，拾阶登上山顶的庙堂，中庭宽阔，地面一尘不染，她不自觉地放缓了脚步。

这时隐约听见了玘灌的声音从明堂传来，连若一怔，便在正堂外的石屏前停下了脚步。

却又听另一人道："灌儿，大王既已免了你长跪，你便该早些回去，不该执拗。"

玘灌则道："四叔，我就知道，爷爷走后，只有你待我最好，也单你会来。"

连若心头一震：四叔？可是大王的胞弟骁元君？

骁元乃一代儒将，名声在外，战功卓著，召国便是由他最终收服。

召国地处边境高地，以陈、蔡两国为屏障，居于荆国西南，背倚雪山，外接大川，民风强悍，历来为遂天子鞭长莫及，又因其军民轻易不下高原，故与相邻诸国皆不相扰。

唯与荆国，因象宜公扩张之故，挟天子令诸侯，大有联纵之势，象宜公为了收服召国，先派四子骁元来访陈、蔡，两年间达二十余次，起初两国国君见骁元年少，便只遣大夫出迎，后闻骁元进退有度、谈吐有量，便又使三公接待，到了后来，竟亲自会面，更知骁元谦和礼让，仁义守信，此后情愿与之交心相谈，国中王子公孙无不敬仰。广安三十一年秋，陈、蔡终与荆国结盟，使荆国征召，不再有腹背之患，到了去年——广安三十二年，骁元亲率精兵十万，于元宵后，西进大漠，挺上雪山，历时三月，终于攻服召国。

可听屋中那人声音，年纪分明很轻，如何竟能统帅三军？

可若非骁元，四公子又如何能称其"四叔"？

连若向里望去，只见玘灌跪在堂中，身后站着个少年，披着凝夜紫菱花纹披风，单手背在身后，华服美冠，身形挺拔健硕。原来这正是象宜公的幼子、洪元公的胞弟骁元君。象宜公因他年纪最小，形容俊朗，洒脱豪爽最是类己，故甚宠爱，骁元到了之蕃的年纪，象宜却不舍他离去，仍留他在宫中侍奉，玘灌进宫后，便是和骁元君一块儿起卧，形影不离，玘灌对两个哥哥并不亲近，唯待叔父骁元甚是亲厚。

玘灌沉默半晌，有些犹豫："四叔，挨打有什么，可当着这么多人，还有新进宫的妃子……"

骁元君道："别忘了，是连妃给你求的情啊。"

"——谁要她求情！"玘灌的脸颊一时间涨得通红，"她看着我难堪，她……"

骁元君道："这有什么。不过你也是想念先王了，跪就跪吧，我陪着你。"这时察觉到有罗裙窸窣，便问："是谁?"向门外走来。

连若略一迟疑，便与洛儿从石屏后走了出来，上来行礼："骁元君。"骁元君在门边站立，只见她的脸在月光下泛着清辉，绵软的披风下朦胧可见那身线娇柔，他恍惚一呆，忙还了礼，待他复抬起头，连若则见他身形高长，紫披风下是一身月白色锦袍，腰间束一条郁金舞狮纹宫绦，坠宝石缨络，佩一方镂雕螭凤白玉，足登雪白底边青皂靴，身姿俊逸挺拔，白皙的脸庞尚透着些许青涩，然而剑眉星目，鼻梁修挺，一簇细细的胡须斯文精神，英气逼人，连若不禁脸上一红，不再言语，低头侧身进了正堂。

玘灌听是连若来了，话语温软，不由惊慌，一颗心扑通通直跳。她走近时，轻轻一笑，带着些揶揄："你到底还是个孩子啊。"玘灌的脸有些发烫，却攥了攥拳，平视着牌位，一字一句道："原来你是大王的人，连妃娘娘。"连若沉默半晌，轻轻道："四公子，我留了药在锦华宫里，你回去了服下，我先走啦。"玘灌冷冷道："你走吧，那药我是不会用的，你拿走。"骁元君道："灌儿，不得无礼。"玘灌又是不语。连若见他不愿理睬自己，便向骁元君欠身行了个礼，带着洛儿返身离开了。

孝 月

　　她要走？什么？要嫁去吴国？不可以。玘灌方下早课，正同川儿在凌波园的石山枫林中追赶嬉耍，这时听见两个小宫女对话，便蹿出了石山，抓住其中一个喝问道："你们胡说些什么？孝月公主好好儿的怎么会要出嫁？"小宫女既怕又委屈，哆嗦着道："整个王宫的人都知道了，公子不信，自己去问便是，何苦来为难我们……"玘灌却起了几分怒意，紧紧攥起她的手腕："你再说一遍？你骗人……"那小宫女被吓坏了，尖声道："我不知道，我不知道。"川儿赶了上来，连连劝阻，他自今夏入宫，伴在玘灌身边，已近半年，玘灌与他年纪相仿，说不出的投缘，二人如胶似漆，形影不离，平日里洪络赵侅劝一百遍都不听的，川儿叮咛一句便能凑效，然而这时玘灌却没理睬川儿，转身向承明殿跑去。

　　璟旦果然还在书院，他正静坐在书案前，等着伴读收拾好书卷。璟旦着一身灰绿松纹长缎袍，腰系墨色锦宫绦，佩赭红沁斑螭虎白玉，脸庞圆润俊秀，眼睛大而澄亮，他与玘灌同龄，这年十二岁，乃象宜公嫡子靖元太子之子，号景元，是孝月公主之弟。璟旦的身材较同龄人略矮小些，举止也有些迟缓，全无少年人的活泼轻快。同往常一样，他是最迟一个离开承明殿。芑灌与他并不亲厚，偶尔还会打趣他，这时见到他，却三步并作两步跑上前去，急匆匆地问："璟旦，孝月姐姐真要嫁去吴国吗？"

璟旦见芑灌忽然从身后蹿出来，冷不防吓了一跳，却先站起身来浅浅一揖，道了声："四公子。"之后才点了点头。

芑灌不甘："是谁说的，为何我不曾听闻？"

璟旦把纸笔收罢，答："是大王下的诏书。"

话语和缓平稳，只是较平日略低了低，芑灌看出了端倪，安慰他道："你别难过，我去问问。"自己心中却一凉，自语道："我问问姐姐去。"说着便跑出了承明殿，跑着跑着又觉沮丧，便跑不动了停下来走，走了一会儿又感到着急慌忙，便又快跑，跑跑走走，一路劳心劳力，终于到了公主孝月的储秀宫。

走进宫门，行经回廊，只见庭院中一干小宦来回穿梭，正将孝月宫中的日常物什一件件地往外搬。

芑灌鼻尖一酸，来到寝殿门前，嚷："孝月姐姐！"一面拍开门走进去。

屋里的几个宫女也在收拾行囊，珠帘未卷，孝月静倚在窗边榻上，着一件天水碧柿蒂纹织金通袖袄，还未及笄的公主，垂鬟轻挽，面白似雪，双眸如漆，她凝视着窗外的梨花树，因是深秋，树干光秃秃的，无荫亦无香。她已忘了是哪一年的清明烟雨季将它们栽下的，只记得每年花开时，叠瓣扑闪，风吹过时，梨花偶尔会落到她的书简上，落在她装盛果糖蜜饯的琉璃盘上。

她见了芑灌，只淡淡一笑。芑灌不敢唐突，提步上前，轻声问："孝月姐姐，你……也要走吗？"说到后面，已哽咽着说不出话。孝月定定地看着他，芑灌只觉她秀美不可直视，欲皱眉，却忍不住流下泪来，上前扑在孝月怀中，啜泣不止。孝月用手指轻抚他温软的脸颊，纪灌察觉她指尖冰凉，浑身一哆嗦，唯恐吓着孝月，便忙定了下来。

"灌儿，我走之后，这储秀宫，你还会来吗？"

"会，一定会的。"

"别来了，往后别来了。"

"为何？"

"人去楼空，来这里也是徒增感伤。你若念我，便只在心中惦记。灌儿，你是男孩子，不能哭。我是此宫之主，你在这里哭，当着我，可以。但离了我，出了这宫，你就不能流泪，要做个男子汉，明白吗？"

"是。"

"若是真的伤心难过，那就迎着风跑吧，跑到连风都捉不住你的地方，跑到只有你一人的地方，再哭。"

仪仗缓缓出了城，行了半日，翻过峡谷，出了龙潭，便不再是荆国地界。深秋时节，红叶染了漫山，红山，红树，红叶，红仪仗，红盖头。静谧无人语，独留脚步声，唢呐早已息了。送行的人送了一程又一程。

红叶落在侍卫们的靴上，红了鞋尖，被虎头靴一踩，便咔嚓一声，扭曲着，碎了，沁出了殷红。

马车中的孝月端正坐着，头戴牡丹翠云饰凤冠，上嵌一对宝玉金簪，着一身大红四兽麒麟袍，披五彩花团小狮案云肩，腰缠革带，这时她掀起了祥云纹霞帔，命了声"停"。

马车稳稳当当地停下，一时山间只听闻风声。

梨治头戴青底嵌玉纱帽，系红绸带，别白玉簪，着一袭红缘素纹绛纱裳，在仪仗正前骑马护送，他听见孝月的声音，便拍马过来，俯下身来，轻声问："公主，怎么了？"孝月将卷帘掀开，凝视着他，梨治低下了头去，孝月把帘子一放，幽幽说道："果然是铁石寒梅意思。"

梨治眉头轻皱，伸手想去撩那纱帘，却又顿住了，望着半空中飘落的红叶，手扶着马鞍，红了眼圈。

只听车中孝月道："出了这峡谷，我便是吴太子的妃了。"

不错，吴国的仪仗花轿，已在山的那头等她。

梨治有些喘不过气，眼前一阵眩晕，近侍忙上来扶住，却见他直直吐出一口血来，额上青筋暴现，脸色煞白。孝月惊呼："啊……梨治……"梨治强支起身来，用手捂住心窝："公主……"

孝月咬唇："起驾！"

却听身后有人大喊："停车！"梨治回头，却是玘灌正急急地跑来，皱着眉，攥着拳，裤脚沾着泥土，衣衫有些凌乱，一张小脸憋地通红。孝月听见了玘灌的声音，不禁一怔，颤声命停，终于走下了马车来。

彩裙骄艳如虹，帔帛鲜亮如霞，步摇玎珰，花钿累累，新人如玉，寒凉若霜。

玘灌跑到孝月身边，知她正注视着自己，却不敢看她，双手哆嗦着从怀中掏出个荷包，里头是一串朱砂红的八十八粒麒麟首菩提子手串，玘灌一面给孝月戴上，一面哭道："姐姐去了吴国，不要忘了灌儿！"孝月低下身来搂住他，久久不语。抬起头，玘灌流着泪，抬起头对梨治道："太子哥哥，你不是喜欢孝月姐姐吗，你不是说要保护她的吗？怎么姐姐要嫁到吴国去了，你却不留她？"梨治避开孝月的眼神，却红了眼眶："灌儿，这是大王成命……是吴国太子……"玘灌急道："你明明知道孝月姐姐喜欢的是你！什么大王成命，哄人！难道你就要看着——"孝月拿出手绢拭去玘灌额前的汗珠，哽咽道："灌儿你很好，回去吧。别说了。"顿了一顿，便站起身来回了轿，放下卷帘，咬着唇说道："缘来我惜，缘尽我放，今日绝交，不必复言。"

梨治脸色惨白，在侍卫的搀扶下上了马。再回头便是凄风楚雨，念思无穷。那方霞帔上绣的本该是大荆的七彩凰纹，为你揭开盖头的人本该是我。

纯月采莺，你用它将我的心灯点燃；蒲月芳菲，深闺之中，你带来远山远水；兰月静溪，是你渡我一同过河；桂月雨亭，你的纸伞，上面染着梨树枝丫，如今还在，我盼它发芽。

我何尝不想再唤你一声月儿啊，我何尝不想与你偕老。你说得不错，山长水远，人事殊途，今日一别，怕便是永远，不复相见。

围 场

　　天高云淡，长鹰飞旋，马群在草场上奔腾，嘶鸣声飘荡在广袤的原野上。冬至过后，寒月已深，北国的围场显露出一派萧然肃杀景象。风吹草动，数百纵骏马疾驰而过，马背上的骑士们倾着身子，紧握绳缰，负着弩箭，衣裘袍、着箭袖，身姿矫健。

　　木兰围场始建于荆国立国之初，于象宜公一朝拓建，林木森森，草场广阔，野生鸟兽颇丰，漭河从其中间穿过，围场域界极辽，是王室狩猎骑射的好去处。荆国尚武，原是游牧族，在马背上打下的江山，每临冬月历朝国君必会举行猎事，以念先祖。

　　洪元公久羁鞍马，此番亲率子弟臣工来到围场，驰猎了一整日，战果丰硕。这时白日渐沉，天际有启明星闪烁，君臣将士在围场搭营歇下，开了筵席，点了歌舞。

　　洪元公自即位以来，施行俭政，削减王室开支，宫廷内外禁养舞伎，以所节之流补给戍边将士，故这一日的舞宴，却是难得。

　　酒过三巡，明月已攀至中天，大帐之中，筵席之间，琉璃美酒，觥筹交错，洪元公忽问圮灌："灌儿，你看这些舞姬如何？"太子梨治抱恙，未能前来，席间公子仅青蘅、季庆、圮灌之人，玘灌不曾想洪元会问自己，心头一喜，正了正身子答道："回大王，舞姬的舞技是好，可儿臣总觉明月高悬，草场广远，曲子当辽阔些才好，这舞似乎有些热闹了。"洪元公捻着短须问："依你之见，该兴何舞？"玘灌望了望洪元身边的连若，拱手道："娘娘在太后寿宴上所献的凌溪舞，便是绝佳的。"众臣公闻言，便想起了重阳节前太后寿宴上连若的舞，纷纷附和，连若颔首："四公子谬赞了。"洪元公对连若一笑，道："不必拘礼，孤亦知你能舞。"又问乐师："楚离，能奏凌溪曲吗？"为首的乐官头戴平顶巾，身穿红青绿绖丝彩画百花袍，下襟不长，露出了白棉夹袜，足踩琴鞋，矮胖身材，皮肤白皙，他本姓段，洪元公赐名叫楚离，这时欠身答："回大王，臣等能奏，只是少了七弦相伴，或许不能尽美。"洪元点了点头，却听玘灌禀："二公子带了琴呢。"众人看时，只见二公子青蘅坐在左列，着一裳白锦袍，饰着苍蓝蒲纹宫绦，正攘着乌金木柄小直刀切烤肉吃，听有人唤自己，才放下手中刀具，咽下口中的餐食，抬头向洪元望去，于是洪元命青蘅备琴、连若更衣，二人行了礼便起身离席。

玘灌借说出恭离了筵席，蹑手蹑脚来到连若更衣的帐篷，轻轻撩起帘子一角向里头窥探，只见连若伴着两名贴身婢女，正在屏风后更衣。过了一会儿，连若道："你们去帐外守着吧，围场不比宫里，别让人误闯了。"二女应下了便往门帘这边走来，玘灌不及躲闪，便来到门前对二女轻声道："两位姐姐，大王传你们即刻前去。"见二人迟疑，玘灌微微皱眉道："我来守吧，我佩着剑呢。你们快些去，大王在等。"二人便不再犹豫，应"召"前去。玘灌见她们走远，便悄悄进了帐篷，躲在屏风后偷看连若更衣，这时连若已替下贴身小合袄，正把一条轻盈剔透的半见绫罗衫往身上披，玘灌见她肌肤晶莹，更无一丝瑕疵，映着烛光胴体胜雪，不由地心中一震，倒吸了一口气，连若循声望来，见了他，惊羞交集，脸上泛起红晕，忙扯罗衫遮蔽身体。玘灌却似受了惊雷，呆立在原地一动不能动，只是注视着她。连若感到身子有些发颤，用微微发抖的双手系好衣带，没有理会玘灌，整好衣裳出了卷门。

主宴大帐中帷幕重重，燃着炭盆，暖融融的，席间众人且在饮酒，琉璃杯盏，珍珠酒红，叠叠珍馐，言欢不休，青蘅已抱来了琴，正坐在大帐的西南角与一众乐师和声，连若轻盈盈地来到大帐中央，向洪元公见了礼，复而抬首，只见她将秀发绾起，一袭若隐若现的鹅黄合欢纹长裙曳地，衣袂飘飘，薄薄的绯丝轻束细腰，光洁的脸上泛着清辉，秀美明艳不可方物，席间的众人霎时静了。

只听一声竹笛先起，起声婉转如祥龙低吟，随后鼓瑟齐奏，铿锵洪亮，一小节过后，和入七弦，如银河流云，辽阔悠扬。这时下起了雨，雨点噼噼啪啪打在大帐顶上，草原上的夜风绕行帐身，傍着里头的乐声，转遍一周的筵席，聚拢在连若脚下。地面上宫灯烛火星星闪闪，连若踩着音律，翩然起舞，腰肢柔转，跹然若仙。

一曲将罢，青蘅抬头时却见舞场中人似有不支，一舞终了，她将长袖一挥，俯了俯身。乐声渐沉。洪元公下来，把连若扶起，返身向寝帐走去。青衡划拨收尾的琴音，人们相继散去，回到各自的营帐，黑夜欺压着广袤的原野，无极无涯，混沌昏暗，风旋尘转，不知光亮在何方。

青蘅与玘灌就寝于一帐，半夜他被鹰声惊醒，之后听着玘灌梦呓，便不曾再睡。到了次晨，雨点已停，天色熹微，他便穿戴好衣袍，牵马出营，来到林场，对正草靶，张弓架箭，满弓，指放，皆中红心。

箭篓空时，他手掌殷红。

待再添满箭篓，忽听身后衣裙窸窣，回头看时，缓带素衣，是连若。青蘅正要行礼，却见低空处掠过一大一小两只青鸟，青蘅疾转身，深吸一口气，把弓一扬，指尖一松，羽箭"嗖"地驰去，顷刻之间大的那只青鸟应声而落。

连若走上前来，青蘅对她欠了欠身，她见青蘅的掌心处血迹一片，蹙了蹙眉，取出手绢为他包上，察觉到他指尖冰凉。

不知为何，她见不得他脸上带着忧伤的模样，总觉他应该永远明净亮堂，一如她故乡楠国华贵如水的绸缎，温润舒展。为他扎好了伤口，她问："怎么了？"

青蘅答："看见那只青鸟，想起了母亲。"

他的母亲，怀羽，王后娘娘。

青蘅四岁上离开呈阳，随一师父宿在荆楠交界处的黄阳山中，只在新春时节才会回宫一趟，停留却不过三五日。每次他离宫返山，怀羽都会病一场，她挂念他是否安康，夏季怕他被蚊虫叮咬，冬季怕他挨冻受寒；怕师父太苛，又书信给师父恳请莫要太严，又嘱咐春晓月月记得打点吃食穿着，寄去黄阳。早先怀羽曾去过黄阳几回，那是在荆国西北部的桓良山脉之中，北靠着梁，往东渡河是孟；青蘅同师父所住的庐舍不大，在半山处，四间平房，有一名小童使唤。后来边界不宁，常有绿林出没，怀羽才去地少了，书信却不曾断，青蘅知母亲对自己一直牵挂。

今春父王洪元公即位，青蘅回宫朝拜，在宫中停了一月，怀羽王后与青蘅朝夕相见，便再也不舍这儿子离去。青蘅这年十四，怀羽请求洪元提前为青蘅加冠，好让青蘅留在呈阳。于是青蘅得号"平阳"，立王府食采邑，不再回山，母子终于得以团圆。只是好景不长，洪元即位不久，怀羽便离宫去了济云观。青蘅已有数月不见母亲，时常思念，总怕她会遭遇不测，方才见那对青鸟离群索居，便下意识把它射落，正应了他对母亲的隐忧。

青蘅没有对连若掩饰，因他与她本就是故人。

年初青蘅在山中得了信知父亲袭了王位，便应旨收拾行装准备回宫参礼，临行前，他来到谷涧钓鱼，想要再侍奉师父几日，恰巧遇见连若姑侄。他随师父习了一手好医术，见二人受了伤又着了凉，便团了草药，助二人养血补气，以达呈阳。

连若本是楠国名门之后，因家中变故方逃难来荆。那时遇见青蘅，道他是个山野小童，心中谢他的好鱼好药，却不敢多作停留。到呈阳后她寄居在族中世交连氏府中，家主连康见她貌美，便想将她嫁与公卿贵胄，好借势扶佑子弟，使宗族复兴；后适逢洪元公大选新妃，便将她改姓了"连"，只称这是堂兄遗孤，安排她参选，哪知一朝竟真得中，选在了君王身侧。

青蘅和连若一前一后入了宫，却直到那日玘灌在学宫受罚，才头一回在宫中碰面，两人心中均是一奇。后来偶有相遇，则止于礼数，不曾言语。此时二人对话，却均觉相印，彼此无隙。

连若安慰道："别难过了，或许王后娘娘，过些日子便会回宫呢。"又道："荆国少有人弹七弦，你的琴弹得这么好，是何人所授？"

青蘅一笑："是我师父，他其实更喜欢奏箫，教我七弦，也是为了能与他合奏。"

琴箫合奏——那可真美，她心想着，有些向往。

青蘅又道："夫人的舞也很美，是楠国的舞么？"

连若点了点头，却不愿谈及身世，岔开话去："昨天大王同我讲了个故事，说有一位公子，为了自己逍遥自在，便丢下妻儿，周游去了，一去数年，杳无音信。另一位公子却毫不知情，娶了那人的妻子，还以为那孩子是自己的。"

青蘅听了若有所思。又道："夫人昨晚，可是有些倦？"

连若心中微微一颤，见他神态怡然，俊眉含秀，英气裹挟着尚未浮出的朝阳，拢在双颊，散发出粲然晨光，她避开他的目光，低了低头："是四公子淘气。"青蘅道："灌儿，他怎么了？"连若轻声道："他偷看我更衣……"青蘅看着她，忽而一笑。连若一时羞怯语噎。青蘅又是咧嘴一笑，悠悠说道："过去啦。你看，天就要亮了。"

蘅 芜

时当新正，地气初动，天还蒙蒙亮，宫苑寂寂，有幼莺鸣啭。玘灌早早地起了床，见川儿还没有醒，便压低声音唤来洪络，为自己穿戴上簇新的大红莲花云纹穿花金狮圆领袍，丹矾彩雀玉宫绦，白绢袜，云头靴，猩红玄狐斗篷，不使人伴，便出了锦华宫，一路来到了望春园。

园门外的粗使宦仆正在清扫积叶，玘灌爱极了这片园林，四季常来，于其中的一草一木几尽熟识。此时曙光尚未出现，朝霞却已漫天，园林东南有石山梅林，远远地便能闻见花香。玘灌穿过一条透迤石道，身旁脑后竹尾森森，香尘细细，只是人烟稀少。冬天的风呼啦啦地吹过竹林长道，很有些凉意，玘灌拢了拢斗篷，心间却是热烘烘的。青石道一直通向梅林，走近了，只见梅花然怒放，满树满枝，蓓蕾如腴，繁华如云，芬芳四溢。

玘灌微微一笑，走进梅林，在花树丛中挑捡了一会儿，折下一枝梅花来，花瓣明黄，星点繁密，花柱牙白，花蕊鹅黄，艳丽夺目，芬芳怡然。

玘灌捧着梅枝从望春园出来，偷偷溜进了魏婷宫，他来到窗边，趴在窗台前向里头探，只见连若里头一件浅云色衬里，只露出短短一截宽袖，外披着件嫩青色蝶纹暗花纱披风，正坐在黄梨木雕花椅上对着一方象牙雕花小圆镜梳妆。

屋中通了暖炕，热融融的，玘灌将梅枝递给侍女，示意她们不可出声，蹑手蹑脚进了里间。他看着铜镜中自己的影子和连若渐渐近了，心中一喜，便蹿上来捂住了她眼睛。

连若正拿着玉簪要戴上，怕扎伤玘灌，便放下来，道："是灌儿吧？"

玘灌松了手，交代一旁伺候的婢女洛儿去把梅枝插好，自己悄悄地问连若道："姐姐，你还生我气么？"

连若已闻见了梅花清香，转过身来，却先见到了玘灌，只见他秀气的面庞有些阴柔，带着不谙，一副烂漫天真模样，她轻笑一声，没有言语，一手挽起发髻，一手拿起簪子插在发髻上。

玘灌望着她雪白如玉的面容，有些羞愧，见她迟迟不语，又有些心焦，握住她正拿着玉簪的手，透过她的脖颈，眯眼看见了她雪白的肌肤，凑上前去，贴近她道："姐姐，你真好看。"

连若一惊，忙掰玘灌的手，传洛儿来给玘灌看茶。听洛儿要来，玘灌只好收敛了些，却趁着洛儿尚未来到，抽出了连若的发簪，将她的发髻解了开来，一面拿出怀中的紫檀木梳轻梳她那一瀑秀发。连若的长发被散下，只好用手拢了拢，未及言语，却早将身子往一边侧了侧。

连若来拿梳子，玘灌反手捉住她的手腕，问道："姐姐，这是什么？"连若正要抽手，却被玘灌拉住了袖子，只见她淡樱色的袖中藏着方天青色帕子，轻薄柔软，精雅别致。不待连若遮掩，玘灌已一把扯了那绣帕藏在背后，连若不便争夺，只好轻轻拉着玘灌衣襟道："还给我嘛。"玘灌见她忽然流露出了小女儿情态，不禁一呆，仗着自己高了她些许，便举起手臂道："你来拿啊。"连若却道："你快给我。"玘灌听她语音柔和，更不愿还给她，只盼她一直缠在自己身边。连若却真有几分急了，道："灌儿乖啊，别闹了，改天我也给你绣一个。"玘灌这才放下手来，看着绣帕上的蘅芜图案，忽然问道："姐姐，这是什么?"连若答："就是平常花样罢了。"玘灌却失色道："你骗我，那是蘅芜，你喜欢……"连若忙上前去，用指尖轻按他唇，玘灌一呆，说不出话。

少年将

　　浓烟欺山，春雷惊怖，滚滚黑云被大风驱赶着向四下里扩散，似要侵吞下苍茫的天地。牧民纷纷驱赶着牲口归家，妇人们匆匆地收起铺在院中的物什庄稼，孩童钻进了屋里，一扇扇户牖被关紧了。

　　一位十岁左右的年轻公子，额前脸上涂着几道卷绿的松汁纹彩，着一身赤底织金四合祥云纹圆领凤袍，跨着一匹白马，正驻立在山峰之上，紧盯着崖下的那条界河溆河，湍急的河水一路翻滚，吞吐着，卷噬着，向不远处的岔道奔腾而去。溆河在不远的石滩处辟出个"人"字，顺着日暮的方向划出了三国之界：荆、楠、佟。

　　眼见着暴雨将至，少年却丝毫没有离开的意思，身后的一众随从静静跟随，安定沉着。

　　少年看见山间有青紫色的雷闪划过，他直了直身子，眼神闪烁起来，细细的脸颊如枫叶的尖。

　　"它们一会儿便会跑出来了。"他说着，轻描淡写，不容辩驳。几十个人就这么跟在他身后。此为山势最险处，诸峰拥挤堆叠，壁立千仞。

　　他爱带着一大群人狩猎，让大家围成个大圈，看着他的勇士在丛林间围捕，与兽角斗，堵截、伏击、交锋、擒纵，逼得大虫无处可逃。随从们看清楚了，若有人叛变，下场便如这些猛兽，他不杀你，却会紧跟着你，追逐着你，直至你力竭身亡。

就是这样一个公子，出了猎场，换下劲装，却全然成了另一个人。

他对门客礼敬，对仆从和善。门客有谋，仆从忠良。

他不常笑，也很少流露出欣喜，即便是喜，也能发现他，笑容很淡，不见波澜。

一群人紧随其后。

隐隐的，有马蹄声从远方驰来。

少年向下望，却见两名女子共乘一马在前头疾驰，十数乘铁骑紧追其后，剑拔弩张，二女都着红裙，此时便如一团红云腾走。年长的莫约三十，年幼的只七八岁；二人全仗着座下骏马神勇，才将追兵抛开数丈。

少年看着，知二人要犯难了，果然——大河已然横阻在跟前。

界河之央。

河宽数丈，水流却深且急，狂奔中的马儿猛地遇见奔腾的流水，惊地直立起身来，扬蹄嘶鸣。鞍上的两人坐立不稳，只能哆嗦着紧握马缰，贴伏在马背上。那伙武士却已在身后排开了，像墨色的扇面，要将红云拢住，那年长些的知无计逃脱，一咬牙便拍马下水，方至河心，后背便直生生地中了箭，她惨叫一声，伏在那女孩的肩上，鲜血顺着她的嘴角滴湿了女孩的前襟。女孩咬了咬牙，却不曾回头。

少年细看了看那队人马的衣袍纹饰，略一思忖，便命身后的随从抽弓架箭，待那山脚下的追兵纷纷下水离了岸，他一声令下，瞬间流矢飞驰。追兵正向河心挺进，没曾想竟遇了冷箭，周身水流湍急，一时找不见敌方，不由惊慌。

他们离那女孩渐渐远了，落在身边的箭却不曾停。

这时已下起了雨，女孩听雨点铿然，却不敢张望，只凝神注视着前方。临了岸，身后已没了声响，于是往身后看，不由地一呆。追兵们全被射下了水，河水一片嫣红，一股股地铺陈开来，像绽开的莲瓣。

她一怔，忽然望见了那红袍少年，他正漠然立于高山之上。

少年骑马率众曲曲折折地下了山，来到她面前，他望了望河面，问："他们为何追你？"

女孩儿黛眉樱唇，白净的面容粲然生辉，额前秀发沾着水珠，却愈发衬地她面容娇丽、灵动可爱，她眉梢微蹙，道："他们想杀我。"

他望了望方才伏在她身后，如今已落入水中的女子，问："她是谁？"

"是阿嬷。"

"你要去哪儿？"

"楠国。"

"我家就在楠国，你若无处可去，可来找我。"

"我有地方去呢。"

"我那里有许多好玩的，你爱住多久都行。"

那女孩一顿，竟轻声笑了，嘴角是清凉凉的傲气，清新润泽。

她问："你家有牡丹花圃吗？"

少年一愣："没有。"

女孩撇嘴："那我可不去。"

说着便欲登马，只是那马太高，她上不去。

少年偏头一笑看着她，女孩问："你瞧什么？"他答："我看你上不上得了马。"女孩脸上一红，牵着马就走，走了许久，估摸着那少年已瞧不见她了，这才踮在一块大石头上上了马。这时雨下大了，她缩了缩脖子，忽觉少了什么，竟是丢了父亲留给自己的那块龙凤纹羊脂白玉锁。

她不会驾马，便紧贴着马背，一路上颠簸战栗，终于回到了那条界河。

河岸上已齐整地支起数排帐篷，遮蔽住惊雷承受着雨点，闪烁着暖和的烛光，格外亮堂。

女孩走进最大的那顶军帐，少年果然在里面，他已换了件素色的绣花缎袍，正坐在案前就着灯盏凝神阅览书卷。身旁的侍从提醒他来人了，少年这才觉察，抬头看见了她。

她忽觉歉然，低低行了一礼道："公子，我来寻一方玉锁。"

少年将书简合上了放下，站起身来，背手踱步，郑重地答道："将来若能重回此地，便还给你。"

他向侍仆吩咐了几句，侍仆便出了军帐，过不多时，牵来匹枣红色的温顺小马。

少年上前，轻轻拍了拍马儿的前额，马儿蹭着少年的手，亲昵又快活。少年把马绳递给女孩，道："乘它去吧，会稳妥些。"也不再留她，独自回到案边坐下。

那马儿回头望了望少年，轻鸣一声，似有不舍。她轻盈盈行礼，牵过马儿出了帐篷。

忽听身后少年道："过几日他们便会知你尚在人世，自己当心。"

她一愣，回头看，又见烛火之下，他的面颊细致如秋水，虽年幼，眸子却深沉，望不见心。

她已远去，少年吩咐两名手下跟上："护她进城，直到她的居处。"

"不必让她知道。"

梨 治

清明的雨已降了几回，浇得锦华宫里木苗繁茂，花树峥嵘，藤蔓缱绻，薜荔、松萝攀缠蔓遍，满庭满院的青绿，里里外外，纷纷扰扰。前院小池的荷秧菱叶一夜间舒展开了，托着娇嫩的花芽，在微风中散发着清香，幽然静好。

如樽奉了洪元公口谕，来锦华宫传旨。远远地便听见一众女子的嬉笑声。进了锦华宫，才一进园门，便见圮灌平举着双手摸探着迎面追跑出来，发上别着宫女为他采的木槿，眼上缠着条牙红色的丝巾，也不知是谁的，正扮盲人猜摸宫女。

如樽叹了口气，摇了摇头。

圮灌察觉到有人来，便微微一笑，慢悠悠地把丝带除去，递给婢女，正了正身子。他一袭海棠红织金团花宽袖锦袍，束着菖蒲底如意纹宫绦，腰间配着棕玉骨折扇、百花银纹荷包，脚踩祥云纹虎头靴，黑发束在头顶，用一根玉簪别住，戴着发冠。此时的他已十五岁，展开了身量，甚是出众。

圮灌见是如樽，便嬉嬉一笑，深深一揖，接着才接了旨，便要前往宝和殿，磨磨蹭蹭地更衣，好不容易才出了寝宫。

穿行在殿宇长长的回廊间，圮灌忽在一名婢女跟前停下。那婢女不知做错了什么，忙低下头，浅浅行了个礼。玘灌拿扇柄托起她下巴，嘴角滑出一丝笑："你很美啊。"那宫婢慌忙后退，玘灌拉住她手臂，上前用指尖轻揉她唇。洪络在一旁道："公子，时候不早了。"玘灌不答，冲如樽咧嘴一笑，回头凝视着婢女的脸端详一番，道："可以了。"这才离开。

原来他方才在锦华宫和宫女们嬉闹，手中沾了凤仙花的汁水，因觉可惜不愿洗去，又怕被洪元公发现，便沿路留意佳人，终于遇上个模样齐整的姑娘，便将花汁擦在了她唇上。

于是一路上暖洋洋的，春意盎然。

宝和宫已在跟前，玘灌随如樽步入殿去，可才一踏入宝和宫的正殿，他却忽觉浑身一凉。

为何这般阴森。玘灌打了一阵寒战。

里面几位公子已等候多时。

正殿的门沉沉地闭上了，只听"啪嚓"一声雷响，晴空霹雳，玘灌打了个哆嗦，随几位公子齐齐行下礼去。随后，阴霾便笼住了整片殿宇，要下雨了。

此时的洪元公身着一袭玄褐敞袖素蟒袍，背着手直立在大殿之中，扫视着众人。诸公子皆把头低着，心中打鼓，唯青蘅依旧平视着前方，神态温和却漠然，见洪元看他，便回望了洪元一眼，把头微低了低，复而如初。这时洪元令内臣端上个托盘，托盘上放着个铜制的小人，上面扎着钢针，一看便知是巫蛊之术。洪元公沉着声音缓缓问道："这是何人所制？"

玘灌忽然想起，三公子季庆病重，接连一月不好，这时见了铜人，不由心中一沉。

洪元道："堂堂荆国宫廷，如这等谋逆之物竟会出现在三公子的寝宫之外。"

众人都是一惊，重元君之子疾生上前跪下，惶恐道："大王，臣不敢！"璟旦等几名公子也连忙上来叩头。

洪元冷冷扫视了一圈众人，在殿中缓缓踱着步，一面说道："你们想仔细了。自己认罪，孤可从轻处罚；倘若由孤会同容敬院查得，公之于天下，那时，可就不是轻罚了。"

玘灌只觉热血上涌，便要起身，却觉左臂给身旁的梨治压住了，抬头却见梨治缓缓起身，走上前去在洪元公跟前徐徐拜下，复跪起身，将头顶的双龙玉冠除下，端端正正地放在一旁，对着洪元一揖到地："大王，是我。"玘灌心中一阵翻腾，勉强立稳了身子，转头正遇见青衡的目光，青衡却避开他的眼神，向大殿中央看去，玘灌额前渗出了汗珠来，手心全是冷汗，低下了头不敢出声。

此刻，玘灌已听不清洪元公说了什么了，只感到梨治在颤抖，是因为惊恐——后来，便听见如樽传唤仆卫的声音，再后来，殿门在身后"嘎吱"一声打开了，踏步进来了几个人，丹黄织金绣襕袍翻腾攒动，掺杂着抽噎声，有人绊倒了，随即便被拖了出去。玘灌的手心全是冷汗，他感觉到自己在发抖。

身后兽首门环一震，八十一颗门钉紧贴在扇隔门上，绦环板上的金龙借着雷闪透过格眼泻进殿来，投下暗影在金砖地上青石壁上金丝楠大红柱上，腾云驾雾，张牙舞爪。

百击暮鼓阵阵传来，大雨倾盆，骤至。

广安三十六年。

青蘅

暮鼓百落，申时，三刻。再过一会儿便是宫禁了。

草药已经包好，青蘅净完手，从御药房的阁楼里走出，来到回廊，大风灌楼，回廊上原聚集着好多鹦燕雀鸟，这时纷纷扑腾着四散归巢。御药房在呈阳王宫的西北角，登楼可见望春园，青蘅纵目瞭望，天青色的长衫在风中飘拂，只见乌云移换，红日坠沉，风雨将至。他该出宫回府了。

四岁那年，他曾遇大病，数月不好，洪元夫妇遍访名医，最后是被一自号"箫老仙"的居士治好，之后他便听从父命拜了这居士为师，随其寄居在了黄阳山。

他在山中一住就是九年。直至四年前他十三岁，洪元即位，他才拜别师父，返回宫中居住。回宫不久，他便觉察到父亲洪元公与母亲有隙，洪元公似乎对怀羽所出的三兄弟皆有疑虑，玘灌尚幼未涉朝政，梨治与他则已加冠，梨治为太子，按例统领着宫廷禁军御龙军。他则因承了师父一手好医术，能调配各式丸药，回宫后便向洪元公请了旨，供职于御药房。洪元一朝虽重文治，却也未松散子弟武习，隔月便会往围场举赛事考察。唯有青蘅，洪元特许他可不参与习练，只说青蘅幼时得病落了病根，习武恐损其健康，实则是青蘅医道精妙，所制之药于自己大有裨益。

青蘅倒也颇耐得住寂寞，四年来每日用午膳罢便去御药房倒腾那些药沫瓶罐，倒腾累了，或上阁楼弹会儿七弦，或作会儿画，待太阳落山，落了暮鼓，便出宫去。他已加了冠，在宫外立了府邸，于是他日落后不再出门，只在屋中早早歇下。

他所研之药，多供往洪元及六宫妃嫔，此外还有一人，便是长公子梨治。

他与梨治，打小便是最亲。幼时在王府，青蘅每得赏赐，都会分出一半，捧来给梨治，他语音未全，常管梨治叫"梨子哥哥"："梨子哥哥一半，蘅儿一半。"梨治则会半蹲下来，把他小手中的糖果金馃放在一边，温和地说："谢谢蘅儿。"心里知这一日必是要被这小子缠着了，好在青蘅倒不闹腾，也不多话，只是静静地坐在梨治的屋里，自己摆弄玩偶物件。只要梨治在身边，他便开心。离府那天，梨治与怀羽一同将青蘅送至城外，怀羽遇上急事只能先回，梨治却不忍分别，一路又送了青蘅二十余里。青蘅始终记得这段往事，只不知梨治是否记得，在山中的那些时日，他所念者，除了母亲，便是梨治。

回宫后，兄弟二人终于不再被山川长路阻隔，只是梨治为太子，日间除了读书骑射，又须协理洪元处理繁杂的政务事宜，二人再不能如幼时那般胶漆亲近。梨治偶尔得闲，会来御药房寻他，然也只能谈论些药理文章，坐不多时便又要匆匆离去。

今春春暮，梨治因巫蛊一案获罪，被褫夺了爵位，禁足于宫中一处狭窄幽深的偏殿兼宁殿，饮食起卧皆受监视，出恭用药皆须报禀。东宫本有仆役三百余，入了兼宁，随侍之人便只剩下一宦一婢。

梨治之妻名唤嘉益，乃安陵太子胞弟、遂天子安城君之女，四年前她方才及笄，孝月嫁去吴国后，嘉益便被洪元许配给了梨治。她上头原有三个兄弟，却皆早夭，唯有她长大成人，故她自幼倍受安城夫妇宠爱怜惜。然而嘉益毫无骄逸脾性，她侍奉父母极孝，嫁予梨治后，则对梨治悉心照料，将王府打理得井井有条。

她嫁给入东宫时梨治尚为太子，然而不出三年却随梨治被贬斥，来到了冷僻狭窄的兼宁殿，梨治本是爽朗性子，巫蛊案后心绪日渐不宁，健康也每况愈下；嘉益却从未因此而怠慢他，总是循循抚慰，使丈夫不至沉沦。她心思缜密，聪慧周全，青蘅不知是否梨治曾有交代，嘉益竟看出了梨治与自己最亲。她到底是天子之女，未被禁足，于是每隔七日，便会亲来御药房，为梨治请药，每每来此，她都不忘叮嘱青蘅："请二公子躬亲熬制。"言下之意，其他医官，她不放心。

青蘅凭栏而望，这日是十四，正是嘉益来取药的日子，可风雨飘摇，不知她今日还会不会来。

屋檐有雨点打落，青蘅转身正要回屋，却忽见一把绸红色纸伞，正绕过御药房东侧的卫宁宫向这边过来，伞下人没有挨着道路两旁的高树行走，却踩着大理石路面中央的石雕纹样，一步一龙凤，一步一石莲，是为借那上头凹凸，来避开石路湿滑。

形单影只，纸伞在风雨中摇曳，如此雨天啊。

梨治府中的侍仆被悉数换下，兼宁殿中已无人可支。

青蘅下楼去迎，嘉益已将伞收好，斜置在门廊边，她身上穿着半旧的紫兰织金对襟袄，下着月白绉纱裙，罩着轻薄的云肩，掩不住她身材细挑，瓜子脸，新月眉，一面起身，一面用手将额前的发丝往耳后并，她见了青蘅，便徐徐行了礼，道："二公子，我便不进去了。"忽觉足下有些发软，站立不稳，青蘅伸手将她住，退后一步同她见了礼，知她是怕裙裾上的水珠会沾湿馆中的药材，便道："青蘅这就去取。"

过不多时青蘅便出来了，手中提着两袋草药，均用竹条系好。

嘉益见较往日多了一袋，便问："二公子，这几服药是……"

青蘅将两袋草药又紧了紧，答道："这是给公主你的。"

嘉益奇道："我未曾请医，为何会有我的?"

青蘅擦擦额前的雨水："公主有孕在身，这几服草药有安胎之效，日饮一剂，可保公主与胎儿无恙。"说着冲嘉益一笑，嘉益脸上微微一红，青蘅又道："公主自己还不知吧，已有月余了。"嘉益微微皱眉："你如何得知?"青蘅道："方才扶起公主时，探得了公主脉象。"嘉益也不多言，只是淡淡地谢过青蘅，接过了药，回身离去。青蘅又道："公主，下回青蘅让人送去吧。"嘉益闻言，停下脚步，转过身来向青蘅欠了欠身，青蘅只见她雪白的面容明净无暇，这时带着些倦容，风雨中显得单薄无依，却果决坚毅，青蘅不由地想起安城君来，他只在洪元的登基大典上见过安城君一面，却从那面容中看见了同样的隐忍顽强，安城君久居呈阳，不得返乡，却从不曾听闻其消沉。青蘅不由得心头一震，肃然起敬，向嘉益躬身回礼。

那是一对双生子。真盼他们能安然坠地，茁壮成人。

璟　旦

院里的蛐蛐鸣了半夜，夜已三更，圆圆的玉蝉静悬在中天。

已入深秋，露气湿重，璟旦拢了拢湘妃底松竹纹被褥，侧过身子，把脸埋入棉枕间，被子很软，床榻很洁净，有淡淡的熏香味道，都是爹和娘当年亲自布置的，都是他喜爱的模样，或许这是最后一次躺在这里了，真想记住这间屋子的暖意。月光透过窗纱洒进屋来，昨日是十五，是月亮最圆的时候，他想起远嫁的姐姐孝月，也不知她在吴国过得好不好，会不会也在想他。

半个月前，景元君府的家臣截获了洪元公写给武士部的密函，上载王令："彻查景元君璟旦。"于是他连夜召集心腹部下商议。留在呈阳，有先王象宜公的遗嘱相护，不至死，可前途未卜，洪元随手一个罪名便能永生永世地囚禁他，被废黜的太子便是这样；可若亡国，却会落个叛国通敌之名，洪元君有了说辞，随时可将他擒拿诛杀。洪元君连亲子都不留情，何况是他。

他等这王令已很久了，这时只感到忐忑又疲乏。

广安二十六年父亲靖元太子走时，他才五岁。十年了。

象宜公对嫡子靖元之厚爱，无以复加，爱屋及乌，对璟旦也报以重望，璟旦三岁，便被赐予"景元"为号，须知此"元"字乃洪元一辈所用，象宜公此举，即是昭告天下，继任荆国公者，必出靖元。

可是父亲靖元却走得太过突然。洪元君带兵平定西北，得胜归来，靖元太子却在宫内的望春园身故。至今无人知其缘故，有说是被毒蛇咬伤，有说是被人谋害，有说是中风猝亡，众说纷纭。那时他还很年幼，不知父亲到底去了何方，只记得爷爷象宜公带着他亲守灵堂，数日不肯钉棺。

靖元太子薨后很久，象宜公不曾立储，他一度想把王位传给孙儿璟旦，可朝廷内外风起云涌，几个公子都厉兵秣马、虎视眈眈，若璟旦临朝，纵然四公子骁元君甘愿为臣为将，可对手握重兵的洪元、重元，他又能否相抗？即使象宜将大位传他，也难保他能坐稳这江山，况且乱世之态已渐显，诸国都有吞合之势，若在王位更迭之际出了岔子，不仅璟旦性命不保，便是整个荆国，都会有倾覆之危。一边是嫡子嫡孙、骨肉至亲，一边是国土疆域、社稷黎民，象宜公长久夜不能寐，迟迟无法抉择，璟旦天性冲和，不与人争锋，与靖元太子果决爽利的性子也大不相同，倘若是靖元先即位，后再传位璟旦，他倒能做个太平君主，奈何靖元青年故亡，乱世之中璟旦却无法统御荆国的虎狼之将。象宜公最终还是不曾立璟旦，做决定的那一晚，象宜公披着黑金墨貂裘，拄着杖，独自来到太庙，在明堂的烛光里，靖元的牌位安然静伫，是他追封的靖元为王。他屏退侍仆，上前捧起靖元的灵牌，抚着上面的字，禁不住涕下，骂靖元："逆子不孝，如何可让爹爹，这般为难。"却禁不住哽咽，老泪纵横。璟旦与孝月最令象宜公放心不下，因此他早早地留下遗诏："景元君璟旦、公主孝月为靖元公之后，若二人不虞，或少年身故，必是王上之责，四方应起而讨之。"逼着新主保二人平安。

然而璟旦在世一日，洪元便不宁一日。

广安三十二年洪元即位，命王族子弟都进承明殿读书，璟旦便知洪元此举是为监视诸子、牵制诸王。

这些年璟旦与孝月相依为命。孝月长他三岁，自幼得靖元宠爱，靖元常称孝月肖己。而孝月护弟，璟旦则遇事不争，唯念孝月，是以二人感情淳厚，不曾相离。

孝月在时，他尚有依靠，孝月远嫁，他便再无人相依。他自幼便自矜自尊，孝月远嫁那日，他不曾前往送行，唯恐自己落泪，失了身份，会给旁人笑话了去，可当他派去远远跟随的内官来报，称公主已出荆国地界时，他却还是忍不住回到王府，掩上门，独自在里屋哭了一场。

孝月走后他变得更安静了。

日复一日，往来于承明殿、武场，王府已不是他的家，而是洪元建起的牢，围起的墙。他虽温和，却绝不怯懦，是因觉察到了险境，才深感忧虑和不安。

洪元有意要他得知密函，告诉他，去或不去，他皆是死。

他心里头有委屈，有愤怒，更有对父王母妃、爷爷象宜公的追思和惆怅：姐姐和我已在瓮中，洪元你为何还如此相逼？

"公子？"

璟旦已醒多时，见了老仆叶陶，便坐起身来，问："可是将军到了？"

叶陶压低了声音道："将军到了，已在城外等候。"

叶陶仔细伺候璟旦更衣，为他披上夜行的黑披风，把他领口的绑带系上了，松开，重新扎绑，再紧了紧，生怕被风吹开了，璟旦会忘了系回去，璟旦长得比同龄人稍缓，尚未拔个，面容瞧着也比同龄人幼些。指尖经过璟旦颈上细嫩的皮肤，叶陶生怕自己手上的老茧会硌着他，却见璟旦对自己一笑，心中不由得一颤，这个身处险境的安静的孩子，笑容一如既往的祥和、温暖。

璟旦独自绕过回廊，来到后院，厩中的马儿见了他，都凑过来呢呢地想蹭他面颊，璟旦素来爱惜马匹，一如他爱惜门客一样，这些马儿多是父亲留下的，此时已老迈，姐姐曾说，父亲不拘小节、心胸宽广，对马儿却极细心。他本就仁厚中正，听了姐姐教诲，对马儿便更呵护有加，马最通人性，知他待它们好，便都粘他。璟旦还像往常一样，将马儿们的马鬃逐一捋顺，拾起马槽中的麦秸喂它们，指尖传来幽幽花香，原来是有桂花蕊从棚屋的间隙落下。

他俯身拾起一些花蕊，打开腰间的荷包仔细放好，牵出一匹马。

马厩里忽然静了下来，这些马儿不知为何，突然停下了食草，一齐望向了他。

他也曾幻想过用父亲的战马，去夺回父亲的江山；久远些不要紧，他可以等。可如今，这些战马却不能再随他。

要走了，他忍不住回身又向自己的那间屋子望去，黑漆漆的，只有一束孤单的月光洒向那窗。窗纸间映出个人影来，是叶陶，他没有出来送别，他得紧盯着洪元留在府中的眼线，只能远远地目送着璟旦。

叶陶见璟旦回身，便隔着幽窗端整衣冠，向着璟旦三跪九叩，郑重地行下大礼。

璟旦眼眶一热，远远地对他躬身一揖。

他自幼得叶陶侍奉陪护，叶陶沉着护主，靖元太子死后，府中陆续有仆从弃他而去，叶陶却敬重靖元父子，忠心耿耿，从不曾因璟旦失势而背离。

璟旦回想着，踏出了王府。

昨夜中秋，呈阳城解了宵禁，此时夜虽已深，却仍有人在街市上行走。

将军梁骧与伯琪此刻已在城门外等他。

这一去，便不容回头。

走吧，走啊。宁为平原虎，不为笼中蝉，他肯战死沙场，不愿久困而亡。况且他的家人，走的走，散的散，分崩离析，他已无牵挂。

逃亡者

长夜阴森，树影惊怖，没有月光，只有黑洞洞的雪地。乌雁贴着水面低啸而过，半拳大的冰雹锤在长河的冰面上，击打着冰层，留下细密密的坑洼，寒风凛冽。

沿河一条古栈道，冰晶砂石掺着杂草覆了一地。一匹深棕色的大马从漆黑的远方驰来，顶着风雪，踏过浮桥，顺着河边的泥路一路奔跑，马较长马稍矮，却十分警觉，唯恐夜色茫茫，栈道泥泞，会遭遇陷坑。马背上负着个年轻人，中等身量，疲弱消瘦，他弓着背，咬着唇，未着发冠，凌乱的衣裳被血水染透了，深深浅浅已辨不出原本的颜色，一柄长剑颠簸在他身后，剑鞘映着冰雪泛着冷冷银光，冻红的脸颊底色是煞白，他早已无力控马，脑海中思绪万千起落，却敌不过周身的痛楚与严寒，他将右腕紧紧缠住马缰，用足尖勾住脚踏，以防自己滚下马，左手则用力捂住左肋不敢离身。左肋的伤口不浅，一头的血已凝住，却仍有血在往外渗淌；马儿每行一步，伤处便会被牵扯，疼得他周身直冒冷汗。

雪很大，早辨不出他们来时的方向，马儿灵敏，知蹄下路滑，更知主人负了伤，便沉着蹄足，尽力平稳地向前走，它似乎对这一带熟识，一路未经年轻人指点，便不迟疑地朝着国都邛州城门的方向跑去。

　　未即城门，马儿便引颈长鸣一阵，引下了在城门上把守的一干将士，负伤的年轻人见来了人，便用力支起身子，颤着手将怀中的一方兽面云纹玉圭取出，递给为首的士官，那士官接过，与副将相视一望，忙来扶他，这时方见马背上全是他的血痕，年轻人抬手示意他们不要声张，见对方会意，终于散了精神，冷不丁滑下马来，几名士官抢上前去将他负起，一面嘱咐士卒去抬来步轿；年轻人抬起头，望了一眼静伫在宫城中的遥远的高耸的钟楼，只觉泪水在眼眶里打转，满满的倦意袭来，伴着伤口的剧痛和晕眩，终于支撑不住，伏在那士官背上，嗫嚅出一声"舅舅"，随后声音中断，他昏了过去。

无　名

擂台上的金钟连击九柱，锣鼓喧天，余音跌宕，擂台下人声鼎沸，喝彩声不绝于耳。

台上高立着一展四方锦旗，紫底红花，绣着"武试"两个金色大字，旗下一白一褐两名武者拳来脚去，正打斗纠缠，难解难分；约莫一炷香光景，那褐衣武者略迟了半毫，被白衣少年一个欺身博击在地。判官上前查验两人，台下千百余人便簇拥向前，凝神待宣。

获胜的白衣少年拿出帕子拭了拭前额的细汗，朝落败的对手端端正正欠了欠身，对方本有些羞恼不甘，见少年谦恭有礼，便只好站起身，拱了拱手，走下场去。

众人见少年武艺不凡，不由心生敬意，又见他温雅端和，更添好感，但更多的，则是艳羡。

这是广安三十八年秋暮，三个月前楠国公越宁君曾下诏书，在北门外搭擂台比武，夺魁者赐金樽，拜四品官，是以引来楠国内外万余人众围观比试，比武的擂台在国都宁城的北门外整整开了三旬百十余场，终由这白衣少年胜出。

判官见沙漏已尽，便来到场中，命人端出了金樽。

判官正要将金樽端给白衣少年，却听远处一人高声道："且慢！"众人一齐循声望去，只见一名武士正踏着一匹黑马疾驰而来，他着一袭玄衣黑袍，墨色的斗篷飘在身后，面颊也是黝黑，他身材颀长，虽坐于马上，却仍可见其身长足有八尺余，他单手握住马绳，长剑稳稳地贴在身后，跨下马儿虽快，他乘骑着却甚稳当，一路上穿行自如。临近擂台，马儿不等他嘱咐，便稳稳地停下了。那黑衣武士翻身下马，把长剑和斗篷解下吊在鞍上，沉着步子上了台。人们这才发现他右臂衣管空空，竟是独臂。一时间台下嘈杂，众人不由地交头接耳，议声纷纷。

台上的白衣少年望了望他："我不与独臂者比武，请下去吧。"

那黑衣武士却道："你若害怕，便下去吧。"

那少年被他一激，倒也不恼，笑了笑，对台上的判官道："开始吧。"

锣鼓声鸣，那黑衣武士路数奇快，白衣少年虽沉得住气，这时也不由地脸色微变，拆招应招更不敢含糊，此时两人缠斗在一处，交互牵掣，一黑一白如水月间有鸾凤翻舞，引得众人屏息观看，不敢作声；到惊险处，才惹得看众齐声叫好。十余个回合过后，忽见那黑衣武士手法一晃闪出个指花，白衣少年顺势便去擒他右臂，一探之下才惊觉对方并无右臂，不禁捉了个空。略一晃神，已被对方一拉一拽，重重摔在了擂台上。白衣少年心知自己败了，有些失落，却仍站起来行了个礼："足下拳脚功夫果然厉害，领教了。可若上了战场，足下拉不开弓，举不得枪，如何带兵？"

黑衣武士看了他一眼，又望了望台上金樽，并不说话，来到台中案上捡起一副弓箭下了场，来到马边一跃而上，那黑骏马轻啸一声，随即驰骋起来，朝不远处的围场奔去，马背上的青年武士，左手把弓一竖，用牙衔出一只箭来，抵箭尾于弦上，紧瞄靶心，临近中线，他所衔之弓早已拉满，那箭矢便"咻"地飞驰出去；他也不待弦止，只管拉弓架箭，座下骏马滚蹄不停，瞬时即走，他也不回望，手起弦出，发箭不停，待到终点，一路靶上之箭，无不正中红心，众人见了，均不由得喝彩称奇。

黑衣青年打马回了场，见那白衣少年还在台上，看起来有些失落，却并无恼意，一番谦和泰然的气度。他忍不住上前，那少年见了他，便欠身一礼。他仅赛一场便得了金樽，这时反觉有些歉然，问那少年："你叫什么名字？"那少年道："小弟无名。"又道："恭喜。"说着告了声辞，来到台侧拾起包袱，走下了台，驾马离去，不疾不徐，镇定安然。众人一阵唏嘘。判官将金樽奉给了黑衣青年，向他道喜，嘱咐他回家暂歇。

到了次日，他的客栈外鼓锣齐鸣，他推门来看，门口果然停了一队人马，迎他上车，一路进了宫城。

迎他面王的车队碾过青石大砖，进了深宫，却绕过正殿，来到了正英宫之后的紫宸殿。青年有些诧异，下了车，随宦臣踏上了殿外长长的石阶，里头已得报禀，这时有内臣半开了门，躬身走出，迎他进去。

才跨进殿，便感到一阵浓郁的药气扑鼻，也说不上是好闻还是不好闻。

重幔叠帐之后，正北向南摆着一张巨大的黄花梨束腰马蹄足三屏风罗汉床，流云龙纹，典雅明快，一周侍奉着十数名着丝衣罗裙的宫女，只有右手边侍立着一个十四五岁的年轻人，头戴玉冠，身着宝红锦缎织金狮子圆领袍，腰缠宫绦，背对着门，正侍奉榻上人喝药。一对彩绘描金鸟兽云气纹软垫靠在床头，稳稳托承着榻上人。

青年顺着内臣指引，在榻前一丈开外住了步，一板一眼地行下礼去，朗声道："拜见大王。"

那巨大龙榻上倚靠着的，正是楠国第八任国君——越宁公，此时他正张着双臂抵放在两旁，看着这青年。

过了一会儿，才听越宁公道："上前来。"

他一向沉着，此时却有些忐忑，半站起身，上前几步，复又拜下，却听楠国公道："便是你，胜了老将军王啸的嫡孙公子王麟？"

他一时有些失措："臣不知是少将军，多有冒犯，还请大王恕罪。"

越宁公忽有些不耐烦，他一摆手，道："谈不上冒犯。孤本也无意赐他武职。起来吧，赐座。"对身边的年轻人道："你先下去吧。"于是那年轻人行了个礼，退出了殿。

越宁公命内臣扶自己坐起，青年他抬头望了一眼越宁公，旋即便低下头去，第一回见国公，只见他长髯细目，目光平淡却凌厉，然而形容枯槁，十分憔悴。早闻越宁公久不上朝，哪知病症竟已如此深沉，未发布告，想是为了朝堂安宁。

越宁公问："你叫什么名字？"

他答道："臣秋玄。"

越宁公看也没有看他："这不是你的本名。"

他心下打鼓，有些不自在，越宁公却未作理会，只问："独臂，如何做到的？"

他道："臣日夜习武，不曾懈怠，才险胜了少将军半招。"

那路拳法的破解之道只有一个——便是制住他的右臂——而他没有右臂。

越宁公倚回了软垫："你所图为何？"

他心里"咯噔"一下，低下眼去，却听越宁公道："不是冲着楠国公位，便够了。"说着哈哈大笑，笑着笑着咳喘起来，这才停下，又问："你多大了，哦，二十。与孤的长公子，倒是同年，他啊，不如你英武。"

可是那逃亡在外的废太子崇安君？他想道。

这时有内官来报，见了秋玄，便止了语，越宁公打了个手势道："他不是外人。"于是那内官才跪拜禀报，称佟国的使臣，已至国都宁城。越宁公点了点头，抬头看秋玄："佟国公向孤索要一样宝物，孤不愿意，却不便拒绝。你以为，该如何。"秋玄的嘴角有些发颤，豁然答道："那大王便也提一个，令他不愿意却又无法拒绝的要求。"

越宁公微微点头："孤的两个儿子，长公子，叛逃在外，二公子，则文武双全，尽孝于寡人榻前，你方才已见过了。你想效忠哪个——别说谎，孤能察觉。"

原来方才那个年轻人，竟是二公子简原君。他听闻二公子善用兵法，长于武艺，不想竟是个清俊少年。

他一怔，把头低了低，望向越宁公脚下的石阶："臣想……效忠楠国。"

越宁公冷哼一声，将身子往前探了探："别自作聪明，说实话。"

他一顿，又郑重地行了一礼，之后抬起头，望着越宁公，有些犹豫，却仍说道："臣想……效忠……能当王的那个公子。"

越宁公笑了，转头对总管古月道："这孩子与你倒是一个心思。"古月抿了抿嘴，朝越宁公躬身一揖。越宁公又转向他："说吧，喜欢什么官衔。"

他心中一阵澎湃，眼中满是欣然："臣愿为郎中令，得护大王身边。"

越宁公却道："孤有疾，已入骨髓，不得而治，命不久矣。无需你相护。"他听闻此言，不由一惊，却见越宁公神色未改，捻着长须，点了点头，吩咐古月："拜，秋玄，为典客。即日入朝。"

秋玄心中有些许失落，却仍叩拜道："谢大王。"

越宁公没有回应，命人为他着上鞋袜，随后搀着内臣，缓缓从龙榻上走下来，道："胸有惊雷而面如平湖者，可拜上将军。不要因为感情，坏了全局哦，秋玄。"

秋玄一愣，一时不知该如何作答，却听越宁公已走开了："古月，替孤更衣，传佟使。"

玘　灌

大寒行径，寒潮从北方的山脉倾覆而下，掠过荆国的丘陵平原，长驱直入呈阳，带来了雨点冰团。雾气茫茫，寒风从八方袭来，将锦华宫院里的松枝竹叶摇下，沾湿了拍在纸窗上。承明殿的太师傅们告了冬假，一众公子在各自府衙便安歇，玘灌拥着被褥坐在榻上，缩着身子，怀中抱着暖炉，看洪络和川儿在对面案头清点往年调好的香料，湿湿甜甜的味道让他感到眷恋，可里头包裹的寒气又让他有些喘。

卷帘一掀，赵佚趋着步小跑进来，欠身笑道："公子，城南的大台搭好啦，比往年都热闹。大济河结了冰，可厚实，都能走人咧。"赵佚知玘灌自入冬来便有些懒，便时时留意着宫内宫外的稀罕玩意儿，好博他一乐。

玘灌听闻，心情果然开朗了些，嘴上却道："大王眼下啊，正在宝和宫盯着简报，你倒好，净知道撺掇我玩，可见是个佞臣。"半月前楠国新君即位，于是前日洪元公派出一股兵力，小犯楠国边境瀰野，借以试探楠国新君崇安君虚实，尚不知胜负。赵佚也知玘灌不过是因才加了冠，想摆一摆成年公子的架子罢了，这时便顺着他心意，笑道："小的有罪、有罪，只是公子熬了一年，好不容易得了空，不出去走走岂不可惜?"玘灌已撑不住"嗤"的一声笑了，随即又想起川儿是楠人，怕他多心，便顺势岔开话去，对川儿道："今年的雪确实是大，上回遇见，还是你刚来荆国的时候呢。"那年象宜公刚走，连若与川儿刚来到呈阳，川儿点点头："正是了，一转眼都七年啦。"那时川儿还是个七岁的孩子，这时已长成了玉树临风的少年，虽仍是细削身板，个子却蹿高了好些，白净的脸儿稚气未脱，带着些圆廓，这时他笑了笑，清秀的面容舒展开来，衬着欧碧色的圆领锦袄，眉眼如画。玘灌长川儿四岁，这年十八，身段风流俊美，面容圆润清朗，他上月加了冠，得号"继阳"，待过了春节，宫外的府邸落成，便可离开锦华宫，独居王府。如此说着，玘灌已更了衣，罩上织金玛瑙红斗篷，带上赵佚、川儿几人出宫去了。

每年腊八过后，宫外城南便会搭起大台，百戏歌舞轮番登场，持续月余，除夕稍歇，最终会在元宵灯夜推向高潮。

这日正逢市集日，街头巷尾摆满了待沽的菊花，如冠冕如密羽，团团绒绒，灿然生辉，其花多见金色，也有碧色的，偶见清粉，街头巷尾，一簇簇一团团，铺陈开来，芬芳扑鼻，匀匀然怒放，也不管这天气寒凉。因为将迎新春，城中禁军也穿上了冬月的团菊彩纹厚锦袍，头戴绢花，喜庆热闹。

赵佚洪络一众仆卫拥着玘灌在城中游逛了一日，观大台上下杂技百艺，吃面点尝冰糕，到了黄昏，沿河燃起了冰灯盏盏，美轮美奂。映着河面，晶莹剔透，依稀能见冰下汩汩河流。众人伴着玘灌来到上元桥，此桥在呈阳二十四桥中当数最高，在此赏灯，风景是最好。大济河是荆国的母河，绕过呈阳，一路向南，会与荆楠的界河浟河液河相并，最终在佟之北端分流。这时河上结了厚厚的冰，有小童在岸边捏雪球打雪仗，也有的在河面上滑行嬉闹，不时能见雪人冰雕。

这时玘灌由赵佚几人伴在身侧，帮他数冰灯，看往来行人，心情大好。

见玘灌乐，赵佚洪络也跟着乐，可玘灌笑着笑着，忽然没了声，失了神。

洪络转头，只见玘灌脸色发白，正直直盯着前方，顿时慌忙问道："怎么了公子？"顺着他的目光看去，却未见有异。玘灌转头一望川儿，皱了皱眉，揪住自己的前襟，弓下身去，几人连忙扶住，赵佚背起他去乘马车，一路打马赶回了宫城。洪络则当先一步驾马回宫去传医官。

川儿扶着玘灌坐在马车中，望着他苍白的面颊，没有吱声，不敢说话。

回到锦华，赵佚背着玘灌进了屋，医官已到，婢女们忙服侍他躺下，却见他额上汗珠滚滚，拿手巾去拭，竟是滚烫。赵佚自悔不该引他出宫游玩，洪络则一面心焦，一面嘱咐屋中女侍端茶烧水。

过了一会儿，听门外报"洛儿姑娘到了"，洪络便应了声"请姑娘进来坐"，将洛儿迎进了屋，洛儿用托盘端着盏藕合色的花灯，远远地看见玘灌躺在榻上，脸色煞白，不由一惊，一面问洪络四公子可安好，一面道："连妃娘娘所说四公子喜欢莲灯……方才便在街上看见这灯漂亮，便买了来，送给四公子。"玘灌猛抬起头，望着洛儿臂弯中托举的那盏六角百子莲花灯，在烛光中竟似魑魅魍魉，他只觉血气上冲，"哇"地一声，直吐出一口血来，怒道："你出去，洪络，以后不许魏婷宫的人来！"洛儿不敢多看他，把莲灯呈给洪络，疾步退了出去。

方才在桥上，掠过河灯千百盏，在胡同巷陌的拐角，玘灌看见连若身倚女墙，墙上尚有雪霜，对面是青蘅，青蘅啊青蘅，他不敢再看。

洺儿回禀了连若，连若听了也心惊，却猜不出缘由，一面嘱咐正在魏婷宫小坐的川儿回去照顾玘灌，一面思忖着过几日再去看他。

重 元

眼见着冬春交替，将行至广安四十年，这冬的雪却较往年都大，伴着寒潮，歇歇继继落了大半月，终于在除夕前止了。

天色熹微，宫苑寂静，连若早已转醒，又因陶夫人传了谕令，许妃嫔们这几日不必前去问安，便眷着暖炕没有起床，自怀羽王后移居济云观，后宫诸事便是由陶夫人主理。这时听见雪落的声音，连若才问："洛儿，几时了？"洛儿听闻连若醒了，便踩了绒面短鞋过来服侍，一面答："刚过卯时，小姐。这几日大雪，夫人说了不必问安呢。"

连若伸了个懒腰，拢上斗篷拉洛儿登上阁楼，推开杏花山鸟雕花格扇窗，日光映着雪影抛洒进来，往外看，只见雪压长林，繁荣壮丽，绵绵重重地覆盖了整座王城，此一瞬，山河岑寂。

两人相视一笑，一同想起了故乡来。楠国少雪，即便是下一场，也只轻飘飘的，不出半日便消融了，绝少能见过踝的积雪，更别说冰棱冰柱。洛儿自幼便在连若跟前，只比她小几个月，二人素来亲密，虽是主仆，却情同姐妹，府上蒙了难，两人在逃亡途中走散了，洛儿便辗转多地，打探到了连若下落，历经曲折才跟着入宫，得以团聚，在荆国的这些年，二人相偎相依，一声

"小姐"带着淡淡的乡音，从不曾改。

连若忍不住想要走到那雪景中去，便拉着洛儿下阁楼："去走走吧。你也穿厚实些，别着凉了。"洛儿为连若梳妆，她将连若的秀发盘起，插上步摇与云簪，取来白貂绒斗篷给连若仔细披上："外头的积雪很厚，小姐可得担心，重元公已到呈阳，晚上大王还等着小姐赴宴呢。"

连若微微蹙眉："也不知灞野的战事如何了，虽是小役，可若荆国战败，我到底是楠国人，总是惮于见大王的。"顿了一会儿，忽道："洛儿，你可记得崇安君，父亲走时，他来过的。"

洛儿不假思索："记得呀，那日在堂前，他还被少爷们好一阵戏弄呢。"

连若一笑："你也记得此事呐。"她出生的府第是个大族，爵级为侯，掌兵权，连楠国公都要忌惮三分。她行四，上头有三个嫡亲的哥哥，那时都已成家，子侄颇众。记得父亲出殡那日，年轻的楠太子崇安君携礼来到灵堂吊唁，他那时年纪尚小，玉音微吃，便被她的一众子侄捉弄嘲讽了好久。连若在一旁静静看着，分辨不出他是善良还是懦弱，那时他不过十五岁，却没有这年纪的少年人，尤其是贵养公子常见的气性，记得那日，他只是垂着手，憨憨地赔着笑，一一应下了侯府少爷们的无礼。连若当时只觉得，是因侯府之势强于王室，崇安太子寡不敌众，才不得不忍，可年岁渐长，有一日她想起此事，却忽然觉得，并不是崇安懦弱，而是他淳良向善，明白侯爷的死，与楠国公有关，因此尽心体恤着侯府中人们的哀伤，甘愿承受其家眷把气撒在自己身上，由自己当替罪羊。

"那时都说，小姐是要嫁给崇安君的。"洛儿轻轻说道。连若

　　未置可否，她当然记得，那年他十五岁，她十三，他二人，本是有婚约的。所以那日在堂前，崇安有些局促地笑着，余光到处，有望向她，她清晰地记得，那眼神中有难堪，有无奈，更多的则是歉然。

　　只是后来崇安太子被废，逃亡出了楠国，父亲走后的次年，侯府也跟着蒙了难。众人皆言越宁公会立崇安君之弟，那个文武双全的的二公子简原君为王。崇安君九死一生，也不知这些年是怎么过来的，是怎么……活下来的。这样善良的人，不知为王会怎样；也不知眼前这场仗，胜负会怎样。

　　连若伴着洛儿出了魏婷宫，一路踏雪随着幽香，不经意便来到了锦华宫。

　　经过宫门时，连若却不由地刹住了——只见满庭满园的虎蹄梅，正巍然包合着锦华宫诸房，傲然延展。厚厚的白雪一团团，一簇簇，裹着深金发橙的滚圆饱满的花芽，压在枝头，都压不住那馨香。连若忽想起六年前，广安三十三年，也是在这样的冬天，玘灌曾折梅枝送到她的魏婷宫，那日她正在绣蘅芜，玘灌见了便急；锦华本无梅树，也不知是何时栽种下的，竟已亭亭如盖，扑鼻芬芳。

　　她忽然想起前几日洛儿形容的去送莲灯时玘灌的模样，心中隐隐有些恍然，方回过神，却见一个少年正坐在宫门边一桩梅树下的石凳上，头顶扎了根辫子，身披一件湘妃底鹿角纹大斗篷，衬着枝头雪间的瓣瓣金梅，被那树冠笼罩着，灿若星辰，正是玘灌。

　　连若走上前去，见他正注视着面前青石桌上那张硕大厚实的皓白色的象牙棋盘，左手执白，右手执黑，这时刹住了，不知该走哪一步。

她便微笑道："这般走法，我还是第一回见。"玘灌见了她，脸色一沉："你来做什么?"连若一愣，一时不知该说什么，玘灌一扬手竟把棋子都拨到了雪地里，自语道："已成定局，争有何用!"站起身来，踢开脚边的积雪，也不理会连若，头也不回地进了房。连若立在雪中，猜想是自己败了他棋兴，有些歉然，洛儿在一旁劝慰："许是四公子遇着什么烦心事了，小姐别难过。"这时从宫门外快步走来一名小宦，见了连若，行了个礼，随后快步进了锦华宫。

那小宦前脚刚去，连若便听见身后传来一阵窸窣轻快的脚步声，转头看时，却是一位少女，身后跟着一纵侍女，正向这边走来。观那女孩清清爽爽，一双乌黑的眼睛甚是灵动，里头裹着一件粉底折枝莲玉兔灵芝花领棉绒纱袄，外罩一件琉璃底洒金纱貂绒斗篷，活泼华丽，原来这是北境大将军重元君的女儿，乳名葭儿，号环炀郡主，这年正好及笄，小玘灌三岁。兄弟之中，为洪元公所信赖者，也仅重元一人，此番重元归朝，便应了洪元之诏，共迎新春。

过不多时，玘灌便出来了。他已换了衣裳，外头仍罩着湘妃色斗篷，里头却换了件五彩宝莲纹大袖襕袍，上覆一袭秋香色织金纱，腰系一根金灿灿的锦带，将发辫束起结在头顶，戴了顶金冠，插了支镶金的玉簪，唇红齿白，当真翩翩美少年。

他望见在宫门下驻步的环炀郡主，便冲她哈哈一笑，快步上前来拉着她瞧。

连若转身离去，余光中见玘灌似乎也看了看自己，口中却只问那小郡主："葭儿你们几时到的? 三叔可好? 这回能在宫里停多久？"一面商量着一面前往宝和殿拜谒重元。

重元君乃先君象宜公三子，他与已故的靖元太子是同年出生，只晚了靖元四五日，因幼时体弱，又是庶出，备受象宜公冷落，靖元君七岁便行了冠礼，次年立为太子，食邑九千，重元却迟迟到了十七岁才加了冠，食邑不过三千，且随后便被派往驻守南疆，一去便是十九年。荆国四面各有一方军队戍边，因北境与梁、孟接壤，故北军最为强盛，有二十万众，历来都由国君亲信驻扎把守；此外东军十二万，西军十万，南面则因少战事，便仅安置了六万将士驻守，条件十分艰苦。

靖元太子少年权盛如众星拱月，又是豪爽不羁的性格，难免会有任性的时候，见重元君势弱，刁难嘲讽也是有的，长公子洪元看不过，便常暗中帮扶，重元戍边的那些年，也总派人寄去冬衣。洪元君即位后，便令重元掌北军大印，命其镇守北境，增食邑至九千；二人是君臣，更是兄弟。

玘灌在宝和殿外便听见了洪元公的笑声。

须知洪元公生就一副庄重脾性，加之青年时曾在军中领兵二十年，更养成了赏罚果决、严酷冷峻的性格，待己待人皆严。玘灌则散漫惯了，是故每见洪元，都不迭慌乱，方才听见他的笑声，才略松了口气，理了理衣冠进了书房。

洪元公一身深青底喜相逢戏珠龙纹常服，外头罩着紫褐色貂皮大氅，正盘腿坐在暖炕上，案几当中用珊瑚红留白番枝盘盛着小宝塔状的软糯热乎的八珍相思红豆糕，两端各用一只大丽青花宫碗盛着热气腾腾的百合莲心羊肉汤，重元坐在对面，正执勺喝汤，他的身形较洪元公略瘦高些，唇上没留胡须，着一身净土棕色祥云纹锦袍，外拢一件黄缎绣花夹披风，神态可亲。两人正在谈笑，见玘灌、葭儿进殿，便将方才的话头搁在一边。待玘灌与葭儿上来行礼，洪元公便对重元君笑道："我看灌儿与葭儿也是登对，等再过两年，都可以成婚了。"重元君也乐，拉过玘灌道："四公子若能与葭儿成亲，那定是最上等的夫婿。"玘灌嘿嘿一笑，葭儿则小脸一红，娇嗔道："爹爹！"洪元望见窗檐上挂下的冰柱，捂了捂手炉，对如樽道："如大人，让人把宝汀阁收拾出来吧，拨给郡主住，她呀，打小就喜欢那边上的园子，难得回宫一趟。多置些炭火。"如樽笑着躬身应下，重元哈哈一笑，对葭儿道："看，王伯父多疼你，还不快谢。"葭儿盈盈行下礼去："谢王伯父。"洪元公含笑将她扶起，又亲自端来糖果糕点给她。重元公道："你与你四哥哥先去外头玩耍，王伯父同爹爹还有要事相商。"玘灌闻言一喜，瞧了一眼洪元，见洪元也对自己挥了挥手，神色间竟流露出罕见的温和，不由得既诧异又欣喜，便不做多思，拉着葭儿出了殿去。

葭 儿

连若离开锦华宫，同洛儿往望春园观雪。护园的小仆们已扫出了一条雪径，直通往园林深处，一路暗香浮动，一树树一点点的金钟梅傍着枝、挤着雪，婷婷皑皑，若隐若现。梅林尽头是一片石山，奇石怪樟，纵横攀缠，青苔微显，珍稀苗木斗雪傲霜，最高的石山顶处落着一翼短亭，连若扶着洛儿拾级而上，整片望春园尽收眼底。御药房临着园林依稀可见，也不知青蘅这会儿在不在那里，捣鼓他的草药瓶罐。

浅立了一会儿，连若感到有些凉，便同洛儿下了石山，忽闻人声，她倦于行礼寒暄，便干脆闪身避进了小山的凹壁处。

却是一个少女的声音，气喘吁吁："玘哥哥别跑了，可累！"

连若一奇——是环炀郡主。

玘灌拉着葭儿跑进石山，停下来笑道："这地儿他们找不着。"从怀中捧出个小铜盒，递予她道："这个给你，可别送给别人。"

玘灌忽觉有一抹淡淡的幽香浮出，非梅非雪，似曾相识，清爽怡然，他不由地微微一怔，自语道："是了。"

葭儿接过小铜匣子，打开来见里头立着几个撒尿的泥塑小人，憨态可掬，她忍俊不禁，听见玘灌叹气，便问："什么是了?"玘灌不答，良久才回过神，似笑非笑看着她问："葭儿，这回在宫中能停几日？不如搬来锦华宫住吧，我之前种下的素心梅，今年竟果真开花了，可好看了呢。"葭儿道："玘哥哥，搬去你宫里是定不能够啦。我与爹爹还同往年一样，过了初六便回北地啦。"玘灌一笑："怎么不行?"葭儿也笑："不比先王还在啊。"玘灌听了这话，怅然若失，叹了口气，半晌没有说话。葭儿忙道："玘哥哥，别难过了。"玘灌一手抚着石山，一面道："爷爷不在了，孝月姐姐也去了吴国，一去就是四年，听洪络说，那吴太子是个酒色之徒，孝月姐姐可莫要被欺负了才好。兄长无能，连自己喜欢的人都保护不了。"葭儿道："治哥哥也有他的难处，如今又被禁足在兼安宫，快别这么说他了。"

玘灌一顿，忽然转过身，对着石山举手立誓："我今生今世一定会守护你，如果没能做到，就变成泥土，被这大雪埋了，永永远远被人踩踏!"

葭儿听得一愣一愣的，听他起誓，忙止住他道："玘哥哥，别发咒了!"

玘灌脸上忽红忽白，拉起葭儿道："咱们走。"

宿孽

到了正月初六，小郡主葭儿随重元公启程北返，之后玘灌便闷在锦华宫，终日无趣，眼见着元宵将至，这年的春节便这样到了尽头。

十四这日，傍晚时分，锦华宫里赵佚洪络沏热茶、添炭火，侍仆女婢在一旁将烘干的玘灌的衣裳逐一打点，叠回衣箱，殿阁之中暖洋洋的，川儿斜枕在侧榻上，见玘灌一副颓唐模样，便问："公子怎么啦？既不刮风，又不下雨，怎么蔫儿蔫儿的？"他前几日着了凉，高烧已两三日，玘灌穿着洒金夹棉寝袍，也不披外套，搬了矮凳来到川儿榻边坐下，见川儿额前潮红还在发烫，不由地叹了口气。

川儿伸出手来，玘灌忙握住他手，一面问左右："都烧了这么多日了，也不见好，太医今日怎么说？"婢女道："太医说，药都开了，按时服用，再休养几日，也就好了。"

川儿摇着头道："不碍事的，公子。可是郡主走了，公子心里头挂念，不乐意？"

玘灌轻叹了口气，望着窗檐处挂下的冰柱，问："川儿，楠国的冬天也这么冷吗？"川儿想了想："楠国的冬天也冷，或许比荆国还更冷些。只是不太爱下雪。"

玘灌回头，看着川儿，忽道："你同你姑姑可真像。"

川儿一笑，他语音清脆，因在病中，又有些羸弱，清俊的模样活脱脱一个连若。

用罢晚膳，玘灌便披上黑貂斗篷，出了锦华宫，穿过长廊时，只觉得院中空空荡荡，天愈发暗了。

他独自登上半山上的太庙，在石阶顶处的山门前坐下，抱膝眺望着整座宫城。

暮色四合，天际有启明星闪烁，宫墙之中有爆竹鸣响，一年之中，独正月里这十五日，宫中可燃爆竹烟花，过了一会儿，只见烟花腾跃，五彩斑斓，星空成了光的海洋，宫苑各处灯烛璀璨，映着月光烟花，金碧辉煌；绽放过后，星火倾泻而下，浮华褪尽，没入尘土，玘灌感到了无尽的孤寒。

半月前，荆国与楠国在灞野一役，不想荆国竟大败。那楠国新君崇安公初登王位，年纪轻轻，却指挥得一场好仗，楠军精锐，以一敌十，前后不过十余日便大获全胜，退敌千百。

战败的军报传来是在初八清晨，此后宫中便冷清了好些。之后洪元便拟了玘灌为质子，春节一过，便须赴楠都宁城。

此时，锦华宫的一众仆臣，正是在为他收拾行装。

宫城深远，冰雪遍地，雾压冬云，浓重稠密。

玘灌扶着寝殿后院的木芙蓉，冷不丁，花芽枝瓣颤动，跌落下点滴花蕊，轻吐芬芳。

夜已深，连若去了发饰，披散着秀发及腰。一袭丝裙曳地。

她抬头望见窗外的月色，轻一咬唇，低头蘸墨，在轻薄透亮的纸上写下一首温润的诗来，笔锋细软，能见风骨，一笔一画，是心上人的模样。

他蹑声进屋，来到她身后停下，看着未尽的墨迹，轻轻吟出纸上的辞："采采春山……"

她转身一惊："啊，你……"

他捂住她唇，我自是年少，韶华倾付。

北风呼啸，雪花乱舞，烛火透着一星暖色，衬得寝宫洁白明亮更添孤寒。她一怔退后，靠在了身后的书案上，他握住她手，指尖冰凉。他搂过她腰，吹熄了烛。

风狂雪猛，跌宕生姿，沉滞紧涩，低回不已，轻柔舒缓。

烛已灭了许久，屋内冰凉。赤烫。

屋外寒梅殷红，透亮。

骁 元

长陵静謐，古木列森，此间鲜有人住，清晨的钟声传来，空荡又迷离，天色尚暗。

骁元早已转醒，却担心惊扰了枕边的妻，便压着喉咙低咳几声，披上衣服想先起来，妻子却已察觉到了动静，揉揉双眼，拉住他衣袖，呢喃道："今天是什么日子呢？"

冷风从窗牖的缝隙间漏进来，他回身握住妻子的手，放回褥中，又为她紧了紧被角："今日十五了，是五公子寿辰，昨日陶夫人已派了礼来，你忘啦。"

妻子知他心中郁结，轻盈盈地坐起身，拥着被褥从身后环抱住他，他心头一暖，正月十五，也是他与小满成亲的日子。他执着妻子的手，却低头看着塌沿，轻轻道："小满，我从来没忘记过，如果没有你，真不知……"

小满用指尖按住了他唇，认真说道："正月十五元宵节，是你加冠的日子，在我心里，你永远堂堂正正，顶天立地，是好男儿。"

他心中一颤，"堂堂正正，顶天立地"，这几个字，曾经也是先王对他的期许和褒扬，他是先王器重的儿子，八年前他满二十，象宜公为他行了冠礼，赐号"骁元"，同一日他迎娶了卫国公主小满为妻，冠礼和婚礼便都在元宵举行，可谓双喜临门，其声势之盛，大有普天同庆之意。元宵之后，象宜公又加封骁元为大将军，率兵西征召国，并亲领百官为其送行，预祝其凯旋。

可军行七日，他便在西进的路上收到了使卒的信笺，信笺上的诰令，一字一句，记述分明——国君象宜公驾崩，洪元公即位，洪元传令给他："此番平定召国，是大王遗志，若此时诏四弟回京，不仅耗费颇巨，更怕扰乱军心，近年往来攻伐已有十数余，成败在此一举，不可功亏一篑。孤已多增派御寒物资前来支援，粮草亦不会断，今冬冷冽，将士们多有辛劳，若有任何军需，随时加急来报，孤与朝中臣工在呈阳，等四弟的好消息。"骁元只觉天地惨淡，却只能强按下心中的痛楚继续征战，一个月后，终于得胜归来。可未入呈阳，便接到了洪元公的旨，令他在城门外卸甲、去兵、解除将印，之后不久，便发配他来到了长陵，为象宜公尽孝守灵。

他被禁了足。头几年每隔三五日他便会被容敬院提审，他申辩不曾谋逆，便会迎来一阵不容辩驳的杖责，逼得他只能以头捣地，悔罪不已。如今虽不再受杖责，可每遇湿冷天气，他的腿疾便会发作，一发作，必是彻夜酸麻痛楚，不得为旁人语。

这里只有他和小满，其余皆是看守，狐假虎威，捕风捉影。寒来暑往，十二月行径，他绝少能得一宿安寝。

万幸有小满陪伴在他身边，为他煮卫国的奶茶，用并不充裕的食材为他烹调精致的膳食糕点，让他在可怖的岁月里有些许慰藉。

他本性坚韧，如今却越来越迷茫仓惶，他不想苟且地活在这囹圄里。他挣扎不出这牢笼，便千百回地想要了断自己。可自己走了，小满怎么办，小满一定会跟他一起走，可他却想要小满好好活下去。每念及此，他便会想起那夜洞房花烛，那时他将妻子的盖头轻启，红绸下的人圆圆的脸庞，翠眉樱唇，娇俏可喜，他亲自倒好合卺酒，端来予她，郑重举起佩在腰间的玉龙白扣环，道："骁元对天起誓，今生今世，长守小满，决不相负，永不背离。"那是一个少年将军的誓言，是他最真挚的承诺，他顶天立地，要求自己当个好丈夫、成为一个真正的男子汉。

他也知道，小满不求荣华，心心念念，只盼他能好好活下去。

天还没有亮起来，他披上那顶半旧的紫菱花斗篷，离开小屋，走上长长的石阶，一路往上，能见道旁有雪水消融，在山石和土壤的隙缝中艰难地往下淌，有人在呜呜。

石阶的尽头是塔楼，他登上了最高处，放眼望去，东方已有熹微的光亮，投向寰宇，点染在泛着冷霜的重重叠叠的青松之上。这座塔楼是呈阳城中最高的建筑，从此处能望见宫中的每一栋殿宇，宝和殿、锦华宫、望春园、太庙、广乘台……他偶尔会在这里眺望王城，却也很少来。因为他走不进去，哪怕他曾在那里头嬉戏，哪怕他曾在那里安寝，哪怕他曾在那里受印受封，受百官朝拜，被象宜公抚一抚额发，拍一拍肩，嘉许一声："吾儿，是好男子，顶天立地。"

又到正月十五了。

天蒙蒙亮，灰灰茫茫，风依旧迷离，雁啾鸣，落叶卷地。去楠的车马已在锦华宫外等候多时，驿马铃声催人，玘灌不得不清晨即起。锦华宫内一众仆臣早早地为他收拾了什物行李，却迟迟没有封装，不愿玘灌离去。

又有宦臣来传，玘灌终于走出寝殿，来到马车前。刚要踏上木梯，却见赵佚和洪络跑了上来，赵佚拉住玘灌的手，忍泪道："今日是公子十九岁寿辰，怎地大家竟忘了！"一面端上个盒子来："里头都是公子日常把玩的物件，去了那边，也好有个挂念！"玘灌笑笑接过："先王走后，又还有谁真的惦记我呢。"他这话淡淡的却甚是感伤，府上的众仆听闻，皆是心中一酸，玘灌虽无大志，不喜读书，不受洪元公宠爱，待身边的人却素来宽厚，从不责罚，众人感念在心，也都真心护他。

玘灌正要上马车，忽听洪络颤声道："公子，去了那边，不可任性，一定要保重身子！"玘灌猛然刹住——洪络与赵佚是自玘灌幼时便随护在左右的，侍奉玘灌尽心尽责，知玘灌本性为善，面上是主仆，心底里却都把玘灌当成了兄弟，玘灌自幼不得母亲疼爱，对二人很是依赖，知他二人出身贫寒，便常常派人接济他们宫外的家眷。此番去楠国，洪元公却不曾指派此二人与玘灌同行，而是派了玘灌府上另一个名叫伍樗的仆从，随行往楠，伍樗虽本分，与玘灌却并不亲厚。玘灌觉喉间苦涩，不敢回头，对马夫低声喝令道："走！"

出了呈阳，车队在山郊前行，玘灌抬起窗纱，只见路边的槲树叶枯，片片飘零，铺满了山路。他已经开始思念锦华宫的黄梅、望春园池中的雁凫。他也沉湎于昨夜的那一场梦。又行了数里，便经过了象宜公的长陵，玘灌命停，走下马车来。

玘灌望着长陵，想起了象宜公，想起了骁元，想起了自己的幼年、童年，与少年，他长跪下去，对着长陵深深地叩拜行礼，再起身时，已泪眼婆娑。朦胧之中他遥望见塔楼上立着一人，玘灌只觉那身影熟悉，却不敢多想，却见那人也正看着自己，向玘灌招了招手，玘灌抹了抹眼，这时他看清了那人面容，不由得心头一震，随后他的鼻尖发酸了，湿了眼眶——是四叔，四叔骁元君。

骁元记得，正月十五元宵节，这一日是玘灌的生辰，也知道玘灌将为质子，会在这一日启程，是以天不亮便起身穿戴，只为再目送他一程。

玘灌遥遥地与他相望，骁元望见玘灌用手抚了抚鬓角，对自己摇了摇头，又摆了摆手，张嘴说了些什么。

骁元知玘灌是怕自己冷着，要自己早些回屋。他不由心中一暖。余光落向了自己的鬓角，鬓角已生花发。他不过二十八岁，本该是纵马驰骋的英俊年华。

"四叔，只有你会来送我，我知你会来。"骁元知道这是玘灌方才在说的话。当年玘灌被罚跪太庙，说的也是这一句话。

不错，这日也是五公子皎皓的五周岁生辰，洪元公原说会指朝臣来为玘灌送行，可到了这一日，众臣见洪元公一心都在陶夫人及其幼子皎皓那里，便都自觉地把四公子玘灌给忘了。只有四叔记得。玘灌知道。

只要有一人在守你，你便不能去。

为了我，你要好好活下去。

少年郎

　　山路缥缈，有马蹄铃铛叮铃，路峰一折，转出个十八九岁的少年来，骑着一匹漂亮的枣红色大马，马儿的四蹄上生着整齐的雪花纹样，他身穿一袭竹根青长袍，身材细高，凤眉细目。

　　少年斜挎着一个包裹，用袖子拭去额前细细的汗珠，他在这山中转了大半日，才终于看见了几亩薄田和三五间农房，他松了口气，这时见田间的小岛上荷锄走来个中年汉子，一身深蓝布衫，悬在身后的箩筐里满满的全是蘼芜，头顶蒲帽，不见其面容，少年下马行礼："大伯，您可知箫老仙箫先生住在何处？"

　　那汉子呵呵一笑，把蒲帽往上略抬了抬，蒲帽的影子便打在了他的面孔上："你找他做什么，讨那竹箫吗？"

　　少年躬身道："正是。"

　　汉子笑道："就怕你呀，没这本事。"

　　少年一愣，汉子已为他指了方向："往西五里有条溪，沿着溪水往南，上山，便不远啦。"少年道谢上马。他顺着汉子指点的方向赶路，一路上只觉得山路开阔，谷野之间苗木清新，处处即景，别有洞天。

　　寻溪上山，地势渐高，这一带雾气氤氲，山路渐渐窄了，树枝繁茂，纵横细密，行不了马。他便将马拴在林间，矮身拨开枝干丫杈，摸索了好一会儿，顺着一丝光亮向前探，忽觉背上树枝重量一减，待直起身时，又觉眼前豁然开朗。

庭院悠悠，雅舍三间，豆棚瓜蔓，春花奇异。

少年理了理衣服，上去叩篱门，门却"嘎吱"一声开了，从里头迎出个姑娘，身着鹅黄色布衣裙引他进了小院："先生正等你呢。"

少年一奇，随那姑娘来到前屋，那姑娘替他将竹帘卷起，道："进去吧。"少年便撑过帘子，进了房。

屋内荫凉清爽，却见案后坐着个斯文的中年人，四十岁上下，面容温雅，身形肃然挺拔，一身蓝底湘竹纹布衣，竟是方才那在山下为自己指路的汉子。那箩筐便放在案上，他正精挑细选着蘅芜草往一个月白底雏凤纹的绣袋里装，大概是想做个香囊。

少年心下又是一奇，之前听闻"老仙"的称号，只道是个仙风道骨的老者，这时一见，对方却是个净秀的中年人，斯文似书生，眉宇又隐着游侠之英，举止从容又有贵胄之雅，一时辨不出是什么来历。

听人说他奏得一手好箫，却极少吹奏。

也听人说，他制箫手艺精湛，为制一把宝箫，前后花了二十一年。先用一十四年养成九拨紫竹千余柄，最终才从其中挑出了一根，又花了整整七年，才打磨出一支箫来，取名"旷渊"。

少年仰慕已久，终于得见其人，敬佩之情油然而起，一时不知该如何称呼，思索了一会儿才想起道："先生便是……箫老仙么？"

那中年人一笑，示意他先坐，自己摆弄着手中的一根线，正将香囊穿起。

少年在一旁的竹椅上坐下，一面打量起这间屋子来，这屋子宽敞明亮，书案桌柜俱全，朝南的竹雕大案上稳稳摆着个石凿笔架，古朴别致，旁边一株紫棠色蝴蝶兰，茁壮绰约，铜盆敦厚泽亮，隐约竟有王霸之气，此外便是纸笔墨砚，屋中陈设寡而不乏，宽敞却不显空荡。

这时小丫头端了茶来，少年接过喝下，又觉这茶清甜不苦，也不知是用什么冲泡的，他只觉好味道，便忍不住又喝了一口。

那中年人见了一乐，对他说道："这是六月雪，你们久居城中，尝不到的。"

少年只觉自己的来历都已被他猜透，不由红了红脸。

中年又笑道："箫老仙便是我。你，是来求箫的吧？"言语爽利，毫无拖沓，也没有前辈的倚老模样，他仔细把手中的彩线放在了一方雕着不知什么图案的巴掌大的竹盒里，盖上竹盖，这才抬头来看少年，少年忙答道："正是。"

箫老仙起身从竹柜中取出一条长长的布袋，从里面拿出一把竹箫来递与少年，少年看时，只见它做工粗糙，毫无特别之处，不禁有几分失望，可随即转念，物不可貌相，它虽不美，却未必不是好箫。

箫老仙正笑吟吟地观察他的神色，见他脸色由暗转明，不禁一乐："要求箫，须依我三个条件，不知你意下如何。"

少年道："前辈请说。"

"第一，在山中帮我做三年农活，这三年间不得下山。第二，箫放在此处，这三年间你不许动它。"

箫老仙打量着他，少年二话不说便答应了："第三条呢？"

"若你能挨过这三年，再告诉你。"

"好。"

"你就不怕，到时候完成不了那第三个条件，这前三年白白浪费了？"

"我终究是要求得那把箫的，既如此，不管是什么条件，我便一定会达成。"

"你从何处来？"

"我便从山的北面来，行了千里。"

"千里寻箫呵，却是为何？"

"为……一个梦。"

"什么梦，因何而起？"

"晚辈也不晓得……只觉得，梦就是梦，来无所影，去无所踪，不知它会往何处。"

是夜，少年躺在庐中，细细思忖着那把宝箫，正自出神，听有人叩门，便去开门，却是那黄衣姑娘，她不过十五六岁年纪，圆圆的脸庞很是灵秀，一双大眼正打量着自己。少年猜她是箫老仙之女，便迎道："小姐请屋里坐。"那姑娘却一躲，嘟着小嘴道："我家小姐有事向你交待。"背后走出个少女来，藕粉纻丝裙，未束腰带，身形纤细，和身边的姑娘年纪相仿，眉眼秀丽，可惜双颊与额间皆生了磕磕绊绊的痂，甚难入目。少年不便直视，便躬下身来行礼，少女却止住了他："公子不必多礼，小女子这晚前来，是想劝一劝你，还请不要介意。"少年听她音色竟细腻悦耳，与其粗糙的面容大不相径，不由一呆，点头道："请说。"

少女道："想必你已知晓了爹爹的前两个条件吧。"

少年点了点头："我已答应了先生。"

少女问："三年不下山，敢问家中父老如何？兄弟妻儿又如何？"

少年微微红了红脸："家中，我已留了书信，此外这便是我所求，不与旁人相关了。"

少女冷冷道："可公子确信，一定能做到那第三件事么？"

少年不语。

少女正色道："如你这般我的见多了，最后还不是徒劳而返，白白浪费几年光阴。我只是奉劝一句，切不可因一时兴致，到头来悔不当初。"

少年沉吟片刻："因为我来此地，不为其他，只为求箫。我不负自己，便不会辜负双亲。至于那第三条，不管它是什么，我总归是要做到的。"

他抬起头，见少女微微皱了皱眉，又忽见她嘴角微微上扬，似笑非笑，盈盈一礼："子榆告辞。"

明 堂

少年便在山上住下，每朝荷锄去，暮时戴月归，肤色渐渐变得黝黑，细嫩的手掌也磨出了茧，却浑然不在意。

这日他在田间犁地，微喘着气，哼着山歌，忽听有笛声相和，少年和乐一笑，听着那笛声近了，抬头望去，只见一个年轻相公骑着青牛，手持竹笛，一身银白细致的水缎衫，洒脱利落，流光溢彩，不同于寻常山野居士，竟疑是天人。

然而他嘴角间透着几分冰冷，全然不同于他的笛声。那小相公也望见了他，微微一笑道："兄台吹的可是采薇曲？"

他的声音如编钟在鸣，清脆悠扬，却也透着淡漠，隐隐带着一丝拖腔。少年又看了看他，只见那小相公容颜明净，虽不过十六七岁模样，却颇矜持，天然带着一派尊贵，使自己竟生出了俯首拜谒之感。

那小相公又问他："兄台来这里几时了？"

少年诧异他怎知自己是刚来的，便答道："三个月了。"

那小相公没有再言语，骑着牛便离去了，隐约听他吟唱："香草美人兮去不复来，锦衣玉食兮失而能再，本心似海兮常为净土，妄念杂感兮永不侵来。"

夕阳在山林间浮浮沉沉，红霞遍野。少年耕种归来，卸了柴草，来到后院，满院的光花莽草，经年不曾打理，已丛生齐腰，松墨色笼着金光绒绒，他寻了处宽敞的地方躺下，双臂枕在脑后，呼吸吐纳，仰观月空。

皓月升腾，星辰漫天。忽听一道箫声孤然响起，划破寂寂长夜，跌宕磅礴，随即一支接一支的箫声相和兴起，一个沉音过后，四方箫声一同奏鸣，或沉郁，或清扬，远远近近，交织错落，漫山遍野，纯粹至极，如天上的星河，繁繁点点，交相辉映。

他本以为这山中只有老仙一人能奏箫，不曾想此间能箫者竟如此之众。一面倾听，一面望着闪耀的星辰，又想老仙为何把箫放在桌上，竟也不怕自己拿去。可这念头一起，便随即被打消，只感到有些羞惭。

忽听有人步入小院，在自己两三丈外的竹案竹椅上对面坐下，其中一人道："还是逢七一聚，不曾改变。"

话语悠然，竟是日间遇见的那小相公。

接着便是子榆的声音："倒是你，却有几分不像你了。"那相公道："你以为我是什么样的，我如今又是什么样？"子榆默默不语，那相公轻声道："诶，子榆，你为何要戴这……是在等我么？"之间语塞，似乎被人按住了唇。少年在灌木后边听着，忽觉心下一沉。却听子榆道："才不是为你。"那小相公道："哦，不肯认？"子榆道："还真不是。"二人静默良久，那小相公忽道："子榆，你还记得我的名字吧。"子榆便答："自然记得，但以后可未必，明堂君。"原来他叫明堂，人如其名，高雅端庄，清冷肃然，少年心想。

　　可随后明堂的声音中却滑出一丝失落，透着冷漠："你当真不知，我此行是为何？"子榆一怔："知道，但不答应。"明堂没有说话。子榆又道："你骑青牛而来，足可见你心意。只是启明山恬静淡泊，自成天地，你在这里，是一个你；可出了此山，近了浮华，便又成了另一个你，你方才问我你叫什么名字，是如今无人敢直呼你名讳，你才有几分眷恋吧。"明堂道："我终日在朝堂之上，哪有人……"子榆一笑："我原说你眷念嘛。"

　　明堂轻轻把玩着酒杯，低声道："早知如此，我又何必这般，倒是自己……"明堂清越的声音愈发低沉，却又不愿放下自矜的身份，于是垂头看手中的杯盏。子榆道："原是我错了，你虽曾在启明山小住，却终非启明的人，我怎能强求你改了脾性，去做另一个你，不过是我那时年幼，一厢情愿罢了。"明堂缓缓饮下一杯酒，轻轻提起衣袍，站起身来："我不会再来打扰你。"又道："这个还给你。"只听有什么东西被放在了竹案上。竟离开了。

　　少年躺着，惊异于二人的对话，半晌都没有再闻人语，才站起身来，却见子榆仍坐在那竹案边，一身皓白素缎裙，正低头凝视着案上的那根竹笛。她见了少年，也不说话。少年自觉愧怍，却无处可避，只好走了过来。

　　子榆皱了皱眉，仍有些愣神地抚摸着竹笛，喃喃自语："拿到那箫后，你也会下山吧？"

　　少年道："我也不知道，或许不会吧。"

　　子榆的眼神没有离开竹笛："为何不呢，启明山又有什么好。"

　　少年一愣，心中还在好奇她为何不肯随那小相公下山，这时耳畔传来群箫和鸣，他便答道："因为我喜欢这逢七一聚的群箫合奏。"

子榆也知这非他本意，却未说穿，只是轻轻叹了口气："我族兴起在初七，族灭之日，也在初七。于是大家便相约，在初七相聚，无所谓悲喜，只是一同惦记。世上的事，分合悲欢，各中一半，不求圆满。"

少年望着她，静静听着，若有所思。

三年约

又是一个星月夜。少年已听了三十六回群箫和鸣,他在这启明山中已三年了。

箫老仙这时恰在小院,正倚在青石桌旁的藤椅上,着一袭海棠色长袍,外头随意披着件素净的赭黄色披风,对月小酌,少年端了叠茶点来到他身边,在他对面坐下,这时他细望老仙,忽惊异于他的面容竟不曾老,身形仍是俊逸,倜傥如流云。于是他想起这些年,时常能见老仙调制草药给子榆,恍悟他是精于医道。少年定了定神,问:"先生,那第三个条件是什么?"

箫老仙微微一笑,反问他:"前两个条件是什么?"

少年略一思索,答:"第一个条件,三年之内不能下山,是验我诚心;第二个条件,不能够碰那宝箫,是磨我之志。"

箫老仙将手中那只半透明的流纹玉杯轻轻放下,点头道:"三年之中,你当真不曾想念父母妻儿吗?"

少年道:"父母是想念的,妻儿却尚未曾有。"

箫老仙道:"好,那第三条,便是娶我那丑女为妻。"

少年一愣,一时间惊、羞、懊、惧、怒,五味杂陈,过了一会儿,方道:"先生,婚姻一事,讲究一个缘法,怎能凭一个条件就定了终生？这三年在山中，我不后悔，但这事却不能答应，先生，宝箫……晚辈不要了。"说着起身想走。

萧老仙却拾起一方茶点，吃完了，才不紧不慢地问道："你这般厌恶，是因她丑吗？"

少年道："子榆姑娘聪明心细，见识广博，我从不嫌她，我……本想求亲，可先生以此为条件，我若听从了，那我如何为人？就连姑娘也会嫌我，只道我是满心要求那箫才娶了她。这……一定不行。"

萧老仙笑道："罢，罢，不早了，回房睡吧，明天再来回我。"

少年知他是想让自己再想一日，便不多言，回到了庐中。

躺在清凉的竹席上，他果然辗转反侧，倒不是犹豫要不要那箫，只是担心这么一走，便再也见不到她了，自己一片心意，可惜她体会不到。她相貌虽丑，却心思缜密，学识甚博，每每与她交谈，自己总能纳罕一番。想起她举止娴雅，庄重异常，又不禁唏嘘，几番想要出门寻她，可又转念想，自己即将离开，再见又有何益？不过是图增伤感罢了。从今往后，隔山水千万重，她自然便会忘了，自己也是一样，就当这是个没有结尾的梦，醒来了，便淡忘了。

清早转醒，他便想见她，萧老仙正在房中泼墨，子榆却不在，便问："先生，小姐去了哪里？"

萧老仙道："采茶去了。"

少年低了低头，只好行礼离开，一路上骑着马慢慢走着，满心盼着能见一见她。又恐自己见了她便走不了了，如此这般，欲打马赶路，却终究还是快不起来。茶树漫山，她又会在哪？

　　沿溪而行，放眼山路弯弯，忽见山涧边抱膝坐着一个女子，拢着耦合底素纱裙，长发委地，身形婀娜，正是子榆。少年喜不自胜，喊了声"姑娘"，急急下马跑上前去。子榆见了，急道："你别过来！"山涧坎坷，少年正仔细探路，不曾留意她说了什么，子榆心慌起身，站立不稳，足下一绊，险些便跌落涧中。少年撩起袍子，一深一浅赶上前来，问道："伤在哪里？"子榆答，不碍事。却又脚下疼痛站不起身。少年又担忧她伤势，又欲倾心而不能，眼神忽明忽暗，她看得分明，心中也知他要走，也不挽留，只说道："愿这三年，于你有益，不枉此行。"

　　少年扶她起身，只觉她身子软软地靠着自己，不禁心思缠绵，迟疑道："你以后会嫁人吗？"话音刚落，脸已涨得通红。子榆知他心思："我……不嫁。"少年一怔，周身热血上涌："我娶你。"

　　本以为她会欣喜一番，哪知她却平静异常，只说道："不能长久的。将来聚少离多，也是留你一人空怅然……你早些离开吧，另寻佳人，我……我不嫁便是。"少年一呆："这如何说……离了你，我怎么……受得了。"子榆道："我有不足之症，活不过三十，若遇上什么变故，怕会更短。"

　　少年听她语气平和，丝毫不乱，既感惊奇又觉悲凉，沉默半晌："那我也要娶你，你是我今生唯一要娶的人。"

　　她竟皱了皱眉。

　　少年扶她上马，自己牵马而行，来到小庐。箫老仙只道他要来求箫，便请他屋里坐，哪知他却道："先生，我要娶姑娘。"

　　箫老仙问子榆："你愿意么？"

　　子榆略一低头，复抬起头看父亲："女儿愿意。"

萧老仙来到子榆跟前，轻声道："子榆，你不要为了旁的什么人，爹爹只盼你能快乐幸福。"

子榆道："爹爹，与他成婚，我反倒不那么害怕。"

父女二人谈及婚嫁，却并不避他，少年心中又是一奇。

萧老仙沉吟片刻，转向少年："那好啊，萧就归你了。"

少年却道："我不要萧了。"

萧老仙笑了，又自语道："萧养人，人抚萧，不知你何时能响出声来。"

新婚夜，也不知从哪儿来的这许多客人，虽着布衫，却个个气度不凡，少年跟着萧老仙一一拜过，惊奇这竟是个大族，礼数甚是周全。

待宾客渐散，二人始入洞房。

少年揭起霞帔，大吃一惊，只见她一张细细的鹅蛋脸更无半分疤痕，雪白晶莹，秀丽绝伦，竟逼得自己不敢久视。子榆见他出神，莞尔一笑，用指轻点他额。少年捉住她手："原来前辈是恐我以貌取人，试我来着，不过，要是你不戴那面具，可不知有多少人要来争那萧了。"子榆道："他们多是在第二条上半途而废，与我无干。"他搂过她："他们若见你这般美貌，别说三年，就是十年二十年也不肯下山了。"子榆脸泛红晕，微微嗔道："贫嘴。"

次日，二人发现萧老仙已打点好行囊，将要下山远行。子榆自幼便时常遇见父亲出门，短则三五日，长则半载乃至一年，心知留他不住，便拉着丈夫一同拜别。萧老仙拿出一物，细细长长，用羊皮裹着，内里垫着蚕丝和竹叶，道："这是我制的那把萧，无人可赠，留给你们吧。"少年微微迟疑，随即躬身接过。

这哪是他初上山时所见的那把，这一柄箫乃是用最上乘的紫竹所制，一根九节，中无截断，又见竹漆生辉，墨迹透亮，着实是把宝箫。少年收藏名箫有年，这时看着这一把，仍不免由衷而赞，爱不释手，正要拜谢，一抬头却见箫老仙正望着自己，目光严冷凌厉，少年心头一凛，这三年来，他与老仙父女朝夕相处，知老仙向来和乐，待人和善，从未有他这般神色，少年只恐是自己礼数不周，便忙行下大礼去。箫老仙这回没有过来扶他，而是昂首直立，说道："可记住了，这支紫竹，是我打磨多年方才成形，日夜养护，你须好生看护，若它有一丝一缕折损，我断不轻饶。"

此时正是暮春时节，天气清寒，少年却战战兢兢地直冒冷汗，不敢抬头看老仙。老仙没有理会他，转向了子榆，语气顿时和缓了好多："子榆，照顾好自己，爹爹有事要办。"子榆轻轻点头："女儿不能伴随爹爹左右，爹爹也要保重。"箫老仙握了握她手，乘马离去。

第二梦

田野间有箫声缠绵清越，却透不住隐隐哀凉，玘灌便蹬鞋推门，在月光下且奔且寻。苍野茫茫，忽见有一人静伫，正要上前，那人却不见了。

马儿嘶鸣，亭吏一声吆喝，玘灌转醒，明白方才是一场梦境，此时自己正身处楠国淳安县的馆驿，离开呈阳已八九日，朝辞夕替，马不停蹄。他团着被褥坐起，透过纱窗，望见了一片朦胧的月光。

守夜的伍樗听见声响，便下榻来问，玘灌这时已醒了神，觉楠国的冬月虽冷，到底还是比荆国暖些，且透气清爽。

一路东行，玘灌发觉楠国的交通四通八达，水路有船运，陆路有驿馆，船运暂且不提，驿馆则星罗棋布，总数可达千百余座；且每一座驿馆都功能齐备，驿丞、侍者、马官、医官各司其职、高效运转，神祠、佛堂、卧房、马舍、粮仓，一应俱全；此外楠国的驿馆陈设华丽，铺陈宽敞，单此一座淳安驿，占地便达三余亩，单马房都有数十余间；玘灌一路所见，确实惊叹。

玘灌问伍樗："还要走几日？"

伍樗道："再过三两日便可到宁城了，公子。"

　　玘灌这时想起了梦中的情形，便问："当年那个荀方，最终可有寻到宝箫？"

　　伍樗问："公子说的可是楠国荀府的那位少将军，荀方？"

　　见玘灌点头"嗯"了一声，伍樗也奇："公子怎么忽然想起了他呢？"

　　玘灌道："梦里有人吹奏紫竹，好哀伤。"

　　荀府是楠国世袭的幕府，掌楠国军权，镇守西、南两境，楠国每遇国事，都是由国君向幕府请兵出征，因此幕府与王室颇有等坐之势。

　　那荀方他是幕府第六代将军荀昌的次子，上头有个嫡亲的哥哥承袭了大将军位，下头有一弟一妹，弟弟也是戍边将军，妹妹则尚年少。广安十九年，荀方十八岁，有一日他忽然便离开了家，只留下一张字条，说自己要去寻一把宝箫。幕府派了多路人马找寻，却都不曾寻到，有人说他往南去了，也有人说他出家了，莫衷一是，一时在国中传得沸沸扬扬。

　　玘灌又问："你听过荀方和箫老仙的故事吗？"

　　伍樗道："似乎听人说起过，传言箫老仙并非修仙修道之人，而是前朝王子。"

　　玘灌起了兴致："莫不是遂朝的安陵太子吧？他果然还在世？"

　　伍樗道："还真有人这么说哩，但也有人说箫老仙是孟国公的庶子，为了避免朝廷纷争才隐居山林的。"

　　玘灌看了看伍樗，他四十上下的年纪，凹鼻阔唇，性格沉稳，原是洪元君府的随侍，后被拨来锦华宫侍奉，只是玘灌与他并不亲厚，甚至记不得他是哪一年进的府，此番来楠，洪元公却单指了伍樗随行，把洪络赵佚留在了呈阳，圮灌因此郁郁寡欢，哪知一路上随口提及的列国闲事，伍樗竟都能详答，涉猎甚广，圮灌很有些惊诧，渐升钦佩之情，心境也开朗了好多。

白衣少女

　　楠国地处大遂东南，东临沧海，西北与荆相接，有桓屋险关，五星集聚，八水分流，物产丰饶，沃野广远，是累富之乡。

　　玘灌的车马一路向东南，再走四十里便能达楠国都宁城，这日傍晚，车队驶入了小城丰阳，沿着街市只见城中楼宇袅婀清幽，与荆国粗犷宏伟的格调大不相同，往来行人的身形也较荆国纤细好多。伍樗对当地百姓慢悠悠的性子有些不耐烦，玘灌却很喜欢这一带的胭脂气，特地嘱咐车马慢行，好观赏沿途风物。这小城的市集熙熙攘攘，一派喧嚣和乐景象，引得玘灌忍不住下了马车，傍着扈从在街上行走。

　　不远处有丝竹声传来，玘灌顺着乐声，寻到了一座茶楼，只见门楣上题着"京合馆"三个大字；遂使护卫找了酒家歇脚用饭，自己则带着伍樗进了茶楼。

　　馆中阁楼与庭院相接，一周有小池环绕，池边是成片的美人蕉，橙红的花瓣，嫩绿的叶盏，映衬着波纹漪漪，只觉交叠错落，别有洞天；水榭的尽头是一方宴台，这时台上正有十数名舞姬翩然起舞，而那丝竹之声，便是由两侧的乐师班协演而来。三层阁楼呈扇形环绕着宴台，使各楼层的宾客均能观赏到水景声色。

荆国也有酒楼，玘灌少时随骁元去过几处，印象中却没有茶楼；荆国的酒楼里也有歌舞，可多是男优，而京合茶馆里的乐师舞姬，却全是女子，且正值妙龄，青春正好，玘灌不由既奇又喜。

玘灌与伍樗在一楼宴台边的客座坐下，吩咐伙计上些菜来；当堂的伙计便小跑着过来唱菜谱，玘灌听罢问他："可有酒？"那伙计看了看两人的衣饰打扮，便笑道："想必公子是头一次来楠，不熟悉楠国风土。楠国的茶馆与酒家是分开的，茶馆无酒，酒家无茶，此处是茶馆，并不供酒，不过我们馆主有自酿的桂梅酒，公子若喜欢，可取些给公子尝尝，只是这酒易醉，不能多饮呐。"玘灌点头称善，点了几色小菜，令伙计取酒。

伙计先上了一盘四色精致的小菜，随后端来了一小壶桂梅酒，玘灌浅浅一尝，初觉前味清甜，平平无奇，中段则甘醇浑厚，到了最后，竟变得刺辣酸麻，待完全饮下，却又收味爽利，让人忍不住还想再饮。

玘灌大赞，吩咐伍樗赏赐银两。

玘灌酒量不浅，平日也爱拉着洪络赵佚共饮，可这桂梅酒却甚猛烈，不过是喝了几杯，便有些醉了，点了两个歌女，让二人陪饮。二女被灌了半杯便已不支，玘灌却借着酒兴命二人舞蹈，歌女站立不稳，玘灌上前拉她，醉酒之下力道大了，竟扯下了她的一片衣裳，吓得她尖声叫嚷，在这幽静的茶馆中格外刺耳，台上的琵琶声也瞬间止了，楼上楼下的众茶客一齐朝这边望来，耳语不绝。

这时只听一阵马蹄声自远而来，在茶馆外停下，随后门边响起了一阵脚步声，只一会儿功夫，馆中便一齐静了。

玘灌不明所以，抬着醉眼往门边瞥去，只见从门外走进来三个人，当前的是一位白衣少女，其后是一名武士，搀着个高个子黑袍将军，三人寻了邻座临窗的茶席落了座。

玘灌对着这歌女，本来无意，只因她仍在叫唤，躲闪自己，不由恼怒，一面顺着酒劲把她扳倒在地，一面用力扯她衣裳。伍樗怕惹怒了他，便来扶歌女，却不敢来拉玘灌。

忽听一人道："安琥，去让他停下。"

便有人大步走来，拉开玘灌。

来人力道甚大，玘灌抵挡不过，只好松手，继而瘫睡在席上，恍恍惚惚朝说话那人看去。

却是那白衣少女。

只见她一身织金湘妃蝶纹银白缎裙，腰间松松系着根艾青罗带，长发轻挽，单别几个玲珑别致的金环饰在发上，明眸皓齿，肌肤透亮，盈盈端坐着，便如秋月倾注在方榻之上，轩然生辉，茶馆中的其他色彩竟在一霎间黯淡了下去，玘灌这才明白，原来方才人们静了，是为此人。

玘灌踉跄上前，来到那少女对面瘫坐下，勉强支起身子，发现这姑娘不过十五六岁模样，还小了自己两三岁。玘灌阅美人无数，却觉眼前这少女自与别家不同，有一股慨然之气萦绕在她身旁，和着一缕细碎绵长的花香，震慑住自己心魂。

那少女向那武士道："安琥，还有醒酒汤吗，拿些来给他。"言语间没有丝毫娇媚做作，大器天成。一边那位青年将军穿着黑色长衫，身披斗篷，身长七尺，肤色略黑，剑眉朗目，脸庞轮廓分明，便如被雕刻出来的一般，英气逼人。

　　玘灌看向少女，喃喃道："你……真美。"说着便向她挨近了些，想要拉她。那少女也不言语，把袖子轻轻一收，站起身来。哪知却被玘灌捉住了衣袖，那将军顿时支起了身，他一身黑衣，身形颀长，只半支坐便可见其形容甚伟，他面无表情，拿起剑鞘指向玘灌，玘灌却不以为意，嘻嘻一笑，正想用力拉过少女，却觉虎口一麻，心下一惊，打了个激灵忙松了手，转眼再看那少女，着实不容亵渎，顿生凛然。那将军把少女拉近身边，见她纹丝不动，便迟疑着放开了她，不敢再看。

　　玘灌不解，问他："她……是你妻子吗？"将军不语。

　　那名叫安琥的武士端来了醒酒汤，递给玘灌，少女却道："给将军。"安琥疑道："怎么……"少女看了看玘灌："他已醒了。"又看向那将军，冷冷道："醉的是他。"将军一呆，隐约间呼吸急促起来。少女缓缓坐下道："罢了。"一笑收场。

　　见将军神色回复肃然，少女便微笑道："将军凯旋而来，大王和公子已在城中设宴等候。小女子只以薄茶相待，将军雅量，可莫要怪我不周呐。"

　　青年将军看了看她，并未答话。听着少女让安琥服侍自己，她自己却走了出去，心中微沉。

　　玘灌醉的厉害，这时懒懒地半倚半卧在茶席上，饶有兴致地望着那少女和将军。日暮苍苍，伍樗着人在茶馆近处寻了家客栈宿下，待次日玘灌终于酒醒，再接着赶路。

崇　安

　　遥望见城墙高耸，塔楼矗立，便知是到楠都宁城了。守城将士查验过文牒，玘灌的马车进了城去。

　　街市上熙熙攘攘，行人如织，临街的商铺中奇珍异巧满目琳琅，商贾云集，官客雍容，楠国之富庶可见一斑。又见胡同巷陌宅门典雅，楼层重叠，池榭缤纷，廊桥错落，整座宁城便像一个大花园，美不胜收，玘灌终于得知，望春园之巧思自何而来；往城深处，更见复道、通衢勾连内城王府，三阡九陌，四通八达；千门万户，簇拥丰华；当世经济之盛，皆现于宁城。

　　一路流连，不知觉间，竟已临宫门。

　　一盏茶光景，只听鼓乐声响，宫门徐开，迎出一队人马来。当先几人形容英武，衣饰华贵，皆跨高头大马，想是王族子弟，中有一人紫袍峨冠，中等身量，相貌斯文和善，二十三四的年纪，玘灌心下念头一闪，忙下马车，上前行礼道："拜见大王。"

　　这公子正是先楠国公越宁君长子、此时的楠国国君崇安公綦文，他见玘灌猜中了自己身份，忍俊不禁，翻身下马，亲自上来扶起玘灌，微笑道："继阳君请起，不必拘礼。"

　　随侍将备下的马匹牵给玘灌供其乘骑，自己复又上马，一众公子跟随在后，调转马头，终于进了宫门。

玘灉一怔，此番灞野一战，荆国兵败百里，虽是小役，于元气无碍，却仍派了玘灉为质子示和。荆国居弱，崇安公却毫无倨傲之态，玘灉早闻楠国新君治朝贤明、知人善任，如今一见，方知他王而不霸，不由敬服。

行于王宫，只见宫阙重重，宫墙层叠，苍翠隽秀，玉楼桂殿星罗棋布，金屋椒房鳞次栉比，一派繁盛华贵。

玘灉随崇安公一路经过长林大道，穿过廊桥，终于来到广乘宫，登上长石阶，便来到了正殿。楠国宫廷并不方正，却形成了山水交叠的构造，前殿后寝的格局则循着祖礼，自然从容。踏入广乘正殿，只见大殿正北向南摆着楠国公的金龙案，东西两路共排了六张主位案几，几名公子依着长幼，立在案后。崇安迎着玘灉来到东路首桌，玘灉与他们行礼时，虽只带过几眼，却已觉察这几人性情迥异。

西边尾桌的那位公子最幼，不过十来岁，穿着一身松绿锦袍，玩弄着铜杯，打量了一番玘灉，沉静斯文，是已故的芪伦公主的养子、崇安君堂弟悦方；次桌的公子黄带紫裳，不等坐定便嚷着要酒，活泼豪爽，是三公子简宁君域欢，简宁乃崇安之弟，因崇安尚无子嗣，国中对其弟兄便皆以"公子"相称；西侧首桌那位红袍公子衣上绣着别致的流云牡丹图案，话语不多，谈吐优雅，形容俊逸在玘灉之上，却带着几分沉着。玘灉心道，这必是崇安公之弟，二公子简原君，洒脱自如，却在眉眼间敛住了恭谨，早听闻楠国二公子，名唤锦无咎，少年权重、有城府，一定是他。

东边的尾桌坐的公子年纪也小，那是崇安君的侄公子，偶尔一笑，并不说话；而场中众人只有次桌的青年着一身墨色官袍，玘灌觉察到他是独臂，觉有些眼熟，再一想，竟是昨日在京合茶馆遇见的将军，只是他的伤处已愈，不再需要旁人搀扶。他与玘灌客客气气地见了礼，报了姓名"秋玄"，不见神情，玘灌却想起自己昨日失礼，脸上暗暗一红。

楠国的少年公子们早听说荆国四公子是象宜公亲自抚养的，因象宜公用兵如神、威震八方，便都想见识玘灌是何等英武模样，这时见他进殿，便齐齐向他望来。

却见玘灌一袭浅粉底穿花缎袍，以九色牡丹纹宫绦束腰，系一块墨绿色龙纹宝玉，暗透着几分沉郁，和着深色绸衫，倒是清秀。然而楠国地处南方，依山傍水，文治经济，本就比荆国雅致些，况且这方山水最是养人，是故玘灌在楠国的诸公子之间，便不那么出众了。诸公子还道玘灌是怎样个英武少年，这时见他举止轻浮，并不稳健，不禁失望。

崇安公升了座，吩咐传膳，内臣总管上前来对玘灌道："大王本备了宫宴为四公子接风洗尘，只是四公子突然遇丧，怕有不便，不如待五月小功之后，再补开筵席歌舞，不周之处，还请四公子担待。"

玘灌向崇安公回了礼，却自问并不曾收到居丧的消息，也不便多问，只猜大概是国中的哪个太妃薨了，简报还未达。这时他留意到崇安的袖上也别着一方黑纱，只是他衣袍为深紫色，方才便不曾觉察，于是欠身相询："大王怎么也在戴孝？"崇安道："这位娘娘，曾经与我有过婚约，荆国路遥，崇安便如此送她一程吧。"

这时他对玘灌道："苽伦公主在宫外近郊有一处行宫，叫做翠山馆，拨给继阳君居住，可好?"玘灌起身行礼:"谢大王。"

宴上果然素简清淡，是服丧时的模样，未开歌舞，也未传酒酿，席间安然，各人饮食着各自的餐饮，也不曾多问玘灌，止于待客之礼。宴罢玘灌便出了宫，随侍仆前往翠山馆。

翠山馆位于宁城北郊，离开宁城约二十六七里，西北面倚靠着冷翠山，馆前有一道溪水流过，原是楠国公主芣伦的避暑之地。自公主离世，行馆便闲置至今。玘灌到了翠山馆，估摸着从此地往北去丰阳只需一个时辰马力，便想着往后无事，可常去那京合馆，观舞品茶，单这般想着，便觉自在。

这时伍樗来到回廊，找到了正在观赏溪水的玘灌:"公子，信到了。"

玘灌接了信笺来看，看着看着，神情有些僵。

伍樗在一旁没有说话，玘灌望着回廊下哗哗流淌的翠山河，半晌方道:"伍樗，准备丧服吧。"

伍樗服侍玘灌更衣歇下，退出了屋去传膳。他见那信笺独留在堂中的案几上，也没有合起，便寻了方镇石上去压好，却在信中看见了"连妃薨，葬宁陵"几个字。

伍樗一怔，望着馆外湍急流淌的河水，隐约听见了从里屋传来的玘灌的呜咽声，低低地，很沉很沉。

西山居士

雨绵绵落了近一月，进入孟夏后天气终于放晴。这一日，玘灌披着深瓷色披风，拄着杖，走出里屋，到翠山馆的回廊上坐下，只见山岚氤氲，树枝摇曳，馆舍前的清河已满涨。

来楠已有五月余，馆舍一围繁茂的海棠，从春到秋，花儿开了又落，枯了又吐新芽，玘灌数着庭前的蓂荚，一遍又一遍，看它涅槃重生又幻化。他只觉时光未走，永远停在了连若离开那天。午夜梦回转醒，会想起连若的舞，连若的音容笑貌，他便忍不住涕下，宫中没有她的牌位，没有她的坟，魏婷宫不久后便会有新的主人。你在哪儿啊？你冷么？你孤单么？你……恨他么？

他所骋怀的世界，在听闻连若死讯的那一瞬间便倒塌了，那日他连夜咯血，冷风破窗而入，卷携着无尽的落寞，沉闷又冰凉，之后数日他都无法下床，每日清晨醒来便喊伍樗，唯恐这馆中只留下他一人，伍樗端来的茶汤，他却咽不下，人也清减了好多。

倒是将军秋玄，因其府邸离翠山馆不远，偶尔会上半山来瞧瞧玘灌，玘灌来楠最初结识的便是秋玄，是以对他有几分亲近，心境郁结至深时，便忍不住同他倾吐与连若的相知相识。本以为秋玄会讥笑自己多情懦弱，不料秋玄却认真地听完，似还有些伤神，记得那日秋去，望着馆外夕阳下的青山碧水，独自闷下一壶酒，末了，对圯灌道："继阳君，莫要因悲痛，而忘了自己是谁。须知一时落后，便会时时受制于人。只有奋进方能立足，否则将来你会连荆国都回不去。继阳君，我虚长你几岁，不愿看你沉沦丧气，须知福祸相依。"一番话点醒了圯灌，于是圯灌强振精神，之后几日终于能服些汤饭，长了点精神，偶尔能跟着秋玄下山行走。

他偶尔会惦记来楠途中听见过的那阵箫声，那样的绝美清冷，却如浮光掠影，转瞬即逝，他思量着想那吹奏之人必是个祥和的老者，心中自然地便升起一段亲近之意，便想着等攒足了精神去访一访那箫主人；有两回驱车出行，也曾在山水间听见丝竹缠绕，却终因山路纵横，溪流阻隔，未能寻到奏箫之人。

这日伍椁出了门，圯灌孤零零的更觉悲恓，不愿独自留在翠山，便拄着杖，喘着气，伏上马，下了山，一路缓行来到宁城郊外的西山。这一带山高谷深，花苗草木比平原发地稍晚，已是孟夏，此间风光却如三月天。圯灌想起了往年的三月来，想起了在荆国的那些三月，想起了望春园想起了魏婷宫，想起了锦华宫、洪络、川儿、赵佚，不由叹了口气，很是落寂。

因前几日雨水的缘故，水田涨满，汪汪茫茫，偶有白鹭觅食，时起时降；游丝缠绕，浓郁芬芳，彩蝶翻跃扑闪；夏木经雨，苍翠浓密，黄鹂乐得嬉戏，千啼百啭。圯灌踏马在山中走着，一脚深，一脚浅，恍若隔世，眼前迷离。

傍晚时分，山中农舍升起了袅袅炊烟，圯灌感到分外温暖，忽觉有了归处，觉得心安。远处划过一道洞箫声，圯灌一怔，凝神聆听，循着音驱马去寻，因担心无功而返，便一路上细细地留意方向，山石高耸，翠色浮空，他蜿蜒行了半个时辰，终于在竹林深处的一处竹庐前停了马。

此时白日渐沉，箫声已停了好一阵。见棚门紧锁，知是主人不愿迎客，玘灌便不去敲，在门外寻了一处树荫，枕着树根，在花丛中仰躺下。

忽然箫声悠然鸣响，如深林中的溪水，清醇甘冽，和缓流淌。玘灌莫名感动，眼望着天际西沉的斜阳，霞光逐渐变得朦胧，眼角莫名淌下一行清泪，他睡着了。

好久没有睡得这么沉了，醒时天已黑，透过树枝的空隙能望见夜空中有流星划过；轻云在飘，明月在游。山中幽寂，可他却感到了蓬勃生机。

马儿在一旁嚼着花草，玘灌拾掇衣袍缓缓起身，却发觉身上多了件瓷秘色的斗篷，上绣着忍冬纹样，玘灌一愣，将它收好，却见篱门已半开，竹庐中也升着灯盏。玘灌上去轻叩小门，见无人应，便径自走了进去。周遭茶香花香悠然袭来，一刹间玘灌仿佛回到了数年前的那个夏天，可随即醒神，知再也回不到从前，不由鼻尖一酸，心里空落落的，很沉，很沉。

他想随这居士归隐了，不想再回宁城，也不想再回荆国，他想活在自己的幻想里，想要回到那个夏天。

这时从竹庐中跑出个十三四岁的丫头来，一身小桃红纱裙，见了玘灌便道："你是何人，竟闯了进来？"见玘灌臂弯上撑着的那件斗篷，又问："咦？我家主子的斗篷怎么被你拿去了？"玘灌被抢白了几句，一时不知该如何作答，磕绊道："我……这篱门开着，唐突了，这斗篷……"那小丫头已有些恼，这时却听里头有声音传来："采芒，不得无礼。"声音低沉，似是个年迈的婆婆。采芒对玘灌伴了个鬼脸，取过斗篷叠好，转身进了竹庐。

玘灌对着声音的方向恭恭敬敬地行了一揖，随着那丫头进了小庐，屋里暖，他又有些乏，便自己来到南面的客席坐下，采芒见主人愿以客礼待他，便不再说什么，为他沏了茶。

竹庐宽敞，植满了海棠，三面有窗，微风把窗纱轻漾，月光轻漫上窗沿的花芽，映照着细软的窗纱，北面悬着一卷秋涛枫纹帘纱，帘后横置一几，几上摆着笔架纸砚，砚旁斜倚着一柄竹箫，几案之后坐着一人，拢着一身庚子蓝宽衣，头戴笠帽，面前垂着素薄纱。

玘灌心头一震，猜知这便是箫主人，便忍不住问："婆婆，晚辈方才听这箫声，低沉沉的，可是您心中有牵挂？"那小丫头却撇了撇嘴道："什么婆婆，我家主子奏的是霓裳曲，最欢快不过，是你自己难过，才觉得忧伤吧。"却听里头主人用玉筷轻击瓷碗，意在止住她，哪知采芒顽皮得紧，一面走到主子身边，一面不忘抢白玘灌："公子才有牵挂之人吧。"

玘灌却认真了，一字一句地答："是有一人，甚牵挂。不知何时才能再见到她。"说到后面，竟有些哽咽，他喝出了杯中所沏乃六月雪，有些苦涩，带点清甜。或许是离荆国远了，或许是不曾亲耳听见她落地时打钉的声音，他便总觉得她还在，在呈阳，在魏婷宫，在花树下，在等他。

庐主人猜知了玘灌心思，久久不语，低低吹奏了一首清明月。曲调婉转悠扬，玘灌却觉幽凉感伤，似乎看到了天上的星辰在一颗一颗地往下坠，他自出生便受母亲冷落疏远，偌大的王宫，爱护他的，寥无几人。纵然如此，他们仍相继离他而去，象宜驾崩，骁元被囚，孝月远嫁，连若身亡。他想起故人，又想起自己泊居异乡，悲从中来，吸了吸鼻子，将茶一饮而尽。

放下杯盏，泪水却止不住地扑簌簌落下，他望着身旁案上的胭脂海棠，自语道："我那屋外的海棠，都已凋落，为何这里的海棠，能开得这么盛？"

采芒见他淌泪反乐："你的住处在哪？竟也有海棠花。"

玘灌无意隐瞒，便答："我住在宁城西郊，冷翠山旁。那片海棠，原就在那里，并不是我种下的。"

这时那竹箫略略一顿，随后才又低低地兴起，曲罢，茶尽，玘灌不敢多扰，也怕自己再多停留会不愿离去，便有些不舍地起身拜别，那庐主人也不留他，只让小丫头送他至院门外。

此后玘灌隔几日便会寻到竹庐，每临此地，皆能得那婆婆奏箫安抚，初时他总忍不住倾吐自己的苦楚，渐渐地却觉哀愁散了，后面几回便只是凝神赏音，不再诉苦。

七月里的一日，玘灌在小庐听罢竹曲，到了酉时，知采芒该送客了，他便起身，行了个礼道别，走到了院门旁，又忍不住回过身来，向着小庐问那居士："婆婆，下回来时，能和您学箫吗？"

采芒却插嘴道："过几日我们便走啦，你想来也找不着了。"

玘灌一怔，只觉心口被什么揪了一下，垂下头去默然不语，才一转身，却听那主人唤采芒，采芒便进了屋，再出来时，臂弯间已多了个布袋，说道："不是要养海棠吗，用这个苕子肥吧，七日一次。"玘灌心生感激，忽听立屋的那主人低低说了声："珍重。"玘灌又是一怔，回过身来对着她的方向深深一揖，话到嘴边，又觉得无从说起，于是没有多停，出了竹庐，驾马回了翠山。

萍　儿

　　回到翠山馆已是半夜，伍樗闻见马蹄声，便跑来迎，一面问玑灌这日去了哪里，系好了马，又道："公子，来了位姑娘，入馆有些时候了。"

　　自玑灌来楠，崇安公常使美人来翠山，她们子夜时来，黎明即去，仿佛是一场春梦。

　　玑灌想起了楠国公崇安。崇安为政与洪元不同，他即位后便将朝事悉数托予公卿诸侯，自己则极少上朝，朝臣常只在筵席宴会才见得到他，然而朝政却颇稳定，国富兵强；崇安二十三四的年纪，不曾纳妃，尚未封后。他施政贤明，待臣工宽厚，却有宠杀宫女之癖，但凡临幸过的宫女，不出数日必被赐死。玑灌鲜少入宫，入宫时也不常能见到崇安，每回得见，他都笑呵呵的，一副谦恭和乐模样，从不向玑灌打听荆国国政，所谈及者不出风月鸟花。玑灌记得有一回简原君在，崇安公忽然笑问："无咎，听说你在找一个女子？要帮忙吗？"

　　简原君一向是端严自矜的清冷性子，那日却轻咳了一声，低了低头，没有说话。

　　来楠以后，玑灌曾使几名女子受孕，可他不愿得子，不愿与她们有太深的牵连，他只希望她们是清晨的露、山间的云，在他身边轻盈盈地停一宿、伴一眠，聚拢过，便消散开去。他令那些女子服用避子药，有身孕者，便引其小产，当中也有因此身亡的，他却不为所动。他宁愿在红尘中迷乱，也不肯忍受孤苦无依的无间地狱般的煎熬，若非这些女子，他度不过幽寂悲戚的绵绵长夜。他在大海中浮沉飘摇，她们是他的稻草。

玘灌进屋，来到里间，他的榻周四面低垂着罗帐，红烛照耀，缥缈美好，他闻见一笼淡淡的橘柚清香，榻边抱膝坐着个女子，半拢着衣衫，容貌清丽，神情却有些倦，正怔怔出神。直到玘灌走至她跟前，她才觉察，一时间有些仓促，忙拾掇出笑容，起身为他宽衣。

玘灌见眼前的女子身材细挑，一张细细的瓜子脸，眉间有一点美人痣，尽显娇媚，一双眼含着笑，却有些淡，有些哀凉，玘灌感到诧异——这么个风尘女子，竟也有忧与愁？

他的心思缥缈起来，眼前的身影变得模糊，或许是他有些乏了，或许是他在她眼中看见了疲倦和失落，亦或许是竹庐中那居士的言语太温存。玘灌心中一动，轻轻推开了她。

那女子一愣，玘灌道："是有心上人吧？好好的女子，何必来此。回家去吧。"

那女子有些惊慌："公子……可是嫌奴……"

玘灌起身，来到桌边坐下，为自己沏了杯茶："不，你很好。只是明日我要同秋玄将军出游，想早些休息。"

女子没有说话，却不经意地将微蹙的眉舒展了，神态和缓了许多。

玘灌问："你多大了？"

那女子道："十九岁。"

玘灌一笑，自觉哀凉："倒是与我同岁了，你叫什么名字？"

女子道："记不得了，大家都叫我萍儿。"

屋外的清风穿过松林，吹息了一树鸣蝉，贯入了厅堂，玘灌想起了锦华宫里自己种下的那池幼莲，今夏等不到它们绽放的模样了，他叹道："只是……浮萍，连个寄身之处都没有，不如清荷，到底有根有叶，缠在一块儿，牵连羁绊，虽粘着泥垢，却是个家。"

过了一会儿，又自语道："夏夜那么短，哪里有那许多完整的梦。"

玘灌

那西山的箫主人已离开，玘灌上回去时，竹庐已空空荡荡，他心情沉郁，见不得热闹喧哗，便闷在了翠山，一个人望雨飞，伴樱花，过清明，一个人听风鸣，等菡萏，过端阳，一个人感月凉，守紫薇，过乞巧，挨到了七月中元，午憩过后，玘灌被伍樗催促着强打起精神，拣了件墨色披风，接过包裹，蹬马下了山。

伍樗与旁的近侍不同。在呈阳时，玘灌若遇着烦心事耍小性子，洪络会守在他身边不敢放他出门，赵佚则会撺掇他宫内宫外嬉闹玩耍，而如今的这伍樗呢，也不随侍，也不相询，却会劝玘灌自己出门行走，此番也是早给他备下了行装包袱。玘灌偶尔想起，也觉有趣。

乘车换马，停停走走了将近半日，终于在傍晚时分来到了小城丰阳，楠国的中元灯会极为繁华，又遇着市集，于是从朝日到晚霞，街市上都热闹喧哗，香车宝马川流不息，胡同巷陌密如织网，宝瑟清歌不绝于耳。

玘灌感到心情开朗了些，便打算这晚宿在小城，于是寻了家干净的客栈放下包袱，之后便来到了京合茶馆。初来楠时，他本想能常来此处赏曲听舞，未料这半余，也只有来了这一趟。

　　玘灌才上阁楼，便见临窗一桌围坐着七八个大汉，穿的是便服，身形却魁伟，足下踏着墨黑色的皂底虎头官靴，一望便知是王府的扈从，只不知是哪家门下。几人时不时地往窗下望，自是有要务在身，不是来喝茶的，玘灌心生好奇，便寻了张相邻茶桌，背对着几人临窗坐下，就着牡丹糖饼吃茶。自他来楠，便留意到楠国上下盛行牡丹，从宫廷到民间，户坊田间常有培植，此外衣裳布料、杯盘锅碟也常用各色牡丹纹饰，甚至也用牡丹入食入药，称其国花，丝毫不为过。玘灌问伍樗有何典故，方知是简原王妃酷爱牡丹，因而引得风潮。

　　天色已沉，忽觉外头有光，向外一望，却是天灯冉冉升起，有千百盏，如梦似幻，与繁星银河遥相辉映，玘灌忽然想起连若曾说起过楠国的中元，说楠国百姓信奉天灯，觉得它能将各家的愿望升达天庭，他想起那日连若使洛儿来送莲灯给他，此时才明白连若是在祝愿他心想事成。他望着黑夜中的点点灯盏，闭上眼，许了个愿。

　　这时却听身后有一人问："都等了一整日了，怎么还不来？"

　　另一人则答："再等等，今日是他一人独来。"

　　"天都黑了。"

　　"别犯浑，都睁大眼睛好好盯着，等不到人，回头公子削你们。"

　　一语方罢，却听一个年轻的声音压低了嚷："来了来了，看、看，白袍子！白袍子！"

　　几人忙不迭齐齐向楼下望，玘灌也跟着望，果见街市上有一人裹着件浅碧竹纹斗篷，头戴斗笠，面前垂着薄纱，正骑着马缓缓走近，此时街上玉辇络绎，金鞭不绝，出门观灯的游人涂脂抹粉，争奇斗艳，玘灌细心盯了一会儿，总觉那身形有几分熟悉，却又想不起来，待回头时，只见茶桌空空，几名汉子早已下了楼去。

马上那人听见喧哗，循声望来，却见一众大汉正追赶向自己，便一夹马肚，轻呵一声，向西奔去，于是一众武士纷纷驾马，跟随上来。玘灌紧盯着那顶碧色斗篷，猛地想起那便是庐中的萧主人，数月来玘灌往来竹庐，得其主人抚慰颇甚，时间一久，那小庐俨然已成了他的一叶小舟，能托载着他随时光行走，后来她们搬走了，他便总思念，此时见那居士有难，便毫不迟疑地腾立起身，疾步下楼，摸出银两丢给伙计，牵来马儿追了上去。

一路驰骋向西郊，这一带阡陌纵横，岔道众多，玘灌冷不防便跟丢了。

又走了一阵，忽见不远处一人一马，被河水挡住了去路，正是那居士，此时她身后已无追兵，玘灌正要上前，却见几名武士从树林间现出，拢向河岸，直逼得她无路可走。玘灌方知众将方才设伏去了，惊诧于他们对这一带竟如此熟悉，想是勘察已久。

天色已沉，竹庐便在不远处，过了河，穿过一片小山坳便能寻到，河对岸的山路崎岖，追兵必会迷路。可河上的那座竹桥这时却被截断了没在水中，想来是之前被人劈开的。

那居士在河边勒马，见追兵逼近，忽然下马一跃，跳入了河。众武士皆惊，却面面相觑，无一人下水。

玘灌矮着身子蔽身于灌木丛，瞧这一队扈从身形高大不像楠人，想起了楠国富庶，有诸多王国经济上依附于楠，作为回报则会遣本国兵士往楠从戎，此外楠国军俸优厚，也有许多兵士慕名从外邦来。这几人大概是北人，水性不佳，也不曾预料对方会投河。

玘灌原本心焦，这时却一乐，河心分明有气泡翻滚，可知居士必在水中。那队武士却未察觉，见这水流湍急，想对方纵使会水，也大概是要被冲走的，为首的则存着一念，想对方若通水性，不如先由他去，其后再寻，不必逼出人命，坏了主人的事。便下令道："回城！"率众策马离去。

见几人行远，玘灌连忙赶到河边，除了冠袍跳入河中，水深且急，玘灌差点被冲走，只能摸索着沉桥，用手抓住了扶栏方能行稳，忽觉指尖触到了流苏，却是一人的衣带，玘灌又惊又喜，将她拉出水来。这时天色已晚，又渐渐沥沥下起了雨，玘灌便负着她往竹庐中去，觉她甚轻。深深浅浅走着，忽然脚下一滑，一个踉跄摔倒在地。玘灌恐把她摔坏了，忙去探鼻息，对方却"嘤咛"一声，伸出手来挡住了玘灌。玘灌听这声音很年轻，竟是个少女，不由惊诧，她欲起身，无奈在玘灌怀中动弹不得，犹豫了一会儿便迟疑道："你扶我起来。"玘灌见她气息尚存，心下宽慰，却不肯松手，只抱紧了她。这时两人的衣服都湿透了，少女感到他体内的热气传来，不由心烦意乱，道："扶我起来！"玘灌听她着恼，却嘿嘿一笑："就不。"说着横抱起她回了竹庐，来到客堂，扶她在椅上坐下，少女被灌了水，又遇了雨，便不由地浑身发颤，很是虚弱，玘灌去解她笠帽，她却摆手："你走吧，谢了。"玘灌一怔，那少女只冷冷道："放手，我自有人服侍！"玘灌听她话语若游丝，却冰冷之至，不由心中一凛，只得放开她。

玘灌下山寻到了马，扶着马鞍，却始终挂念那庐中少女，放心不下，便又徒步折回了小庐。

这时竹庐已添了灯烛，在雨夜中莹莹生辉，那少女却不在堂中。玘灌提起声问："姑娘可在?"却因屋外雨大，盖过了他的声音。玘灌不见动静，暗叫不好，怕是被人捉去了，循着灯盏进屋来寻，撩起里屋的卷帘，一阵热气便迎面扑来，屋中蒸汽升腾，当中置了个大竹桶，一个少女倚靠在桶中，背对着门，一瀑长发垂散，如漆似墨，雪白的肩头隐隐浮现，玘灌心头一震，呆立在了原地。那少女听见动静，便道："采芒，去把艾草熏上。"玘灌听闻她音色，正是庐主人，只是这时不再压低声线，颇显娇弱，他心中一荡，知她无恙，终于松了口气。少女见无人答应，心生疑惑，回过头来，玘灌见她十七八岁的年纪，一张脸透白胜雪，淡眉修鼻，宛如莲池中初放的荷瓣，尚在初夏，润泽温雅，带着露水，窈窕晶莹，惹人心颤。那少女见了他，已是一惊，又见他正打量着自己，更晕红了双颊，慌忙避开他眼神，缩低了身子轻声道："公子自重。"玘灌只觉如雷贯耳，竟不知该如何是好。忽地竹帘一掀，走进个十三四岁的小丫头，正是采芒，她正端着熏热的艾叶，见了玘灌，也吃了一惊，玘灌忙闪身出了门。

过了一会儿，采芒出来，见玘灌浑身湿透了，便道："公子喝杯热茶吧。"玘灌见她之前总是嬉皮笑脸的，一副不恭模样，这时却一脸郑重，知是方才着实惊险，便问："那些是什么人，为何为难你家小姐?"采芒道："那些是简原君府上的人。上月小姐与我去城中逛庙会，遇见个小姑娘和家人走散，在街边哭，我说没事，在原地等便是了，家人会来寻，我家小姐却偏要亲自送她回家，哪知这小姑娘是祚林将军家的小姐，那天正在简原君府上做客，我同小姐将她送至简原君府，简原君出门来迎，见我家小姐美貌，便起了歹意，强要我家小姐过门，初时只是来请，后来却愈发放肆，派了武将来捉，好几回了。所以我们才搬走了。今日我本跟小姐一块儿上街的，只因她要我留在这里收拾行李，我才没有一同去。"玘灌听闻，皱了皱眉，忽然想起了那日崇安公询问简原君时的模样，便又笑了笑。采芒不曾见过他笑，略略一愣，没好气道："你笑什么？"玘灌却觉得自己好久没有笑了，一瞬间似乎回到了从前的自己，没心没肺，洒脱自如，他随口答道："没什么，见到你家小姐，高兴。"

采芒一撇小嘴，也笑了笑，让他小坐片刻，自己进了里屋，玘灌知她是去询问那少女，便静候着，待她回应。正想着，采芒便出来了，手中捧了把伞："小姐说，外头雨大，请公子珍重。"玘灌接过伞，心中却有几分失落。

出了小院，马儿已寻到竹庐，在院中等他，他上了马，一溜下了山坡，来到平地，便驰骋起来，想起夜黑路泞，又拉了拉马缰，让马儿缓缓行；走了三四里，却愈发觉得蹊跷，自己跟在那群护卫身后并不远，那几人怎会全然不觉？况且只消再待片刻，那姑娘自然便会上岸，何至于匆匆离去。思前想后仍有疑虑，玘灌只觉脑上一热，雨打在身上也不觉凉，再次调转马头折回小庐。

庐间的烛还在燃，舍中却已空空荡荡，茶壶，画轴，棋盘，香炉，日常物件已全不在。玘灌心中陡然一凉，心道，她必是被那些武士捉去了简原府上。

他打开纸油伞，只见伞柄尾端坠着一串细细的玉坠，伞面是一幅山水画，隔着昏暗的月色，能见其上晚霞点染，青山含翠，墨迹隽秀娴雅，一如那少女，玘灌看着，不觉痴了。

芷 杨

八月白露，二公子简原君因得赏了崇安公众多舞姬，便开了筵席，宴请宾客，玘灌早接了请帖，原不愿往，只因这时想去王府寻那姑娘，才去赴宴。

简原王府落于宁城东南，在其府外的街市上行走，便能觉其府邸宽广。待入王府，但见里头多布池湖，常有廊桥，楼阁典雅，布在汀岸之周。申时前后，灯盏初燃，映得整座王府，光影绚烂。

月迷津桂，华灯初上，客堂中宾客纷至，玘灌来到席间，这时楠国其余公子皆已坐定，也有将军秋玄，玘灌同诸公子见了礼，便也落了座，静赏歌舞，只见堂中舞姬凌波漫步，款款而来，罗袜微露，足间生尘，每一位都形容美艳，腰肢婉转，很是出众，惹得一众宾客纷纷艳羡，再看王府主人，简原公子锦无咎，只见他一身绛红底织金多宝暗花纱圆领长绣袍，头戴金冠，凤眉细目，威严有度，风度云流，他一面命管家阿诺陪饮，一面淡淡地笑着，眼神在舞姬身边停留游走，正自出神。

酒过三巡，三公子域欢凑上来敬酒，饮下一觥过后，问玘灌道："继阳君，荆国殁了的那位连夫人，相貌如何？"玘灌的喉间涌上一股苦涩，可也闪出一份骄傲，他用力咽下口中的菜肴，郑重地说道："连夫人很美。"域欢撇着嘴笑："那可惜了，年纪轻轻的，就走了。"又道："听说荆国二公子去了燕州。"纪灌质楠后，青蘅便自请之蕃去了燕州，纪灌与青蘅向来不亲近，这时也只"嗯"了一声，并不作旁的言语，哪知域欢却道："那连夫人，怕不是荆国公的女人吧。"纪灌眉间一皱，只觉气血上涌，略一愣神，强压了怒意，低下头去没有言语，锦无咎察觉到了纪灌神色有异，便笑着对域欢道："三弟，继阳君素来不理宫廷之事，你莫要这样打探，扰了大家兴致。这桃胶鲈鱼不错，你尝尝。"域欢与锦无咎其实同年，都是十七，只是锦无咎素来持重稳妥，故能服人，域欢听了他言语，便笑了一笑，用银勺剜了一勺鱼来细细品尝，赞了句好，没有再言。

将军秋玄本端起了一盏牡丹花羹要饮，这时却轻轻放下了，缓缓拾起了手边的银箸，可他看着案上的菜肴，却没有选食。

酒过三巡，席间觥筹交错，笙歌缭绕，纪灌推说微醺，放下了碗箸，趁着间隙出了厅堂。

简原君府邸曲径通幽，阁楼重叠，山石环绕，是典型的楠国庭院，纪灌一时迷了方向，不知该从何处找寻那姑娘。

绕过小池，行径花园，穿过长长的回廊，只见拐角处正立着个少女，长裙曳地，娇袅婀娜，纪灌只道这便是庐中姑娘，方才他因连若之事一度低沉，这时却觉胸间一阵翻腾，猛地刹住了脚步。那少女听见动静，转过身来，一时四目相对，二人均是一惊。原来这竟是纪灌初来楠时，在京合茶馆中遇见的白衣少女，纪灌一度想打探她的身份，后却因连若一事心境沉郁，才把她搁在了脑后，这时一见，她身上所衣的仍是一袭银白长裙，只是花纹不再净素，而是用了牡丹团花蝶纹织金底，少了些活泼俏丽，却添了一份华贵雍容，她腰间松散地缀着青龙卧池纹样玉环，用亮闪闪的金蚕丝线系着，明净洒脱，神情中带着几分揶揄，娇美不可方物。

卮灌脸上一热，走上前问："姑娘怎么也在这里？"

那少女定定站着，抚了抚手中一个什么东西。卮灌这才看清她右侧腕上蜷着一团毛绒绒的夜莺，正在轻轻啄食她指间的米粒，她莞尔一笑："认错人了？"卮灌有些语噎，少女又问："公子在寻何人？"见卮灌面露难色，便道："公子是顾虑我浅薄，帮不上忙呢；还是怕我会将你之事，说与旁人知？"字字句句，樱唇轻启，贝齿轻震，直击人心，卮灌忙道："自然不是的。"少女转身下了长廊，来到园中一方石桌旁盈盈坐下。卮灌忙跟上去，此时已入夜，却依然能见周遭草木繁盛，各色美人蕉竞相怒放，奇香异彩，别有洞天。卮灌坐定了，想起来问："还未请教姑娘芳名。"少女道："芷杨。白芷的芷，杨树的杨。"

卮灌细细念了一遍这个名字，赞了声好，见她望着自己，便将自己同庐中少女相识、相知、遇见简原君的扈从追捕、自己又如何想救她出府等事全盘道出，芷杨听完，抿嘴一笑："她此刻必在府上。"

卮灌奇道："姑娘怎么知道？"

芷杨笑："锦无咎是我夫君，我怎会不知他心思？"

锦无咎正是二公子简原君的名字，卮灌于是大奇："原来是王妃……失礼、失礼。"后悔同她说了这些，又道："竟从不曾见过你，实在失礼；只是王妃为何还要帮我，就不怕简原君宠幸别人，冷落了你？"

芷杨似笑非笑："我不参与朝事，是以公子不曾见我，至于简原君宠幸旁人，王子王孙又有哪个不是三妻四妾，于我自是无妨。"

玘灌见她笑靥依旧，竟无丝毫不悦，更觉诧异，忽想起在京合茶馆相遇时秋玄与她的情形，便恍然自觉猜知了一二，于是也报之一笑，又道："王妃，那姑娘果真在府上？若我要救她出府，可有什么法子？"

芷杨道："简原君并无加害之意，何来相救一说？我可保那姑娘不饿不死不残不伤；可若你是因恋她，想接她出府，那我便爱莫能助啦。"

她笑语盈盈，却丝毫不让，玘灌一时不知该如何作答，忽听芷杨又问："你不怕我同简原君说起？"

玘灌一愣，他天生不防女子，尤其是美丽的女子。这时便脱口而出："你这么美貌，决计不会害我。"

芷杨偏着头，抿嘴一笑："油嘴滑舌。"玘灌正色道："不曾说笑，我自幼和美貌女子打交道，所以知道她们的脾性，怎么，你不信？"玘灌总觉得自己对这少女有一分难得的敬重，要端正辞色才敢同她言语，芷杨却不再同他多言，已唤来小厮送他回筵席。玘灌不便停留，轻轻一揖辞别芷杨，回到正堂，一路上想起王妃芷杨的身影，想起她一嗔一笑一威一柔，不由得有些心驰神往，又想起竹庐中那姑娘此刻还在府里，才忙收敛心神，却有几分落寂。

戌时前后，宾客陆续拜别散去，简原君嘱咐阿诺好生送客，待客人都离开了，便走过曲曲折折的鹅卵小径来到王府深处的一处庭院，时值夏秋之交，残暑未尽，晚风习习，宜人清凉。他问随侍："她在哪儿？"随侍向林间的小亭指了指，锦无咎会意，除下略带酒气的袍衫，只留一件月白色的牡丹纹软缎袍，便吩咐随侍退下。

亭下柱旁站着一人，身形单薄，裹着天水碧海棠纹长斗篷。这时是初秋，一阵风吹过，弥散着丹桂幽香，悄悄将她发顶的帽檐吹落，任那黑发垂下，在晚风中轻扬。

金桂的花蕊铺了一地，锦无咎走在软软的草丛上，心神有些荡漾。这晚他饮了些酒，很有兴致，走进了小亭，在石桌旁坐下。

那姑娘微微偏了偏头，锦无咎抬头一见，心下赞她美绝，却不动声色，只是拿起石桌上的一只白玉壶，给自己添了杯茶，丹桂浓郁幽香，很好闻："你没有家了，往后便住这里吧，我保你富贵平安。"

她看着烛光间飘落的树叶，没有回头："我看简原公子，不像善男子，却是泥菩萨。"

"纵是泥菩萨，也不妨碍我做一回善男子，行一回布施呀。"

"以馒头为饵，也是布施么？"

"姑娘怎知馒头是饵？"

"若是善举，何必强求？"

锦无咎这时一笑："姑娘又会被何物所诱？"

"无物可以诓我。"

"莫非姑娘自己身即是饵？"

"我不是，也不知公子欲引谁。"

"姑娘以为是谁？"

她一时答不上话，转过身来，只见他手中正摆弄着一根九节紫竹箫。她不禁蹙眉。

他知她气傲，这时却语噎，忍不住微微一笑："我已命人取来了你的日常物件。女孩子家，孤身在外总是不便。"

一面说着，一面拿着那箫，悠悠地转出个剑花，随后把它一横，递向她，她的指尖刚一触碰，便被锦无咎顺势一拉带到了身侧，锦无咎此时与她距离不过数尺，只觉她吐气如兰，苍白的脸庞隐隐透出一层晕红，在月光下娇媚无邪。锦无咎握住她手，她心下慌乱，他却定神，看着她无力挣脱的模样。过了一会儿，他松开了手，唤来侍仆。

锦无咎吩咐下去："把顾园收拾出来，带姑娘去歇下。"抬手想为她把斗篷重新披上。她闪身避开，随侍仆离开时，看了看那把竹箫。

他望着她，叹了口气，没有说话。

次日清晨，锦无咎带了幅卷轴来寻她："你擅丹青，来看看，这画如何。"说着张开那卷轴，悬在墙面上与她一同细鉴。她抬头看时，不由一呆。画上盈盈立着一人，竟和自己一般模样。锦无咎道："这是夫人芳华。"画中女子衣着华丽素雅，傲然独立，嘴含一株瑞花。锦无咎道："你看，山下有位公子，正在寻她。"忽见窗前有影子投下。锦无咎搂住她肩，在她耳边道："你说，这公子是谁？"

那影子停住了，锦无咎又道："在我这里住下吧，哪还不都是个笼，既然进来了，便不可以走啊。"

影子散了，他放开了她。

他领着她出屋，方至石拱门下，便见顾园中的花圃间众丫鬟正拥绕着一人，一众侍女着桃粉衣裙，层层点染，如一团彩云，当中那人正低着身子在玫瑰花丛中，一袭苔绿葵纹纱裙曳地，如晨风中的茶花，随风翩然，身后的秀发垂散，中有一路用金环束着，粲然夺目。她正凝神采集着什么，一个丫鬟则捧着个透亮的九彩珐琅盘侍候在旁。她微微侧头，秀发垂在一边，嫩白的脸颊上垂下几缕黑发，隐隐透出一层红晕，似笑非笑的神态，嘴角轻扬。

众侍女静静地侍候着王妃芷杨。

锦无咎猛然刹步，不自觉地离开身旁的少女数尺，却并不上前，只是背手立在原地，注视着她。又过了一会儿，芷杨一笑："好了。"用手轻拢秀发，抬起头，看见了数丈之外的锦无咎，便莞尔道："今晨的露水玫瑰，公子喜欢，叫午儿来取便是，但是不多，只能分公子一半。"说着，她笑看了一眼他身边的人，便带着侍女们离开了。

荀 洭

窗外有梧桐落叶的声音，不，是人，是很轻很轻的脚步声。

牡丹雕花窗格纸衬着月光，映出个高大的人影来。

自从入府，荀汐便不曾有一宿安眠，此时她屏住呼吸，摸出身边的短刀来。

影子愈来愈近，那人忽然低声道："小妹，是我。"

荀汐一听声音愣住了："怎会……?"定了定神，反手把刀立在身后，有些迟疑地来到窗边，卷起了帘。

窗台外所立那人一身玄黑瑞兽纹襕袍，剑眉星目，身形颀长，果然竟是他——兄长。

她推开窗，他做了个手势示意她不要出声，扶她从窗台跳了出来，拉着她捡了偏僻的小径翻墙出了府，乘上来早已备好的马，一路奔忙出了宁城。

原来两人是楠国荀氏幕府之后。

荀氏幕府乃楠国世袭的将军幕府；的第六任将军名叫荀昌，膝下有三子一女，为荀市、荀方、荀亭、荀若；这青年便是大将军荀昌之长孙、荀市长子，名唤荀洭，而这少女则是荀昌次子荀方之女，名唤荀汐；两人同在幕府长大，是堂兄妹。

　　广安三十一年，荀昌过世，次年楠国公越宁君以荀氏"私藏铠甲兵器"之由彻查幕府，突袭围剿，一夜之间将幕府夷为平地。那时荀方、荀亭均已离世，只有荀市紧急部署，安排幕府上下攻防逃难，他命独子荀浘留在幕府防守，命妹妹荀若带着年幼的子侄逃离，投奔旧交；那日荀汐不在府上，之后便四处漂泊，当下却被简原君擒入了王府；荀浘当年在打斗中失了右臂，被人救出，日夜习武不曾松懈，去年年初他夺了楠国公越宁君的金樽，拜了官，更名秋玄。

　　今年年初圮灌为质子来楠，秋玄便与之结交，好打听些荆国连府的姑母的近况。刚来楠时，圮灌一度沉沦，秋玄听着他描述连妃，越听越疑，终于明白那便是姑母，他见圮灌对姑母感情真挚，便不由对圮灌心生好感，是以悉心劝慰。

　　后有一日他来翠山馆小坐，见院中立着把纸伞，伞柄下有一串玉髓十分眼熟，回府后又反复思忖了几回，终于想起小妹荀汐也曾有相同的式样，只是时隔多年，他不敢相信她还在世。却仍留了意，向圮灌几番询问那庐主人的形容，更疑是荀汐。后听闻她被锦无咎追捕，离了那竹庐，便料定她必在王府，若锦无咎只想纳她为妾倒无妨，只是这番大动干戈，却决不会只是为了这桩小事。秋玄担心锦无咎欲以荀汐为饵，逼自己让出兵权。于是他向芷杨问了荀汐居处，芷杨不知他所问为何，有些疑惑，见他不愿多说，便不曾多问，只将荀汐所居之处告知了秋玄。于是秋玄便留了心，趁着锦无咎宴请宾客潜入王府，带走了荀汐。如此才能不受制于人。

　　一路进了深岭。夜深雾浓，树影婆娑，早已分辨不出方向。

　　两人路上默默不语，秋玄牵马在前，过了好久，两人忽然一齐问道："你怎会在简原府上？"

其实二人都明白对方为何在此，只是骨肉离散，而彼此的故事都太长。只恐各自的磨难，说出来会让对方伤心难堪，于是左挑右选，才挑了这么句既亲近，又无关紧要的话来。

顿了半晌，荀汐先道："大哥哥，我担心简原君已猜知了你身份，他知我身世，捉我进府，似乎便是为了试探你。"

秋玄道："我知道。我入朝为官，便是为了给幕府平反。"

复兴幕府，至死方休，是父亲要他立下的誓言。

于是他将当年比武拜官的事情始末说与荀汐。

荀汐静静地听完，道："大哥哥，楠国公会不会是有意为之，他怕你在草野积聚力量，或投奔别国效力……便而将你置于朝堂……"

秋玄一愣，有些惊诧地看了看荀汐。的确，论权谋他远不及越宁、崇安。

这时荀汐身后的树丛中有动静，秋玄身子一镇，低声道："有人！"荀汐顺着秋玄的眼神望去，只见这山头莽莽榛榛，穿过树林，便是如斧劈钺凿般的峭壁悬崖，却有人影一闪，躲进了不远处的树丛。

荀汐便道："那人我似乎见过。"

秋玄起疑："他跟着你？"

荀汐寻思着："也不是一直跟着，只是见过几次，确实有些眼熟。"

秋玄拔剑倚在身后，向树丛走去。那人忽地跃出，向树林深处奔去。秋玄几个起落，追上前去，用剑鞘抵住他脖颈，问："你是何人？"那人拼命要挣，不肯回头，秋玄扳过他肩，愕然：

"是……五弟?"眼前这人身形瘦削,身上的皮肉却松散疲软,他着粗布衣衫,前额赫然一道烙印,两眼睁得老大,竟无力相抗。这竟是三叔荀亭的长子荀涣,在族中排行第五,其下还有一胞弟,名唤荀川。秋玄放开他,惊异道:"五弟……好久不见……你,你躲什么?"说着拉他来见荀汐:"小妹,你看是谁!"这人见荀汐一步步走近,却不由地哆嗦起来,猛地拾起树枝向秋玄劈去,秋玄忙松手,待要细问,荀涣却已飞奔起来,直向悬崖边去。秋玄连忙上前,荀涣却已来到崖边,双膝跪地,冲秋玄大吼:"别过来!"秋玄刹住了,立在原地,却觉喉间一紧,哽咽道:"五弟,回来……"荀汐也唤:"荀涣!"徐徐上前想拉回他,荀涣见她一步步走近,只觉胸口一颗心突突直跳,双手抱头,向天发出一阵嘶吼,一个翻身,便要摔下,却用一手强支起身子,将一物轻轻放在崖上,随即翻落下崖去。

荀汐膝下一软,瘫跪下来,秋玄扶她倚着山石坐好,自己去拾荀涣的遗物。

他来到崖边,只见崖下黑沉沉地深不见底——这是个无间地狱,孤寂清寒,无极也无边。

他鼻尖一酸,想起了幕府被围剿那天。那天父亲召集族人安排事宜,父亲命他死战,要几个弟弟先护送祖母、母亲等女眷出城——记得点到五弟荀涣时,荀涣猛然抬头,一改往日的畏葸和内敛,神情焦灼。父亲对荀涣道:"她已被救出,在平安地。"荀涣便一眨眼,低下了头去。

秋玄如今才明白,荀涣那时是在问,荀汐在哪儿,而父亲却早已读得分明。

族中姊妹兄弟十余人,除了妹妹荀汐当时不在府上,荀川随姑母逃离，他失了一臂被人救起，一人被俘，其余全部被杀。后来得知被俘的是荀涣时，他顿觉愕然——荀涣年纪虽小，武艺在众兄弟中却是最高，如何会被俘？再后来，才听说荀涣那晚在等荀川，以至于来不及逃离。

秋玄回到荀汐身边，把手中的物件递给荀汐，叹了口气，低声道："小妹，我才明白，五弟他……"

想起儿时，想起方才荀涣枯槁无力的形容，他感到愤慨，又感到忧伤。

荀汐问："他怎么了？"

秋玄道："他被俘了，被俘的男人，是再做不成男人的。"

他的脸上有字，是宫刑过后受的墨刑。

"他武艺最高，为何会被俘……"

"他那时在找小弟。"

那个软弱的、荀涣的胞弟荀川。

荀汐低下头，借着月光凝视，看着手中那枝碧绿凝翠的玉簪，如含苞的桃枝，剔透，薄凉。

这簪里画着的，正是他二人当年的模样。

荀 汐

　　荀汐便是荀方与子榆之女，出生在启明。她出生时，箫老仙已下了山，夫妻二人教她认书习字，本想就这么闲云野鹤终了此生，可荀府到底是幕府世族，辗转多年终究打听到了荀方，便派人寻上山来，要荀方下山，来去几次，都被荀方回绝。其父荀昌见他如此不成器，终于决意不再和这个儿子往来，并在幕府传了令："将荀方从族谱中除名，不得入宗祠庙堂。"

　　荀汐三岁时，妹妹出生了，叫做荀泱。

　　又过了三年，荀昌却忽然亲登启明，说要为荀方办喜事，要他下山。十年来父子终于相见，均是百感交集，荀方看着父亲年迈，心中愧怍，见父亲待自己妻儿甚周，颇欣喜感激，便和子榆商量着下山成婚。小小的荀泱却郑重说道："爹爹，别下山，下山就见不到娘了。"荀方看着一脸青雉的荀泱，只道是孩童语，便笑了笑不曾挂在心上。子榆已为人母，较少女时代更添了几分随和，她看着荀方喜悦的模样，便微笑道："这天终于还是来了。"荀方见妻子与自己心意相通，便终于携妻女下山。

　　宁城的街市繁华依旧，幕府的石狮庄肃如往，一行人进了门，却不见族人来迎，荀方心下觉得蹊跷，转头看子榆，她却只是一笑。

一切如常，并无异样，荀方心想。

次日，夜，荀昌唤来了荀方。

原来是公主的缘故。

楠国公主芇伦迟迟未嫁。楠国公由着她，直到这年她二十岁了，不可再拖延，可她却仍说："非他不嫁。"

芇伦十二岁的那个初夏，荀方十八，随大王狩猎归来，没有随众吃喝，却在树荫下独自出神，见了她，便抱起她采集野果。她永远记得猎场上的他，锦袍美冠，英姿飒爽，还有……为她采山花山果时的温存。

可是第二天，就听说他离开了荀府，此后再无音讯。

青春八载，她冷脸拒绝了多少王公子弟，独在夜深人静时，她会从房中走出，长明灯畔，心底深处那一抹温柔，独属于他。

王位更迭，芇伦的胞兄越宁君即位，越宁公心疼妹妹，于是心里有了决断。

荀方明白了，越宁公不允许自己已成婚，所以幕府上下极力掩盖着这个事实，所有人都说："没有子榆。"

荀方对父亲跪下了，伏地恳求："父亲只说我已不在人世吧。我带子榆回山。"

荀昌怒了，挥起手杖，重重地落在地上："你道我只是为了公主？你可知子榆是何来历？三年前我派人进山时就已觉察，她是安陵太子之后！"

荀方呆住了："怎么会……父亲怎知……"

荀昌勃然："纵然大王能留你，荆国象宜公也绝容不得你，幕府百年基业都会毁于你手。你这逆子！"又冷笑道："你自己想想，那启明山上都有些什么人，明明此山这般杳无人烟，为何他们能这般体面，不是遂朝余臣，还能是什么？"

荀方这才想起，确实从未曾见箫老仙和子榆耕种，每隔一月却会有衣裳食粮送来小庐，只因他生于世家，早习惯了仆从照料，便不以为意，况且自己在山中打了三年柴，便以为山民们都是一样地自给自足。此时他想起新婚那夜的来客，个个谈吐不凡，看来都是遂朝贵族了，难怪子榆对史籍典故那般了如指掌。

荀方怔怔出神，呆坐了好久，回到寝屋，子榆看着他，悠悠说道："你都知道了。"荀方道："你骗我。"说着便走了出去。子规啼鸣，月色如水，荀方夜半回房，却见椅边靠着一人，正是子榆。荀方大惊，慌忙上前把她扶起。子榆脸色苍白："你说我骗你，也算是吧，我是安陵之后，想来你已知晓。"嘴角有血痕，这时又淌下血来。荀方失色："子榆……你怎么了……"子榆道："若非我执着，也不至此……多说无益，缘起缘灭，缘来缘去，罢了……"吐出一大口血来，合了双眸。荀方只觉天旋地转，抱着子榆瘫倒在地。恍惚间忆起那日在山涧，她说她不有足之症，命不过三十——可如今，她分明不过盈盈二十五。定是幕府的人逼死了她……他想起下山前她的笑，她所说的此期可待，所说的这一日，却不是他们的洞房花烛，而是她的归期。原来她都知道，都早已知道。

荀方抱着她，那一夜他不知是如何度过的，只记得醒时已不见了子榆，荀方被众仆簇拥着换上喜服，新娘盖着红头纱，恍惚是在梦里。入了洞房，荀方犹疑着不敢揭那盖头——曾经也有过一方红绸，被自己揭开过。盖头下的那人，双眸晶莹莹的，肤色凝脂，如白璧无瑕。此刻他却不知身在何地，不知何人才是妻。

他怕盖头下的那张面孔他不识，他恐梦会醒，而梦醒的时分，他和她会分离。

梦在红绸扬起的那一瞬幻灭了。淡眉凤目，面若秋月，是茋伦公主。

荀方对她行礼，唇边是苦涩。

喜宴上的宾客陆续散去，夜深了，荀方看茋伦，可眼神空洞，却又不像在看任何人。茋伦轻声道："梧桐院。南郊二十里，樱花巷西。"荀方一怔，朝她跪拜下去，伏在地上饮泣，久久无法站起。茋伦扶起他泣道："我本不知，他们没有告诉我她的事……实在对不住……你若挂念，便去看看她吧。"荀方心下感动，待茋伦睡熟，才披了衣出门。

穿过小院，忽探出个小小的人来，却是荀汐。荀方蹲下身，抚着她的面颊问："汐儿，怎么不在屋里？老爷呢？妹妹呢？"荀汐道："妹妹在姑姑房里。老爷睡了，老爷不许我见爹爹和娘，爹爹，你带我去见娘吧。"荀方默默不语，抱起她。

荀汐问："爹爹，娘呢？"

"……你娘亲……是下凡的仙子，现在她回天宫了，我们去送她一程。"

"天宫里有海棠吗？"

娘最爱海棠了。

"有，有好多，好多。"

"嗯，那就好。"

"可我还是想娘回到我身边。"

"那你要听话，她才肯回来。"

荀汐懂事地点了点头："那明年春天，就种好多好多海棠，娘回来的时候，花便都开了，娘一定喜欢，就不会再走了。"

荀方抱紧了她，生怕女儿会看见自己眼中的泪水，会过早地感到忧伤。

荀方带着荀汐住进了公主府，荀方绝少出门，把箫老仙的一身艺技传给了荀汐，苌伦尽心服侍荀方，悉心养育荀汐，亲授荀汐书画诗赋。那日苌伦正在绣一把团扇，那是一幅翠山烟柳溪流图，正是他们常往居住的翠山馆模样，荀方悄悄来到她身后，赞叹："好美!"苌伦一惊，纤指刺出了血珠。荀方握住她手，为她细心扎好。苌伦指尖微凉，荀方把她搂在了怀里。

荀方离世时，荀汐不满九岁。临终，他看着苌伦微笑。

又两年，苌伦也病逝了，那日她执着荀汐的手："汐儿，自己保重，日后若有名叫簧西的嬷嬷来找你，你要听她的主意，她是我的人。"苌伦深知幕府的势力太盛，早已引起了兄长越宁公警觉。荀汐垂泪看着苌伦，苌伦轻握她手，叹："你和你娘长得真像。"她缓缓拿出一方绣帕，颤着手缝在荀汐的袖子内侧："汐儿，你要记住，你也是我的女儿，是公主，哥哥们，或者倘若将来有人笑话你，你莫要计较……"荀汐微微蹙眉，每临荀府，幕府中的少年将军们都当她是荀方从山里带回的乡野遗孤，时常嘲弄，苌伦不在了，便再没有人会守护她。苌伦柔声道："汐儿别哭，还记得那句话吗，人心不荒……"荀汐哽咽着点头："江湖不老。"苌伦自语："是啊……江湖不老……"

她走那日，是个晴天。

荀 涣

四月后的又一个晴天，荀亭之子荀涣的暗褐色的瘦马，停在了荀府的门口。这个睡眼朦胧的少年，面容消瘦，寡言而坚毅。

他与荀汐一样，都是寄人篱下，是，又不是。他生性孤僻，少与人交。荀府的公子看不上他身板瘦弱，笑话他；少将军荀洭见不得他年纪轻轻便使得一手好剑法，甚至较自己还凌厉几分，便常使恶作剧欺他。他受了欺侮，也绝不会哭，只是瞪大眼睛看他们，想要维护自己那可怜的男子汉的自尊，但他的世界里，却有她，他会保护她。

后来弟兄们长大了，懂事了，不再如儿时那般欺负二人，却开始偶尔打趣他俩。奇怪的是，荀涣竟不曾恼。

大将军荀昌嫡子有四，长子荀市袭大将军位，次子荀方离家远行，三子荀亭为戍边之将，此外便是幺女荀若。荀涣为荀亭长子，关外艰苦，荀亭把妻子徐氏及次子荀川留在府上，带着荀涣，驻守边关。

那日荀亭又打胜仗了，敌军溃败三十里，尸横遍野。他纵马驰骋在夕阳下的沙场，深浅错落，赤红色的，他仿佛看见了绽放的红色樱花。人们躺在花蕊之中，很美，很暖。忽见一个女子，裹着破烂的在风沙中飞扬的石榴红的衣裙，披散着头发，摸索着，独立茕然，茫然无措。只她一人存活，立于遍野尸首之间。

那晚星月光明，他饮酒欢畅，她为他斟酒，酒香浓郁，他难得一醉。他要了她，这个连名字都没有的人。他给她取名樱姬，因为她纯净得根本让人无法捉摸，便如军中永远都不会出现的幽然含苞的樱花，看不见，只能想，不会绽放，永不凋零。

他看着她的胴体在月光下舞蹈，她从容安宁，眼神澄澈。他击掌相和，她只默然微笑，凝视着他，眼神中是感激。她听不见，可她能看，看一位将军为自己击掌。她也不会说话，但苟亭觉得一个眼神，一个姿态，足矣。她是樱花河下漂来的女子，是他的爱人。

樱姬没有孩子，苟亭便让她抚养苟涣，樱姬看着苟亭，看着苟涣，便落下泪来。喜悦，天然。她以赤子之心宠溺着苟涣，这是她的孩子啊，苟涣也敬她爱她。

月圆之夜，苟亭与樱姬对饮，樱姬为他献舞，子夜舞罢，她将一壶清酒呈上——苟亭知道那酒有毒，她来自敌营，那么美，又怎会真的属于他？他不傻，却接过了，倾壶饮下。樱姬看着他，笑了，如樱花瓣，纯净无暇。他见她笑了，他——无憾，亦无牵挂。他只因她才被包围在温柔乡，此生只她一人，能为他营造出这场温润的幻象——他愿以性命报答。他命人善待樱姬。他寡言，坚韧，这时他脱下了战袍铠甲，褪去了一切光环和躯壳，只剩下赤裸裸的渴求与疲乏。他死在了军营里。樱姬推开将士们，自己用双手将土一抔一抔地挖出来，埋好了他，又一捧一捧地填回去。这个过程很漫长，可她不怕，她只是想用力地、倾心地，记住他，想要动容地、动情地送送他。这个圆了她最后一个心愿的男人。

之后，她便离开了，再没有人见过她。

她本就不属于这里。是他捡拾起了她的心魂。如今他已不在，她自然也要走。

幕府收到了军报，将军荀亭战死在了沙场。

楠国公下令厚葬。

于是荀涣离开了广袤的疆域，回到了都城，回到了荀府。却也失去了樱花的灵气。他随父驻边四年，四年不曾回家。他的家在边疆，在营帐，在月牙刀边，在马背上，在荀亭，在樱姬，却不在幕府。如今他没有家了。

祖父是严厉的，母亲是冷漠的，弟弟荀川唯恐他夺走母亲，拼命推开他，哥哥们戏谑他、笑话他。

只有荀汐懂他。

那时初春，他们在桃树下嬉耍，她把细细的桃枝折下，做成发簪别在他发上，他已高出她一头。她踮起脚尖，他忽然伸手搂住了她，她看他时，他眼神灼灼，见她有几分不满，才松了手。后来便一直不敢见她。

不想，那竟成了他们最后一次一起看春花。

广安三十二年，茯伦公主与幕府大将军荀昌先后离世，次年年初越宁公便突查幕府，并于当晚围剿，事发突然，毫无前兆，幕府来不及调兵，府中千百名侍仆宗亲尽数被围困烧杀，存活之人无几。荀涣武艺高强，本可逃离，却因等不到其弟荀川，迟迟不肯先去，最终被捕，之后被投入了军营，净身成了娈童。八年前他十二岁，看着身体上的伤口，心坠入了无间地狱，天空黑惨惨的，太阳血红血红，余生的每一日都是煎熬，唯一的夙愿是能再见一面荀汐，能再护她一程，若她安好，他便再无眷恋。

所以他一路相随，一路相护，直到荀洭出现，他觉得荀汐有了依靠。

崖下幽深深不见底，他厌恶自己残缺的身体，却无能为力。

看着荀洭、荀汐向他靠近，他感觉回到了从前并因此感到温暖，却又明白已回不到从前，纵使他们愿意认自己，自己也再不肯接纳自己，躯体已不是他的躯体，他的心早已是死寂。

往下坠的时候，山风在脑后纠缠嘶吼，容不得他再回想任何过往，他的耻辱从此埋在了深谷，一切都随云烟散去。他盼这一刻已很久了，终于得偿所愿。

荀 汐

　　芒伦去世三年后的一个夜晚，有位名叫簧西的嬷嬷悄悄叩响了幕府中荀汐的房。荀汐记起公主临终时的话，便跟着嬷嬷连夜出府。荀汐离府的那一夜，幕府被灭了族。

　　嬷嬷带着她来到隐大夫公西离的府上。公西离祖上世代贵胄，他本人也身份贵重，只是二十岁上便隐居到了郊外，极少在朝堂行走。公西离年少时爱慕芒伦，却从不曾去求亲——他不愿看她为难，便只在心中爱恋着她，往后娶妻生子，爱恋之情渐渐淡出心间，取而代之的是疼惜和怜悯。她既然要他照看荀汐，他自会尽力而为。

　　公西离将荀汐安顿在府上，府邸亭台别致，楼阁层翠，她住在花园深处的一座庭院，日里会同府上未出阁的姑娘读诗品画。

　　夕阳西下，马蹄声响起，他回府了，锦帽貂裘，背扣钩索，身长八尺，英姿勃发，全然不同于公西离的沉静——他名叫示子简，是公西离的独子，远行归来。他才一落座，便注意到了荀汐，一身天水碧缎纱裙，容颜绝美，全然不同于凡俗中人，带着些清冷，炫然若仙。

　　示子简总是朝出夕归，飞鹰走犬。一个傍晚，霞光漫天，她被一只浑身漆黑油亮的高瘦猎犬吓得连连后退，一个转身却撞在了他的怀里。他抱住了她，久久不肯松手。那晚夜暖，他跳进了她的窗，却发现一把薄剑正对着自己，剑的那端，是微蹙着眉、面色煞白的她。他逼着她后退。她靠着墙，因为剑尖已抵触到了他的胸膛，他知道她不敢。可是，她接着便将那剑横在了自己的脖子旁，直沁出血来，他惊诧，怕惹出是非，匆匆离去。荀汐一宿无眠，她担心府中人的非议，更忧公西夫人会责她这个落难的罪臣之后竟不知自矜。次日清晨，天才蒙蒙亮，她便起身，却发现一个小丫头跪在她榻旁，虽是仲夏，地上也凉，她忙去扶，一看，却是府上的丫鬟采芒，不等她发问，采芒便道："小姐，我想和你一起走。"她一愣，离府时情急，又恐惹生疑，她的贴身婢女不曾带出，公西离便拨了采芒来她屋中侍奉打理，采芒手脚利索，口齿伶俐，荀汐却从不曾同她交心。这时她有些诧异："你怎知我要走？"采芒道："依着小姐这清高脾气，哪容得下公子简无礼，况且小姐也受不得寄人篱下，迟早是要走的。"荀汐又道："可你在府里，老爷夫人不会短你衣食，若同我走，却免不了风餐露宿，你也愿意？"采芒道："府中确实不愁吃穿，可几年以后我的身契到期，一样会被打发出去，那时我年纪大了，定然嫁不出去。府上公子只有一个，可轮不上我当陪房，不如和小姐一同走了，出去闯荡，说不准还能寻到个好人家。"又道："小姐，我会照顾好你的，我会打络子、织锦缎、编花篮，从前拿去市集上，都能卖个好价钱的，我还会些拳脚功夫，能护小姐周全。"荀汐忍俊不禁，踌躇了几日，前去和公西夫妇拜谢辞别，公西夫人本也怕因她之故引来楠国公猜忌，便喜得答应，不等她提及，便取来诸多珠宝银两赠予，又将采芒给了她。

从此二人浪迹天涯。常为南北东西客，无一处是家。有时荀汐会想家，可每当此时，她又会想，自己的家在哪儿？在启明，可六岁上她便随父母下了山，对启明的记忆寥寥无几；在幕府，可母亲便是在那里殒命，况且那里的群楼重宅，已化为灰烬；在公主府，可茋伦公主究竟不是她的生母，她也并无公主头衔。

后来她想起了一个地方，在那里父亲曾教会她竹箫，在那里茋伦曾为她栽下一围母亲挚爱的海棠，那里山清水秀。于是她寻到了翠山西郊的山野，使人造了竹庐栖下，偶尔会吹奏一回紫竹思念父亲，偶尔会经一趟翠山馆悼念茋伦，望一眼馆舍边无香的海棠寄思母亲。

翠山馆始终荒废着，直到一日她去，惊异于它突然被打理过，之后还住进了人，听采芒说那是个来自荆国的质子，也不晓得长什么模样，会不会照顾那海棠。

玘灌第一回造访小庐那日，采芒正上集市兜售竹篮竹碗，荀汐在习箫，间歇时分出了小庐，却发现这弱冠青年斜躺在树下，瘦高的身材不像楠国人，她上去探他鼻息，晓得他还活着，才松了口气，临夜风凉，于是解下斗篷给他披上。

这许多年，竟只有在竹庐与玘灌交谈的那几日，她才感到心有所栖，不再奔忙。可好景不长，随后不久她便被锦无咎围追捕拦，几番挣逃，终于还是落入了简原王府，不想却遇到了兄长荀洭，她早听闻楠国的独臂将军秋玄善用兵、武艺高强，在崇安公即位之初被拔擢为将，不负所望，并在荆楠瀑野一役中凯旋，只是她不知秋玄便是荀洭。

从昨夜到如今子时，两人离开王府已有一个时辰，这时秋玄见她脸色血色渐沉，一个念头忽然闪过，便问："小妹，你可有吃简原府上的东西?"荀汐略一思索,说日间曾饮下过一杯茶。秋玄道:"那茶有毒。是王府的琉璃散,我从前见过。"荀汐也觉脚下有些绵软,心下却思虑不停,她心思缜密,这时问:"就算锦无咎知道大哥哥的身世,可这已是越宁公一朝的事了,他又为何还要逼你?"秋玄叹了口气:"简原君恨我。"

简原君在意的从来不是荀府的遗孤是否会危及朝堂,他只是恨自己同芷杨……

"将来,他大概会杀了我吧。"

他想起越宁公的话来:"不要因为感情,坏了全局哦,秋玄。"怕是要一语成谶。

荀汐站立不住,荀涯忙扶住她,抱她上马,自己也跟着上去:"走,咱们去找解药。"

九游灰

已过初更，清风穿堂，翠山馆外传来了一阵平稳低沉的马蹄声，伍樗托着烛灯来看，见是将军秋玄，他知秋玄与圮灌素来交好，于是快步上来牵马，迎他进院，秋玄一面扶荀汐下马，一面对伍樗道："伍樗，烦你通报！"伍樗望了一眼荀汐，随即进了屋。

圮灌听闻是秋玄前来，料知有急事，便披了衣裳，用凉水略一擦脸，便来到客堂，不及站完，便一眼看见了倚在秋玄身边的荀汐，荀汐也看见了他，二人互望一眼，彼此均觉宽慰欣喜，只因有旁人在，便都一齐没有作声。

三人对面坐下，秋玄便把荀汐身中琉璃散毒之事相告，圮灌听罢道："不想简原的心机竟如此深沉。这毒可有解药？"

秋玄道："有一味药叫九游灰，可解这毒，但我方才寻了几家药铺，均无此药，怕是已被锦无咎收走。这毒须得速解，否则短则三五日，长则六七日，会伤性命。"

他军务在身，无法离城太久。

圮灌道："这不难，我带姑娘去丰阳看看，简原不知我与姑娘相识，不会找来的。时间紧迫，这就走吧。"秋玄听说，站起身来对玘灌深深一揖："多谢继阳君相救。"玘灌忙扶起他："不必言谢，我这便去了，将军自己小心。"说着嘱咐伍樗备马。

伍樗知玘灌是怕馆中的闲杂仆臣起疑，才不用马车，于是牵来匹大马，与玘灌一同扶着荀汐出了翠山馆。

秋玄与二人同行了一段，临别又道："继阳君之恩，秋玄铭记在心。"说罢抱拳一礼，调头回城。

玘灌一宿赶路不曾停，破晓之时，已驶出了宁城二三十里，低头看荀汐，荀汐才醒，见玘灌看自己，雪白的脸颊上微微一红，侧过脸去避开他目光，问："将军不会有事吧？"玘灌道："莫怕，将军向来严慎，况且他手握重兵，锦无咎不敢妄动的。"荀汐听了略松了口气，却仍不由地为其揪心。忽听玘灌又问："他是你什么人？"荀汐一奇："他是我堂兄，怎么？"随即明白过来，不由脸上又是一红。玘灌见她小女儿情态甚是可爱，心中一荡，一手拉缰绳，另一手便搂住她纤腰。荀汐大羞，用力想扳开他的手，玘灌只觉她小手娇嫩，又是一呆，翻过手掌来轻轻捉住了。荀汐急道："你再无礼，我便不与你同行了！"玘灌一凛，想起在草庐时她待自己冰冷若斯，只好松了手。半晌，荀汐见他一言不发，柔声道："你生气了么？"玘灌道："不会，不会的，我怎会生姑娘的气。"荀汐轻声道："你叫我汐儿吧，我姓荀，单名一个'潮汐'的'汐'字。"玘灌道："月西照，汐东还，雁南飞，君北归。你的父亲，可是个隐居的词人？"

荀汐抿嘴一笑："你也不问我是谁，便送我出城，就不怕会惹了祸来？"

玘灌笑道："确实不知，不过这几月来听你奏曲，已把你当成了知己。至于我，不过是个质子，无兵无权，掀不起什么风浪，我为鱼肉，他们为刀俎，不兴同我计较的。"

玘灌也曾思量过她的来历，初来宁城听闻她引箫，便觉不同寻常，方才听她说姓"荀"，心中的一个念头便更明朗："莫非你是荀方的女儿……"

荀汐有些诧异："你怎知……"

玘灌见自己猜中，心情大好，哈哈一笑道："荀方将军竟还有后人在世啊，你可还有兄弟姐妹？"

荀汐道："本有个妹妹，只是有一日被人抱走了，之后便再没有回来。"

玘灌道："竟还有这等事。"他放缓了马，低头打量起她，忽道："你的母亲必是个绝色。"

荀汐不解："这又是为何？"

玘灌笑道："不然你怎会如此美貌。"

荀汐几分羞怯，听玘灌赞自己，心中却也欢喜。

玘灌道："我听说过荀方将军向箫老仙求箫的故事，现在想来，还好你外公用计，遮住你母亲的脸，不然，不知得有多少人来求箫了。说是求箫，实则是为了娶令堂，哈哈。"

荀汐道："这样的轻薄之徒也是有的。"

玘灌问："你看我可有几分轻薄？"荀汐道："何止几分，你是相当轻薄啊。"玘灌笑道："那我可要真轻薄了。"却见荀汐脸上一僵，便不再嬉闹，认真探路驾马。

玘灌与相恋的姑娘相偎相依，一路同行，却连抱也不能抱一抱她，着实不易，荀汐深知这层，可想起自己漂泊流离，荀涣坠崖，荀浤残臂，幕府众人悉数凋零，不禁感怀身世，悲从中来，过了不知多久她轻轻握住玘灌的手，渐渐地松了，玘灌忙扶稳

169

她，料是那药起了性子，便加紧向丰阳赶。

荀汐的脸色愈发苍白，玘灌想解她衣服好舒其气血，又恐她着恼，犹豫片刻，还是松开了她外衣，见她肩颈雪白，肌肤如玉，不觉心神荡漾，忙转视前方。

觉微风清凉，荀汐转醒过来，见自己的衣领被解开了，不由得羞怒交集，嗔道："你……你……"却说不下去，待要抬手理好，又觉浑身无力，只能软软地依偎在玘灌怀里。玘灌急道："我若有那心思，你早是我的人了，还用等到现在？"荀汐知道误会了他，只是听这几句，又不免涨红了脸，抬头见玘灌额上汗珠涔涔，心下感动，到底脸嫩，轻声道："没个正经。"原以为他会一笑而过，哪知他这回竟急了："怎么不正经？我的心思你当真不明白么？我……我倾慕于你，这不正经么？你若这般恼我，找你无咎公子去。"说着把马一勒，正要赌气下马，可他自己身子一松，荀汐便要倒落，玘灌忙接住她。荀汐心中有愧，软语说道："别生气啦，我知你意。"二人于是复归于好。

驰了一宿，这时天色熹微，终于到了丰阳城，此处是京合茶馆所在之地，客居者众，市井繁华。两人进了城，可接连走了几处药铺，也都不见九游灰，玘灌禁不住难过起来，荀汐看着，反安慰他："这有什么，人终会有一死嘛。"玘灌鼻尖一酸："曾听人说起，你娘仙逝时，也是这般说法。"因他与母亲疏远的缘故，他常羡慕那些得母亲疼爱的孩子，至于骨肉分离的故事，也没少听，至于这一桩，则是伍樗说的。荀汐怅然："知己虽少，却总会有的。"玘灌道："你还要气我！"荀汐道："这也值得，别生气啦。"取帕子拭了拭玘灌的额，之后良久不语。玘灌恐她睡去会再醒不过来，便引她说话："汐儿，你在想什么？"隐隐却听荀汐

呢喃："浮光掠影，你又何必，一念执着。"再支撑不住，瘫在了
玘灌怀里，没了知觉。

玘灌心中一沉，有那么一瞬，他觉得她所说的自己执着之
人，是连若而不是她。玘灌不知自己究竟心在何方。他倾慕苟
汐，盼着能见她盼着她安然无虞，可他也常会再想起连若，每每
想起，都会感到沉沉的眷恋与深深的伤痛。

天渐渐地亮起来，玘灌马不停蹄地寻找九游灰，忽然想起个
人来，那是他在一家酒馆中遇见的票友，名叫处木胥，与玘灌交
好。处木胥曾自诩养着一群九凰鸟，还说起过这九游灰，便是采
自九凰鸟的尾翼。处木胥虽是修道之人，却喜歌舞，兴起之时，
还会上台与舞姬共舞。处木胥便住在这一带，玘灌这才恍然觉
悟，自己一路向北，原来隐约之间是想来找他。

马儿在丰阳城外的一片漫无涯际的苜蓿丛间停下，中有一绰
木屋，掩着芭蕉，横竹上的通泉潺潺，苜蓿正绿，满原满野，玘
灌轻夹马肚，马儿却不肯再走，低头专心啃食苜蓿。不见夏花，
却闻花香习习，清芬幽凉，甚是奇异。忽听身后有人唤他："继
阳君，别来无恙啊？"玘灌转马回身，木屋空荡，不见人影，却
见几扇芭蕉拂动，走出个人来，正是处木胥。他一袭宽大的水绿
鸢尾蝶纹道袍，没系腰带，戴发冠，只将长发披在肩后，唇上留
着一撇细细雕琢的胡须，似笑非笑，潇洒俊逸。

玘灌扶抱着苟汐，道："处木兄，可有现成的九游灰，这姑
娘中了琉璃散毒，城中药堂的九游灰都被收走了，采买不得。"

处木胥看了看苟汐，笑道："九凰鸟是有，九游灰却没有。"

玘灌一愣："为何？"

处木胥引玘灌指向远处的山："你看，最南那座便是九凰山，

最高的峰叫九凰峰，峰谷有一湾九凰池。池边便生长着九凰鸟。你要九游灰，得自己去取。"

玘灌既惊又怒："你……"抱起荀汐便上了马。

忽听处木胥唤他："继阳君，把她放在我这里吧。"

玘灌心中气恼，暗骂自己识人不殊，头也不回地纵马而去。

那九凰山望着不远，玘灌却行了半个时辰才寻到山脚下，听闻水声淙淙，原来是山前绕着条河，不见来处，也不知归途。这一带山青水秀，寂然无人语。怀中她浑身冰凉，玘灌下马，将她放在晚樱树下，自己跪坐在一旁，微着喘气，鸟雀伫立枝桠，摇曳下千万重花。

玉净花明的容颜在眼前朦胧起来，一如她赠予他的纸伞上的水墨画，只是这回，不为那月色昏黄，而是因他泪湿青衫。她薄薄的唇苍白，玘灌想亲一亲，又想起她娇羞腼腆，若是醒着，便连碰都不愿让他碰的，便停住了，只是泪珠仍落在了她唇上。

玘灌感到她离自己渐远，终会离自己而去，心中升起莫名的孤独。象宜，连若，孝月，都是这样，一个接一个地离他而去，他们不知他有多么思念，那种噬骨的冰寒。他搂紧她，盼能用心中的渴望把她拉回来，可他瞒不住自己，他确实越来越觉得绝望，她仿佛是一株枯萎的海棠，虽有根茎连着土壤，却已卷曲，不再能舒展。玘灌松了松手臂，生怕她会疼。

不远处的河面上苇草丛生，浮着一乘小筏，玘灌微微一惊——隐约在梦里，他见过这样的竹筏，梦中他乘筏而去，没有再回来。在那个梦里，河的这岸没有人要他牵挂，可如今有，这让他感到凄凉。那时他曾期望那梦是真，可以摆脱杳无生机的王城土壤，永远漂泊在绿水之上；可这时他却宁愿眼下是梦，梦魇之外，她娉婷依然。

为君沉醉又何妨，只恐梦醒时分断人肠。

他为她拢了拢衣裙，解下自己的披风给她盖上，来到河边，解开那竹筏。

来到河心时，他回头望了望岸边的花树下的她，见她静静地倚在树边，樱花正在飘散。

过了河，他便往山上爬，风从他身后腾跃而起，来到他的身边，经过他的身边，一路向山巅，领着他。一路只见浅粉色的长药景天，娇艳欲滴，漫山开遍。山尖是一棵古榕树，树冠磅礴延展向天空，似要笼盖住整片山。不知为何，他总觉得那树上会立着个少年，一身白袍，随风轻扬。

到山尖了，整整一个时辰，玘灌不曾停歇，一路上渴了便饮些山泉，走不动时则以树枝为杖；靴子磨破了，唇上起了干皮，掌心也擦出了血痕。他在路旁寻了根树干为杖，这时他挂着，只觉脚底浮悬，便瘫在一块大石上喘气。歇了好一会儿，他抬头向对山望，却见从对面山腹之中倾泄出数百余丈的瀑泉来，气象宏阔，雾气氤氲蒸腾，瀑面斑驳绚烂，飞洒于云树之间，坠入如镜的海洋。

玘灌只觉崖下那海一望无边，可九凰池在哪，九凰鸟又在哪？

——它在池底。

玘灌被这一闪而过的念头吓了一跳——鸟儿怎会在池底？

可处木胥也曾如此提及。

玘灌往山下去。岔道纵横，已不复能寻见来时的路。

走了大约三刻钟，忽见前方有光影闪动，他拨开树从，眼前豁然开朗，竟是一片彩池，其中生长的繁花成海，正泛着粼粼波光。圯灌数了数，发现池有九色，不由地心头一喜——莫非这便是九凰池？圯灌蹲在岸边探了探，池水绝浅，不过两三掌，水纹清透，一望能见池底石卵。

可九凰鸟在哪儿？九游灰又在哪儿？

忽见池中一物，其状似鸟，随着波纹梭游而过，圯灌见池面翻动，才发觉是池上有鸟儿略过，方才所见的，只是倒影凌波。

原来九凰非鸟——只是鸟在这九凰池中的倒影罢了。

九游灰根本就不存在的，简原君的毒，无药可解了。

储 篦

　　芑灌蹬着一双疲惫不堪的皂靴颓然下山，回到河对岸的樱花树下，却不见了荀汐。

　　整片河岸都没有她的身影，芑灌四下环顾，有些茫然。

　　沿河往下，马儿乖巧地跟在他身后，没有偷懒去啃食花草，只是听他一路呼唤她的名字。

　　太阳就要落山了啊。

　　芑灌在岸边走了八九里，不禁疲惫，他本有些娇气，加之这大半年来气质沉郁，健康耗损，人清瘦了好些，这一整日的行走，已累得他额前汗珠直渗，气喘吁吁。前方河面渐宽，隐约却有箫声传来，芑灌驻足，细细倾听，得闻水流湍急，那箫声却绵延不绝，顺流而下，渐渐近了。芑灌惊喜之余，竟忘了荀汐身中剧毒，不该有这般长久的气息吹奏，于是策马去迎，一面高喊：“汐儿——”却只等来一阵绵长的回声。

　　日落在水，光晕渐微，空气分外清新，却见江心一条乌篷船正朝岸边驶来，一名小童立于舟尾，正撑着杆，船头一人面水而坐，正向自己望。

　　原来那舟中人听见这边有人叫喊，便让小童摆过来，这时小船靠了岸，因为水浅，船便碰到了岸边石上，不重不轻，发出"砰"的一声响。

船头那人凤眉朗目，双鬓已花，须发却尚青，一时猜不出确切年纪，只知是中年，穿一身水蓝纻丝软缎袍，外罩一方松绿万字纹披风，领口雪白，一尘不染，膝上盖着条素雅的薄褥，褥上横着一柄黄竹，正是方才那奏箫之人。

玘灌见他不是荀汐，不禁沮丧，只因对方年长，便向他欠了欠身算是行礼，之后便调转马头想继续去找荀汐，却听那人道："小兄弟，你会棋吗？"玘灌不知何意，只是答道："略知一二。"那人却乐了，不容分说："上船来吧。"神采奕奕，眉眼舒朗，玘灌只觉他似曾相识，便提起袍襟想踏上船去，可一刹间想起了荀汐，便又迟疑起来。那人察觉到了他脸色浮沉，便问："小兄弟可是，有什么难处？"玘灌解释自己正在寻人，那人却道："来帮我看一盘棋吧，若你能破局，我便帮你找到你的朋友。如何？"说着捻须一笑，言语之间那撑杆小童已放了舷梯过来，玘灌见此，便不再辞，一跃上了小船，那中年人倒也心细，一面请玘灌进篷里坐，一面问："你这马儿会跑走吗？"玘灌一愣，谢他心细，遂微笑道："不会不会，它的脚力，倒比这船还更快些。"中年人嘱咐那舟尾的小童："北辰，缓些。"小童北辰十来岁模样，圆乎乎的脑袋，浓眉大眼，宽耳垂，很是可爱，脖间挂着个精细的玉葫芦，碧绿碧绿的，晶莹生光。他撑杆的手法极娴熟，这时冲主人和玘灌咧嘴一笑，把杆一撑，船便向河中缓缓荡去。

乌篷中陈设甚简，中间案上果然摆着一盘棋局，玘灌不爱读书，却是个棋迷，以往在锦华宫，便常拉着宫中内臣对局，后来他嫌内臣们差他太远，便索性自己同自己对弈。还特地着人打磨了一副硕大的象牙棋盘，温润如玉，落子之时，可闻清脆的玉石声。

玘灌将棋局仔细瞧了一回，不由赞许："果然是局好棋。"凝神静思，入了境，把诸事一齐抛至了脑后。

从未见过这般艰深的局，思量许久，要自救，当避其锋芒，最惊险处，反倒是平安地。忽然眼前一片开阔，似有光芒，提，吃，打，逃——玘灌一喜，抓起棋子，按在了"渡"字位上。

那中年人听见落子的声音，便转身来瞧，一瞧之下，不禁喜地连声赞好，他为解这棋盘，已苦思冥想了数日，便是出行也不忘摆着，好时时琢磨，不想竟被玘灌一招破了局，乐不可支："好，好，好。竟能解我棋局。你那朋友我定然帮你找到。"

玘灌这时才发觉，对方双腿竟已废了，是一直支坐着，盖了褥子在膝上，玘灌心下不忍，侧过目去。对方却不以为意，只是笑着看玘灌："小兄弟，你的棋是何人所教，可是令尊令堂?"玘灌答道："也无人教，只是小时候，在我娘屋中找到过一些棋谱，后来便自己琢磨着，闲来无事下一两回。"

中年人"哦"了一声，又问："你娘也喜欢下棋?"

玘灌想了想："她从前喜欢，后来，也没见她下了。"

后来他连见都见不到她。

那人点了点头，又问："你多大了，在家行几?"

玘灌道："我二十了，行……三。"

下意识地把季庆撇了开去。

他又问："堂上都好?"

玘灌从不曾对人提起洪元与怀羽，这时不知为何，却放下了心防对他倾吐："父亲喜欢别人了，母亲一人独居已有多年，也不好过。"末了他又忍不住添了一句："母亲对我向来疏远。"

玘灌低头叹了口气，待抬头时，却发现这中年人也在发怔，过了良久方才言语："那你……会去看望她吗？"

玘灌叹了口气："父亲不让我们去见母亲。况且就算父亲恩允，母亲也不会见我的。她一向只喜欢两个哥哥，对我……她厌恶得紧。"

这中年人感到了玘灌淡然却深重的忧伤，这时竟也有些惆怅，他安慰他："小兄弟，这不是你的错，或许是你母亲她有什么难言之隐无法同你说，这世上，大约没有哪个父母，会真的想疏远自己的孩子。"

玘灌自幼不得母亲宠爱，尽力想讨母亲欢喜，却从未如愿，这时听闻此言，竟将多年的心结解了好些。

中年人见他神色舒缓了些，便也一笑，接着道："这里有三件宝贝，你挑一件，我送给你。"他朝乌篷中竹案边的一个竹筐点了点头，对玘灌道："去看看。"玘灌依言把那竹筐取来，只见里头有一只大葫芦、一只鸽蛋大小光洁透亮的玉石，和一个扁平的龟甲竹盒，也不知里头是何物。中年人微微一笑："酒葫芦，以此饮酒可千杯不醉。解酒石，则可解千杯酩酊之醉。竹盒里是张地图，乃我察当世二十六国风土，历二十春秋所绘。你选一样吧。"

玘灌心想酒葫芦最为常见，便说要它。

中年人却道："你宅心仁厚，选了葫芦，却不知它才是真正的上乘之作，三百年的葫芦，从石中生出，悬于崖边而未曾朽，得阴阳抚育、甘露滋养，外壁以同色薄陶漆之，更耐存放，将酒置其中，若在酷暑则馨香清凉，在寒冬则醇厚馥郁，是姚国大师傅薛桓亲手打造。它伴我多年，还曾助我渡江呢。"

玘灌奇道："助您渡江？"

中年人叹道："是呀，当年内人追我到江边，江上无舟，我又不太会水，便抱着这只大葫芦渡了江。"

玘灌咧嘴一笑："莫非令妻极为凶悍，逼得前辈这般逃窜？"

中年人却望着玘灌摇头道："不，不，她聪颖美丽，肃容高贵，世间罕有。"

玘灌奇："那前辈为何要逃？我若有如此美妻，便决不肯离开她。"

中年人放眼向江中望去："那是因你尚未成家。你可知那江的对岸，是自在，云淡风轻。"

玘灌这时也有些犹豫了，自问若有妻如此，自己是否果真会长长久久地相随相伴，又问："那前辈后来……还见过她吗？"

"不曾，快二十年了。"

"为何不去？"

"见不到了。"他叹了口气。

玘灌恍然，料知是他妻子已然离世，怕他伤心，便岔开话题："前辈，它既然用这葫芦喝酒可千杯不醉，这解酒石便无用了，您把它送给我吧。"

玘灌寻思着解酒石即便珍贵，也总比不上那万国图，那图纸实在罕见，自己当真受不起。

中年人自知他意，微笑道："我本以为你第一个会要图纸，便把三样宝贝都拿了出来，不想你却并没有要它。"

玘灌有些疑惑："莫非前辈并不看重那图纸？"

中年人道："我当年离开妻子，就是为了绘制图纸，怎会对它不看重。这解酒石凿于北国极寒之地，名叫云雾，也是内人当年赠我的信物，她知我好酒，便派人寻了来，着人打磨地如此温润，好让我时时戴在身上。"

玘灌若有所思地点了点头道："原来能解酒的不是宝石，是……爱妻。"

暮色渐合，落日的余晖落在水间，映出群山倒影，窥之如画。玘灌问他："前辈以后还会来这里吗?"中年人伸手抚了抚他的肩："我居无定所，也不知是否还会回到这里。"

玘灌随即想道，他连妻子都可以不再去相见，何况是这无情的山水?便有些惆怅，默不做声。

那人察觉到了他心思沉郁，言道："白云有聚有散，海水有汐有潮。人亦如是。"

玘灌迟疑几许，问他："敢问前辈姓名?"他笑笑："储篱便是。"玘灌不信这是他真名，却也不再问。那人却猜到了他心思，道："这便是我的名字。"玘灌一怔，抬头冲他会意一笑。中年人见他笑了，才舒展了眉："你方才所寻乃是何人?"玘灌便将前后说了一回，只是隐了自己的身份，单说自己是受朋友之托来寻草药，而苟汐此时必是被锦无咎捉回了府，自己想去锦无咎府上找她。那中年人听罢却摇头："你那朋友将妹妹托付于你照看，并非是他真心信你，他只是想借你之力，把那姑娘送离，他自己好不受牵制。那姑娘，此时也未必在王府中。因为楠国二公子简原君，从来都不是贪恋美色之人。你若去王府讨人，怕还会落得个'私通王府内婢'之名，荆楠两国都会看轻。你要三思啊。"

玘灌恍然，却不信秋玄是在算计自己，总觉秋玄是有苦衷。这时又听对方道："荆楠两国局势不稳，你此时回楠，可要多加小心啊。把这图纸拿上吧，它与你同龄，我赠与你了。"

竹盒里平平整整叠着张兔皮纸，打开却有三尺三宽，六尺六长，薄薄的纸面上尽绘了当今天下二十六国的城池山川，其笔锋之细，记述之详，皆是前所未见，令人叹为观止，玘灌心头一震，站起身来，对着中年人深深行礼以表谢意。又怕中年人会爱惜不舍，便仍试着推辞，哪知中年人却催促他收下，又让小童北辰靠了岸，玘灌这才作罢，将图纸细心收好，他笑笑，对玘灌道："走吧，自己多保重。记住，可以不为善，但不可居弱。"

玘灌一怔，这时船已靠岸，他下了船，吹了声口哨召了马儿来，骑上马往上游回走，过不多时，又忍不住回头去看，却见那乌篷船并未行远，仍旧停在岸边，暮色之中那中年人正端坐在船头，向他遥望。

玘灌鼻尖一酸，拍马上前几步，朝他道："前辈，我自去！你不必相送！"

那中年人对他点了点头，朝小童北辰一挥手，于是北辰把杆深深一撑，乌篷船荡了开去。过了一会儿，箫声又起，那是一曲《少年游》，清廖舒展，相逐奇趣，玘灌曾在荀汐的竹庐中听过，荀汐每思其父，便会吹奏此曲。

乌篷船已晃悠悠地驶入江心，此时船尾吊起了一盏烛灯，莹莹生光，涟漪尾随着小舟，玘灌看着，只觉心中暖暖的，不知觉间，有泪水淌下。

荀 汐

荀汐醒时，只觉神清气爽，仿佛做了一场大梦，身子活络了好些。空气清新，窗上竹帘款款，房庐中草药氤氲，恍然回到了自己在翠山馆郊外的小庐。庐外山林寂静，琴声间间。

她缓缓坐起，感到有些凉，见枕边叠着件月白色斗篷，便取来披上，来到门边，发觉自己所居的乃是一间竹庐，依山而建，背倚岩壁，面朝着山谷。庐前一方花园苗圃，往外是一片清湖，湖周满是枫树。

深秋时节，红叶鲜亮夺目，积满了山谷，明艳若霞；望见湖边西沉的白日，才发觉此时是黄昏。水花被扑腾着点过，一群白鹭恰在湖面上嬉耍，捕食着水鱼，缠斗追逐，其羽衣如雪，小喙如玉，徜徉在碧水间，成群结队，率性而来，恣意而去，逍遥潇洒，悠游自在。

日薄月升，白鹭纷纷投林归巢，栖上枫树的枝丫，在林间腾跃，与花絮一同飘舞。

湖中有一石亭，未与岸相接，有一人独坐，正抚七弦，因亭盖遮挡，不得见其面容，只露出件天青色的袍襟来，在风中飘摇扑闪，糅进粼粼波光，一派天然。

花香拂面，琴声嘶磨，苟汐只觉这天地纯粹，思绪渐淡。

她走出小庐，下了石阶来到苗圃，栖身其中，更觉花田广阔，她自幼随着母亲能识花苗百余种，此间却有好多她叫不出名儿的，便猜是药引。

她矮着身在花丛中辨认，入了神，不知过了多久，才站起身，一回头，却见一个弱冠少年静伫在一丈之外，正背着手，望向自己，他身形修长，面如冠玉，眉梢眼角敛着英气，勾勒出一团清亮的和悦神态，嘴角轮廓分明，干净利落，一身天青色长袍，正是方才石亭中的抚琴之人。

她的身边缠绕翻飞着耀眼的湛蓝色凤蝶，少年望着她芽白色纱裙的红芍纹衣领，抿了抿嘴："你不该来这里。"音色清越，却温吞凉薄。苟汐方才起身急了，病又才愈，此时眼前一黑，站立不稳，昏了过去。

醒时已回了小庐，那少年坐在不远处，正在泡茶，洗、冲、扫、点，手法娴熟俊雅，他因凝神于茶，淡淡的眉梢全舒展了，更显温润。他见苟汐醒了，便悠然相问："姑娘爱喝什么茶？我正要煮。"苟汐不曾多想："六月雪。"话一出口便觉歉然，这深秋时节哪有这茶？

少年却没多说，过了一会儿，便端来一碗茶给她："请。"声音轻柔，似恐惊了茶，苟汐一看，竟真是六月雪，好能耐。他又笑道："那花圃里，有药草，也有毒花，你方才是中了荮迷香的毒啦。"

他不常在小庐停留，在小庐的时候，便终日打剑，抚琴，泼墨，品画，磨药，吃茶。他在阁楼上养了好多雪鸽，灰的白的，羽翼亮泽，毛茸茸的甚惹人爱。每隔几日，他便会将所制之药绑在几只雪鸽腿上，对它们耳语几句，拍拍羽衣，将它们送向天空，过些时日，它们便会飞回来。

每日都有侍者送饭菜来，那少年从不招呼荀汐用饭，但每用膳时，她的案上却都会有个饭筐。

少年从不向她打听什么，不留她，也不遣她，单说这小庐本就是间荒废的院落，言下之意是她想住多久便住多久，去留无意，一切随她。

有一日他抚琴，荀汐以箫相和，一曲未了，竟闻弦断。荀汐放下竹箫，借着月光，只见他脸庞泛着柔光，清风拂过，扬起他额前的发丝，他的眼中竟起了一抹清愁。荀汐问何故，他抬头说："方才在你的箫声里，我听见了一段找寻多时的音律，想起了一个故友，我曾为她抚琴和舞，只是物是人非，她如今已仙去了。你看，这世间，有多少事，是奈何不得的。荀姑娘，你也是啊。"荀汐惊诧："你怎知我姓荀？"他沉默了一会儿，只说："你来到这里，也是出于无奈吧。"荀汐道："我中了琉璃散……"这才察觉这几日自己流连于美景，竟还不曾道谢，不由得自责。少年却淡淡地道："前几日采茶，见你昏睡在树边，便用牛驮了你回来。"荀汐又问："可是你有那九凰鸟？"少年道："九游灰并不是九凰鸟的尾翼，而是一种水草，生于九凰池底，其根茎灰褐，叶有九色，在水中浮动时，便如彩凤徜游，因此得名九游灰。"荀汐道："原来竟是如此。你……为何会有这药？"少年有些得意，笑了："九游灰便是我种在这九凰山谷底的，我自然有了。"

不知觉间，已过了月余，大约已临冬，荀汐日夜服药，已逐渐复原，此间虽美，她却总想念自己在宁城郊外的小庐和采芒，也想念玘灌，想着若他知道自己还在世，一定喜不自胜。于是又过了些时日，便收拾行装打算向少年辞行。

这天天色渐沉，乌云密布，电闪雷鸣，少年独自坐在阁楼上，拢着一身篱笆纹重山蓝圆领宽袍，抚着怀中一只白团团的八宝鸽，正自小酌。

荀汐走上阁楼，对他盈盈一礼，道："我明早便走了，相救之恩，无以为报。"又道："你少饮些，莫要醉了。"转身下楼，却听少年放下杯盏，轻轻说道："你还能去哪里呀？"声音中竟透着淡淡的哀伤。荀汐一怔——是啊，她如今又能去哪，若回了小庐，不出几日，仍会被捉回简原君府。

只是她习惯了漂泊，更何况，她与少年非亲非故，男女有别，她自不便多停留。

少年接着道："且听风雨声，知有故人来；能饮一杯无，这不是酒，是茶。"

荀汐出声一笑，转身想下楼，忽然又想起了六月雪，便问他："为何你的茶，能存这么久？"

"这有何难，晾干了，再封好便是，你想学吗？"少年朝她笑笑，将储存之法尽数说予她，又递了个杯盏给她。

荀汐犹豫片刻，走上了阁楼，把杯子接下。

梨 治

　　荆国宫城的西南角，有一处狭窄偏僻的院落，门开南向，北面是正房，东西走廊连着两厢，三间小殿，围着中庭，院中未饰盆栽绿植，光秃秃的，只有西北处留着一墩树桩，人在其中，正好形成个"囚"字，便是废太子安阳君梨治的圈禁之地，兼宁宫。梨治自广安三十六年来此，已然五年矣。

　　兼宁宫本是个荒废的旧宫，没有庖厨。嘉益再三上书恳请洪元，才得批在厢房中建了个小小的灶炉，因不曾铺地龙的缘故，冬天总有些凉，供火取暖全凭烧柴、点炭。

　　时值初冬，寒气凝重，砖瓦负着冷霜沉沉地压在墙上，后厨药香浓郁，蒸汽绕腾。

　　这会儿药熬好了，已收了汁，婢女熄了火，药炉对面的嘉益放下手中的蒲扇，缓缓起身，来到水槽边，用手帕往脸盆中沾了温水，拧干，敷在眼周轻按，之后她拭去扑在双颊额上的蒸汽，婢女冬竹将药汤倒入加了石蜜的碗中，把碗仔细端入托盘。嘉益望了望窗外寒凉萧瑟的景象，对冬竹道："走吧。"

　　兼宁宫五年，每日都是嘉益亲自熬药。从前三公子青蘅还在宫中，她每旬会去御药房向青蘅请药，青蘅之藩后，隔些时日会派信鸽送药来，嘉益得了药，便亲自守着把药熬好，再服侍梨治服下。她对旁人不放心，况这禁宫之中除了她与梨治，也只有冬竹与一名名唤丹凤的青年内臣帮衬着打理，冬竹还是她从小带在身边的。

从灶房出来，经过短廊，主仆俩来到了寝屋门旁。

远远地便听见了里头梨治的咳嗽声，嘉益先敲了敲，才推门进去，门经久未修，这时发出一阵"吱嘎"声，在幽寂的深宫之中分外刺耳。里头的梨治咳嗽声一顿，嘉益知他是被这声响惊着了。即便知道是妻子煎药回来，他也免不得会惊惶，生怕是内宫里来了人。

屋内空荡荡的，陈设落魄，一色的老旧，全无王子威仪，全凭嘉益尽心打理，才明净亮堂。屋中花架案台上托着几碗水仙，郁郁葱葱，欣欣然花开正茂，幽然吐芳。嘉益朝里屋的梨治微微一笑，来到他的榻边坐下，将月白云水菊纹裙裾拢了拢，扶起他的身子道："公子，喝药了，加了糖，不苦，来。"端过冬竹托盘中的药碗，用唇轻试了试水温，来喂梨治。梨治穿着的那件织金凌波纹小夹袄，便是嘉益亲手缝制，她知梨治喜爱水仙，便绣了花样在他衣袍，盼他的心境能开朗些。

梨治自来兼宁宫，日夜受人监探，举止言行无一遗漏，皆会被呈报至洪元公，梨治现在是风声鹤唳，草木皆兵，他本就体弱，心绪不宁，经年累月更添了沉疾，到了这年年初，他已常常下不来榻，多是躺在榻上，咳喘不能止。

梨治见了嘉益，松了口气，看见药时，却掩不住难色，他早厌倦了用药，杳无期限地被囚禁在这密不通风的狭窄的空间中，他早就厌弃了性命。

　　嘉益也明白日复一日地饮这苦药于梨治是一种折磨，不吃病情会重，可若吃药痊愈，则圈禁更会绵长无期；梨治是为了她才在努力地活着，若由他的本性，大概会自缢吧，这样一个活泼洒脱的人，如何能日复一日地承受这不堪的凌辱，每每想到这层，嘉益便觉心疼。可她不愿他放弃，不是因她自私地害怕殉葬或孤独终老，而是在她心底留存着一丝希望，为梨治，也为她自己。她觉得，人只要是活着，便有希望，一年，两年，五年，十年，她可以陪着他等，可若是人不在了，那么一切都不复存在了。如果连死亡都不怕，对这凌辱又有何惧。

　　于是她事必躬亲，请药、煎药、服侍梨治起卧饮药，皆是她一手打理，她在床头案边栽下一盆青葱的水仙，日夜相伴，她已成为了他的依靠。

　　有时她也会想起孝月，她与孝月在宫中长大，本就是好姐妹，亦知梨治与孝月曾经的情愫，却从不曾提及，孝月远嫁后，她便留心看顾璟旦，是故璟旦待她亦亲，嘉益看着璟旦长大，明白他温和的笑靥下埋藏的愁思与悲怆，梨治被圈禁后，璟旦出了呈阳，此后再无音讯，一晃已过去四年，嘉益念他时，会忧他凶险，忧他孤苦无依，却也明白他或能逃出桎梏，盼他平安无虞。

　　梨治对二弟青蘅深信不疑，寄来的药从不使人先试，他将眼前的药饮尽了，轻咳一声，额间的青筋渐隐。兼安宫外隐约有小宦嬉闹的声音传来，梨治喃喃道："也不知连儿和玉儿怎么样了。"那是他与嘉益的一对双生子，生于广安三十六年岁末，如今五岁了。孩子出生时，正逢卫国进贡来祁连山的宝玉，洪元见了长孙孙女甚喜，便把玉赐给了梨治，梨治便把一子一女取名祁连祁玉，以念父恩。

他被废黜后，祁连祁玉便被洪元公接走了，一年到头，梨治嘉益只有在春节、祭祀之时能与一双子女相见，可说是见面，其实却只是远远地望这两人一眼，二子年幼，却知梨治嘉益是生父母，每当此时，便会对着父亲母亲的方向作揖，只是不敢做全，怕身侧的洪元会察觉。梨治嘉益自是知晓，便向孩子点点头，示意自己都好，也让兄妹俩照顾好自己。

洪元对梨治苛责严厉，对祁连祁玉却极宠爱。一对双生子性情迥异，哥哥祁连沉着守礼，勤勉好学，妹妹祁玉则有些调皮，较为淘气。祁连三岁就入书房读书，因天资聪颖又勤勉自立，常受太师傅陈道正夸赞，骑马射箭也都拿手，在洪元一众子侄孙辈中很是出众。他年纪虽幼，却从不自傲，时能看顾子侄兄弟，颇有君子风。祁玉则不爱读书，但性情爽朗，颇为大气，无事便爱缠着洪元。此外兄妹俩清秀俊美、容貌出众，洪元公更对这长孙孙女颇为看重，每次出巡，几乎都让二人随行。

祁连祁玉是梨治嘉益最暖的希望，也是最深的担忧。虽知洪元待这对兄妹不薄，夫妻俩二人却总是担心，伴君如伴虎，没有爹娘看护在身边，兄妹俩年幼，哪一日会说出做出什么不得体的，获罪于洪元。

去年春天，一日梨治身子好些，便来到庭下踱步，累了，就坐在树下小憩。忽见一只纸鸢从高墙外落进院来，正好落在他跟前，他捡起了，只见上头彩绘着一幅明艳的五福蟠桃如意图，系着锦带，栩栩如生，纸鸢的竹骨下端缠着一捧棉布袋，梨治打开来，却是满满的花种，深棕色的，温润瓷实，隐约可见其中的花芽——是水仙。

梨治心头一震，抬起头向院门的方向望，却见门边探出个四五岁的孩童，正是祁连。祁连站在门外，对着梨治恭恭敬敬地行一揖，道："孩儿给父亲请安。"这时从不远处跑上来个宦臣，见了院中的梨治便对祁连道："公孙怎么跑到这里来了，叫小的好找。"言语间竟有一丝嗔怪之意，怪祁连来兼宁宫，若被洪元得知了，会殃及自己。梨治本以为祁连会看在洪元面上认错，哪知他却道："我来拜父亲，何错之有，你随我有多年，竟不知今日是父亲的生辰，若果真如此，往后便不必在我身边当差了。"话语温和，却带着几分凌厉，梨治一奇，有些欣喜也有些忧虑。那宦臣见祁连恼了，忙赔笑谢罪，这才向梨治行了个礼："安阳君。"但仍侧身半挡着祁连，以防他跑进院去。

梨治对那内臣点了点头，又问祁连："妹妹呢？"祁连有三分迟疑："妹妹……在王祖父那里。"梨治却明白了，兄妹俩是商量好了，让妹妹缠住洪元，哥哥跑来见自己，为自己贺寿。梨治心中一暖，又问："连儿，怎的嗓子有些沉？"那宦臣道："世子念书到咯血，已背熟了还要反复诵读。"梨治浮出一丝微笑，蹲下身来，平视着院门外的祁连，问道："这是为何？"小小的祁连却道："当下背，只是记在脑子里，记熟之后，反复熟读，才能记到心里。"梨治问他："这是听谁说的道理，连儿？"祁连道："是太师傅说的，太师傅说，父亲当年读书，便是如此。"梨治一笑，抬起手想抚一抚祁连，才发现儿子离他太远，触摸不到，于是一只手便停在了半空，过了一会儿方落下了，道："连儿很好，父亲很骄傲。"低了低头，又道："咱们连儿，便做个太平公子，将来辅佑荆国公，忠君爱民。"祁连点了点头："孩儿遵命。"梨治担心他出来久了洪元会问起，便对他摆了摆手道："回去吧，连儿，等过些日子……父亲会来看你。"祁连对他拜了又拜，这才返身离去。

梨治来到门边，望着祁连的身影，直至全然看不见了，又怔了一会儿，才转回身，泪眼朦胧中，却看见嘉益正站在廊柱后，嘉益走上前来，抱了抱他，梨治问："你怎么不来与连儿相见？"嘉益说道："我当然想见他呐，只是我怕，怕连儿见了我会哭，一哭，他的眼睛就会红，公子是记得的，连儿自幼便如此。一会儿就要宵禁了，他还得去向大王问安，大王若是问起，他却该怕了。这孩子，可是从来说不得谎的。"梨治点了点头，却为祁连祁玉感到委屈，嘉益又道："公子，疾风知劲草，岁寒知松柏，这点苦算什么，等他长大了，还有好多事情，要他自己去面对、承担呢。"如此说着，却寻遍屋角院落，找来瓢盆，将那一袋满满的花种细心栽下。

一阵急促的脚步声，把梨治从回忆中拉扯出来，却是在院中负责打扫的内臣丹凤，又见他小跑进屋，不及行礼，便急急地道："公子，夫人，宝和宫来人了。"

梨治与嘉益相视一望，嘉益抚了抚他手，道："我来。"说着站起身，扶着冬竹先迎出了门。

屋外的院中赫然立着几名宣旨的内使，着大花叶窄领红锦衫，束犀角带，戴乌纱帽，已在院中站定，呼出了白团团的热气，当先的总管面颊清瘦，体格健硕，着一身葵花团纹坐蟒补服，甚是华贵。

那总管内臣名叫石六，原是陶夫人的乳兄弟，精明干练，如今是洪元身边的近臣。如樽虽还留在宫中，却不再掌权，王城之中的内务皆由石六统领。

石六每年会来此处奉旨两回，却对屋中陈设了如指掌，纵只细微变动，也逃不过他的眼睛。今夏他来此宣旨，见梨治正倚在树下乘凉，手里拿着只竹风筝，知这风筝是外头进来的物件，便嫌这树大了，遮挡了视线，使外头的人无法好好监视，遂命人锯断。院中本就少盆景陈设，以后更突兀了，使庭中的景象一览无余。梨治却再也不肯走出房门了，他本就心重，如何肯曝露在宦臣内探的窥视之下。

石六不见梨治，便踏进里屋，才一进门便感到裹身的寒凉，夹杂着湿冷的药香，凝重得有些呛。石六一眼便望见了躺在里榻上病恹恹又消瘦的梨治，梨治望了望他，用手捂在心口，仰面喘着气，身子在发颤。石六冷哼了一声，露出一阵讥讽，却忽然触到了身侧嘉益镇定冷峻的目光，他只觉得她威严不可欺，不自觉地压下了心头对梨治的鄙夷和嘲弄，正了正音，打开卷轴宣道："传上谕，元月先君象宜十周年祭，依礼部奏请，全族子嗣前往王陵，行祭祀仪，长公子梨治随行。"

嘉益一怔，下月除夕，过了元宵，便是象宜的祭日。前两年洪元不曾令梨治随行，这回却逢先公十年，梨治该去，只是如此严冬，让梨治骑马随行，无异是在催他性命。她心下想着，却不动声色，跪下身去："谢父王恩典，儿臣领旨。"

石六瞟了一眼梨治，将贴金轴递给嘉益，又对梨治道："长公子，可要养好身子，到时候可别出岔子。"

梨治感到脸上有点发烫，勉强支坐起来，道："臣遵旨。"嘉益道："屋里冷，公公莫受了凉，咱们外头说话。"一面将石六引出了屋，一面道："公公放心，这里有我，不会给父王添麻烦的。"送走了石六，她在门外缓了缓神，这才回了屋，来到榻边。

梨治方才因石六在，不肯出声，这时已咳喘不止。他知嘉益也虚惊了一场，不曾表露，是为了让自己心安，他敬她爱她，更觉对不住她，嘉益是天子安城君的独女，受礼时以太子正妃之礼嫁入东宫，佩享尊荣，可仅三年，便随同被废黜的自己，来到了兼宁宫。随行祭祀本是重任，意为恩宠，梨治却只忧心自己时日无多，恐那时会剩下嘉益一人。

梨治轻轻道："二弟的药，已经治不了我了，往后嘉益，不用日夜熬药煎药了。"他细望嘉益，发觉她消瘦了些，嘉益的面容并不娇媚，带着些周正的棱角，在他眼中却是绝美。他握住她的手，有些干燥，有些粗糙。屋中少仆从，时常是她亲自料理杂务。他抚了抚她眼周的细纹，哽咽了："每日熬药，眼睛都熬坏了。"嘉益却笑了："这有什么，都会好起来的，公子你看，冬至过了，天就会慢慢亮起来，公子的身体，也会好起来的。"

梨治望着嘉益，忽想起了青蘅，他总觉他二人有几分肖似，容貌，性情，说不清，道不明，他顿了一顿，终于说道："嘉益，我想给二弟写封信，你来执笔吧。"

嘉益忽而一怔，来到案前，细细地研磨，把墨晕开，听梨治缓缓地说着，她细细地一一记下，言语之间她察觉到了梨治有托孤之意，心头伤感，却没有打断，罢笔后晾好信笺，静待它收墨。

两人半晌无言，过了好一会儿，梨治唤了声"嘉益"，顿了一顿，又轻轻道："他日嘉益，若要改嫁，但受其益，便毋念梨治。"

嘉益听着梨治言说，字字乏力，本已忧心，听闻此言，眼中的泪水便再止不住，滴落下来，打湿了信笺。她怕梨治察觉伤感，便没有去擦拭泪水，只定定地说道："公子放心，嘉益定将连儿玉儿抚养成人，护他们一世安康无虞，再到泉下来见公子。"

梨治却道："不，不要死，嘉益，要好好活着，你和我不一样。你比我聪慧、比我坚强，我配不上你为我如此。"

嘉益一怔，一时不知该如何作答，却听梨治又道："告诉连儿，凡事多退让。照顾好妹妹，若有来日，当事后父……如父。"

一程水　一程山

　　荆国西北的邻国吴国居于边隅，地高险要，风沙多雨水少，国都武康居西北，其西八十里山中曾现大量玉石，纹理如云絮，通体殷红，相传是尸骨腐血渗入山石而成，故此玉得名沁红，此山得名曰沁红山。百姓以之为不祥，故山中寡有人居；只是每逢冬月，这林间沙棘茂盛，覆满林谷，会引得远近居民进山采集。

　　广安四十年，一个薄凉的腊月的早晨，沁红山脚河岸的渡口喧哗嘈杂，原来是晨起的人们已采罢沙棘果，匆匆归家，负在身后的山果笼着残雪，凝着血色，株株饱满，填满了箩筐。

　　却见一个青年人头顶笠帽，身穿一件米白色麻布衫，脚下绑着草鞋，孤身一人从河对岸请了船，静静地渡过了河，他下了船，一路走进沁红山，山中寒冰仍在，雪却松散，在朝阳的映照下，渐渐消散。青年人缓缓独行，不知不觉已来到谷地。松荫里一片沉静，荒草间石麟星点，不时能见佚名亡者的乱坟残墓。

　　过了片刻，隐约传来了锣鼓声，青年人听见不由打了个寒噤。

　　那锣鼓声自远即近，嘈嘈杂杂，起起落落，乐官的黑鞋踩在雪上，发出细碎的声响，比锣声更刺耳，被踩踏的积雪转瞬变成了冰粒子，混入了泥与尘的缝隙中去。

冷山，寒雪，白仪仗。王城已远，送葬的人马稀稀落落，护使衣衫单薄，一个个呵着寒气，又冷又乏，懒懒地行走在沁红山间。

棺椁中的人年纪轻轻，没有子嗣，客居他乡，为着一些缘故，不得与宗亲同葬。

来时尚有兄弟相送、夫婿相迎；走时却是孑然。

纸片随了一路，抛上去，缓缓翻飞着坠落下，化作蝴蝶，沟通着凡间与冥界。

青年的唇边留着厚厚的胡须，经久不理，有些凌乱，他的眼睛很大，很明亮，这时水汪汪的。他斜身避在树后，静静地目送着灵柩行经他的身旁。

锣鼓"吭""吭""锵锵"，两快两慢，像打钉的声音。

不知棺椁里的人如今是什么模样。

"今夏有没有吃南方的龙眼，天转凉时有没有记得添衣裳，今晨……你是不是已经梳妆，会不会有发丝凌乱，又会不会总想念爹娘，想念家乡。嘿，你一定想念我的，就像，我时常想念你一样。"

"姐姐你出嫁那天，我没去送你，我怕会哭。今天我来了，走了好长的路，他们不送你，我来送你。"

他垂下头，麻布袜上沾着的泥垢，这时被坠落的水点浇湿了。

幼时他痴迷于木偶戏，觉得戏中人物爱憎分明，鲜活洒脱，故事悲欢离合，曲折有趣，相较于自己周而复始又循规蹈矩的刻板生活，有趣太多。但是姐姐不喜欢，她更像父亲，爽利刚强，不爱听这期期艾艾的拖拉唱腔，只因他缠，姐姐才陪着瞧了些片段。记得有一段戏文，演的是大家族里的姐姐过世了，做兄弟的回家晚了，没能见上姐姐最后一面，便在子夜给姐姐守灵堂，那时他看着看着便哭了，姐姐却笑，说傻孩子才信戏本子。

爹娘走后，他的天空坍塌了一半，另一半也剜出了个洞，从此残缺不全，姐姐是他生命中唯一的倚靠和光亮。

队伍渐渐行远，终于消失在山坳，这时从林间走出几人来，一色的素服麻衣，青年人转过身来，朝几人低低一说道："多谢诸位，来为姐姐送行。"那几人深深回礼，其中一人道："公子节哀。"这人的嘴角边有一处淡淡的胎记，说话时便像是在微笑，只有熟识的人知他最是端肃。青年人缓缓点了点头，拱手说道："关山重重，道阻且长，不知将来何时再能相见。诸君且去，保重。"那几人复又回礼，起身后定神望着他，拱手："江湖路远，定不负公子。"

又一梦

　　玘灌策马飞奔，手中紧攥着一圈血红色的菩提子手串，因为太过用力，掌心被上头的镂纹勒出了血痕。他要去千里之外，把它送给她。

　　马儿穿过龙潭长长的枫林峡谷，北风在耳边呼啸，满林红叶萧萧。雨点打落，时光在这里重叠，玘灌依稀看见了儿时的自己。那时姐姐说，他是男孩子，出了她的储秀宫，便不可以哭。

　　不知过了多久，路上的时间似乎很短，又似乎很长，突然便来到了吴国的都城武康，随后从偏门进了宫墙。灰马嘶鸣一声，在寂静的宫院外停下了步子，惊起高树上的一众寒鸦，听小宦报"荆国公子继阳君到"，又听里头她颤颤传了一声，玘灌便疾步进了院门。

　　客堂宽敞，少着纹饰，六椅三桌，似雪洞般素净，一如当年在荆。

　　进了里屋，水仙花的幽香弥散过来，玘灌一呛，湿了双眸。屋中冷清，仅有的三两个女婢正坐在桌旁嗑瓜子、吃茶，见了玘灌才起了身，将安置在桌下暖脚的炉火搬到榻旁，之后便退下了。

榻上的人披着一件藏青底子茶花绣袄，散着长发，面色发白，半睁着眼望着上方，唇有些干。

玘灌疾步上前，来到榻边跪坐下，轻轻扶起她，靠在床屏："孝月姐姐……"却哽咽了说不下去。

孝月本就纤瘦，这时更见孱弱，脱了清丽模样。她无力支坐，只能静静地倚在床头："灌儿……这么高了。"

玘灌鼻子一酸，心中触到了幼年的那抹感伤，忍不住落下泪来。

孝月倦容深重："这么大了，还哭呢。"

玘灌淌着泪道："你说过在你这里可以。"

孝月的面颊如白瓷般剔透，只是彻骨冰凉。她问："这些年，你都做了什么？"

玘灌有些愧怍，迟迟不语。

孝月有些伤感："好男儿，当自励，莫忘了先王的抚育。"

可象宜公驾崩，母后离宫，孝月远嫁，梨治被幽禁，青蘅之藩，连夫人……薨。

他呢，沦为质子，受制于人，日日声色犬马，每一夜梦中都有她。小时候他害怕天黑，如今他却日日盼着黑夜来临，能见她。

孝月脸上的血色还在消散，玘灌感到一阵锥心般的难过，忽听孝月问："灌儿，窗外的梨花开了吗？"

这入冬时节，哪里会有梨花，玘灌却认真地注视着窗外，淌着泪答答："梨花开了，纷纷扬扬。姐姐，大哥哥独居在兼宁宫，一直都念着你。"

梨治奉命迎娶了安城君之女，公主嘉益，膝下已有子女一双。

孝月谢玘灌好意，没有说穿。

她地对玘灌道："把这给……他。"手中的绣帕，纹着白茫茫的梨花。

那时梨花正盛，瓣瓣飞舞，漫即天涯。

玘灌伸手去接，孝月却忽然身板一挺，伸手掐住玘灌，磨破了他脸颊上的皮，直沁出血痕，孝月瞪眼，眼中满是怒意："红石，你好狠毒，我便是化作厉鬼，也绝饶不了你！"玘灌心惊胆战，孝月却尖声厉笑起来，继续大力掐拧玘灌，玘灌咳喘着透不过气，余光到处只见窗外院中那一片光秃秃的梨树一刹间已长出了满枝满叶的花苞，随即怒放，开出白花来，花瓣上是一张张孝月的脸，幻化成光束，照射进窗来，缠着玘灌，直让他感到天旋地转，手中的绣帕，那上面刺绣的梨花也扑闪着破茧而出，纷纷舞斗，狰狞地刺向他。

玘灌吓得大叫一声，惊醒过来，惊觉自己正紧攥着一块帕子，便慌忙丢了开去，回过神时才发觉这却是连若绣的那方，自己一直带在身上。这时他额前满是汗，庆幸只是一场梦，玘灌长嘘了口气，仍不由地心有余悸。

伍樗见他醒了，走上前来正要说话，玘灌却抢先问他："可是孝月公主？"

伍樗一愣："是……方才来报，孝月公主……薨了。"

玘灌只觉脑中"轰"的一声，一颗心突突直跳，他擦了擦额前豆大的汗珠，向屋外望去，只见外头素净净的，漫天是雪，很大很大，横无际涯；他也曾听闻，吴太子吴旲，生性暴戾，又厌弃孝月非荆君之女，一向刻薄待她，孝月曾两次有孕，皆不及妊娠便被吴炅引产，催其性命，每念及此，玘灌便感愤懑不平。可梦中的姐姐，为何那般恨红石，红石……可是父王的名讳啊。

玘灌忍不住发抖："伍樗，现在是几时了？"

"公子，子时了。"

玘 灌

　　馆舍内鸦雀无声，玘灌只觉一颗心"怦怦"直跳，有些发慌，能闻沉沉迷香，窗前的玉漏窸窣不歇，子时已过，窗外黑影幢幢，他望了望伍樗，手心全是冷汗。

　　九凰山下那舟中客曾告诫他，荆楠两国将临战事，要他当心，那时他半信半疑，哪知才回宁城即被围禁，不出一旬，荆楠形势竟已大变；楠兵不断增员，前来看守翠山馆，玘灌不知自己命运如何，接连一月他辗转难眠。

　　广安四十年，冬月廿三，洪元祭祀长陵，回程途中在围场坠马，又被毒兽咬伤，染了风寒，此后高烧不退，常见昏迷。楠国公当即下令攻打荆国，要夺回被象宜公割走的楠国十三城。他令兵分三路，点了青年将军祚林、王麟、秋玄分别统领，前往荆楠之界曲河上中下三游逐一攻入，形成合抱之势，协同作战，直取呈阳。

　　洪元公尚在病中，伤势仍在加重，得讯楠军来犯，随即指派了吉禄、叔符、孙略三员老将率军御敌，同时令太子季庆监国，调度城中兵马及宫中的御龙禁军，使丞相陈道正辅佐商议，严防自己昏迷之时贻误军机，同时下诏令重元君率北境之军火速南下援战。

哪知太子季庆却恐伯父重元拥兵自重，南下呈阳会趁乱谋反，竟私自截下诏书，不曾向其请兵增援；又命三游的守城之将尽快取胜，并诺以千金奖赏，守城之将领旨，皆哭笑不得，纷纷慨叹。丞相陈道正多次谏言无济于事，便不再劝，请了旨只命西南两地的军队严加防守，又派心腹前往边疆邻国镇抚。荆国西南诸侯国林立，最怕其趁虚攻入，使国中背受敌。

荆国在象宜公一朝，开疆拓土，攻城略地，四方征战，在国内则大兴土木，广修庙堂，国库耗费颇巨。洪元即位后，重文治修经济，令四成将士卸甲归耕，只留了家有兄弟的甲士在军中服役，百姓得以休养生息；经此十年经营，荆国的国库与粮仓终于丰饶，只是久不经战事，军事攻防总不如往昔。

而在楠国，此时的宁城已不再安宁，于玘灌，是危险地。

伍樗轻碰了碰玘灌，以指沾水在榻边写了个"亡"字，玘灌借着月光看清了，二人目光相碰，彼此点了点头。原来这主仆俩早已在商议脱身之法，翠山馆周遭看守森严，要得脱身谈何容易，伺机多日，伍樗知这晚雾浓，终于逮了时机，将夜时分，在监军饭菜中撒了风茄粉末，使众人沉沉睡去，又点了玘灌最精良的扈从坚守在院中盾后。

玘灌提着一颗胆，紧随伍樗翻出了窗，俯身蹑脚出了庭院，大气不敢喘，行出百丈，才向马儿吹了声低哨。日间伍樗已趁隙割了马绳，此时马儿应声跑来，然一拨守卫却并未睡死，听见动静，一个激灵起身追了上来。

伍樗忙扶玘灌上马，催促道："公子快走!"玘灌道："不，你走不了，我也不走!"几名扈从皆已上马，沉着身子，预备散往不同方向以混淆楠兵，伍樗急道："楠国公是不会杀我的，公子快回呈阳，去调御龙军！"玘灌只觉脑中"嗡嗡"作响，伍樗一拍马肚，对马儿低喝一声："驾！"不及玘灌再言，马儿便奔跑起来，一头扎进了山林。耳旁风疾，脑后马蹄声扬，可知楠兵们已逐向四方。

玘灌一路往西不敢停坐下，马儿颠簸疾驰，他的一颗心狂跳不止，也不知伍樗怎么样了，幸得此处山峦纷扰，易得庇护，行了三日，终于来到桓屋山脚，绕过此山，便不再是楠国地界了。

玘灌望着夜色中苍茫的群山，用衣袖拭了拭额上的细汗，缓了缓马，忽听一簇马蹄声紧，铠甲塞窣，玘灌慌忙躲避，黑暗之中看不清路，忽觉马儿前腿一沉，失了重，一个踉跄，连人带马坠入了阱坑。马蹄声踏步声逼近，洞顶一周围满了兵士，是楠军。又过了一会儿，众人忽然静了，有一人下令道："拉上来。"竟是秋玄。玘灌抓住放下来的长绳，在腰间捆牢，被吊了上去。随后马也被扯了上来。

玘灌满身尘土，额前发上沾了灰，有些局促；秋玄黑袍紫绶，额上缚着玄带，神色平静如水。他令众兵士回营，自己带着玘灌往山北走。

两人行了好长一程，前方是一处谷地，出去便是荆国地界了，此处寂静，唯闻风行与鸟鸣。

秋玄牵过马，看了看玘灌："你走吧。"

玘灌忽然想起了荀汐——秋玄怕还不知他与荀汐走失了，他从九凰山下来，回馆后便被禁了足，出不了门；此番见到秋玄，还是这一个月来的头一回。玘灌有些愧怍，没有提起荀汐。

秋玄忽道："我回不来了。"

玘灌唬了一跳："什么……"

"锦无咎要杀我。"

简原君锦无咎。

"可你二人无冤无仇——"此话方才出口，便想起了初见秋玄时他与芷杨之间的模棱情状，便是他这等无心之人都能窥知的，更何况心思缜密至极的简原君锦无咎。可玘灌终不愿信秋玄会因此殒命："军队是你的，虎符也在你手里，你大可举兵相抗啊。"

"我的亲兵在去年被他们杀了。灞野一站，我虽战胜，可我的弟兄们却遇上了伏击。三千人啊。他们是好勇士。"

而楠国公始终没有提及此事——崇安太了解秋玄，秋玄果然也没有主张什么。

"我们第一次在京合茶馆遇见……便是你刚从灞野回来吗？"

"嗯。"

前年岁末，楠国新君崇安即位，洪元公遂命东军小犯楠疆，以探楠国兵力，崇安公当即指派秋玄出战，扎扎实实地威慑了荆国一番，自此荆国信了楠国兵强。洪元怕崇安公綦文年轻气盛，会使战事扩大，便派出玘灌为质往楠，以示修和；秋玄得胜，率军凯旋，却收到了军报，方知伏守在北部的亲兵遇袭，且不知是何人所为。

秋玄不肯将他们草草埋葬，便又停了几日，为三千人置了墓、立了坟，这才起身。崇安公则怕秋玄震怒，便请了简原君夫人芷杨先去迎他——二人情愫，便是崇安都已猜知了几分。于是玘灌便在丰阳城的京合茶馆遇到了二人。

"锦无咎为何之前不杀你？"

"我领兵从不曾有差池，又掌重兵，他不会冒然杀我。况且，他怕芷杨恨他。"他的眼中罕见地浮出一丝笑意，玘灌觉察到了，有些惊诧。

"你……你果真喜欢她？可她毕竟是简原王妃啊。"

这是玘灌最惑之处——他知道秋玄心有所负，在为一件事历尽艰辛——可为什么他会为了一个女子而抛弃性命？玘灌也爱女子，但他从不曾为了她们而舍弃自己，或许是他爱的人太多，或许是秋玄的爱更深沉，或许是秋玄这一世活得太疲惫，走的路太曲折，想要任性地放肆一回？玘灌不懂，或许秋玄自己也不明白。

"马给你。"秋玄没有理会玘灌，把马绳递给了他。

玘灌愣了愣："可是秋玄，芷杨不想看见你死，她会难过啊。"

秋玄有些不耐烦："可我不想锦无咎碰她，那样她会想不开。"

怎么会。玘灌所识得芷杨是慨然的，带着些许英雄气，决不是会为了情爱自尽的模样。秋玄是在自欺欺人。

他没说穿，只问："你何不带她离开楠国？"

"我带她走，楠国会乱，佟国会乱，我们走不掉的。锦无咎答应过我，我走，他不会动芷杨。"

"他的话如何能信，你便是上了战场……你便是死，他也未必信守诺言啊。"

"我信他。锦无咎虽有城府，却讲信义。"

秋玄当然知道锦无咎不会信守诺言。他只是无计可施了，他是楠国公碁文和简原君锦无咎二人博弈的一枚棋子，原先二王都笼络他，借以稳固自己的羽翼；如今大局已定，便要弃他了，二人皆以他同对方亲近为由，要置他于死地。他不得不上战场，而

"情"与"爱",只是他最后的蔽体之物。

"那等你上了战场,我偷偷救你,可好?换个人去替你。"

秋玄不愿再费口舌,叹了口气:"往北走,遇河向西,便是荆国了。"

玘灌忽道:"那日你说不可忘了自己是谁……你为何要提醒我?"

秋玄这时倒不再催他了,缓缓说道:"继阳君,你不是平庸之辈,不可沉沦于悲伤之中。"

玘灌心中感动,望向秋玄:"你放我回荆,若再相见,怕便是在战场上了。"

秋玄的眼神沉似潭水,这时也闪过一阵波澜:"保重吧。"

于是玘灌郑重说道:"秋玄,你也千万保重,告辞!"

荀氏族人,似乎都有一股倔强。

玘灌一路赶马,遇河向西,出了楠。

秋 玄

广安四十一年初，楠国公崇安传令三将各自点兵，分三路攻入荆国。将军祚林率先出发，前往最远的界河上游骊阳，祚林率军行至骊阳，便命众兵士造巨船，任木屑一路沿河漂流向下，荆国士兵得闻，便料想楠国将有重兵压境、声势浩大，不由窃战。

几日后将军王麟也达中游临川。临川城原是楠国领地，在象宜一朝被割让予荆。王麟的祖父王啸原为临川令，为官时廉政爱民，颇得民心。而此时的临川城守将名唤夬屡，本为楠臣，当年与王啸同朝为官，为争其权，便挑拨楠国公越宁君降罪于王啸，越宁君借机削弱了王氏一脉的势力，却也不曾重用夬屡，后夬屡奔荆，为临川令。至于王啸，则被削爵去邑，至王麟一辈已相当没落，王麟年幼更事，自励好学，文韬武略，广安三十九年越宁君在楠宫北门外摆擂选官，他前后比斗了十余场，本已胜出，哪知最后杀出个秋玄，使他未能拜官，他倒也不灰心，回到家后，习武读书依旧。崇安君即位后，便起用王麟，王麟这年不过二十，崇安公却钦点了他率兵出征，攻破中游，王麟不由涕零，誓死效忠，绝不辱命。

这日清晨，城墙上的夬屡收到一封信笺，文末印着一记血红色的石蝶图纹，正是王麟家徽，他踏上城楼，却见王麟已在大河的对岸率兵布阵，此时正遥望着他，夬屡不禁失色。

王麟早早便告知城中百姓，只攻城，绝不伤及无辜。积善有余庆，城中百姓民风淳朴，且祖上多为楠人，曾受王啸恩惠者颇甚，此时听闻对岸那将军乃王啸之后，亲近之感油然而生，更有人绕过城墙来到对岸，将米面饭食送至王麟军营。临川城本就是粮仓，庚吏也是王啸一手栽培提拔，这时便推阻着不肯放粮供应守城军卫。

秋玄知下游战场为一处峡谷，地势险要，对方在高处，他们在低处，一旦开战，荆军只需在河对岸一字排开，纵使用火炮也击不中敌方几人，而对方用弓箭射杀自己却很是方便。而行军上阵便会日费千金，军马易疲，因此他特待祚林、王麟都已出城数日，才最末发兵启程，先行至中段桓屋山，在此养精蓄锐，再待下游结了冰方拔营前往。

这日探卒来报，称下游冰面已厚，秋玄待此日多时，于是当晚便集结兵将，商议次晨穿行桓屋，一举攻破下游城池。

天将破晓，遥远的桓屋山头沁出一片胭脂色的朝霞来，薄薄的，朦朦胧胧。秋玄肃整军队，启程出征。

一路出了宁城，行至桓屋山峡谷，四下环顾，只见群峰嵯峨，山高谷深，却有一匹红马安然停驻在峡谷中央，上头盈盈乘着个少女，一瀑乌发缀着金环，映着朝阳，灿然生光。她身上拢着一件宝绿花鸟流云纹披风，这时垂落在马肚两旁，随清风拂动，在晨雾中飘扬。

是简原王妃芷杨。

秋玄命大军继续前行，自己打马上来，在她前方一丈远的地方停下。

芷杨停驻在原地，不远不近地凝视着他道："你要走。"

他低了低翅盔，避开她的目光，有些含糊地说道："把你的夜莺照看好，别让它又飞去了陌生人那里。"

芷杨轻拍马儿，挨近他，没有说话。他却又道："但，金丝笼虽大，还是放了它吧。"

鸟儿本就属于山野，天空才是它的家。

她"嗤"地一笑，笑他竟多愁善感起来："出了山谷，你便离开楠国了。"

他拿起她的一只手，将一物交付于她，她打开手心，见是个精巧的南天竹哨，哨子一响，莺儿会聚拢过来，一如他在身旁。

芷杨低下头，攥紧了手中的竹哨，一时泪水夺眶而出，扑簌簌落下，她哽咽着，颤声道："秋玄，你一定要回来，我在华阳门上等你。"

尉迟让

　　玘灌避开大道，一路向西，此间山林常有绿林出没，玘灌不禁隐隐担忧，怕是未到荆国，便被山贼杀了。

　　暮色灰沉，玘灌疾驰了数里，人疲马乏，经过一处灌木时，忽见前方突然横起一根藤杖，他不及收马，便已被颠簸着摔出丈余，随后他便没了知觉。

　　醒时发现自己被反绑在墙角，置身之处乃一间柴房，辨不出方向，两名粗布衫汉子正围着一张石桌吃饭，一个矮胖敦实，一个则瘦削，中等身量。矮胖的那个道："这小子一定肥，待他醒了你问问余钱在哪。"桌上酒菜齐备，闻着很香。玘灌暗叫不妙，却不愿装睡，索性嚷道："我也要喝酒，你二人真不痛快，大丈夫喝酒岂有用碗的！"二人听闻，便过来看，见他毫无惧色，微微一奇，听他爱喝酒，又有几分欣喜，便捧了酒过来，玘灌仰头张嘴，那汉子便把酒倒进他口中。玘灌一气饮尽，笑道："好酒，可惜没有下酒菜。"两贼见他赞酒，心中皆喜，却不愿放了他，喝问道："那你老实交代，余下的钱在哪？"话带匪气，却少了杀意，玘灌笑："我穷得很，都饿了好几天了。"二人见他毫无畏惧，便提刀上来，玘灌只是笑着叹气，闭目不语。却听又来一人，对二人道："五哥六哥，又来一头白猪！""白猪"是山中绿林对所劫路人的戏称，㞬灌睁眼，只见又有一人被反绑了进来，身披戎装，竟是随自己来楠的扈从，他在翠山为自己引开楠兵后，便来相护。那人见了㞬灌，急急叫了一声："公子！"身量瘦些的那个"六哥"见这扈从衣上绣着荆国国花纹样，又唤㞬灌"公子"，心生狐疑，忽问："你是……荆国四公子㞬灌？"㞬灌下意识地点了点头，也觉他眉眼间有几分熟悉，只是一时想不起来。

那人上来为㞬灌解了绳索，引他来到正堂，又去邻屋请来了另一人。老五见了来人，抱拳道："大哥！"来人见了㞬灌，微微一笑，道："在下尉迟让，这是舍弟尉迟贞，公子可还记得？"

㞬灌留意到了他嘴角边一道淡淡的痕，多年前的场景在脑海中隐隐浮现起来："你是……尉迟家的公子？"

尉迟兄弟原是荆国贵胄出生，先祖乃荆开国元勋，钟鸣鼎食，世代公卿。

象宜驾崩不久，洪元公初临王位，朝野间党派林立，故太子靖元与四公子骁元的势力暗中攒动，动荡王廷，国君集权刻不容缓。尉迟一脉历来男丁稀少，降至两兄弟之父尉迟符一辈已是单传。尉迟符上无长辈携提，中无兄弟帮衬，偏又尉迟符妻子早亡，引得他性情大变，纵情声色，骄奢挥霍，玩忽职守。又因其秉性刚毅，常得罪权贵，洪元公顺势便将他治了罪，并借此一案，打击朋党，排除异己，得掌大权。尉迟符被革除了爵位俸禄、没收了采邑府第，加之多年酗酒，身体羸弱，年不过三十，便郁郁而终了。府上众仆变卖家当，占为己有后相继散去，只剩下年幼的尉迟兄弟相依为命。

犹忆那年隆冬，大雪封城，玘灌驱车出行，在市集中见一群人围成了一个圈，便下车去看。好不容易挤进人群，却见是一对少年弟兄，在风雪中衣不蔽体，年长的那个微微咬牙，恨恨地盯着眼前的大汉，浑身发颤着便要低头从他胯下钻过，玘灌不待马车停稳便跳下，大嚷着上前："做什么，停下！"一干人循声望来，那大汉道："小子，少管闲事。"玘灌道："他二人欠你什么，你说，我替他还。"大汉冷笑："小子，你可知'宝刀无价'么，他们要过我手中这剑，却出不起价钱，我让他们从我胯下过去，便给他。已经便宜他了！你要，你来替他们钻，不然就滚，别在这儿充好汉。"一面说，一面指了指自己的胯，手中摆弄着那柄长剑。玘灌不知为何，看着二人，自己竟泪盈了双眼，见这汉子没有带人，早吩咐赵侠去召侍卫前来，这时已率众赶到，见了这景象，哪肯答应，一拥而上把汉子掀翻在地，夺了那柄剑交予玘灌。玘灌命人取些银钱丢给那汉，拉了兄弟二人上车同行。

上了马车，玘灌仍觉心中悸悸，眼中依旧含着泪，低声道："他这般折辱你们，你们为何还要答应？"那哥哥眉目含英，嘴角处有一条淡淡的胎记，便是尉迟让，比玘灌还小两岁，却甚沉稳，他拜谢了玘灌，说道："那是我家的剑。"那弟弟则道："它叫祖蘧，是祖爷爷……"被哥哥喝止，不让再言。走了几里地，尉迟让便不愿再与玘灌同行，谢过玘灌，带着弟弟携了宝剑便下车离去。玘灌怅然回宫，询问长兄梨治那宝剑祖蘧是何来历，方知兄弟二人身世，不由又是一番感慨。

相隔十年，玘灌望着这对青年兄弟，心升感佩。

尉迟让道："那日多亏公子，我兄弟才不至受辱，取回传家之物。公子此番可是要回荆抗楠？我寨中兄弟愿助公子一臂之力。"

玘灌一怔，心下感动，站起身来对着兄弟二人深深一揖。

尉迟让扶起玘灌，命其弟尉迟贞去请其余寨主前来，一面说
与玘灌："公子，附近共一十三寨，上下共有弟兄五千，皆可任
凭公子调遣。"将各寨情形先略告知，便同玘灌商议起计策来。
谈话间，其余寨主已陆续到场，时间急促，众人皆不再拘礼，三
两坐定了，便一同部署商议，拟了计策，使尉迟贞先带一路兵马
随玘灌回呈阳，取夺虎符，另十二寨寨主整顿兵马，随后来援。
玘灌逐一拜谢，这晚便宿在寨中，拾掇好了以便次日启程。

玘灌与尉迟贞同行，路上攀谈，询问他这些寨主来历，细听
之下，方知这些寨主首领竟有半数是贵族名门之后，或因家道中
落，或是友朋之罪株连，方才落草，投身绿林，却身怀技艺，各
有千秋。玘灌愈听愈奇，心中生敬，自觉胜算又多了几分。

渡　江

正月中，上游首役楠军已告捷，荆国将军吉禄率兵抵达上游时，柞林早已渡河，兵贵神速，以逸待劳，不待吉禄大军安顿妥当，便先打了他个措手不及，但只是小打一场，随即收兵，到了夜晚，柞林又使一小队放火，声东击西，紧接着派主力部队偷袭帅营，射杀了吉禄，于是柞林顺势攻破，一路收编归降士兵八万余人。

荆军将领叔符到达中游时，楠将王麟已用火石攻破了城墙，却并未派兵进城，只将城墙围住，不伤一兵一卒，城中将士却军心大乱。叔符不见楠军攻城，一时无从下手，哪知不出三日竟等到了前来汇合的柞林，两军夹击临川，央屡抵抗不住，又觉荆楠两国皆不容己，便自行了断，叔符不肯降，是以被俘。王麟对待自己的士兵极为严苛，立了军规，但有踩踏庄稼者，即行军杖，对待临川城归降的军民亦有礼有节，于是兵不血刃，城中将士尽数归降。此时柞林与王麟麾下已有近三十万众，较出楠时竟多了三倍余，大军一路向西，浩浩荡荡，直取呈阳。

秋玄大军终于抵达下游。下游河面冰层已厚，入夜，秋玄抽出一股兵力组成左、右两翼，令左翼溯江而上五里待命；右翼则顺江而下五里待命。夜半十分，左、右两翼鸣鼓渡江，于中轴听令。荆将孙略获讯楠军分两队渡江，便预备夹击楠军，不待天明，也将军队分为了二部，以御楠军。哪知子时一过，秋玄竟亲率三军，以精兵六千为中军主力，不鼓不噪，偷渡过江，突袭孙略帅营，荆军大乱，终于溃败。秋玄率左、右两翼趁势追击，荆军副帅公羊益被杀；孙略被俘，本意抵抗，却得秋玄派人告知，太子季庆在孙略出城后，便往孙略府上强夺了他的宠妾谢姬入宫。孙略年高，姬妾之中所宠爱者唯有谢姬，听得此言，对季庆之恨已无以复加，遂不再抵抗，举兵降楠。秋玄率众西进，也不急与祚林、王麟会合，一路收编降军，过了三五日，方临呈阳。

呈 阳

尉迟贞带轻骑千人，一路护送玘灌，日夜兼程行了三日，于正月廿八终于抵达呈阳。

此时楠军已在城外十里安营歇下，只待次日便要攻城，本道王城内外会有荆军甲士防御森严，哪知却是松散，宫中的十万御龙军也按兵未发。

呈阳城中，公子梨治、青蘅一个禁足，一个之藩，城中王子只有太子季庆和五公子皎皓。皎皓年幼；而季庆怯战，他曾得夬屡求援军报，却不愿信临川城会疲弱至此，这些年来他遵照洪元休养生息之政，养文士、修典史，却无心腹武将，因此战事虽紧，他却唯恐在外的兵将会拥兵自重，于是既不肯请北军南下，也不愿增援临川，最终致使夬屡自尽，临川失守。

玘灌来到宫门脚下，出示令牌请守城将士启锁开门。

守城将军孟浦年过六旬，精武忠诚，是与象宜公一同出生入死的老将，玘灌八岁，象宜公便钦定了由孟浦教习玘灌骑射武艺，孟浦可以说是玘灌之师。洪元君即位后，卸了孟浦军中职务，赐其虚衔，使之仍在朝中任职，此番军情紧急，才调其回宫守城。

内廷之中，洪元昏迷不醒，守城将领得太子令，不得放任何人出入宫廷，孟浦见了玘灌，想起象宜公，不由老泪纵横，却又不能违旨放行，玘灌知他为难，便道："老师不必为难。玘灌先走了。"回头一望尉迟贞，尉迟贞会意，二人调转马头，便要前往太子府，调取十万御龙军。

却听远远地有一人唤："四公子。"

玘灌回头，竟是如樽，一身墨绿圆领麒麟补服，围着犀带，齐整素净。经年不见，他的额间生了细细的淡纹，双鬓添了白霜，神采不复从前，却安稳依然。如樽此时已不是内务总管，只在宫中领了个虚职，掌太庙事宜；玘灌知他虽是宦臣，却正直无私，不结朋党，也从不曾勾陷朝臣，因此一向待他敬重，玘灌下了马，对着如樽深深行礼："如大人。"

如樽走上前来，双手端着一个修长的紫檀木盒，纹理温润，沉甸甸的，他对玘灌道："四公子，大王昏迷不醒，太子不肯迎战，可是战事紧急，如樽只好……窃了它来，往后，公子怕是见不到如樽了，只盼公子能守住呈阳，退敌千里。"玘灌噙泪："如大人，这……是什么？"如樽笑了，很慈祥，一如是待儿时的玘灌："公子不是要去调兵吗，这是历代国公相传之剑，名叫旷渊，铸于荆国立国之始，见它如见王，举国之中，只此一柄。"

私窃王剑，是死罪啊，玘灌一怔，上前摇出扣合，将木盒开启，里头正沉沉躺着一方五尺长、三寸宽的铜剑，剑柄以和田玉雕琢，剑身印着腾龙云纹，借着月光，泛彩生辉，他只觉熟悉，似在哪里见过，却无暇细思，忍泪道："公公怎知我在此？"如樽含着泪摇头叹："臣当然知公子会来，臣在这里守了好多日夜了。"又道："这些公子里头，只有四公子最像先王了……唉，快去，去吧!"

杞灌只觉眼前这老人是他最后的依靠，却不敢久留，他深深地一揖，将铜剑接过收下，唤上尉迟贞，策马率众前往广乘台。

远远地回头来看，只见如樽仍迎风伫立，目送自己，身形已有些许佝偻。

广乘台高耸，台下黑压压的御龙军肃静列式，满庭金晃晃的械树承着夜光，在晚风中沙沙作响。

承阳太子季庆头戴纱冠，着一身海青金龙抢珠纹宽袖裳，足踏乌金六合靴，面容清俊瘦削，身材高挑，他站在高高的广乘台上，背着手向下眺望；因已得讯，知四公子杞灌回了呈阳，要来调兵，他便登临广乘，检视御龙军，静待杞灌。

申时三刻，只听一纵马蹄声闯入宫墙，却见两路骑兵疾步平稳地奔入场来，为首的正是继阳公子杞灌。杞灌打马穿过场中的铁甲将士，径直来到广乘台下，将马一勒，翻身下鞍，提起铜剑沿着石阶往上；随行的扈从就地停留，在台下护卫等候。

铜剑很沉，杞灌终于在最后一级石阶上停下脚步，低低地长舒了口气。

太子季庆望了望杞灌，道："继阳君。要来调兵么?"

他转头望向台下严整的御龙军，问："愿随继阳君出城的，站出来吧。"领军的五员大将均纹丝不动。

杞灌走近季庆两步，也不行礼，却对台下高声喝问："不愿出城迎敌的出来!"中有两将稳步走出，其余三人则立在原地。

杞灌心中如明镜一般，知那未置可否的三位将军，乃有心出城御敌，只因御龙军由太子总领，故不敢妄动。于是举起铜剑，高声道："都看着，这是旷渊，见旷渊如见大王，谁敢不从!"

眼见着台下众兵士立正剑矛，便要拜下身去，季庆怒喝："这等儿戏岂能当真？"

到底还是喝止了众人。

"你们好大的胆！"

却是一阵清脆的童声，玘灌与众人一齐望去，却见一个七八岁的孩子，不知何时已从广乘台后方登临，正疾步走入场来，这孩子锦袍金冠，面容清秀却极端肃，很有一派威仪，女婢扈从们紧随其后，无人敢拦。

季庆见了这孩子，神色登时柔和下来，同时流露出些许慌乱，他低声呵斥道："皓儿回去！"一面喝令随从带他下去。

原来这孩子便是洪元公的幼子、季庆的同母弟皎皓，人称五公子泽阳君，这时不过七岁。

待步行至场中，皎皓也不理会玘灌，却对方才出列的那两员将领大声道："狐巍、高贺你二人好大的胆，竟敢忤逆太子！太子不让出兵，是要你们守住宫城，今呈阳有难，又怎能弃大王安危于不顾？太子不过试探尔等忠心，哪知你们竟如此顽固，若再不交出兵符，太子定将严惩不贷！"

玘灌看着眼前这个年幼的孩子，心头凛然一震，惊叹这个弟弟竟聪颖若斯，远超同龄之人。

玘灌深知，皎皓趁着自己在场赶来，是要借自己之势迫使季庆调出御龙军——王城上下如今只有自己一个能带兵的公子；皎皓没有向自己求援，则是要维护季庆权威；而对将领说出那些斥责的话语，更是为了保全哥哥季庆，以免他日季庆被洪元责罚——季庆不出兵是大罪，更何况自己铜剑在手，效同虎符。

为首的掌印大将看着皎皓，又看了看季庆，终于从怀中取出兵符，躬身行礼道："微臣糊涂，多谢五公子提点，请太子恕罪。"

皎皓取来兵符，吩咐随从传给祀灌，一面向台下众兵将宣道："太子有令，御龙军即刻出城迎战，由继阳君协同调度，有退缩者，以叛国罪论处！"

季庆没有再言，祀灌高声道："明日寅时，迎战楠军。"

重　元

北境风凛，大将军重元从操场练兵归来，打发小厮去告禀夫人，自己则除下坚甲短褂，进屋洗了个澡穿回袄袍，提起桶中余下的温水来到马厩。自己的那匹青马正低头在马槽中吃草，重元走上前去，把棉布在温水中浸湿了拧到半干，顺着马背，马肚，轻轻擦拭；洗净马身后细细地点拭马儿眼周，马儿一动不动，待他擦干，便冲他眨了眨眼睛。重元拿起一柄细软的毛刷理顺马鬃毛，用手指捋了捋马鬃，提起水桶放在了马儿身后的石台上。

马儿随他朝夕相伴，这时已会意，自己把尾巴浸入了温水中。

日常军务繁杂，给马儿洗澡是他最自如的时刻，每逢此时，身旁无人，他便能独自思忖，想些日里不曾细思之事。

疾生知父亲必在马房，估摸着重元已收拾齐整，便走了进来，一面帮父亲将马身擦干，一面问道："父亲，太子命我们镇守北境，若我们违抗旨意前往呈阳，他日王伯父可会降罪？"重元将手洗净，进屋坐下，捡桌案上的冬枣蜜饯来食，有些不经意："若连荆国都倾覆了，又哪还有你我。太子不懂事，这必不是大王本意。"疾生来到父亲身边坐下，叹了口气，有些犹豫。重元方才在操场大营集结众将，决议南下抗敌，疾生素来仁厚本分，恪守仪礼，不曾逾矩，听闻父亲要抗旨南下，心中有些不安宁，却不曾提出异议。知子莫若父，重元在大营中便知疾生所思，这时安慰他道："不必忧虑，疾儿。"

怕只怕大王百年后。你我父子，或不好过。

话音未落，便有人来报，称有八百里加急军报送到，重元疾生忙出了屋，接了军报，得闻楠军已临呈阳，太子命将军重元与疾生即刻率北军前往支援。

疾生听罢，喜道："太好了父亲，如此一来，我们便师出有名了。可是王伯父身体好转了？"重元看了看书笺，摇了摇头："不，不是你王伯父，应该是四公子，玘灌，他回来了。"

次日清晨，天尚青黑，玘灌披甲登马，来到广乘台巡视十万御龙精兵，他没有登台，而在军中行着马高声呐喊："诸位乃我大荆一等骁勇之将，效荆有年，未得嘉奖，今楠来犯，直指呈阳，盼诸位勇士奋力杀敌，保我领土，立我军威，好男儿当扬名沙场，但有军功，必得拔擢！"

此时楠军已将呈阳东南两面重重堵截，玘灌命五名御龙将领严守王城，请尉迟让也留在城中，自己点了自己的六百亲卫、并尉迟贞麾下的一千人马，往北绕行，亲赴城郊探视楠军，若能遇楠粮车，便可切断。

行军二十里，不见敌兵，玘灌渐觉蹊跷，转马对尉迟贞道："此地有粮车的痕迹，却始终不见楠军，恐有埋伏。我带几人前去探视，君暂留在此，候我消息。"

尉迟贞知玘灌是想单独涉险，便道："公子可让贞前往，贞熟悉草野地形，能速速归来。"玘灌一笑："君武艺在我之上，若我回不来，还盼君能归去救城。"解下自己的玉佩，配在尉迟贞的腰间："君有此佩，可使三军。"于是尉迟贞抱拳听令："好！"

玘灌率了一路轻骑纵深向前，行不多时，便见不远处有万余楠军。然而楠军队伍极其分散，且车道纵横，辨不出其粮车方位。玘灌见那些楠军见了自己也不来擒，心中有疑，过了一会儿才暗叫不好，心知中计，忙掉头疾奔尉迟贞。哪知尉迟贞却已中了伏兵，千余甲士被楠兵团团围住，玘灌大喊："玘灌在此，尔等还不来捉！"果然那众兵士便向他杀来，尉迟贞趁空杀出。玘灌腿上被箭擦伤，血流不止，却不愿逃走，尉迟贞策马赶到，急道："公子快走！"玘灌斩钉截铁："不行，我带你们来荆，你们走不了，我焉能当逃兵！"尉迟贞咬牙道："公子，留得青山在啊！"玘灌一怔，忽听身旁一武士大声道："请公子快走！"玘灌转身去看，他竟已抽刀刎颈，血流满地，玘灌正要去扶，又有两人喝道："请公子快走！"不及玘灌阻拦，又已自尽。这几名甲士留守在呈阳不曾随玘灌质楠，玘灌全因无人可托才调了他们出来随行，不曾想他们竟如此忠诚，玘灌有些诧异，心下振动，喝道："停下！"尉迟贞解下龙佩交还给玘灌，玘灌脱下斗篷杀出重围，只听尉迟贞在身后远远地喊："哥——"玘灌心中一痛，知尉迟贞临终挂念着那相依为命的哥哥，不及回马，却听一声嘶吼，随即没了音声。

秋 玄

　　然而经此一役，城中将士服圮灌胆魄，从此愿听其号令，常有人自告奋勇往城外抗战，圮灌负伤在身，不能骑马，便守着城门，督军奋战。

　　城下号角连连，荆军士气高涨，连日来不到三更圮灌便上了城门，他虽负伤，却不及四鼓就先起床，督军奋战直至二鼓才睡，左右都担忧他会过于疲累，可军事凶险，他又何敢懈怠。尉迟让听闻弟弟死讯，却面不变色，只是从容，待他与众将赶到呈阳，便随在圮灌身侧，调遣绿林兵将。

　　五公子皎皓禀明太子后，便命开粮仓，在城中监督物资供给，确保军需与百姓日常，他虽年幼，却遇事冷静，加之有朝臣协理，城中百姓得宽慰安抚，人人斗志十足。

　　城下的楠军见荆军抵抗十分顽强，一时难以攻破，便偃了军旗罢兵休整，静待秋玄兵至再合力攻城。荆军居于弱势，圮灌便依尉迟让之计，夜开城门袭击楠营，扰乱楠军休息，之后又急速撤回城中，绝不恋战。此计甚有功效，楠军果然日渐疲乏，到了第三日丑时，守城之将正在城门等待突袭的队伍归来，哪知过了四鼓仍不见未归，守将惊慌，来报圮灌。

纪灌心中一沉：他们怕是回不来了——是他来了。

纪灌拄着杖，跛着足，登上城楼，向下望去，却见月光之下，独立着一名青年将军，一身黑袍，一柄长剑，一匹黑马，右臂袖管空空，正是秋玄。

秋玄也正望着自己。

那日秋玄在桓屋山下放走纪灌，于今不过半月，两人心中却都觉已经年不见，此时月光如水，星辰正明，万籁俱寂，纪灌却直想落泪，城下这人，是他的挚友，是他钦佩的人，曾相助于他，亦有托于他，如今他们是敌人。纪灌恐秋玄看见自己落泪，便在城楼上朝他深深一揖，低下头去；余光之中可见秋玄欠身还礼；未即抬头，马蹄声已扬。

再见时便是天明，天明时便是战场。他是专程来见他的。

次日是阴天，五鼓罢，纪灌与孟浦、尉迟让登楼巡视，御龙军与尉迟让的五千军士皆已布置在侧，随时预备迎战。楠军也早早地整顿完毕，只待鼓声一起便可攻城。

一刻，二刻，过了寅时，过了卯时，辰时方至，大鼓躁起，楠军终于开战。

城下炮火鸣了半日，逼退了城门上的弓箭手，却见秋玄的大军竟还在不断补给，一营接着一营，源源不断，整兵到来。

到了未时，城上兵将已悉数阵亡，眼看城门便要被攻破，纪灌退无可退，几番想要派人投降，却忽听锣鼓声鸣，一通接着一通，一阵连着一阵，纪灌一怔，向方台望去，竟是楠军的打金声——他们要退兵了。纪灌只觉泪水上涌，他深知两军兵力悬殊，若持久战，荆国必败无疑，于是在几日前禀明了丞相陈道正，派出使臣赶赴宁城议和，纪灌生怕军心会乱，是以求和一事在军营中除他之外更无人知，他独自苦苦煎熬，一日日焦急地等着和谈结果，日夜祈求能得佳音。连日苦战，他已数个昼夜不曾合眼。

过了好一阵，他才转身站起，抚着城墙，看着楠军渐渐收了弓弩刀剑。他凝神看着楠军，一时茫然，不知自己在找寻什么，直到终于望见了秋玄——秋玄正乘在马上，身对着城楼，轻轻拍抚着马儿的前额。忽见秋玄身后不远，有一个武士张开了弓瞄向了秋玄，玘灌"嚯"地拔箭上弦，毫不迟疑地拉了满弓狠命射将出去，不料秋玄却猛地调转马头，挡在了那人身前，那箭直刺进秋玄的身。秋玄从马上跌落。惊、疑、悔、恨，玘灌跑下城楼，踏马直冲上前，在秋玄几丈外停下，滚下马鞍，跌跌撞撞冲上前去，扶起他。这时双方将士静极，无人阻拦玘灌，玘灌独自一人扶抱着他，哽咽了："秋玄，你身后有人要杀你，我……我……"

秋玄嘴角在淌血："我知道。他不杀我，还有别人。别杀他，他救过我。"

长长地呕血、喘息。

他睁不开眼，身下已被血水浸湿，他竭力想说什么，玘灌忙凑近了，听秋玄断续着说："把我的尸首……送回楠国……"

玘灌速答："好。"

秋玄道："她必会在，城门上……"

玘灌明白了，他盼着能让她见他，最后一面。他怕她忘了自己。

玘灌用力握住他手，郑重承诺："好。我让亲兵护送你回去！"又忍不住滴下泪来："秋玄，来生我们做兄弟。"

秋玄一笑："哪里有来生的。"

于是止了声息。

玘灌感到有些无力哀凉，为自己，更为秋玄。

玘灌　季庆　洪元

　　宝和殿里医官随侍，军报频传，茶案上的景天细密，窗格间投下花鸟的浅影，洪元公靠在榻上，逐一浏览上呈的奏章，他虽带着毒伤病症，却密切关注着战局，不曾歇断。

　　那日他得知季庆竟忤逆他的旨，惊愕之余他有些震怒——本以为季庆只是懦弱，不曾想他竟会抗旨不遵、自作主张；他没想到玘灌能从楠国逃出来，玘灌回城后，调军部署，局势终于有所扭转，但仍不敌楠国铁骑压境，之后收到陈道正呈上的玘灌草拟的求和信，他按了玺，八百里加急急送往楠，又加派使臣赴楠讲和，终于使楠国退了兵。

　　今晨楠军退兵的消息传来，他长吁了口气。

　　这时石六走进殿来，行了礼，来到榻边，在洪元耳边说道："大王，继阳君求见。"

　　洪元听闻，略一抬手："传。"

　　玘灌步入殿来，只见季庆和五公子皎皓正一同侍立在洪元身旁，宝和宫里新来的内臣不识玘灌，便看向洪元，随行的洪络与赵佚道："这是四公子继阳君，还不快拜？"内臣这才向玘灌见了个礼。

　　玘灌上前拜下："臣拜见大王。"他伏在地上，感到洪元在打量他，细细地，审视地，疏离而漠然。他无心多思，只觉得疲惫，洪元如何待他已无关紧要，他只想好好地歇一歇。

　　不知过了多久，洪元终于道了声："坐吧。"

　　玘灌提起衣袍缓缓起身，余光到处，望见了洪元公——父王苍老了，也瘦了，一件鹿角棕龙纹长袍松松地架在身上，腰间的龙纹玉带也不复从前紧实。玘灌本想问一声安，不知为何话到嘴边却成了："大王，太子私扣虎符，截断北上军报，使我军受制于敌，城池被割，折兵二十万。请大王惩处太子，以平民愤!"话语间带着三分杀意，五分生疏，更多的是凉薄。他自己也略略一惊。

　　太子季庆闻言，忙伏地跪下，皎皓也紧随其后。

　　一阵令人战栗的沉静。

　　"灌儿，你还是同小时候一样啊，"洪元缓缓说道，"依你之见，该如何处置太子?"

　　轮到玘灌沉默了，他想了想，正要回答，却听远远地有钟声传来，洪元问石六："这是什么声音?"

　　石六道："回大王，今日是长公子的头七……该出殡了。"

　　洪元公眉间一颤，只觉脑中嗡嗡作响，动了动唇，没有说话。

　　脑海中浮现出一个惨白的面孔来——那青年人穿着桔梗色的半旧的厚厚的夹袄，瘦削的面庞因痛苦和惊惶而紧绷，额上青筋凸起，他用孱弱的身躯挡在他身前，自己却被毒蛇咬噬，受了重伤。

　　是两个月前，冬祭长陵后，返程途中，他率众往围场行猎，哪知隆冬时节，竟遇了毒蛇。坐骑受了惊吓腾地立起，将洪元翻下了马，他重重地落在地上，眼见着那条紫褐发黑的大蛇咬向自己，随行的梨治迅速抽刀斩向毒蛇，又毫不犹豫地为他吮去毒液。梨治常年禁足于寝宫，此番是为象宜公十周年祭，梨治又曾得宠于象宜，洪元才允他随行祭拜。顷刻间，梨治已面色发青，嘴唇发紫。侍卫们前来护驾，扶起梨治时，梨治却一口血吐了出来，黑漆漆的，不见殷红。洪元公看着腰间自己的血和梨治的相溶在一起，一时有些许惊愕。

之后的梨治，高烧不退，再后来，便走了，那时战事尚未了结。一晃竟已到了梨治的头七，该出殡了。

洪元喉结动了动，道："追封长公子为孝惠太子。三公子季庆怯战，延误军机——"

又转向玘灌："三公子有罪，当依律惩处。四公子，你来办吧。"

季 庆

铁窗外投进一丝微弱的月光，周围是一片死寂，季庆侧卧在地上，衣袍上落了尘，有些脏，他感到有些冷，便又抓了捆稻草覆在身上。

他总觉得父亲会来，父亲早晚都会接他出去，这时他听见脚步声响，便下意识地抬头看——来者裹着件猩红的斗篷，束着金冠，身形高瘦，眉眼清秀，却是玘灌，赵佚、洪络随侍在侧，托举着酒壶和杯盏。季庆打了个哆嗦，站立起身，狱卒开了锁，牢门"嘎吱"一声开了，几人闪身进了铁门来。

季庆道："我要见大王。"

玘灌音色淡漠："大王早不愿再见你，他没你这忤逆儿子。"身后的赵佚把酒斟好了，奉到了季庆面前。

季庆道："不见过大王，这酒我不喝。"

玘灌冷笑道："这还由得了你？季庆，你也太把王命当儿戏了。"命手下绑住季庆，要给他灌酒。

这时又听得一阵脚步声，却是五公子皎皓闯了进来。

皎皓扶着梁柱喘了几口气，走向玘灌的扈从喝道："还不快住手，太子虽有误，却仍是荆国储君，岂由得了你们这般折辱！"

皎皓虽幼，却自有一派威仪，不容他人辩驳，两名扈从竟真的都把手松了松。

日间在宝和宫，见父王下令将太子季庆暂押天牢，并交由四公子玘灌惩办，皎皓便已心下打鼓，遂命人悄悄打探玘灌行踪。果不其然，不到三更便得了信，称玘灌带人去了天牢。皎皓情急，一面派人夜报父王，一面自己赶紧跟了过来，远远望见赵佚、洪络托着酒壶，便知他们要做什么了。

这时皎皓转向玘灌，跪下行了大礼，拉着他靴子上方的袍襟望着他道："四哥哥，父王命你惩办三哥哥，是想请你放走三哥哥啊！"

玘灌自然知道。看着皎皓，心中忽然升起一丝怜惜。自己幼时也曾有爱护的人，自己也曾奋力地想守护他们，只是他们终还是离他而去。玘灌扶起皎皓，蹲下身来平视着他，温和地说道："皓儿，你也是荆国的公子，应守卫荆国，倘若有人背叛了大王，背叛了荆国，你会坐视不管么，会包庇他吗？"

皎皓到底年幼，一心想救哥哥，这时竟答不上来。

玘灌拉起他的手："答应四哥哥，今后好好学文习武，将来成为国之栋梁，莫做罪臣。"

依玘灌那不爱读书、得过且过的性子，原是说不出这番话来的，这时他挑拣起来，却毫不磕绊，自己都不由生奇。

皎皓却没有听他，心中一个劲地打鼓，只想着如何救哥哥，这时他趁玘灌言语软和，便恳求道："四哥哥，求求你，别杀我哥哥，他以后不会了，真的不会了。"一面稳住玘灌，一面又向季庆哭道："哥哥，你服个软，四哥哥会从轻发落的，母亲下月寿辰，还等着你去拜贺呢。"

季庆却清楚玘灌是必要杀自己的，自知躲不过，也逃不掉，看着皎皓却觉疼惜，听他说起母亲，更添感伤，却不愿被玘灌嘲笑、称了心去，忍着泪道："皓儿，别求他，不过是一死，没什么可怕的。"

玘灌向赵佚递了个眼神，赵佚便道："五公子，您若抗旨，便是违抗王命，是大罪啊。"将杯盏推向季庆。

皎皓没有再看玘灌，上前抱住季庆，哭了起来。

季庆双手被反绑着，哆嗦着流泪，他用左颊贴着皎皓的额发，不自禁地淌下泪来："哥哥无能，皓儿，别哭……"那鸩酒却已到嘴边，他再也说不下去。

皎皓眼睁睁看着季庆被灌下鸩酒，一时回不上气，哭昏了过去。

洪　元

洪元转醒已是半夜，榻上有些寒凉，黑暗中隐隐可见铜铃安安稳稳地悬在帘帐上，殿内似乎比往日更寂静。

隐约想起日间的事来，他又犯薄厥之症了，从晌午于今，昏睡了已有大半天。长陵坠马后他久病不起，蛇毒侵体使他时常昏厥。好在呈阳终于得守，季庆这小子为何如此天真，竟以为承诺百金便能守住城池。玘灌没有变，还是一喜一怒都写在脸上。青蘅安分如常，虽不曾助力，却也没有添乱，不过这也在他意料之中，青蘅是个不带兵的，藩地又远，且有疾在身。

又想起梨治来。他曾念着梨治死，可如今梨治果真死了，该出殡了，他却并不觉得如愿，反而有些无措。

梨治是他的头生子，在诸子之中最仁孝和顺。怀羽所生三子，玘灌亲祖父象宜公，青蘅亲母亲怀羽，梨治则最亲他。那时还在王府，每逢他要出门，梨治都会一路随他来到府门外，拉住他的衣角恳求："爹爹别走。"他政务在身，不能多留，梨治也很乖巧，虽不舍洪元，却也不会耍赖纠缠，而是叮嘱洪元："爹爹早些回来，治儿背书给爹爹听。"他素来端严，不苟言笑，对梨治却格外温存，从不曾疾言厉色。

可是后来，大约在梨治九岁上下，怀羽往母国孟国道贺其兄——新君孟芙即位，归来之后，有一段时间，她总在梦里呼喊一个名字，那样的神情，除了相恋之人再不会有。

怀羽不知自己梦呓，洪元却早已察知。

有一回，他夜晚没打招呼便去了她房中，发现她竟在流泪，他从不曾见她哭泣，哪怕是当年她母妃离世的时候。地上有一团揉碎的纸——她向来薄情端庄，他从不曾见她惊怒，他拾起纸团，打开来看，见上面写着两个字：储篱。他明白了，但还是问了她，这两个字是什么意思；本以为她会试图遮掩，哪知她却说得直白——那是个遥远的梦，永远无法实现。他知这是她所念之人，却不曾责怪。那笔记隽秀，她写得一手好字。

洪元察觉了，他对怀羽有怒有恨，但也有不愿承认的感激。因为怀羽的不忠使他有了对不住怀羽的理由，他感到惬意畅快。洪元自少年时便与陶氏青梅竹马、两情相悦，陶氏美丽腼腆，善良温存，只因是下卿之女，地位不及怀羽尊贵，故而无法立为正妃，直到梨治、青蘅出世，象宜公才许洪元纳陶氏为妾，洪元此后便与陶氏夜夜厮守，次年便得了公子季庆。

自那以后洪元不曾再踏入怀羽的寝屋，怀羽本就是凉薄性子，此后便更淡了，不久后玘灌出生，她那么厌恶玘灌，连洪元都感到吃惊——她甚至不愿抱一抱他，玘灌才一落地便被她交给了乳母抚养，这世上哪有母亲会这样恨自己的孩子，况且还是个小公子。

他明白了，玘灌是自己的孩子，怀羽恨自己，自然不喜欢玘灌，于是他常把年幼的玘灌带在身边，去王宫时也带着他。有一回象宜公见了玘灌，很是喜欢，要亲自抚养，玘灌就这样被送进了王宫。

梨治、青蘅如此得宠于怀羽，他日间看着二子，愈发觉得二人非己所出。可二子深得象宜公宠爱青睐，甚至他也凭这二子得信于父王，故他只能隐忍，未动声色。

广安三十二年，象宜公驾崩，洪元即位，梨治便成了这些年他一切隐忍的愤怒的宣泄口，他知梨治与孝月两人情愫，却偏要把孝月嫁去吴国，还命梨治相送。

梨治为太子，晨醒昏定数千日不曾断，每朝每暮地来向他请安，盼父亲能像从前那般温和亲厚地对待自己，然而他言语刻薄，时常责罚，使梨治忐忑，备受折磨。

他将卫国进贡的祁连山的玉器赐给被圈禁的梨治，那原是丧仪所用的礼器，梨治却感恩于他，还将一双子女取名为祁连、祁玉，以示感念父王。

他陷梨治于巫蛊案，他太了解他了，骨子里的仁义让他不愿其他弟弟受到牵连，而懦弱又让他不敢直面严查，季庆、玘灌会推脱，青蘅、皎皓会抵抗，疾生会求情，璟旦是逃离，梨治呢，他会什么都不做，只是停留在原地，等着他收回王命。他轻而易举地废黜了他，将他圈禁在了狭窄幽暗的兼安宫，隔三差五地派人探视，使他终日惶惶，寝食难安。

洪元恨他激他怒他不争，他却不怨不抗从不相叛，对一切刁难折磨，都只用一句"父亲心境不佳"来解释——其实洪元知道，梨治是在安慰他自己，是在自欺。

去岁岁末，他冬猎坠马，被毒蛇侵袭，梨治随行在侧，却为他吮去毒汁。

梨治的命不用等他来取，他就自己献出来了。

他明白了梨治青蘅是他的孩子，只有玘灌不是。

怀羽恨玘灌，是因为她爱玘灌的父亲储篱，而储篱却抛下她了。

洪元忽觉自己很蠢。可却已来不及了，再也没人会唤他"爹爹"了。

他忍不住又想起怀羽来，怀羽是孟国公孟由之女，封号怀羽，闺名孟苑，广安十四年嫁来的荆国。那年她十五，方才及笄便远嫁来荆。

大婚之夜她在台上献舞，弹拨七弦，缓击编钟，轻拍花鼓，记得那场乐曲终了，怀羽竟已抚完了台上乐器十余种；她容颜端丽，神色悠然，虽得席间诸人敬贺，她却兀自从容。可他却看见了她眼底深处的悠然神伤。他不知她是不是在思念母亲，是不是在想念家乡，只知道那时，自己有些为她悲伤，却也为她深深折服。

忽听清脆的一声"叮咚"，他一怔，以为是回到了怀羽弹琴的梦里，可紧跟着却是一声凄厉的尖叫，划破了静谧的宝和内殿。洪元一睁眼，"嚯"地起身，拔起榻边的长剑，喝问："何人?"却见数丈之外映着淡淡的月光，一名宫娥一动不动地躺在地上，方才便是她的宫铃撞碎在地面发出的脆响，人已经躺在了血泊中。

幔帘后的几名武士见他已觉察，便不再屏息躲避，提刀上前，围住了洪元。

苟 川

　　春风鼓荡，东宫之中的熏香袅袅，还在轻燃。柳枝婀娜，白絮飘飞，落红无数。荆楠止战一月矣。

　　玘灌在东宫的第一道宫门口站了一会儿，抬头望，可见里头楼阁恢弘如叠似嶂，他进了门，往里行走，一路上仆从杂役见了他，纷纷低身拜下，可他心里却在打鼓。

　　终于到了寝殿，玘灌只觉心里被什么堵住了，杵在门外迟迟不愿进去，赵佚在一旁道："公子，咱不怕。"

　　宫室宽阔，远远地便望见了那个少年，一身华丽的水蓝织金牡丹穿花软缎袍，面如傅粉，唇似点脂，眉目清秀，只是他蜷在屋角，双手抱膝，颤着身抬眼往门外看。

　　川儿早听闻玘灌会来，这时听玘灌的脚步近了，便软了腿脚跌坐在地上，拔了发簪攥在手心。

　　玘灌进门，见此情状，心里又急又怒。他在楠时便得知季庆派人"请了"川儿去做东宫侍奉；那时连若已故，玘灌又为质子在楠，川儿没了庇护，终于成了季庆的娈童。玘灌得知连若的死讯本已失魂落魄至极，那时听闻川儿也被季庆折辱，不由地惊、怒、耻、恨、怜，五味皆起，恨不能将季庆置于死地。这时他走上前，在川儿跟前俯身蹲下，握住川儿纤细的手腕，声音尽头却是无奈："苟川！你既不怕死，当年为何要贪生，逃离幕府？"本想劝慰，话到嘴边却成了责备——不错，他在怪，怪川儿不争气，怪自己不被倚重，被撵出呈阳成了质子，无能为力。

川儿怔住了："公子怎知我姓苟……"

川儿的声音还是那么轻轻的，有些清稚，同她很像。

玘灌的怒意瞬间消了好些："你还有个哥哥叫苟涣，不错吧？"

川儿躲避着玘灌的目光："他……大概是死了。"

"他是死了，却不是在你们幕府被灭的那日。"

川儿没有说话。

玘灌接着说道："你府上被围剿的那天，他被捕了，成了宦人。"

川儿一愣，随即却冷笑起来："他武艺超群，怎会被捕？"

"他那天在找一个人。"

"谁？"

"他在找你，他想带你逃离。"

"可你那时却随着母亲和姑姑的马车离开了幕府而去。你的母亲后来殉节，你和姑姑则来到了荆国，姑姑苟若入选为妃，为连夫人，你呢，成了我的伴读。"

玘灌松开了手，在他跟前徐徐起身，却没有再靠近，望向了窗外。

川儿顺着玘灌的眼神望去，看见了一瀑爬进窗檐的牵牛花，紫盈盈地正有一阵冷风闯入，裹挟着青草的气息，勾出儿时的回忆来。

他上头确实有个哥哥，很小的时候便随父亲去前线驻守，因此他备受母亲宠爱。加之家中平辈里属他最幼，他生得又单弱，哥哥姐姐便都宠着他，不曾让他受过半分委屈。有一段时间，他听家中长辈们谈论，说父亲离世了。他那时太年幼，实在不懂"离世"的含义。过了几日，却有一人突然出现在了家门口，瘦削的身材，十来岁的年纪，牵着一匹暗褐色的瘦马，衣服带着尘沙，却披着一袭鲜亮的橘红斗篷，上面有荀家家徽的图案，那陌生少年的眼睛挺大，却有些失神，一脸的失落惆怅，见了川儿，也没有说话，却拿出一把羊骨棒小茶刀，刀尖朝着自己，将刀柄递给了他。川儿见了有些害怕，直往母亲身后躲，却听爷爷道："川儿，这是你的兄长，叫哥哥。"他吓了一跳——哥哥？什么是哥哥，是要来和自己抢母亲的人吗？他没作声，撒腿就跑。

他那哥哥回来后仅一年半，他们的幕府便遭了劫难。此后他不再是少将军，不再是族中的小公子，往后的命运再容不得他孩子气。

他随姑母来荆国时，方才七岁。后来入宫当了圮灌的伴读，又因连若的身份，洪元公开恩赐了他少典之位，虽是虚衔，却得享俸禄，于是宫人们称他少爷。圮灌待他很好，他与圮灌玩耍在一处，很亲近。

可后来连若离世，圮灌为质去了楠国，他没了依靠，连若尸骨未凉，他便被季庆派人接去了太子府，成了为季庆侍寝的娈童，受尽东宫内外上下嘲笑。然而那些时候，他会想起哥哥，那个武艺卓群的哥哥，幻想着有一天哥哥会救他。

"川儿，不要死，好好活着，听话。"耳边响起了圮灌的声音。圮灌回过身来，复在他身边蹲下。

川儿有些恍惚，哆嗦着用力掷开那簪子，扑进圮灌怀里，圮灌只觉他身形较从前又瘦了一圈，既感伤，又因他已不再鲁莽而感到心安。

玘灌轻拍了拍川儿的背，安慰他："走，我们回锦华宫。"

——你的眼睛和她一模一样，你若走了，我便真的再见不着她。

魏 婷

宫门"吱嘎"一声开了，他已千万次寻觅到这里，在梦里，在水的倒影里，在铜镜里。

好久好久不曾来此地，久地他都快忘了这里是什么模样。记得这里曾是花木的乐土，鸟雀的乐园，是他的温柔乡。群芳吐纳之中会有她，罗裙曳地，水袖泱泱。

明明是个春日，却见枯藤凋叶堆积，进门一片萧瑟景象。魏婷宫并没有搬来新人。来到她床边，上面放着一柄梨木骨宫扇。在樟树下初见，他回锦华宫后就让赵佚送了这把折扇给她，是先王留下的物件，他极钟爱，那个阳春三月，他十一岁。九年了。

眼泪扑簌簌落下，宫中没有她的灵，没有她的魂，冷风破窗而入，卷携着落寞的幽香，沉闷，透凉。

床头案上凋零着茉莉花瓣，落了一地，玘灌将它们捡拾起，就像采集着花魂，每一卷枯萎的花瓣里，都是她的余香。盼把它们拾尽了，能拼出个她来。采不尽，不愿再采，却不想离开。

玘灌捧出一小笼精致的杏仁酥，在她床头轻轻放下。

——我们在方宁宫女墙外的榕树下相遇，相知，相识。你走了，我不能就来。

——你帮我疗伤，那时我便喜欢上了你。

——大王罚我长跪，你送来的药，始终藏在锦华。你来太庙看我的那天，我多么欢喜，只是懵懂中有些失措，不愿你看见我受罚，因为那实在太丢人，像是没有长大。我想带你走出这深宫禁苑。可你在铜镜里看见的人是谁，心底里藏的又是谁？二公子青蘅吧。

玘灌感到苦涩，她已离去，却仍让他这般牵挂。

——我已成男子汉，不像小时候那样会哭，带过兵打过仗，上过战场，一身戎装。

——你可曾见，你可喜欢？

——母亲待我依旧漠然，哪怕如今梨治青蘅已不在她身旁。现在才明白，她厌我，与偏爱梨治、青蘅无关。

——世间如此荒芜。而你不在我身旁。

玘灌凝视着庭院中的那片玉兰，皓白如玉的花叶翩然落下。或许在遥远的天际，会有她的身影，采集着芳华。

——你喜欢玉兰，我让洪络在你的魏婷宫里栽了好多。过些日子便会发芽，等它们长大了，花开时，会很香。我会给你收拾好你的魏婷宫，干干净净，燃着熏香，你回来时不会迷路，常来坐坐，它还是从前模样。

——那孩子若活下来，模样像你，一定很好看。

玘灌把轻薄素净的纻丝斗篷轻轻提起，露出月白的袍襟来。他本喜明艳，因在服丧，才着一身素裳。他在空荡荡的榻边缓缓坐下，抿嘴，眉间深陷，说不出那萧索。

秋 玄

旭日冉升，光芒吐露红遍了楠都宁城。

崇安公携众臣工，静伫在城楼上，城楼矗立，城下的三百名乐师身着绛红礼服，排成了长长的仪仗队伍，崇安公向远处眺望，兴致盎然。远望见朝云蒸腾，旌旗飘扬，凯旋的楠军兵马自西驶来，褐衣铜甲，浩浩荡荡。崇安向内臣古月递了一个眼神，古月会意，于是旨令便一叠声地传了下去，过不多时，一个略音过后，笙鼓跌宕，庆贺的喜乐齐鸣奏响。

简原君锦无咎身着朝服，静立在崇安侧旁，他望着缓缓行进的楠军，神情索然。

兵马入城过半，却见当中一辆四轮铜车，由一双黑马在前拉着，四周各自三名甲士相护，正随着大军静静行走。铜车上掩着一张黑旗，左右各用一柄长剑镇着，旗下所罩之人，依稀可见他身形颀长。铜车颠簸，风吹拂过，黑旗的一角任意扬起，露出半寸云靴来，玄面粉底，随着车身，一晃，一晃。不知是不是铜车的缘故，归来的楠军兵卒，一个个脸上不见喜色，只是有序地行走着，一步一步，回到城来。

忽听有人惊呼："啊，将军！"——是芷杨，芷杨的眸间已然湿润，正要奔下城门，却被锦无咎拦腰抱住，芷杨抬头，直视着他，额角散下一缕秀发，眼中满是凄楚哀凉，锦无咎禁不住被她这般凝视，略松了松手，却仍扶着，望着她道："你不能去，芷杨。"

他回来，便是为了要你见他最后一面。

芷杨定了定神，自觉失态，任由锦无咎握着掌心，凭着栏，望着四轮铜车由远及近，行经城门下，又折向城外，往远方去，渐渐地成了一个黑色的点。她屏着呼吸，只觉自己被撕扯着，身体却直僵僵地，痛楚而绝望。可她不能下楼，不能下去送一程秋玄，心已沉入了无尽的深渊。城门下的鼓乐声早已止息，谈笑声也已中断，城门上噤若寒蝉。这时芷杨察觉到，拉着她的锦无咎的手，在发颤。

崇安公回过头，看了看芷杨，又看了看锦无咎，神情端肃如水，简原君锦无咎不自觉地低了低头后退一步，却听崇安公缓缓说道："无咎，你府上那八个家臣，不听话。"

芷杨的牡丹小院中，几间屋子不曾隔断，颇为阔朗，进门先是客堂，东面是书房，向西居中放着一张金丝楠大案，案上立着个紫檀笔架，狼毫羊毫安悬，正下方静陈着一方老坑莲池纹原石籽料宝砚，铺着经卷，桌旁设着原竹竖槽流水缸。芷杨披一件暮春绿龟甲葡萄纹薄纱披风，没有挽发，坐在案后，执笔临经，几日来她已将经文临了六回，这一卷临完便搁笔，明日是秋玄的头七。

将军秋玄，到底是个什么样的人，她思索着，回忆着星星点点他曾谈及的过往。

他生于楠国荀氏将军幕府，是长子嫡孙，自幼被立为世子，将来会袭大将军位，继任武职，因此受教极严。幼时他随父巡猎，被毒蛇咬伤，父亲命人为他剜去毒肉，他看着明晃晃的刀片，极为惊恐，父亲却手持薄剑对着他鼻尖，厉声道："你若敢哭，我便杀了你，不许辱没门庭。"果然，他握紧拳，紧闭着眼，拼命忍住，一声没哭。刮完了毒，再看父亲，只见他眉眼舒展了，却不曾笑。

他生来使用左手多于右手，拿笔，吃饭，使剑，皆是如此。父亲千方百计要纠正他，但见他用左手写字，便罚他长跪。教习他剑术，更是禁止用左手。以至于他练剑数载，竟敌不过几个弟弟。他每回输剑，并不丧气，只是抱膝坐在林间的岩石上，任由风拂他头发，神情漠然、落寂。父亲见了，动辄怫然，再后来，竟禁止师傅再授他剑法，直到他能熟练地使用右手。

他原以为自己一辈子都会这么严苛但荣耀地生活下去，直至一日，那年他十八岁——一场冬雨才过，寒鸦啼啭，树影婆娑，子夜前后，祸起突然，听着西风呼啸，外头兵声渐起，全族上下赶赴正堂听父亲号令。

父亲要他们先护送姑母姐妹出城，再回来援战。父亲交代完毕，他正要随众人离开，却听父亲叫住了他，于是房中只剩下父子二人。父亲命他跪下，他依言跪下，父亲道："起誓。"他依言拔出佩剑立在跟前，双手按在剑上，俯首静候。

"若能生还，毕生便以光复幕府为业，不扫敌奸，不复我族人庙堂，决不罢休。"他一怔，一字一句地起了誓，字字铿锵。静默了一会儿，父亲扶起他，拍了拍他肘弯。他抬起头时，发现父亲眼中竟噙了泪——他忘了多久没有细看父亲了，印象中父亲一直离他很远，是威严不容亲近的模样，这时他却惊讶地发现，父已年迈，鬓已灰白，额上起了皱纹，眉间的川字纹很深，然而威严依旧。

兵戈迫近，窗纸上人影幢幢，他忍不住多看了一眼父亲，却不忍见他垂泪，复低了头。父亲沙哑着嗓音低声道："走吧。不可辱没了幕府。"他应声退下，已到门边，却听父亲又道："先用右手使剑。"他一怔，回身答了声"是"，随即出了门。之后在打斗中，他便是先用右手使剑，可惜他和对手相差实在太大，不过数招，只觉右肩一阵剧痛，紧跟着右臂没了知觉，只听"当"的一声，手中的剑竟自跌落下地，右臂竟是被生生削去了。他忍着剧痛用左手拾起长剑，一时间将所学剑术全都使了出来，将那人杀了，可终究还是寡不敌众。地上是一滩殷红的血迹，肩膀上的血外淌如注。他后来才明白，若先用左手，不出一盏茶的功夫他便会不支——父亲早料到了他会受重创，却盼着他能仗着左手，把希望留到最后。

几个弟弟知他武艺略逊，也知他是幕府的世子嫡孙，便纷纷为他引开敌兵。却仍挡不住有人杀进场来，他正要拼死一搏，那人却停下手，把他的爵袍一把扯下，拉着他翻出了墙。他脸色惨白，厉声道："我岂能当逃兵，岂能给幕府蒙羞！"那人道："留得青山在啊公子！你若阵亡，他日何人复仇？"他眉头紧锁，因右臂失血过甚，早已不支，这时终于一晃神晕了过去。那人负着他翻出后院的矮墙，上了马，一路奔逃，直至城南郊外的一处小棚。他迷迷糊糊地醒时，伤口已被包好，血却仍染红了榻沿，他一发声，便觉得喉间腥辣，他问道："幕府……怎么样了？"那人道："幕府已成灰烬。"一瞬间只觉得天崩地裂，他哭不出来，心底里在狂怒地嘶吼。那汉子为他端来汤药，他喷出一口鲜血来，却毫不迟疑地接过汤药，一饮而尽，道："多谢。你是军中人，不该救我。"那人一面为他擦拭身上的血浆，一面道："我叫佰方，当年公子救下的佰妍，正是我的女儿。"三年前栢妍与其父失散，险被充妓，他救下了她，收留在府中，直到她的父亲找来。"只是我也确是朝廷的兵卒，遇见公子，实属意外，但顾不了了。如今公子既已转醒，我便得回军营了。"秋玄道："你回去，他们会杀了你。"那人一面穿鞋，一面说道："救公子，是报恩，回军营，是忠义。死生由命。"他平躺在榻上，这时才细看了看那汉子，他身形干瘦，裤管下的脚腕如风干的腊肉，身披麻衣，脚踩单薄的步履，只有腰间缠着条灰紫色的大带，上头绣着楠国的军徽图样。

佰方拿上剑，出了门。秋玄没有再言，听着马蹄声渐渐远去，只道这是个勇士。不知过了多久，忽闻屋外有马儿嘶鸣，他心头一颤，循音望去——却是一匹墨黑的高头大马，那是他的马，它找到了他。

此后他遍访武师，求教独臂剑道，朝暮习练，闲暇时，会思念姐妹兄弟。

广安三十九年，秋玄在越宁公的武试中，胜了故将军王肃之孙王麟，接了金樽。他本请为郎中令，掌宫中警卫，越宁公却命他入了典部。他猜想是自己独臂之故，虽不圆满，却终得入朝堂，便不气馁。拜官那日，他走进宽阔的宫门走过长长的白玉阶他想起父辈祖辈曾携鼗板从这里经过，惆怅感伤又澎湃踌躇。

三十九年末，越宁公驾崩，长公子崇安即位为王。

清风吹过，水声激激，芷杨感到胳膊有些麻，眼周也有些酸。春风十里君再不得知，往事如烟，她想起了与秋玄的第一次相遇，已是五年前。

那年她还在佟国，十四岁，遇见楠国公派使臣来为二公子锦无咎提亲。

她原是乐天的性子，那会儿心里却搁了事，有些烦郁。晚间她出门行走，来到宫外的一处浅湖，爬上湖边的榕树坐下，望着湖面，听着一树吵吵嚷嚷的蝉鸣声，颇有几分惆怅。见有人来，便屏息去看，却见一人身形高长，是独臂，正向树边走来，她一惊，却见他站定了，拔出腰间的铜剑来练。她从未见过这么快的剑，惊诧之余敬佩之意油然而生。秋玄从袋中放出一只鸟儿来，往空中一掷，哪知那鸟儿却闻见了她的体香，朝她飞来。芷杨一惊，坐立不稳，便从树上摔落下来，秋玄正要飞身上树，这时见有人落下，便无暇思索，伸臂接住了芷杨，随即跟着落下地来。

怀中她映着明月，容颜姣好。秋玄扶她站稳，收了剑转身要走。

却听芷杨道："你是不是在害怕？"秋玄停下脚步，却没有回头："我有何惧？"芷杨道："你怕我知道你的行踪，对吗？"秋玄没有回答。芷杨捧着鸟儿，轻轻抚摸它软乎乎的羽毛："这是我的夜莺，怎么被你拿去啦？"原来日间被他捉住的这只夜莺，却是她的。他生性严冷，这时背对着她却恍惚一呆，因她年少，才略松了戒心，芷杨又问："你是何人？"秋玄不答。

秋玄入朝已一年有余，一年来他随使官行走于邻国，周游斡旋，却日夜习武不曾懈怠，此番护送迎亲的使臣来佟，日间随典官们拜罢佟国公，入夜便独自出宫来习练。

芷杨见他不搭理自己，便抱着夜莺起身离去。

可是秋玄那晚却一宿无眠——他只觉心中发慌，又未知缘故。

三个月后芷杨嫁来了楠国，秋玄受命拔擢成了郎中令，二十一岁的年纪，意气奋发，独当一面——却不自觉地留心下简原君府。

四月莺鸣，一日傍晚他随着花香来到牡丹小院，篱门虚掩，他推了进去。

芷杨正坐在花丛中的石案边，案上置着玲珑茶盘和精巧糕点、还有两副透亮的象牙箸、一只酒壶、一盏清茶。芷杨见了他，也不问，只是笑了笑："坐。"秋玄在她对面坐下，说道："跟着花香不知到了这里。"芷杨为他斟了一杯热热的清酒："我不信。"秋玄脸色暗暗红了，忙接过饮下，道："不胜酒力啊。"芷杨却不看他，轻轻呷了口茶。秋玄问："简原君衣服上的牡丹，可是你缝制的？"芷杨道："那都是丫头们做的，我不擅针线。"秋玄又问："这……是什么香？"芷杨夹起一方茶点："身在花圃，还问是什么香么？"秋玄道："因为在花圃，所以要问。"芷杨偏着头："不懂。"秋玄一顿："因为我闻见的，不是牡丹花香。"芷杨起身，来到一株牡丹旁蹲下，将先前的一些茶末轻轻拍入土中，随后抬头向秋玄道："原来大人也不庄重。"秋玄不语，只是淡然望过树梢悬挂在远山间的月亮，月光顺着剑眉流淌在他的面颊，月色柔和，他的脸庞却坚毅肃然，分明有了醉色，却不曾醉心、醉意、醉神，良久方道："实话实说罢了。"

广安三十九年冬，崇安君碁文登临王位，荆国公洪元想一试楠国新君智谋、一探楠国虚实，便派出一股军队侵扰楠国边境，并在灞野一地起了兵戈。

崇安君初登王位，年纪也轻，却颇具胆魄，他力排众异，拔擢独臂的郎中令秋玄为大将。秋玄奉命出征，带兵平乱，一朝金甲铜剑加身，壮志满怀不在话下。

秋玄想起往昔幕府父辈祖辈一众将军戎马倥偬，辉煌荣耀，不由唏嘘，他日兴夜寐，精心布阵，只盼能一举击溃荆军。荆国来兵三万，秋玄却只请兵六千，崇安公却也不劝，也不曾派兵增援——他一直用人不疑，秋玄敢提，他便敢放手由着他去。

果真，秋玄帅军以一当十，灞野之战不及一月，便大败荆军，凯旋。洪元公一生刚毅不低于人，唯独此次，却信服楠国兵力强盛、亦服崇安公用人，他恐崇安会趁此讨要被象宜公挟遂天子"借走"的楠国十三州，遂谴了四公子玘灌为质来楠。

不待秋玄回宫，崇安公便先加封了秋玄为安平伯，派简原王妃芷杨亲自迎其回城。

可就在回城的路上，秋玄的三千亲兵遇了伏击——无人生还。

秋玄已料到会临险境，却不曾想会这般突然。前后两位楠国公都对他信赖有加。他却日渐不安——离权势越近，越会被灼伤。他不时感到恐惧，觉得有朝一日自己会像荀氏幕府那样，被宫中的暗箭射伤、被合力剿杀。当年幕府便是太过强盛了，为楠国公所忌惮。可他是武将，要带兵啊，于是进退两难。

他命人将三千兵士的尸骨逐一埋葬，自己在垒起的土坡边坐了一宿，愤懑，悲伤，却无人言说；若不是芷杨前来相迎，他不知自己会怎样。

回到宫中，一切如常，崇安公大开筵席，为秋玄接风洗尘，亲执酒壶为他斟酒，秋玄殊荣不必言说。然而这场战却成了他一生的梦魇。

次日清晨，雪还在下，他冒着寒气策马来到宁城郊外的一处山林，在山林深处，他抱膝坐在了大石上，解开长发任风吹拂，一如小时候被父亲责罚之后那样。

在皑皑白雪中，他似乎看见了那三千亲军，他们始终没离开过。

这三千兵将，最初只是一百人。多数是他的随侍武童，当初相见时，他们尚年幼，不知恨，不知愁，嬉皮笑脸的，没心没肺。他像个兄长一样教导他们，教他们礼仪，教他们坚毅，教他们不屈。他们一同长大，比亲兄弟更亲。幕府遭遇变故，他们却不离不弃，辗转几年光阴，陆续寻他到了将军府，还带来一批精锐人马。他们长高了，长大了，变得骁勇，成了真正的男子汉，他们一个人就是一堵墙，一个人就是一座城。不为名，不为利，也不曾弃他而去，唯茍洭是瞻。人前他们喊他"将军"，私下却只称"少爷"，他们忠于幕府，只盼他别忘记过往。

真是一群奇怪的人。秋玄有时想，会为他们感到哀伤。

他欠他们太多太多。他们很多都还没有成家。他们跟了他这么多年，刚得重用便失了性命。他知道他们并不惧怕死亡，只害怕没有希望。有人告诉他，他们临死，都是肃静地端坐着，他们没有想起要向他所在的方向远远地行礼，只是这样，一个个地倒下。一个人，就是一抔土，一个人，就是一苇杨。

他心中郁结，拔出剑来舞，舞得飞快，他想告诉他们，他没有忘、永不会忘。片片白雪顺着他的剑锋落下，他精疲力尽。

成片的雪灰蒙蒙的，他沉浸在情绪里走不出来。

　　漫山的梅林积了雪，一望无涯。梅树非经人栽，摇曳错落
自得天然。他上马跑了一阵，不远处传来一阵嘤嘤的鸟鸣声。
他循声望去，却见深林中的一棵梅树下，立着一个妙龄少女，
正将身上的雪轻轻拍落，雪花落下，她的肌肤渐渐显露出来，
胜似冰雪，只是她温热，雪却冰凉。待冰雪散尽了，胴体光洁
透亮，如清晨凝露的山茶，秋玄心里盛着往事，虽见了她，却
不曾细看，也没想到要避闪。那少女长发及腰，松松地挽着，
她抬眼，忽然看见有梅瓣飘落，便将掌间的小鸟放飞，伸手去
接梅瓣，于是梅瓣落在了她的手心上，她莞尔一笑，轻呵了口
气，看它向前飞扬——她看见了秋玄。

　　是芷杨。

　　她像个受惊了的孩子，却并不恼怒，怯生生地闪到了树后，
一瀑秀发在身后扬起一道轻柔的括弧。

　　秋玄却没有理会芷杨，独自顺着梅树坐下。

　　脑海中是三千甲士，觉喉间甘甜，轻嗽一声，拿袖子擦拭嘴
角，抬头向上望去，雪花飞舞着迎面而来，他望着望着，自己似
乎在向上升。

　　这时耳边响起了七弦，琴声虽小，却和乐悠扬，轻快舒畅，
抚慰着他郁结的心。凝神，有扁舟在江上轻泛，徜徉在风雾之
间，恍若冷杉菩提含香，远山近水缠绵，他看见山亭，渐觉陶
然。方才还是冰雪琉璃的世界，转眼已来到春涧，举头是山崖，
忘记了为何而来，却已把心栖下。听曲中有微风细雨，只一瞬，
碧海潮生。

　　阳光照进了静悄悄的山谷，扫去一切黑暗，雪渐止，她将琴
一挑，随即收尾，将琴用锦布扎好，抱在了臂弯。

秋玄知道她已起身出了小林，却没有去看。听着背后有窸窣的衣裙声经过，走远了，他才睁眼。有时他也怕，怕那般的惊艳，会灼伤自己，迷了心性。

他走出梅林，骑上黑马，不自觉地将马儿跑快了。还没出山，便看见芷杨骑着一匹红马在前头缓步慢行。她秀发轻挽，不时被风撩拨飞扬，她怀抱着那把琴，着一身大红色斗篷，雪白的披肩，身形娇娜，潇洒翩然。他就这么不近不远地跟着，看着光束洒在她的斗篷上，她的红马上，他的呼吸一会儿平静，一会儿急促。

芷杨回到牡丹小院，放好七弦。才刚出房门，便遇见秋玄牵马立在院门旁。芷杨过来，想要关上篱门，却被他拦住了，他的指尖触到她斗篷边沿，却不知那斗篷并没有系牢，于是斗篷便顺着她的身子滑落。

斗篷下她一身乳白色的长裙，腰系红绦，他不由地怔住了。

他的手一僵："你怎么不住王府？"

秋玄想起了锦无咎府上的那些姬妾，都很美，都温柔可人，可奇的是——她们从不争风吃醋。也曾听人说起过，锦无咎从不偏宠哪个，每逢侍寝，便让姬妾们同榻而眠，他呢，则会逐一恩宠。

她浅笑："我喜欢这里啊，又安静，又有那么多的牡丹。"

也曾听人说起过简原王妃喜爱牡丹，说她容貌极美。

可他却看着她："不是因为这个。"

她一愣："这与你无关……你……"

她向来笃定，他从未见过她惊慌失措的模样。

他又一怔："你怕自己会受牵绊，可你心里却有想望。"

芷杨道："你也有自己的愁、自己的情、自己的故事，何必?"

秋玄见她说这话时，哆嗦了一下，不自觉地缩了缩身子，便解下斗篷，想要给她披上，只是他独臂，始终没能够。芷杨接过斗篷，松松地披在身上。

秋玄一笑："我是个废人。"芷杨抬眼看他，一张脸棱角方正，别致典雅，右臂袖管空空荡荡，不时顺风飘起。

她顺着他头顶的方向，看见了一弦月弯。

秋玄很少笑，笑的时候却会露出一排整齐的贝齿，眉眼弯弯，芷杨想起这些画面，心头一暖，这时一滴水珠落在经卷上，晕开了墨迹，迷离又哀伤。

出征前她去桓屋山的峡谷为他送行，他忽然说起要放鸟儿回家——她当时便感到了不安——秋玄不是个温柔的人，不该这么说话，她心中涌起一丝惊恐——她怕他是在用这种方式，向自己告别。

此番荆楠之战，前后持续不过三月，其推进之速实数罕见，她在王府，知前方捷报频传，可她却总觉不安，不时地感到心口直跳，午儿明白她的心事，便总安慰，劝她多休养，却终解不开她的心结。六日前在城门上，她看见有铜车从远方驶来，呼吸倏地顿了一下，便看清了那是秋玄。

他是在荆国城门外空荡荡的战场上离世的，关山重重，他的魂魄能返乡吗。

她恍惚了会儿，不知时间过去了多久，笔下的墨迹已干，她将卷轴交予午儿去放到供桌上，午儿接下了退出门去，过了一会儿又折了回来，进屋对她道："公子来了。"

锦无咎系好马，来到园中一处雨亭停下，来到亭下的一张雕花紫藤摇椅上，躺坐下来。芷杨在更衣，午儿忙先迎了出来，给他正了正软垫，才退下来寻芷杨。

芷杨端着一对梅纹竹杯和两碟细致的茶点来到亭下，锦无咎合眼躺，似是睡着了。

他戴着九凤栖梧雕花玉冠，用一根温润的昆仑玉簪束起，身着一件祥云纹银白色绉缎袍，随意披着件纱蕙蚕丝银罩衣，腰间系着粉金底的银鹤绣花宫绦，阳光点染，将他一张细细的面颊衬得如冠玉般，恣意潇洒。

芷杨恍惚一呆。曾有几个片刻，她觉他似曾相识，却终究想不起来。

芷杨正自出神，锦无咎却已转醒，躺在摇椅上偏着脑袋朝着她，修眉细目，神情淡然，芷杨脸上一红，察觉到手中还托着茶盘，便忙先置好，为他浅斟了一杯："公子，喝茶。"

锦无咎接过茶，却没有起身的意思，将藤椅轻轻晃了晃，复将身子沉沉地埋回椅间，对芷杨略一点头："坐吧。"

她向来镇定，这时却莫名地有些慌乱，脸上又是一红，锦无咎自然是发觉了，别过脸去望莲池，静静看着晚风中的一池睡莲嫩芽："这些睡莲真好看，牡丹呢？"

芷杨答道："公子忘啦，牡丹的花期是在四月上，还得三个月呢。"

这小院他并不常来。

锦无咎轻轻"嗯"了一声，将竹杯放回到石桌上，又合上了眼。

他一向寡言。

可与自己一处时，他也会拿些趣事说给她听，并不会冷落她。这时的他却一言不发，只是伸出修长的手指轻抚眼周，芷杨心中泛疑，唤来午儿悄悄问她："公子来时，可与往日有何不同？"午儿道："和平日一样啊，不说话。只是一来便在这边躺下了，或许是乏了？"

午儿正说着，却听锦无咎道："午儿，去让福来备车。"

午儿听出了他气息微弱，便道："公子先歇会儿，养足了精神再回府吧。"

芷杨早留意到他脸色发白，额间渗着细细的汗珠，方才端茶放茶，指尖都止不住发颤，这时听他要乘马车回府，竟已不能独自驾马，便吩咐午儿："不必备车了，你且下去。"

锦无咎叹了口气，他自觉浑身发凉，不由缩了缩身子，放下手来，叠在身上，忽觉手背上一暖，却是芷杨握住了自己的手。

锦无咎略略一笑，仍是淡淡的，不见喜怒，芷杨却分明看见了一丝凄然，不禁心疼起来，关切之情再也隐藏不住："公子，为什么手这么凉？"

锦无咎道："无碍，只是一宿没睡，有些倦。"他望向莲池，眼神却空洞洞的，并无莲叶荷秧。

芷杨顿了顿，对锦无咎道："公子先歇着，我去调些花饼，公子醒来便可尝尝。"她缓缓起身，秀发轻轻荡过他的面颊，他感到心头一暖，随即便是更深的孤单。

锦无咎

太阳快要落山了，天色渐黑，简原王府阴森晦暗，雀鸟颤鸣，槭树林中树影朦胧迷幻，灯烛在风中摇曳，不如往日亮堂。简原君府的家臣侍仆集聚，在庭下一字排开，到大门处拐回来，二百余人，排了八九行。

简原君锦无咎一袭沉香枫纹圆领锦袍，腰缠玉绦，坠宝玉，在家臣中间，缓缓踱步。他走得很慢，靴尖踩在松针上，发出声响，庭院里静得可怕。

"广安三十三年，无咎立府，至今已八载，承蒙诸君抬爱，远道而来，忠良献言，数年间不曾有先生背离。诸君皆知无咎品格，不喜在人后行事。如今敢问诸君，是哪八人，通谋安排那武士佰方射杀的安平伯秋玄？"一字一句，带着寒意，直入骨髓。

锦无咎在一个年轻的家臣面前，住了步："合连，抬头。"那家臣清秀斯文，有些瘦弱，这时不敢看公子，浑身发抖。锦无咎背着手微微俯身："现在知道害怕了？背着我筹谋兵事的时候为何不怕？"

那家臣双腿一软跪下地去，语无伦次地辩解："奴才不敢……"话语磕绊微弱。锦无咎一手按住他肩，一手拔出铜剑，猛地刺入他的心窝。

庭中门客无不骇然。

那家臣眼看着便要向前倒去，却被锦无咎刺穿了身子提着，脸上痉挛。锦无咎对诸人道："当年隆冬，他昏倒在街旁，几乎饿死。我收他入府，让他和我一起读书，这些年我如何待他，他最清楚不过。他呢，竟几次三番逆我而行，使大王与我形同水火。大王英明，无咎从无反意，却抵不过朝中佞臣挑拨，离间我手足情谊；如今竟有人擅遣人马，杀死了安平伯。究竟是谁给的你这个胆？"锦无咎抽出长剑，合连抽搐着蜷在了血水中。

众人皆屏息凝神，犹疑，战栗，一齐跪下身去："为公子尽忠，死而无憾！"

锦无咎额角青筋突起，话语凌厉冰寒："在场的，还有七人。我数三声，若是自己出来，我赐金百两，提拔他族人子弟，否则……"

不容他说话，却听一阵刺耳的铜剑出鞘，人群中有两人应声倒地。

锦无咎一愣，双唇微微一颤："一。"又有三人拔剑自刎。

不及他说出"二"，却有两人跪下了，请赐鸩酒。

是两位老者。

锦无咎顿了顿，缓步来到二人跟前，对二人深深地一揖到地，左右端来了鸩酒，两人饮下后吐血身亡，锦无咎低着头，对众人道："诸君请回吧，到此为止。"众人陆续离去，他才缓缓起身。

此时的风正止息，灯烛微燃，他有些冷。

锦无咎来到合连身边，蹲下身去，把他僵硬的紧握的手轻轻舒平，低声道："合连，无咎谢谢你。你不是要养爷爷吗？我会帮你照顾好他。你放心去。"

他支着剑，缓缓站立起身，望见了远方将沉的殷红的斜阳，望着庭中横躺着的八具尸首，又深深地一揖，吩咐左右："厚葬。"

他走出了庭院，只觉夕阳的光晕耀眼，便停下脚步，按了按眼角，拿手绢擦净了铜剑，手绢染上了胭脂的颜色，他凝视了一会儿，放回衣袖。

忽听一人问："既是反臣，为何还要厚葬？"锦无咎回头，是芷杨。他问："你怎么来了？"芷杨道："我来看你杀人啊。"

锦无咎眨了眨眼，眸子一闪，却是落寂。他收了剑，转身离去。

随侍阿诺来到芷杨身边，低声说道："公子有他的难处，还请夫人，万不可误会了公子。"略一欠身，快步跟上了已经走远的锦无咎。

芷杨望着两人的背影，叹了口气。

今日是秋玄的头七。锦无咎有事瞒着自己。

芷 杨

简原君府的马车车轮碾过清晨的露水，马蹄踏过青石板上的青苔，芷杨坐在车上，一路进了王宫，向紫宸殿行去，马车颠簸摇晃，她听着心在重重地打鼓，说不清是什么感觉，掺着几分愠怒，有些不安。

眼前不时浮现出昨日傍晚锦无咎的那个落寂的眼神，想起楠军归来那日在城楼上碁文对锦无咎所说的话语，想起昨日锦无咎罕见的发怒、前所未有地逼杀门客，她心中惊骇，更多的却是疑惑。她始终觉得这不是他的为人，可又说不清锦无咎到底是个什么样的人，更不知他究竟面临着什么样的险境。

锦无咎少时便以智谋闻名于诸国，他少年老成，待人总是恰到好处的和气，既不冷面相对，也不会多周到一分，永远把事藏在心里，温和却不可近，可靠却不可轻。他不怎么经营王府，却常有名士前来投门。朝中军中有诸多要将重臣，是他的门客，崇安公即位后，他自请卸去了一众实权衔职，却依旧在楠国受人敬仰，地位极尊。

芷杨每每想起他平静如水、全无波澜的面孔，便感觉心上敷着一层寒冰。

锦无咎的深沉和秋玄不同，秋玄是用刚强遮蔽伤痛和过往，锦无咎呢，是四平八稳，滴水不漏。而她又是他父亲越宁公为了政治较量迎娶的儿媳，她当然不觉得锦无咎有爱过她。

可他俩究竟是夫妻，不知是秋玄的死令她太震动，还是锦无咎的举止同往日太背离，她惶然无措，想要求一个答案以心安。

马车在紫宸殿外停下。楠国公上朝未归，宦臣知芷杨是崇安公的世妹，素与崇安亲厚，于是远远见了芷杨的车马，便跑上来迎，引着她进殿，鞍前马后侍奉茶水。

芷杨料想碁文不多时便会回宫，便在屋中静候，她轻呷了口茶，因心绪不宁，便恍神打量起屋内的陈设来。紫宸殿中帘幔款款，随风轻扬，东侧的衣立上架着件宽大的锦袍，用百鸟羽丝雕饰织成，流光溢彩，美轮美奂，下方有一物，绿意莹莹，素净透亮，好生眼熟——芷杨想，不禁有些好奇，便走近了，拾起来端详。

这是一枚细细的清翠欲滴的玉簪，牡丹纹，七宝样，往事蹁跹，涌入脑海，隐隐地，她感到不安起来，忽听有脚步声，芷杨略微一惊，回过头来，崇安公碁文已来到她身旁。见碁文眼神忽闪，她害怕起来，强自镇定，向屋外走去，却被碁文从身后环抱住了。

碁文道："来找我，为了锦无咎，对吧？"芷杨绝少慌乱，这时却有些发颤："大王，你可曾有降罪于他？无咎不曾对不起你。"碁文低声一笑："无咎。"低头看着芷杨手中不及放下的玉簪，低声问："你知道了吧？"芷杨正担忧他会发问，于是语噎。

碁文的双臂松了松，转过芷杨，凝视着她："这么多年，我不曾要你为我做过什么，你说，对吗？"芷杨轻点了点头。碁文又道："可是芷杨啊，你却欠我太多。"芷杨侧过头避开他的目光："我向来当你是我兄长，至于你的心意，我从未曾知。"綦文在她身后，低下头来靠在她脸上，芷杨道一惊，綦文暗沉着脸，一面来解她衣服，嗫嚅道："你对不起我，我这一世只爱你一人，从我把你抱在怀里的时候起，从你劝我离开的时候起……我在外这么多年，想着复仇想着重振，除了这些，便是你……可为什么我一回来，你就要嫁给锦无咎！"芷杨的声音发颤："明明是你，来到佟国，要我嫁给他，你，当年可曾问过我一句！况且这些暂且不提。綦文，我从来都没有喜欢过你，纵然你有如此情愫，我也并不欠你，更没有对不起你！"

綦文喃喃道："你欠我相思之情，你……"横抱起她进了里屋，放上了床。

一溜马蹄声紧，马儿嘶鸣，在殿外止了音。听外面有人报："大王，简原君到。"

綦文淡淡地甩出一句："屋外候着。"

芷杨只听外面有挣扎声，锦无咎在门外，听见房中也是这声音，心如刀绞。

綦文正在解她衣服，却觉胸前剧痛，原来是芷杨用玉簪扎进了自己的胸膛，不深不浅，渗出了血来。低头看芷杨，见她神色已恢复平静，隐隐间，又是那股傲气，泛着清晕。綦文不甘，一声不吭，芷杨拔出那簪子，又扎进刚才的伤口，綦文吃疼，往旁边躲闪，翻身躺在一旁。

芷杨颤着身子理好衣裙，起身走出去，只见锦无咎被几个带刀侍卫反绑着拧在门下，嘴被捂住，叫不出声。那门未合紧，芷杨明白，綦文就是要锦无咎听见看见。

这时锦无咎脸已煞白，额上冷汗直落。

芷杨上前去解他绳索，侍卫正要阻拦，却见芷杨猛地拔出一人的铜剑，抵在他脖颈，喝道："放开他!"那侍卫惶恐："王妃，我们是奉命……"

忽听一人森然道："我便是杀了他，你要如何?"

是綦文。

綦文一手捂着渗血的胸口，一手支着龙案，稳稳地站在大殿中央。

芷杨定定地看着綦文，眼中含泪，横剑抵住了自己的脖颈，却听綦文低声喝令："放他们走。"

芷杨听了这句话，松了口气，却再也撑不住，半晕了过去，锦无咎抢上前来扶住芷杨，横抱起她出了殿门，将她负上了马，回过头来望綦文，低声道："请大王恩准，让芷杨回佟国，不再返楠。"綦文冷冷地道："要她走，你明白该如何做。"锦无咎一怔，随即上马离去。

此时医官已赶到，为綦文包扎好伤处，扶他来到榻上躺下；綦文神情有些木然，斜倚在床屏，看着血又渗出来，心叹，孽缘。

那年綦文十五岁，不知自何时起，王府外的街市上来了个身穿绿罗衫卖花的小女孩，甚是新奇。她把花价写在花篮前，自己静静坐在一旁，从不吆喝。她的花，早晨是一个价，傍晚还是那个价，要是有人劝她贱卖了，她只笑笑，低头侍弄花叶，宁愿晚上把花原样带回去。有那么几回，綦文早晨出府，心中默数了数篮里的花，傍晚回府，仍是那个数。

綦文见她年幼孤苦，心中怜惜，便时常派人去买。即将入冬，她脚上仍只是一双单鞋，身影单薄。于是他命人向她买花，要她送到来府上，想问问她是否愿意入王府为婢。侍仆回禀，支吾着说她不愿意。綦文好奇，亲自来到她面前，她一个小小的孩子，自己却不知因何，对她起了几分敬畏。

綦文问她名字，她答："芷杨。"

他又问："你为何不愿亲自送花？"他似无意提及，气定神闲。

她仰着小脸看着他："我只卖花。"庄重、一板一眼，有些天真。

綦文命人捧起花，请她进府小坐，路上问："你爹娘呢？"

她有些忧伤："都走了。"

綦文"唔"了一声："那你怎么来的这里？"

芷杨道："姑姑说，楠国长公子崇安君是我的世兄，让我来找你。"

綦文一怔，停下了脚步看她："你姑姑是谁？"

芷杨道："德翕公主。"

綦文恍然，他的生母原也是佟国公主，封号仁翕，与德翕公主是堂姐妹。因母亲早早离世，佟国国中又战事连连，他便鲜与佟国宗亲来往。德翕即是从前的佟国国君御川之胞妹，那芷杨……

他问："你爹爹便是御川公？"

她点头。

綦文一怔，又问："你既寻我，为何不来府上？"

问完却自己又明白了，她不肯轻易进府认亲，是要先看自己德行人品，且不愿轻易委身求人。

多年前的那个夜晚，夜寂静，静得只有一轮盈月轻轻浮在远山之上，俯视着人间大地。

那日，子榆去世，荀方带着长女荀汐寻到梧桐小院，却听里头有人说话。

里头一人道："你不是想见你娘吗，她就在这里面。"

只听一女童断断续续地啜泣道："我告诉过爹，不能下山，他不信，本来娘可以再活几年的……"竟是荀泱。

荀方连忙走进小院，只见一个青年公子裹着银色的府绸斗篷，正抱着荀泱。有风经过，于是几缕发丝便拂过他白玉般的面颊，伫立在月光之下，华若流水，神情柔和而又悲怆。

荀方上前去抱荀泱，却被那公子拒绝了："你连自己的妻子都照顾不好，怎么照顾孩子？"荀方的心头悲凉悔恨交织，一时语塞。那公子又道："更何况，这是我的孩子。"荀方一惊，抬眼看他，眉眼间果真有几分熟悉，再细一看，竟是当年骑着车来启明山中寻子榆的公子明堂，只是这时，他少了几分青涩稚嫩，多了些沉郁从容。荀方愕然："她怎会是你的孩子？"明堂冷笑一声："那年秋季，你有四个月不曾回山，不错吧？"荀方略一思索，有些支吾，脸上失了色，一会儿红一会儿白："子榆一定不知道的，她一定是把你错认成了我，再不然便是你……"明堂抱着孩子背过身去，轩然道："怎么？允许自己对不起她，却不许她对不起你么？"他的相貌沉静柔和，话语间却带着轻蔑，彻骨冰凉，直逼得荀方说不上话来。明堂又道："你在启明山待得厌了，想要回那花花世界走一遭，呵，那一路上你什么事情没有干过？不然你父亲如何能找寻到你；你父亲接你下山，你又怎会当真不知他的用意，子榆她，她何其聪颖，又怎会不知你的想法，所以她不劝不阻，不过是她知道，劝阻无用罢了。况且她本就有不足之症，更没那精神劝你。子榆怕我下山后会变，可我却何曾对不住她，自那日一别，我不曾宠幸过任何人。我是王，说了的不见她，便不能出尔反尔。那日我路过启明，听闻你竟出游去了。荀方，你当真爱她吗？我信你有过，可你懂她吗？却未可知。你可晓得，她是最美的芍药，不怕风，不怕雨，却没有刺去保护自己。我知道子榆一直想问我，是否愿意与她长相守于启明山，我不想骗她。像那样的天地，纯粹到了极致的压抑，不是我能承受的，事实上，也只有子榆能承受，可是她错了，她把启明想得太美好，以为人只要进了启明、待在启明，就能纯净无邪。她并不傻，她智慧超群，只是她不愿相信，只因她不愿长大。"

明堂说着，吐属优雅，触及子榆时，声音也跟着轻柔委婉，对着荀方却是冰冷至极。

微风吹拂着他依稀苍白的面容，带走了过往，一切都将只浮现在梦里。

荀方看见他明净的面颊上有泪水淌下，明堂继续说道："你知道一个人心冷，是什么滋味吗，那天她要我走，我感觉到了；后来我见到她时，发现自你下山，她便心凉了……她太傻，不肯信人心会变……不肯信，没有什么能使人永远不变，包括启明山。这世上的一切都会变，唯独不变的，就是这条。"

明堂有些哽咽，便不肯再说，低了低头抱紧了荀泱，荀泱虽不曾见过明堂，不知为何，却天然生出一段极亲近的情愫，这时看了看荀方，又看明堂，问道："你真是我爹吗？"荀方默然无言，不敢看她，明堂却道："是，我是。你不叫荀泱，你的名字叫芷杨，是我和你娘一块儿取的，汀兰岸芷，风起白杨。"明堂又道："来，我们再拜一拜你娘。"芷杨下来，朝那牌位恭敬地拜了几拜。罢了，明堂便抱起她，走出了小院。银白的斗篷扫过一卷落叶，随风而逝，消失在黑夜中。

明堂乃佟国公贱和之子，号御川君，贱和于古稀之年才得孪生子女一双，即德翕与明堂。明堂幼年即位，根基不稳，由叔父修和摄政，修和明为辅佐，暗中欲除之自立。明堂被迫出逃，负伤来到启明。启明的山民们救下了他，他住进了萧老仙的小庐。那年他十一岁，子榆十岁。初到时，他寡言少语，子榆为他端药送饭，他随着性子，饿了便吃，药苦便不动它，子榆笑笑，也不计较。明堂沉静优雅，子榆博闻广识。他佩服她聪颖过人，不出几日便猜到了他的来历。她却从不喊他御川君，只唤他明堂。他初时有些不适，后来也便惯了，他常爱站在她的身边，看她画出一轴青山绿水，她问他可喜欢？他却笑着摇头。她扁扁小嘴："假话。"他是腼腆性子，那时便会红了双颊。黄昏时分，他独自站在山峰，任山岚湿了他的银袍，他感怀身世。原野广袤，世界辽远，他却回不了自己的家。有一日，他听见身后有喘息声，知是她来了，也不回头，等她走近。子榆站定了，有些气喘，问他："你要离开了吗？"他一愣，心赞她聪明灵秀，转身看见了晚霞映照下的她一张透白的面颊，他转回身子，对着空谷没有说话。他在启明山住了四年，十五岁了，那方寸的天下本就是他的，为什么他要拱手相让，更何况，纵使他容得了他们，他们有朝一日也难容他。

第二天他拜别了萧老仙和子榆，临行，她送给他一把竹笛，上面未刻一字。明堂回到佟国，费尽周折重登王座，却恩赦了叔父修和，也恩赦了其子牧河君慎吾。修和年迈，寡欢而终。

又四载后，他回到启明，骑着青牛，带着竹笛，来寻子榆。

方见面时，二人均是百感交集，他本才华横溢，看着子榆摘下面纱的那一刻，却寻不出词语来形容她的美貌，惊异间自叹，她本非凡人。可他终是害怕有一日会伤了她，他也不愿长长久久地住在这山里，哪怕这里有她。

把她留在梦里吧，缥缈如云烟。于是他离开了，骑着青牛，一如来时。

可不到两年，他煎熬不住思念之情，一心只盼着见她。他微服出了王城，趁夜登上了启明山，来到小庐，隔窗向里头望去，只见暗淡的烛光中，她一人抱膝坐在床沿，旁边是个幼小的婴孩，正熟睡着。

他只觉一阵痉挛，弯下身去。他守在篱墙外，直到深夜，仍旧是她一人，守着孤灯。他去敲门，听着脚步声近了，她开了门。这时的明堂仍是匀称细挑的身段，只是高了好多，脱去了稚嫩的模样，如玉的面颊比少年时更添了从容优雅。而眼前的她，却比之前瘦削了好多，虽仍美绝，双目间却失了从前的神采。她见了他，眼中竟罕见地闪过几分惊异和慌乱，没有说话。明堂心中一阵翻腾，问："他去哪里了？"她素来沉稳，这时看着他，竟流下泪来。明堂从未见她这般，不自觉地红了眼眶。

二人都不再言语，子榆不胜酒力，那晚却不住饮酒，明堂坐着，看着她喝下了一盅。

次日转醒，明堂道："子榆，做我的王妃吧，他四个月不曾回来，我却一直挂念着你。"

她叹息："那是因为你不曾得到。"明堂看了看她："你我已有夫妻之实，如何又说不曾得到。"子榆正披衣起身，忽觉眼前一阵青黑，明堂忙扶住她，自悔说错了话。他抱住她，却只见她神色悲戚："走吧，明堂，不要再来见我了，求你。"明堂低声问："子榆，你难道还不明白……你当真不知他——"子榆却咳出了血，嗔道："明堂，别说了，我……我是他的妻啊！"明堂心头陡然一震，站起身来背向着她，无声地落下泪来。

他不知自己是怎样离开小庐的，启明山的山路繁杂错乱，他几乎迷失。

子榆，你何等聪颖智慧，他下山去做了些什么，你如何会不知？你是不肯知道罢了。

佟国王公贵臣们屡次上书劝谏他立后生子，明堂只是不理，几年后从外头抱回了芷杨，更是不近女色。朝臣心中诸多不满，明堂的堂兄、修和之子牧河君慎吾终于在与邻国作战时趁乱将他杀害，即位称王，明堂的胞妹德翕公主遣心腹嬷嬷连夜护送芷杨出城，逃出了佟国。于是芷杨奔逃一路，终于来到楠都宁城，依言找到了堂姑姑仁翕公主之子、她的世兄崇安君綦文。

綦文将她安顿在了府上，对外只称是收养的妹妹；綦文长她七岁，一日，綦文正在书房的案上复盘一场输了的棋局，苦思冥想而不得解，芷杨在他身旁，了了几手便破了阵。綦文很喜欢这个妹妹，常亲自带她玩耍。一日，他抱着她去城外，忽见一队人马行过。为首的那位少年公子身姿俊朗，器宇轩昂。芷杨对綦文道："他将来一定会娶我为妻。"綦文看着她透白的面颊，奇道："你喜欢他？"芷杨却摇了摇头。綦文问："那你怎知他会娶你？"芷杨扁了扁小嘴道："他刚才在看我。"綦文松了口气，笑道："那有什么！"芷杨红了小脸："他心里就是在想……"綦文心中一沉："你知道那位公子是谁吗？"芷杨道："兄长明明知道的，还问。"綦文又是微微一奇，是啊，她自然不知。那少年正是楠国二公子锦无咎，小自己六岁，文采精华，深得大王宠爱。

綦文自幼便没了母亲，很不得宠，却早早养成了平和通融的性子，这时见二公子的母妃得宠，他便更是韬光养晦，平日只做分内之事，决不越矩。

楠国与佟国南北相接，两国素来交好，八月灯节，綦文奉王命宴请佟国使节，宴会将毕，却见佟国一个十多岁的小公子拉着芷杨来见綦文，请邀芷杨往佟游玩几日。

这孩子是佟国公慎吾之孙，名唤邵儿。那时芷杨在綦文府上已住了两年，綦文怕众人疑心芷杨的身份，便答应了下来，并派心腹侍从一路护送芷杨。

芷杨进了佟国宫城，随邵儿一路行走在苍苍翠翠的深宫之中，路经佟国公的书房时，便便忍不住走了进去。从前明堂便是在这里教她读书识字，她依稀记得，书房里的西府海棠，是父亲亲手栽培的，父亲总是一边教她，一边把玩一支青葱的竹笛，那支竹笛乃父亲随身之物，除了她，任何人都不得触碰。

邵儿对她又敬又爱，见她径自进了大王的书房，恐她受责，便急急地阻拦，芷杨却没有睬他。

书案上已没有了竹笛和西府海棠，芷杨环顾着房中陈设，书卷沉沉，宝香四溢，却再也找寻不到，溢满书屋的润泽鲜亮。

案上那尊汉白玉棋盘却还在，当年明堂偶尔自己互弈，她便坐在对面仔细看，听着父亲说一些平常不会说的话。每当沉香飘扬，夕阳斜洒，宫灯初燃，会听父亲叹，红尘迷乱。

芷杨拿出棋子，凝神注视着棋上的冰纹和裂痕，思量着父亲临终时会是什么模样，想着想着，不曾留神身旁已来了人。

那人伫立着看她左右互弈，独自下完余下的棋局，心中一叹。芷杨这才抬起头来，看见了慎吾，慎吾着黑色蟒袍，也正端详着她。芷杨秀眉轻蹙。

邵儿忙上来跪下行礼："王祖父，她是楠国长公子崇安君府上的客人，是孙儿请她来、来书房拜见王祖父的！"芷杨却平静地凝视着慎吾："大王是牧河君吧？"慎吾看着她那张和明堂酷似的脸，微微一笑："不错，孤是你的伯父。"

芷杨略略一愣，忍泪道："你杀了我爹爹。"这时从殿后疾速走进一个女子，挡在了芷杨面前，正是德翁，她央慎吾道："大王放过她吧，王兄就这一个孩子，她心地善良，又是个女孩！"慎吾一顿，沉思片刻，缓缓说道："御川君不曾降罪于先君，也不曾害孤一家，你若愿意，随时可回宫中住下。孤有一子三孙，却少个女娃。"他忽然想起自己的姐姐，那个嫁给越宁公后早逝的公主仁翁，也只有一个儿子崇安。

芷杨此后便回到佟国住下，一日，她来到宁城来见綦文，攥着一枚雕成樱花形状的玉簪给他。綦文诧异于她忽然远道而来，芷杨便答："兄长不日便要离开了，这个送给兄长。"綦文看着年幼的芷杨，心想大概是她已听到了风声，特来提醒自己，便开始留意，筹措部署。不久后家臣果然得了消息，楠国公宠幸锦无咎的母妃，听信谗言要杀自己，立锦无咎为储君，綦文仓促出逃，只有十余人随侍在身边。

那年綦文十八岁，开始了流亡，途中不敢在任何一个国家停留过两月。这三年间，随侍的人中有的离去，有的叛变泄露他的行踪，也有的人为他而死，他遭遇的伏击和暗杀不下数十次。到了广安三十九年，他的人马已稀疏零落，他自知无路可走，倘若继续奔亡将必死无疑，他想起芷杨来送别时所说的话——芷杨既预知此事，必是佟国公曾有言语，自己已是孤家寡人，举世唯有这个不常谋面的母舅还在，不如横下心来一试，大不了一死——那天大雪他被围困山中，清河几人引开追兵往西，他则马不停蹄直奔向佟，终于舅父佟国公慎吾不曾将他交付于楠，把他藏在了宫外的一处寺庙，派了重兵看护。

广安三十八年，楠国公病重，佟国公派出使臣前往交涉，并以重兵相胁，楠国公终于召碁文回楠。此时碁文回望自己的人马，只余下寥寥五人。

回楠国后，锦无咎依旧在明处，他在暗处，锦无咎之势过于庞杂。他仍只能韬光养晦、如履薄冰，对楠国公恭顺如前，可当他接到旨意，要他代二公子往佟去下聘礼，迎娶芷杨为妻时，他愣住了。他接了旨，送走内官，独自回了屋，掩上了门。

他的心腹重臣清河进屋来，扶起蹲在墙角红着眼垂泪的他，只见他青筋暴起，浑身发颤。碁文见了清河，声音沉得几不能成话：“锦无咎要娶芷杨，锦无咎要娶芷杨了……”清河跟随碁文多年，知他虽有些懦弱，却最坚韧，这时竟这般伤心，只怕多年的隐忍会付诸东流，便劝谏他道：“公子，此番回楠已是大幸，大局未定，公子，千万要忍耐啊。”清河那日也流泪了，碁文知道，清河随了他一路，艰难险阻历尽，他决不能负清河，他淌着泪咬牙，点了点头，不说话。

次日他便请旨启程，几日之后来到了佟国，进了她的寝宫院落。

他缓着脚步走不快，想看一看园中的花树是否已开，他的心沉沉地跳着，一路走来，在窗边停住了。

一身素净的翠绿纻丝裙垂地，罩着轻纱，肤白如玉，她微侧着头，披散下一瀑秀发，安然倚靠在藤椅上，指尖拈着一枝牡丹花。

芷杨看见了碁文，便对他一笑："长公子回来啦？"碁文笑笑不语，慢慢踱步进去，在她面前背着手停了下来，眼神却在打量着她，暗自惊叹，花芽初放，已成秀色。

芷杨问："你来找我，是要我嫁给二公子吧？"

碁文忽然一愣，他在外这么多年，颠沛流离，不曾喜欢过任何一个女子，这时，他说不出话。

经年不见，他来到佟国，带给她的却是这样一场约定。

他有些丧气，更多的是言说不得的无奈，摇了摇头："怎么，不叫一声哥哥么？"笑容凝固了。他又何尝忍心。他本生性仁厚稳重，幼时计谋不如锦无咎，只是，经历了多年的逃亡，逐渐变得多疑淡漠，不愿相信任何人。锦无咎要娶的为什么偏偏是她，她为什么偏偏这般聪慧非凡，美貌无尘。

芷杨嘴角扬起一丝冷漠的笑意，无情凉薄。秋风吹过，她缩了缩身子，这时走进个挺拔少年，一身金色的府绸长袍灿然华贵，头顶上束了个金冠，与芷杨年纪相仿，一张脸儿棱角分明，眉眼间依稀还能看见他幼时的模样，正是那佟国公慎吾的小孙子邵儿，这时已长成了少年。

邵儿瞥了一眼碁文，也不行礼，径自来到芷杨身后，把她的藤椅轻摇，指尖触碰着她的长发："姑姑，你冷么？"不待她回答，便握住了她手。芷杨道："邵儿，我乏了，咱们走。"邵儿扶她起身，她也不搭理碁文，与邵儿并肩进了殿。

碁文立在原地，听见邵儿问芷杨："姑姑，你当真要出嫁？"

芷杨道："嫁便嫁吧。"

邵儿急道："可……"

"拜了堂至多是成亲，只要我不愿意，就不会的。"

　　碁文当然懂，懂得芷杨是恨他把自己当做了夺储的砝码，这也是他最深的恨，可若是时光倒流，回到那天，他却还是会做相同的选择，毫不迟疑。

　　成为王是他唯一的道。只要登临王位，又有什么是得不到的？

锦无咎

锦无咎打马经过宫门，掠起宫墙上一行雀鸦，他微喘着气，额前散出几缕发丝，衣衫有些凌乱，马不停蹄往前赶，出了宁城，来到南郊，驰骋了不知多少里地，再回头时，已望不见城楼。

往南的途中多山林，怀中的芷杨依旧昏睡，一如从前他去看她的时候。马缰渐渐松了，马儿穿过长林，惊起一纵雀鸟，摇下一树枝芽，前方的路变得迷离，他想到了小时候，荣耀，自信，骄傲的少年时光。

他少年老成，能文能武，尊贵持重，自有一番威仪，深得父王宠爱、群臣俯首，看似倜傥风流，心里却有城府。

十岁那年，他蹬马在宁城外的街上观赏市集，忽见碁文带着个小女孩，年齿尚稚，却灵秀明丽，暗蕴着一股清气，不与芸芸相类，在王城之中，竟炫然夺目，锦无咎不由为之一叹。见她也看向了自己，他便敛起了威严神态，唯恐惊吓着她，却没有再看她。

楠国的公子们立府早，那时他与碁文都已在宫外居住，他得知那是长公子碁文的世妹，名唤芷杨，便偶去碁文府上小坐，盼着能见她。每回去时，她都在休息，有一回，他方用过午膳，便拎着一盒精细的芙蓉糕来到碁文府上，放了糕点在客堂，便往后花园走，却见芷杨在青石板上睡着了，各色的牡丹花瓣落了满身。他不忍唤醒她，便伫立在一旁，用折扇为她逐开蚊虫，折扇中的山水墨色，氤氲开来，萦绕在她身畔，裹挟着淡淡的花香。他立了半个时辰，见她总是不醒，便离开了。走出了门，才发现折扇落下了。他回身去取，却见芷杨已醒了，正抱膝坐在石板上，注视着不远处的花树，有些睡眼惺忪，她见了立在花树后面的锦无咎，便莞尔一笑。他脸上竟微微一红，只说：“我来拿我的扇子。”芷杨拾起扇子给他递过去，问道：“你为何总来这里？”锦无咎想了一想，一手握着折扇，轻轻搭在另一只手掌上，说道：“这园子里有棵樱花树，我来等它慢慢长大。”芷杨似笑非笑：“长大又怎样？”锦无咎道：“那我就把花采来带回府去，好好养它。”芷杨嘟起小嘴：“可这樱树不是你的，主人若是不给，你又能奈它何？”锦无咎不语，只一笑，便离开了。锦无咎绝少笑，芷杨这时却看出了，他的笑很自信。

后来芷杨回了佟国，锦无咎担心她不会再回楠来，于是每逢月初月末，便打发小厮去碁文府上，打听她的消息。他有诸多政务在身，前往佟国多有不便，他身份又贵重，不能随性而为，此后三载，二人便不曾相见。

十三岁那年，锦无咎向楠国公越宁君请婚迎娶芷杨为妻，楠国公捋着胡须点头，却未曾作答，锦无咎知楠国公自有思虑，便不曾再提，只是静待着父王回应，一面又担忧芷杨会嫁去他国。一年两年，楠国公不曾回应，到了第三年年底光景，楠国公却忽将流亡在外的废太子碁文召回，命碁文前往佟国送去聘礼，向佟国公慎吾，为锦无咎提亲。锦无咎一时不知该惊该喜。

提亲的队伍到了佟国，慎吾召来芷杨，芷杨虽是年少，在殿堂之上会见使节却不疾不徐，气度恢弘，慎吾问她意下如何，她只笑笑不语。

于是一个月后，楠国公便命典官秋玄来佟国迎芷杨。

喜宴方尽，锦无咎抱着她入洞房，揭开盖头，她说："别碰我。"他扬了扬眉，不见喜怒，对她尊敬有加，入了夜便和衣歇下。她独爱牡丹，他得空便命人天南海北地奔走，寻来各色花种，为她造了牡丹小院。可是，自那牡丹小院落成，她便不肯回府了，只带着丫头午儿住在小院，绝少回王府行走。

几个月后正是他的寿辰，楠国公虽抱恙，却仍给他筹办了盛大的宫宴。宴罢，宾客散去，她已离了席，他驾着马，来牡丹小院寻她。只见花丛中一抹身影斜倚，在习习的晚风中俊逸潇洒。七弦一曲终了，她才收了心神看见了他。他在石桌边坐下，芷杨站在一旁为他斟了杯酒，锦无咎却不曾饮，道："今日喝了许多，怕醉。"芷杨道："公子从来不会醉酒。"是啊，锦无咎从不醉酒。他对自己太了解，对自己太严苛，他从不许自己在任何人面前失了威仪，短了分寸，更不许自己因酒误了要事。

芷杨虽这么说着，却也想贺一贺他，便又道："我去给公子拿些花茶来吧，都是今晨新煮的。"不及她起身，锦无咎却拉住了她，站起身来横抱起她进了屋。

怀中的芷杨不知想到了什么，忽然醒来，抬头看了看锦无咎，问道："这是去哪里？"锦无咎神情端肃，默不作声。芷杨急了："无咎，我们回去，我去和大王说，不然他会——"芷杨不敢再说，只怕一语成谶，锦无咎道："我已答应了大王，让你回佟国，我送你到界河，便回去。"

芷杨不再说话，二人都默然不语，就这样又行了十余里。

往前便是荆、楠、佟三国的界河了。锦无咎眺望着大河奔流，不见其源，也望不尽去处，绵绵无期，横无际涯，从天际淌下，奔向另一个未知的地平线。

芷杨看着界河，隐约想起一个故人来。

这一段水深齐腰，好在有石块错落，横铺河中，若踏石渡河，则水恰好过腿肚。

锦无咎下马试水，却久久没有起身，似乎在揣度些什么，芷杨来到他身边，挨近了问："水可深?"锦无咎没有回头，过了一会儿方道："我并不曾强娶，佟国公也不曾逼迫你，你既不愿，当初为何要答应嫁我?"芷杨不曾想他会问起这个，不由一愣，半晌方道："碁文在外流亡数年，方才回国，越宁公便命他来下聘礼，你那么得越宁公宠爱，若碁文办不成此事，必受责罚，他是我兄长，况且我曾在他府上避难两年余，他于我有搭救之恩，我实在没法不答允。在这上头，无咎，是我对不起你。"锦无咎回想起了广安三十八年，越宁公病危，佟国公派使臣前来，挟制磋商，迫使父亲传位碁文。只是他不知，父亲的价码正是芷杨——迎娶芷杨，既是楠国公为成全儿子的心愿，更是为了取得佟国公慎吾千金之诺——碁文为君，佟国则须保锦无咎周全。"锦无咎一向自视聪颖，这时恍然领悟，默然不语。

芷杨站起身来，沿着河流走下去。锦无咎追上前时，见她已满脸泪水，芷杨回身对他道："但无咎，我并不厌你。人们常说你有夺储之意，我倒觉得你最烂漫无邪，是他们不信你才华，是他们远远不及，才如此说你。我不恨你，也不厌你，只是你我各有各的算计，有时我也害怕，怕哪一日若真的爱上了你，却得不到你的信任，被你当作是碁文的奸细；更怕有一天，发现你是在利用我。"

是啊，他从不曾显露夺嫡之意，却也不曾反对被人拥立推举。

锦无咎却没有回答，只是安慰她道："你有值得回忆的人，这就好。"芷杨隐隐地又是一愣，却忍不住哭泣，转过身来抱住了他："可是你、你一定再也回不来了，我再也见不到你了……"锦无咎轻抚了抚她秀发，芷杨却已泣不成声。锦无咎惨然一笑："早知道你会这样难过，我不如劝一劝，大王不要这么早出战，秋玄或许还能多活几日。"芷杨哭道："你还说，你还说，你自己都活不久了，我总摸不透你，这么多年来，我能看明白别人，唯独看不清你。"

锦无咎低头凝视着她，待她渐渐地不再哭泣，方道："走吧。"回到马边，他横抱起她，踩着大石过河去。这时水流甚急，走了几步，便没了膝盖。锦无咎稳了稳身子，仔细抱着芷杨，才敢又迈开步子去。芷杨看着他额角汗珠点点，柔声问："水很急，是么？"锦无咎看着她，笑了笑。到了河心，脚下更是一刻不敢放松。看着对岸青山绿树，远方有炊烟升起，隐约传来了归家牧童的竹笛声，锦无咎眼神忽而一闪，她就要到那明净的去处了。

好不容易淌过了河，芷杨轻轻挣下身来，见锦无咎的袍子湿透了，脚踝处竟有一滩血迹，沾红了金缕鞋。原是方才他趟河时，脚腕被利石擦伤，给划出一道口子来，他恐芷杨受惊，竟丝毫不动声色，直到过了河。芷杨拿出帕子为他细细包好，锦无咎未见她对自己这般温存，心中却有些凄哀。他扶起她，看着远山道："佟国的山水真好。"芷杨淌泪："可是，牡丹小院呢，我再也见不到了。"锦无咎见她细细的白瓷般的脸颊透泽温润，仿佛是沾了秋雨的藕荷，纯净青逸，衬着夕阳余晖，更觉袅娜动人，幽幽问她："除了秋玄，你可曾喜欢过别人？"芷杨微微沉思，道："有，他曾救过我性命，还赠了我一匹小马。"锦无咎一顿，问："那你可曾去寻他？"芷杨道："如何寻得到，那时年幼，又正逃亡，辗转多时才来到宁城找到碁文。那少年赠我小马，我却不敢久留，其实我那时既冷又怕，很想在他的军帐里歇一下，却终是怕他和佟国有来往，会认出我，便只好匆匆离去。"锦无咎点了点头问："他是个什么样的人？"芷杨微微偏头思索："我记不清他的模样了，只是他安定从容，这点同你倒有些像。即便是如今长大了，有时在梦里的危难时刻也会有他，有时候，我甚至怀疑他是不是真的存在过，但他却让我感到心安。"锦无咎道："那你可曾，喜欢过我？"芷杨把眉微蹙："有时……"稍一迟疑，锦无咎已拉近了她身子，低下头来轻吻她唇。芷杨不曾推却，轻踮起了脚尖。

此时万里无云，风柔气清，红日西沉，光芒却横贯中天，分外明亮。

末了，他轻轻放开了她，从怀中拿出一个包裹着方帕的物件，仔细展开，是薄薄的一小方羊脂玉，上头刻着她的名字，正是那年在界河她遗落在军帐的那方，这时它静躺在他修长的手掌上。芷杨奇道："这是我那时落下的，你怎会有……啊，你是……"

锦无咎拿起她手，把它放入她的掌心："当时年幼，我脸上又涂着油彩，那日天色又暗，后来你便不记得我的模样了。"

芷杨看着他，脸上一红："你……长高了，威严了好多，有那么多人喜欢你……你为何……一直留着它，你如何知我是……"

锦无咎道："我看见那匹小红马的时候就知道是你了，我一直都记得你的，想要找到你。我派人一路相随，护你直到进了碧文的王府。"

他说这话时，背手踱步，低着头细细打量着芷杨，芷杨脸上又是一红，问他："你为何不早告诉我？"

锦无咎摇头："我要你自己愿意。我不会拿这个请求你，我不会求任何人，我也不希望你是因为感激才嫁我。"他把她的手掌合拢了："完璧归赵，保存好。"

芷杨扑进他怀里，不由又哽咽起来："无咎。"

锦无咎轻抚着她秀发："不早了，走吧，不要等到天黑再赶路。"他返回到河对岸，招呼了一声随行的那匹红马，马儿懂他，便独自趟过了河，去到芷杨的身边。芷杨心知锦无咎是怕沾湿了她衣裳，便先抱她过河，才返回去牵马。

锦无咎隔着河冲她一笑，比划了个手势，芷杨也冲他笑，笑出了泪花。

——他说马儿长大了。

是啊这匹红马便是那年锦无咎送给的她，它曾载着她一路到宁城，这时又要载着她，离开宁城，平安回家。

——不明白为何会这般喜欢你，第一次见到你时你说喜欢牡丹，我便命人去天涯海角、高山深涧中采来，给你造了小院，牡丹花期短，我却幻想着它们永不凋零。府上美人无数，我不曾爱上任何一个。我找那苟姑娘，由着午儿给你通风报信，只想看你对我究竟有无真心。如今终究赔上了性命。好在母妃已离世。无咎第一次，因她不在而感到心安。

——无咎，你年少时便救过我性命，如今你又救了我。你却要因我而死。为何不早些告诉我，我只是看不懂你，怕爱上了你又被你抛弃，怕被你玩弄于鼓掌之间，如同你的那些门客姬妾。我年少时便已喜欢上了年少时的你。

锦无咎吹了声哨，马儿载着芷杨小跑起来，芷杨却忍不住回头望，日暮苍苍，白水茫茫，河对岸他正望着她，对她笑，映着阳光，双眸扑闪。芷杨转过头，拉紧马缰，向前望，却觉情怀翻腾，柔情百转，泪水止不住地往下淌。

她想起锦无咎逼杀门客的那个傍晚，曾罕见地来到她的院里小坐，那时她正誊完了最后一遍佛经。她从未见过锦无咎那般无力的模样，去厨房调了花茶蜜饯，回来时他已离开，可她着实依然放心不下——辗转思忖了好一会儿依然放心不下，终于去了简原君王府——正遇见了八个家臣身亡。锦无咎独立在庭院中，倚着夕阳踩着血泊，眼神深沉又绝望，这个眼神直印在了她的脑海里，直到她后一日去寻碁文，一路上她的眼前都是他的模样。

原来那日锦无咎来牡丹园，是来向她道别的，他自知已不能为碁文所容，将不久于世。

芷杨想着，鼻尖一酸。天拢起了乌云来，有些昏暗，佟国尚远。

碁　文

　　碁文靠在床头，微合着眼，听着窗外的风松一阵紧一阵，身下的枕席透出一股清凉，三月的天尚寒他却没有添置炉火的习惯，这冰凉的感觉让他感到熟悉而心安，因为这是自他年少起便日日感到的冰寒。宫铃声响，竹架上的羽衣窸窣。锦无咎回来了，直立在门廊旁。

　　见了锦无咎，碁文向他抬了抬手："无咎，坐吧。"锦无咎沉着脚步来到一旁的席上跪坐下，便听碁文道："我流亡三年，即位三年，你我弟兄，却是这样的结果。你我都是伪善的人，无咎，你输，是因为你做得不够绝。"

　　古月将案上早备好的酒杯端起，递给了锦无咎。

　　锦无咎接过，这是个琉璃杯，用一整块水晶磨制而成，晶莹透亮。里头的酒没有颜色，也无杂质，明明净净，清清爽爽，锦无咎看了看古月——这果然是个只忠于王的人。又抬起头来看碁文："方才大王，可曾幸了芷杨?"

　　碁文摇了摇头。

　　锦无咎又道："大王答应过的，不去佟国找她。"

　　碁文点了点头。

锦无咎的眼神晃了晃，沙哑着声音说道："无咎想和母亲葬在一处。"

碁文道："好。"

锦无咎正了正宝红福临纹腰带和织金衣领，端起酒，轻轻地道："若有来生，愿身如琉璃，明净清朗。"他把酒饮下，从席间起身，复而跪下，对着碁文深深叩拜，大礼毕时他抬起头，抿着嘴望碁文，脸上有些痉挛："谢谢你，哥哥。"眼角微湿，双颊有些潮红，他忍不住又加了一句："无咎从不曾反。"

案边的一只瓣口宝瓷花瓶，兜着满满的一囊墨紫色的天鹅舞蝴蝶兰，正在静静怒放。

碁文的手一僵："无咎。"

看着锦无咎渐渐断了气息，面色变得苍白，容颜却依然持重，碁文心中空落落的，锦无咎眼神深处有一抹安详，同小时候一模一样。

想起了小时候……小时候呵。

那时他尚不是太子崇安，锦无咎也还不是简原君，二人那时，只是兄弟。

他生来不受大王宠爱，因他出生时害死了母亲，父王厌他，觉得他不祥，虽因是嫡长的缘故早立了他为储，待他却极冷淡疏远。

母亲的忌日在冬至，父王越宁公从不许他前去祭拜，说是怕沾污了皇陵，每年此日，越宁公会命人把他锁在寝宫。那一日也是他的生日，大王从不曾为他举办寿宴。他总是独自流泪。

忘了是哪一年了，只记得那年特别冷，他手背脚跟都生了冻疮；次日便是冬至，于是他又被锁在寝宫，入了夜他迟迟无法睡去。子夜将近，听有细微声响，他推开窗，是锦无咎。锦无咎双手捧进来一个沉甸甸的大木盒子。他忙接过，一面扶锦无咎跳进了窗，一面低声问："你怎么来了？大王不让你们来见我的啊。"锦无咎轻轻地道："无妨，没人察觉。"一面向窗外望了望，合上了窗。碁文打开那沉香木盒，里面竟是满满的糕点，花花绿绿，各式各样，他这才欣喜起来，兴奋地搓了搓手。锦无咎道："哥哥，你尝尝。"一面挑了块红豆马奶馅儿的玫瑰黏丝糕给碁文，碁文接过了吃下，味道很好，锦无咎知他爱吃，便在一旁静静地看着，双眼睁得大大的，眼里扑闪扑闪的满是喜悦，却没有像其他孩童那样大笑。无咎打小就不爱笑。

他吃着吃着，却哭了。

他自幼爱吃糕点，但越宁公却最厌他喜食的样子，觉得糕点是女子才爱吃的东西，又因他体态微丰，性格亦有几分绵软，毫无王者的威仪决断，便不准他饮食这些精致茶点。

碁文不记得自己多久没有吃到芙蓉糕了。只记得会见宾客时但凡他想尝一尝案前的糕点，便会触到大王严冷轻蔑的目光，逼得他直打颤。只记得去拜谒其他夫人娘娘时会被她们笑话他多吃了两块甜食。只记得下人们会拿这些糕点诱他，换他身上的珠宝配饰。他们从不畏他敬他，在他们眼里，他不过是个不得宠的、没有倚仗的、摇摇欲坠的公子罢了。

锦无咎见他哭了，便安慰道："哥哥，别哭了，等你当了王，就可以吃好多好多的糕点啦，到那时，你还可以赏赐给无咎呢。"

"等你当了王，还可以赏赐给无咎呢。"这句话，碁文始终没忘。

"若我成了王，一定保你当个太平公子，你爱吃什么，我也全都赐给你。"綦文那时想。

记忆中那一整盒糕点，他吃了好些日子，才吃完。

又有一年春猎，越宁公率王公子弟齐聚楠国围场，那年的青年子弟颇众，越宁公有令，狩猎众者均可获赏。当时楠国宫廷尚武之风正盛，骑马、射箭已成了王公贵族日间操习的技艺。綦文自幼工于诗书，能一目十行，过目成诵，却不擅武艺。一是因他行动迟缓，若在百步外设静靶，以其定然之态，或也能中那红心，可一遇见行走中的猎物，他便束手无策了；二则确是因他仁厚善良，着实见不得动物被自己活活射死，是以每逢行猎，他便会推说身体有恙，不愿随往。

这日却是楠国公亲率前往，同行的还有访楠的各国使节和荀氏幕府的少年将军，綦文不敢不去，却蔫蔫儿的，待到围场。半个时辰过去了，他马肚旁的竹篓里只挂着只兔子，还是他捡的别人不要的。又过了半个时辰，隐约听见收捕的鼓声传来，綦文慌张起来，不知该如何应付，远远地见众人向营帐走，他便避开人群，试图再捡些什么。忽有马蹄声响，綦文躲闪不及，回过头去，却是锦无咎，他一下子便安下心来，喊了声："无咎!"锦无咎待到了他身旁才轻声道："哥哥，快拿上。"说着便把自己麻袋中一只刚长了角的驯鹿使劲拖了出来放入了綦文的竹篓，一边说道："我从那头先走。"说着便打马先去，跟上了众人队伍。綦文望着他离去的身影，看看竹篓里的驯鹿，虽安了心，却又升起几分茫然，他有时觉得，朝臣们不一定对，大王也不一定是对的，谁说只有会捕猎的人才勇敢，才能为王；可这样的想法终究一晃而过，他到底不及锦无咎。

待他回到场子，大家都早已落了座，他下马行礼，大王见他迟迟才到，便有几分不悦，但待他捧出那头驯鹿时，迎接他的却是一阵惊呼与喝彩，那是大王第一次夸赞他，第一次让他坐到了自己身旁，他找寻着锦无咎，看见锦无咎也正看着他，是开心的模样。

那时他已十五岁，锦无咎只有九岁。

这样的弟弟，让他心安，也让他不安。

可以共患难的，不一定可以共富贵，更何况，这只是他自己一人的劫数，与锦无咎并不相干。

越宁公宠幸锦无咎母子久矣，终于起了废立之心，碁文有性命之忧，被迫逃亡，辗转多地，途中多次遇险，全靠心腹肱骨舍命相护才逃出一条命，终于在隆冬大雪时节到了佟都安阳，得救于佟国公慎吾，后来便留在了安阳，得慎吾护他周全。

慎吾是明堂的表兄，也是碁文母舅，在广安三十三年夺得佟国公位，之后他对内集中王权，对外则纵横捭阖，亲征吞并了邻国滕、罩，疆域版图直逼荆、孟、梁，崛起之势不容小觑。广安三十九年，楠国公病危，慎吾遣使来楠，言明要楠国公传位于碁文，佟国富庶虽不及楠，但论军马却胜楠国一筹，碁文的背后是佟国铁骑百万，越宁公不可等闲视之。

佟国使臣来访的那日，越宁公正在接见夺得金樽的青年武士秋玄，那是他第一回接见秋玄，却已猜知他的身世，只是没有点破。若荀氏幕府还在，佟国定不敢如此逼楠；越宁公那时想，可他又一转念——若幕府在，佟国不敢犯楠，可自己的王座呢？

越宁公随口便问秋玄何如。秋玄那一句"那便再提一个，令他也无法拒绝的要求"，却恰好点醒了他——佟国公既然要自己传位碁文，那他便要佟国公把公主芷杨嫁予无咎，以保无咎无虞。可他万万没有想到，碁文自此，却不再拿锦无咎当兄弟了。不被大王信任的兄弟，和当年不被大王信任的儿子一样，孤苦无依，随时会有危难。

碁文当然知道锦无咎不曾反，秋玄不是锦无咎杀的，他的家臣也不曾反，在城楼上他提起的八人，不过随口一言；于锦无咎，既是威慑，也是试探。锦无咎很聪明，不久便杀了八人以示忠诚。那八名家臣也心知肚明，他们毫不犹豫地站出来，是为了让公子不为难，如果八人不死，公子会有难；如果他们不自己站出来，公子会不知择何人上路，会难堪。

碁文知道，如果自己说是十八人，便会有十八人站出来，为锦无咎而亡。

碁文长嘘了口气，有些哽咽，有些惆怅，却觉得舒坦。锦无咎在一日，他一日不得安。

"古月，简原君染了风寒，不治身亡，以辅国公之礼下葬。"

楠国公

阴雨绵绵，雷点阵阵，紫宸殿里有些湿冷，清明月穿枝花窗纱上拢着一层薄薄的雾气，雕花弄影，雾色流韵。夜渐深，简原君锦无咎的四七已过，灵柩在堂前已停了二十八日，早该出殡了，却遇上接连雨天，绵绵连连，到王陵的路太泥泞，走不了车马棺椁，发丧不便，故灵柩停留在内室，迟迟未出宫去。

"不说是吉日么，何故遇上了雷雨天呢?"楠国公綦文看了看窗外，叹了口气，他披着一件淡淡的竹月紫展雀同心纹龙袍，袖上别着一道黑纱。丞相清河一身深蓝宝相菱纹裳，身材高长，面容俊朗，经过风雨，历过磨难，有些沧桑，双目却极有神，他坐在楠国公对面，也觉这雨来得不合时宜，听楠国公问，便道："大王，已停了二十八日，不宜再推，恐简原君府上不宁，明日入土吧。"

楠国公夹起一瓣桃花蜜饯，却又轻轻放下，搁在青花缠枝牡丹纹宫碟上，道："再延，孤亦不安，依你所言。"

清河道："臣这就去办。"

楠国公道："交给古月就好。清河，有另一桩事，需你亲自替孤去办。"

清河道：“大王请讲。”

楠国公往身后的珊瑚红飞白牡丹花鸟绣垫上倚了倚，神情舒展了些，望着清河，道：“城外南郊的诸山寺里，有一女杨氏，木易杨，单名一个‘萍’字，二十来岁。她有一子，寄养在寺庙附近的一处农家，两岁大了，那是无咎的骨血，清河你去确认一番，将母子俩接回王府居住吧。杨萍也是钟情之人，知无咎不愿她怀上骨肉，她却想为无咎留下血脉，便跑去继阳公子那里，想要侍寝再离开。不过继阳那日却没有留她，之后她便去了诸山寺。”

清河低了低头，在心中记下了，陪碁文小坐了会儿，随后便告退，出了殿。随行的公公为他打开了伞，扶他踏上了殿门外石阶下的一乘小轿。清河回身向楠国公的房中望去，只见楠国公的身影就着烛光，正端详着什么，清河脑中掠过了方才的场景，猜知是在看碗碟中的那瓣桃花。

他跟随崇安公多年，看着他少年时摇摇欲坠，岌岌可危，后来命悬一线，被迫逃亡，一路艰辛，常遇险境，直至奔佟，得佟国公庇护，广安三十八年终于回朝，半年后即位为王。一路来他从仁厚懵懂的少年变成了泰然不惊的君王，清河对楠国公再了解不过。

杨萍是锦无咎为数不多的实心怜爱的人，二人感情甚深，每临锦无咎出使出巡，杨萍会亲自为他送行，又缝一遍他的衣领同腰带，款款问他何时能归，锦无咎知她忧心，每逢此时，便会答：“不会太久，不日便回，你莫忧心。”锦无咎知她得子，虽然欣喜，却怕王兄加害，便把母子藏入了诸山寺，殊不知楠国之中，又有什么能瞒得了楠国公，楠国公不知道的，只是他不想知道的罢了。楠国公若没这能耐，如何能数年不上朝，而使朝堂安定、国富兵强，又如何能调兵遣将，收回楠国十三城，大破荆兵三十万。简原君的那些心思手段，楠国公怎会当真不识，若说简原君是一片湖，那崇安公根本就是一汪深洋。

秋玄的身世崇安公打一开始便晓得，他只是想借秋玄之才，率军征战，更何况有简原君在，容不下秋玄，这杀将帅的罪名，大可留给简原君去担，崇安公做明君便是了。

秋玄忠孝英武，只是仰慕权势，却不自知。用越宁公的话来描述秋玄便是："他想要取胜，想要雪耻，想要光宗耀祖。"崇安公綦文则又加了几句："追求荣耀忠孝，与贪恋权势，在我眼里，并无分别，不过无妨，他能替我收回河山，我自当替他扬名立万，各取所需，稳固坚强。"

崇安公知道秋玄是自尽的，是秋玄委那武士射杀的自己；也知道那武士佰方，曾经救过秋玄，还有个女儿叫佰妍。秋玄自知光复不了幕府，便想用自己的死，挑起崇安公与简原君的宿怨，引起国中战乱。只是他高估了自己，低估了崇安公，他不曾参透楠国的王权有多集中，不晓得一切权力都完完全全只归属于崇安公，崇安叫简原死，简原便不得不死，无力相抗。或许秋玄也知道自己是凄凉的，便借着"为所爱之人赴死"之名，试图保全最后的体面吧。所以他才说自己的死，是因简原恨他与芷杨。

随他吧，崇安并不在意，十三城既已夺回，秋玄便是个用旧了的废铜烂铁，身上的荣耀与恩宠，在楠军得胜的那一刹便消散了。楠国历来重经济文艺，国力虽强，却不结同盟，不入纷争，等视诸国，立国百年鲜有战事，王而不霸。二十多年前曾遇荆国扩张，被象宜公夺去边境十三城，当时的楠国公越宁深知象宜权势正盛，遂天子废立凭他，便决议不作持久战，才割了地。

如今他崇安已收回了那十三座城池，是时候止战休养了，到底征战乃国之重事，日费千金，不可不慎，他亦知荆国国库亏空，军疲民乏，不会再兴兵戈开战。

秋玄选择不了身世、命运、爱人，他唯一的自由是可以选择死亡。崇安公有时想来，也觉他可悲，但他却不同情，因为明知是死地还赶赴的，是愚蠢人。

窗外风雨飘摇，马车颠簸，清河心想，不知今夜楠国公会召幸哪个宫女，以一夜恩宠，换她几日后的死亡。但这不妨碍他是个好国君，清河想，楠国国力渐强。清河会一直追随崇安，这么多年了，一如既往。举朝上下，楠国公能悉心对待的，也只清河这几个随他出生入死的肱骨之臣，楠国公只信任他们，愿意和他们说说话。他毕竟孤单。

屋中古月见楠国公一人独坐出神，便捧着花名册上来问："大王，您看。"

楠国公拾起那瓣花瓣，点在唇边，看着古月将册子一页一页缓缓翻过，打了个哈欠，指着其中一个名字问："这个，可是书房外打理花草的？"

古月陪笑道："大王好记性，正是她。"

楠国公道："模样倒是齐整，就她吧。"

古月低了低头，躬身退下。

楠国公端起茶碗，轻轻呷了口茶，又放下了，这时他有几分倦意，便支着头，靠在枕头上。忽听门外有脚步声，便问道："怎么了，古月？"

无人应答。

楠国公抬起头来，却见一女子正立在门旁，皓白的衣裳已湿了大半，脸色苍白，沾着水珠，容貌极美，长发湿湿地垂散在一侧的衣襟边沿，楚楚动人。

楠国公一怔，没有起身，倚靠着身后的软垫，看着芷杨。

过了一阵子，他摆了摆手道："孤已答应了简原君，不去找你。你走吧。"

"你知道我会回来。"

——这一路走来，哪一步不是你早料到的，深宫禁地，宫门重重，若没你的旨，他们如何会任我闯入紫宸殿。

楠国公一顿，道："也对，毕竟，外头过日子会清苦些，不如宫中安逸富贵。"

芷杨只觉心中一阵刺痛，有些惊讶，更有些羞愤，为锦无咎，也为自己，她背过了身去，不肯让碁文看见自己的泪水，但她不能离开，她不能走，只是用手扶着宽阔的雕花门廊。

她手扶着门廊，努力忍住泪水，碁文已走下来，定然站在了自己身前。

碁文低头端详着她："芷杨，当楠国的王后，可好？"

芷杨不敢看他的眼睛，因为她知道他的眼里其实什么也没有。可她到底松了口气，于是点了点头。

碁文唤古月："把今晚的牌子撤了。嘱咐尚宫，给夫人沐浴更衣。"

荀 汐

　　新春的初雪轻悄悄飘落在湖面上，雾气苍茫，人迹杳然。偶闻鸠鸣，湖水冰冷刺骨，水中的人正向下沉，蚀骨的恐惧袭卷而来，包裹着她，她感到无处可依，便凌乱地划手拂水，却来不及挣扎，够不到那一轮西沉的红阳。恍惚间有人喊她，于是眼前瞬间浮现出那张秀美俊逸的面孔来，念头起起落落，欣喜又绝望。

　　过了不知多久，她感到了光和暖，左右微晃，微张开眼，却只身躺在一条乌篷船上。

　　小船缓行在水中央，春月斜挂在天上，月光与雪点一同落在江面上，似星河在水，渔灯漫江，一时朦胧，分不清是在天上还是水上，也不知这是仙境还是幽冥，船头燃着一笼红彤彤、明晃晃的小火炉，烛光摇曳，有茶汤在煎，隐隐荡来药香，一旁立着个青衣少年，微屈着膝，一手持蒲扇，一手执竹竿，正撑船，她只道又是那庐中少年救下的自己，顿觉安慰，心头一喜，唤："公子——"却觉喉间苦涩，说不出话。

　　少年见她醒了，喜道："姐姐，你醒啦。"将竹竿先支在一边，盛了碗药来到她身旁，道："这是雪饮茶，可以驱寒祛湿的。"

　　眼前这少年不过十一二岁年纪，青袍外裹着身青灰皮袄，身材敦实，一双大眼晶莹清澈，炯炯有神，耳垂晃晃，脖颈上系着一只青翠透亮的小巧的玉葫芦，笑容可掬，却不是那个少年人。

荀汐接过土陶碗："是你……救了我?"

少年点了点头，俯身拾起她身边的一些晶莹圆润的小石，她这才发觉，方才是这些热烘烘的鹅卵石，烘干了自己湿寒的衣裙，这煮石烘干的法子，在渔家原是常见。少年收拾好石块，复回到舟首撑杆，一面笑道："今天出来打鱼，正遇到姐姐落水了。"他直憨憨的，只道她是失足坠的湖。

荀汐有些恍惚，将药汤饮下，却觉心下空空荡荡，身子很沉很沉。

那天黄昏，有雷惊闪，她已收好行装，去向庐中的少年道别——少年正在阁楼，倚着竹墙，曲着膝，坐在回廊的地板上，左手边落着一卷信笺，右边放着个龙纹饕餮小铜壶，额前散出几缕发丝，脸色有些暗，一只八宝白鸽依偎在他怀里，却更显孤单——她从未见他这般颓丧，没有多问，告了辞，临走又忍不住劝他少喝些，莫要醉了伤身，他说那不是酒，是茶；她转身要走，少年却说，她还能去哪，她说不上话。他斟了一杯递给她。

她犹豫片刻，登上竹梯接下，浅尝一口，才发现分明是酒，不是茶。她喝酒易醉，便放下了，打算离去。

那少年也不相送，也不挽留，任风吹乱他玄蓝色的衣袍，独自饮下一壶清酒，眼角闪起了泪花。她不忍见他忧伤的模样，这时见那信笺上有斑驳的泪痕，不知是写信人的，还是他的。

他说："我救不了他了。"

她问："他是……"

他的眼角淌下一行泪："是我哥哥，他大概要死了。他本就羸弱，过几日还要随父亲去祭祖，每年冬祭，父亲都必要巡猎的，可是围场那么冷，他如何熬得过。"说到后面，竟抽泣起来，只是风紧，盖过了他。

雷鸣电闪，风雨飘摇，天还没有黑透，屋中闪着荧荧烛光。他的面色发红，头额滚烫，明明有一手好医道，却不肯将自己调理好。荀汐扶起他回屋，去取湿巾，他却不让，拉住她的手不放，后来便沉沉地睡去了。

次日转醒已是晌午，新年的初雪如樱花般飘洒，压盖住山水，也压盖住了竹庐。然而依旧能看见花圃明艳，枫林冰湖。

他说，住下吧。话语淡淡的，没有丝毫暖意，她心中一寒，依稀想起昨夜他在梦中呼唤的一个名字。他整理衣冠，离开了竹庐，一天过去了，两天过去了，一周，一月，日日会有茶点膳食奉来，那少年却没有再来过。

荀汐感到自己被践踏了，被这俊逸的不知姓名的少年，她不愿意再去寻觅灌，自觉配不上他那份纯粹，对不住他那段深情。

冷风摇动竹叶樱花，松一阵，紧一阵，花叶被吹落在园中狭窄的石子路上，落红在夕阳最后一抹余晖中飘舞，一团团，一簇簇。她久立于窗前，失魂落魄，静伫了一整日，终于出了竹庐，来到湖边。下雪了，春天却还没有来。

碗中的药汤已尽，喉间苦涩，她恍悟了自己已不在竹庐，心中是无尽的哀愁与失落；一晃神，手中的茶碗"砰"地一声摔落在了一边，她一惊，有些愧怍，船头那少年见了却乐："姐姐，你终于回过神来了。"过来扶她躺下休息，一面收拾好陶碗碎片，丢进江中，一面叽叽喳喳说了好些话，一会儿问她是哪里人，一会儿问她要去哪，也不消她回答，只是自说自话。荀汐初觉烦乱，后来却感到心中升起了一股暖意，话语间得知他是个孤儿，全凭师父抚养长大，便又添了疼惜。她望着眼前这个茁壮质朴的少年，心中的冰雪渐渐消融，只是腹中的孩子，终究还是随着冬月流逝了，没能降临人间，想到这里，她又觉得心口仿佛被刀生生地剜开了，刺疼，刺疼，她拼命望着江中的灯火，强忍着，不肯将泪珠落下。

苏　植

广安四十六年八月，中秋月夜，荆都呈阳一派繁华，街市巷陌灯海鳌山，树上道上楼台上，到处挂满，通明如昼；荆楠止战已逾五年矣，荆国国中一度荒芜，田园萧瑟，诸城空寂，经时休养，才渐复兴。

因是中秋的缘故，城中这日解了宵禁，城门敞开直至天明。宝马香车往来交织，歌伎舞女出入游园，笙歌鼓瑟缭绕缠绵，整座王城和乐升平，年年岁岁，岁岁年年。

城西的一座旧王府邸封尘僻静，久无人理，地锦攀了满壁。偶有一两只狸猫盘行经过，轻悄悄的，不沾尘泥。

一个青年人在王府后院对面的巷中驻了足，他中等身量，容貌明净，眉眼舒朗，一身苍绿葵纹锦袍，腰间系了条雨花青灰素宫绦，外头没有罩披风。他穿过街角，来到王府的后院，见门把手上倒悬着一支枯叶，便将门边的小石墙轻敲三下，那石墙竟自己开了口。他闪身进去，反身合上了门。夜色如水，院内一片荒凉，一条小桥平分池色；晚风拂影，暮云飘移，仿佛山石在移动，似云似石，亦真亦幻，迷离清寂。他站定了一会儿，才发觉满园的桂香已扑面而来，他仰头，望见了头顶的那一轮白月，风微凉，今夜的月，分外明亮。

白月高悬，洒下点点光芒，映照着谷野大地。城外的山郊寂静悄然。

却有一乘单骑自山中奔来，马蹄声在静夜中格外清脆，微尘扬起了又落回。马背上的人奔波多日，有些疲惫，又因夜深看不清道路，手中的缰绳便不敢松，因为临近故土的缘故，他禁不住喜悦，踏马赶路片刻不曾停。

他一路奔走进城，穿过繁华的长街，来到宫门下，除下大拇指间的一枚扳戒递了上去，守城的将军接过一看，便令开宫门，又指了两名卫士随同，与那人一并入了宫。

途中又遇到数重关卡，他心中微微一奇，宫中的防卫竟比五年前严密了许多。

原来此人名唤苏植，原为荆国上卿，新君即位后，便被委以秘任出宫，此时离他出宫已有七年，有了答案，便回城了。

一行三人来到宝和殿，守更的内官见了兵卫，接过那扳戒向管事请示。这时已过三更，管事见了戒指，却径直进了殿去禀报，只一会儿工夫，便出来吩咐两个卫兵回城门，随后便将这夜行人引进了里屋。

屋中灯烛明亮，方见这人一身黎色粗布衫，落了些尘霜，骨骼清瘦，面颊短小，然而一对眼睛小而有神，虽有倦意，却能掠知秋毫，且喜怒不形于色，他进了里屋便要叩拜行礼，却听国公道："苏卿一路奔波，不必拘礼。"未及他行下礼，已上来扶起他，请至席边，两人对面落了座。

他欠身接过大王递来的茶，轻轻放下，他知道国公在等，便禀道："大王，他还活着。"

国公的神情凝滞了一瞬，他却已看明了，他自幼长于察言观色，凭旁人一个举动一个眼神，便能读其心思、断其身份。国公方才那眼神中分明有恐惧、质疑和不甘，想掩饰，在他跟前却无处遁形。

"他在哪？"

"眼下在旧王府邸。"

他的任务已经完成，之后只需严守秘密，就可以了，至于如何处置那是大王的事，与他无关。他猜想大王会封赏自己一番，然后发派他去边陲做个小官。他有些倦了，想回家，离乡经年，他那小儿子应该长高了吧，也不晓得那小子认不认得出他。

国公唤来守在门外的内侍，耳语了几句，那内侍便速速退了出去。

国公顿了一顿，对他道："苏大人，本想让你先休养一阵，却还有一件事，需交托于你。"

此时夜虽深沉，苏植始终保持着清醒，因此国公并不曾看出方才他恍了会儿神。

"大王吩咐便是，苏植义不容辞。"他拱了拱手，实已猜得一二，却不肯先将想法托出。

"孤还想再找一人，他……于孤有恩。"

"大王请说说此人的相貌年纪。"

国公却沉默了好久，似不知从何说起，停了一会儿，却提着赭褐纻丝松鹤祥云纹宽袍徐徐起身，说道："苏大人先回吧，天色太晚，你奔波辛苦，且休养着，过几日再接你入宫商议。"

苏植听了这话，便知对方是有难言之隐，说少了怕自己无法找到此人；说多了又怕自己会猜知那人身份。此人一定特殊，或许比这七年来他奉命找寻的景元君璟旦还要敏感。

不过他早已养成了进退有度的习惯，便行了个礼，退出殿去。

晚风拂面，庭中的桂花轻轻摇下，落在青年人的肩上，他抬起头望着这一株高高的桂树，透过疏密错落的枝丫望见了一团圆月，他解下腰间的荷包，打开来，将风干的桂花花蕊倒在手心。墙外的街市上依旧熙攘，灯火辉煌，车马人声往来梭行。庭中静谧依然。忽听身后有一阵声响，却不是老仆叶陶的声音，他预感到不祥，回过身，未及看清那声响处是何人，便先感到了一阵钻心的剧痛——回过神，一支冷箭已笔直地穿透了他心窝。箭尾处系着一条窄窄的绸带，就着皎洁的月光可见那上头用细细的笔迹写着八个字，墨迹未干："兄长不死，孤不能安。"

心口处剧痛传来，他感到痛苦绝望，却并不惊异害怕，他早知玘灌在寻他。

玘灌确已寻他多时，当年荆楠之战，玘灌在回城路上所遇的绿林人马便是璟旦的手下，那些首领有的是靖元太子旧部，有的是璟旦自己的，他们助玘灌，便是为了将来入朝后，能作为内应，接璟旦归返。玘灌逐渐觉察，却因仓促登位，根基不稳，若是冒然去除，朝堂必遭动荡。于是他先迎娶了环炀郡主葭儿，稳住北境重元、疾生的二十万大军；又加封霖州平阳君青蘅，扩其领地供其开拓，不使其回城；皎皓年幼，为了自保便自请前往封地，他也随即恩准。

对于璟旦的旧部，玘灌则一面以高官厚禄笼络，一面感怀安抚，在他们面前常提璟旦，称若璟旦在世，必接他回来，依旧封王，一面暗派苏植找寻璟旦下落。如今璟旦的旧部已有半数倒向玘灌，其余的则或流或诛。

玘灌即位五载，王权已然稳固，璟旦自知大势已去，加之孝月离世，便再不抱想望，只想平平安安地度过余生。只是他在外漂泊多年，终念家乡，他曾与老仆叶陶商议，若王府平安，便在后院门上悬一支枯草，如今又逢中秋，他路过呈阳，终忍不住进了王府小院，想进屋看一看。却不知苏植已相随多时。

璟旦忍痛倒地，咬了咬唇不能动弹，整整八年了，他第一次回到家乡，这个他藏匿四海漂泊八方却一心想归来的地方。他看着自己的血汩汩地往外淌，染红了皓白的领角晕黑了松绿底的衣裳，房屋寂寂，未见人声。璟旦浑身哆嗦，这时挣扎着大喊："继阳君，孝月的仇，一定要报，她的棺椁，要回家！"

夜幕深沉，星光璀璨，玘灌正伫立在宝和宫的回廊上，掠过缥缈无尽的苍穹和鳞次栉比的宫楼，向西望，只觉心涛奔涌。

宫灯闪烁，一望无际，金碧辉煌，他的王权，当如银河繁星，永盛不衰。

玘 灌

广安四十九年春，大通河建成，自北往南绵延横亘荆国之中五百余里，其始建于继阳公玘灌即位之初，越时八载，贯穿连接南北诸河，上修石桥百十余座，使北粮可南输、南锦可北送，互为补给，既融贯了国中经济，又起了御楠之用。

通航之日，玘灌率众出游，江面上数十乘大船循循驶过，中心的龙船高达四层，形容最巨，左右两翼有高三层半、称为龙翼的九艘水殿相护，此外杂船无数。船只相衔达十余里，仅挽船之人便有千百余众，均着彩服，光耀水陆。

继阳公玘灌与王后葭儿并肩立于龙船的甲板之上，玘灌身着玄底云纹暗花纱四团蟒织金圆领袍，束一圈乾坤宽玉带，未着披风；葭儿则着柿红织金狮纹广袖袍，傍身落着一顶秋香宝菱纹薄丝披风，松松地，迎风飘摇，她幼时喜明艳的色彩，成婚后，渐爱淡雅，虽是巡游，更服盛装，所选也是素色。

从船楼之上放眼望，只见江天河岸，一山断了一山接，一河岔了一河涌，芦荻飒飒，鹭鸶啾啾，蒲丛在两岸轻荡，水鸟点点翻腾飞跃，一派野幽繁华景象。伍樗在一侧侍奉，荆楠战后，崇安公便放伍樗归国，玘灌亲自出城迎他，往后即位，便拔擢他为内侍总管，与洪络赵佚一同随侍左右。

这时几个小宦合力抬着一只大竹桶从船舱中出来，登上甲板，桶中的水"咣咣"地拍打颠簸，里头似有红云翻动。不及水桶沾地，为首的小宦便道："大王，您的锦鲤来咯。"芑灌回过身，果见那桶中满满当当地盛着锦鲤，映得水桶火红火红的，壮实肥硕，较寻常的要大好些，原是芑灌数月前便命人寻来鱼苗养在太庙的池中的。等竹桶放定了，芑灌便撩起衣袖要伸手去取，小宦见了忙上来止住，摆着手唱："大王千金之躯，不好受了寒凉，让小的来，让小的来。"芑灌却道："罢了，放生的事，还是孤亲自动手吧。"于是俯下身去，用双手捧出一条大红锦鲤，往上一抛，高高地掷入了河中。那鱼落了水，扑腾着便游了开去，漾起一阵急急的涟漪，很快便随水流荡遂去。芑灌又捧出一条给王后葭儿，道："但愿可以超生，来世富贵依旧。"葭儿有些害怕，芑灌便握着葭儿的手，同她一起将锦鲤放入了大通河。随从女婢纷纷赞好。

游船渐渐驶出城郊，这一处地高，又是初春时节，水便不深，走不了龙船。妃嫔纷纷换乘了画舫，龙船在岸边缓搁停下，芑灌命人放下舷梯，听见葭儿唤自己，便转身回应，葭儿怀抱着一顶银白色斗篷，上前来为他细心披上，柔声问："大王是要上岸吗？"芑灌点了点头，葭儿将束带紧了紧，叮咛他："当心着凉。"又言："下回带舍儿也来看一看吧。"

舍儿是两人的头生子，这年六岁，已被立为太子，平日里调皮不爱读书，常受芑灌责罚。此番巡游，舍儿本嚷着央母亲要来，只因芑灌不允，才留在宫里，随太师傅进学。

芑灌低头对葭儿笑了笑，也为她收了收披肩的领口，又握了握她的手，命伍樗在舟上指挥船只、陪同王后，自己只留了赵佚随侍，便下了船。

　　岸边是一片长林，主仆俩走过长长的石子路，出了树林，便来到了街市上。此地离呈阳不近不远，熙熙攘攘，繁华依然，东南西北，商旅往来，热闹又安详，他踏上一座石桥，登临桥拱，放眼望，运河横无际涯，浩浩汤汤。

　　那年冬月，赵佚洪络带着他在这里数冰灯，便是在这里他看见了青蘅同连若在一起，他不敢多瞧，回宫后咯了血，却一直藏着那盏莲灯，每逢灯会佳节，便会拿出来赏玩。他总觉得连若还在，总觉得或许在下一个路口、下一个回廊，或许一转身，便能见到她的娉婷倩影，他想走遍每个她走过的角落，盼着能在梦中拼出一个她来。每晚睡前他会祈求得一个好梦，惊奇的是，他常如愿，常能见到她雪白的透着红晕的双颊。

　　自己的心思，葭儿可有觉察？葭儿曾提起过他的梦呓，此后他便常独自安寝，唯恐心事会被枕边人听去。

　　他与葭儿自幼相知，青梅竹马，葭儿是妹妹、是挚友，最后才是妻，他对她怜爱，疼惜，但凡一个王后能有的尊荣，他通通都给了她，只是他的一颗心，却给不了她。

　　他这么想着，向葭儿望去，龙舟已回到江心，正平稳地缓行，葭儿伴着几名宫娥下了龙舟，乘上一只雅致的画舫，悠悠荡荡在河之央，她同身边的丫鬟说笑着，兴致盎然。

　　鼓乐声传来，荡漾在午后的水乡，如今朝堂稳固，八方安康。时间如桥下的河水，轻悠悠的，慢腾腾地，一晃，一晃，追追赶赶。

　　河中有嘈杂的响声，玘灌愣了愣神，才发觉自己正蹲坐在回栏旁，于是他站起身来，向运河望，只见河心水花惊起，涟漪轻卷，方才似有人在唤他，真挚又绝望，片刻间他感到哀伤，咫尺天涯，往后他会更孤单。

　　江上起了朦胧的淡淡的雾，落叶被初春的冷风卷起，在林间飞舞。

母与子

晨钟袅袅，雾霭蒙蒙，大殿中回荡着空灵的木鱼声，太庙倚靠的半山上，松柏遮蔽，晦暗成荫。细密的青苔沿着长长的石阶铺满，连着翠竹，葱葱茏茏，清清爽爽。玘灌早早醒来，便披衣起身，伍樗打来井水伺候他洗漱，将架在熏香上的玘灌的衣服振了振，弹去一旁的冠冕上的微尘，才来为玘灌更衣。

玘灌洗漱更衣罢，感到身心内外俱清净了，才深吸了口气，走出卧房，行经长长的回廊，来到正殿，在软垫上跪下，随僧众们唱诵起了佛经。

玘灌幼时，便常会来太庙悼念先君象宜公，即位后，也常往此处祭奠，也为已故的叔叔骁元君续上一炷香。葭儿走后，他请了一众僧侣到太庙供奉，为逝者超度往生，自己则住进了太庙的偏殿，晨钟暮鼓，吃斋茹素。

这时洪络步入殿来，行经定神轻唱的僧众，来到玘灌身边，俯身在他耳边低语了几句，玘灌睁开眼，弯了弯身子，缓缓站起，传令升辇。

是方宁宫的消息。玘灌坐在步辇上，攥了攥手中的珠串。

即位后他便将怀羽接回了方宁宫，每日早晚会去请安，但从来都只是站在门外，唱一句"请太后娘娘安"，便匆匆离去。他知道怀羽并不愿见自己，他已有太多的失落，不想再添些去。

方才洪络报称，太后病危，怕是撑不久。圮灌微微叹了口气——怀羽的病症已持续多时。他却没有立即前往，而是乘着步辇绕着宫城走了一圈，终于才来到了方宁。

方宁宫的殿宇被十数株高大细挑的银杏环绕着，金灿灿的叶瓣片在宫门前一尘不染的石砖上，落在圮灌宽敞的深蓝雪雁纹衣袍前。

小宦正要通报，圮灌挥手止住，下了步辇，缓步走过庭院，来到主殿的窗前。

眼前的一排格窗，八扇一组并列于柱间，每一扇均细细雕琢，有花藤草树，凤雀鹤鸟，褐粉绿白，五彩纷呈，取的是四季平安、万福恒昌之意，色彩雅致灵动——可屋里静得令人心躁。圮灌感到有些烦乱，这时淡淡的山茶花香幽幽荡来，淡漠而疏离，遥远又熟悉。

这时只听里头一个小小的声音说道："王祖母，您怎么了，为何不同孙儿说话？"有些疑惑，更多的是失望和不安——是舍儿。也曾听人说，舍儿爱来方宁宫寻太后怀羽，怀羽待他很亲，葭儿走后，舍儿便愈发频繁地往方宁宫跑。舍儿身旁的一名内臣轻声安慰他道："太子殿下，太后娘娘想小歇一会儿呢，您莫着急。"圮灌记得他名叫高容，是赵佚举荐上来侍奉舍儿的内臣，高容一向温厚安分，可这时圮灌听见他言语，却说不出缘由地，有些不悦，皱了皱眉。

过了好一会儿，怀羽才颤巍巍地回应了一声，复而无言，却是春晓沙哑着声音哽咽道："娘娘，大王很快就到了。"舍儿察觉到了春晓的感伤，便呜呜哭了起来。

母亲大限将至，玘灌却并不忧伤，他转身打算走，却听怀羽唤起了他的乳名："灌儿……到哪了？"玘灌身子一僵，停下脚步，听里头春晓忙回应道："娘娘，大王闻说，便早早地收了仪仗，如今已在回宫的路上了。"玘灌感到有些惭愧，连春晓都要替自己对怀羽说谎。他每来此请安，殿门都合着，唯有春晓会在玘灌离开之际小步上来，嘱托内官照顾好大王，相较于怀羽，春晓反而更像自己的母亲，玘灌想。

怀羽的气息愈发微弱，话音不全："不，灌儿……就是回了宫，也不会来见我了。"话语凄凉，春晓哽咽着劝："大王还未回宫，若是回了一定会来看娘娘的！"怀羽无力地摇头："不会的。春晓，他……太像他了……一见他，就会……想起他，我好恨……"春晓知她心中所念，为她痛心，不忍打断；玘灌则心中起疑，母亲所说的"他"竟是何人？想来不是先王洪元。怀羽的声音很低很低，他几乎听不见了："灌儿和他一样，喜欢自在的生活，灌儿啊，母后多想抱抱你，我的灌儿……"话里竟带了哭音。

玘灌忍不住透过窗户缝隙往里望，只见舍儿正蹲在一旁摆弄着一团绣球花，一面用小手抹泪，手背沾湿了又更替着用手掌擦，不住地压低了声音抽泣，唇齿打颤，却没有说话，高容也蹲在一旁，春晓守着床榻，流着泪唤："娘娘！"

她走了。

玘灌感到脚尖有些麻，双膝后头有些发酸，他慢腾腾地往宫外去，宫婢的凄凄哭声从耳后传来，他感到有些模糊，有些疲惫，忘了自己方才想去哪。

　　脚底有些飘忽，不知是怎样才走到的方宁宫外院的门下，看着不远处望春园的院门，却不愿走出方宁宫，身后传来一阵窸窣声，他急转身，却见是个老迈的宫人，鬓发皆白，双手握着竹枝编成的扫帚，正把落叶垒成个小小的堆。她的背有几分佝偻，玘灌隐约想起这是母后跟前的女侍，姓常，本已出了宫，后来夫家变故，丈夫和儿子一夜间被盗贼杀害，她生计无路，投状无门，才回来求怀羽，怀羽没有多说什么，让她仍在跟前侍奉。她经年垂泪，眼已昏花，这时却认出了玘灌的身形，忙趋步上来叮咛："四公子，这里是风口，凉，快进屋里坐。"她失了智，有些痴，还道玘灌是当年那个淘气的孩子，便想要来搀玘灌回屋。

　　玘灌不愿回殿去，又急又怕，情急之下只想激她难过一番，便道："常嬷嬷，你如何又回宫来了，你不是嫁了人，生了儿子么，怎么不待在家里……"说到后头却已不自知地哽咽了。常嬷嬷却听清了，略一愣神，颤巍巍地说道："儿子……死了，老婆子……没有家了。"她果然没再拉扯玘灌，松垮地持着扫帚缓缓走远，握着长柄，将散落的碎叶一点一点扫拢起来，垒成一滴大大的泪水，一下，一下。

　　玘灌缓身在高高的门槛上坐下，除下发冠，斜靠在门廊上，天渐灰暗，前方变得模糊，天际划过一道闪电，却没有雷鸣声响，空气湿湿的，很闷很闷，他有些透不过气，眼前浮现出方宁宫屋里那葱茏幽寂的山茶花来，一丛丛一簇簇，磅礴又孤凉，好像下雨了，又好像没有，之后的样子，便记不起来了。

储 篱

坡道太陡，玘灌骑乘不便，只能下马来行，此时已过半山腰，虽是冬日，却可见古道旁竹林郁郁森森，向远眺望俯瞰，则是雾气缭绕，云海茫茫；道路两旁不时能见齐整的长竹，一捆捆地扎着，挨着山体生长；一团团大芦花在山路边摇坠，白绒绒的，甚是可爱，山风穿过，芦穗便散开，扑面而来，粘满了路中客的裘袍。

玘灌登山已有半个时辰，一路上未见行人，只在竹林中见到过几匹壮硕的牲口，背对着山路吃食着草料，也不知是骡是马。

沿着窄道又往上走了一盏茶光景，穿过竹林已能望见不远处的山尖，这时山路一折，眼前竟有两三处人家，再往里探，竟是个建在群山深处、高山之巅的自然村落，不过二三十户，高高低低地傍山修建，也没有个朝向讲究，只是家家窗前晾着腊肉，户户门外养着肥鸡。太阳还没有落山，山中农家日出而作、日落而息，用晚饭便早，此时已有炊烟升起，小村中心有三棵巨大的古银杏树，因是冬天，叶子全脱落了，只剩下光秃秃而繁盛的枝杈，树下有四五只锦鸡正在啄食。

玘灌往山顶走去，只见山阳一面宽阔的长坡上齐整地种植着一排排茶树，山阴山脊则是细密的绿竹，这时听闻林间的乌鸦"啊""啊"地啼鸣了几声，玘灌顺音望去，却见山顶林中有个少年，正把地面上的长竹往双轮木车上拖，少年壮实身材，浓眉大眼，穿着一件淡黄色锁子纹棉夹袄，吁着热气。玘灌挽起芋紫白貂大氅袖，上前去为他搭了把手，问："这是什么营生？"少年答："这座山头的竹子是我栽的，过两日下山去卖了，换些银两，这一冬便不愁吃穿用度了。"又问："听公子口音，不是本地人吧？"玘灌点了点头，问："小兄弟，毋果观可在近处？"少年咧嘴一笑，道："我便住那里，公子怎会来寻我家小庐？"打量着玘灌，忽然双眸一亮问："你是……玘灌公子？"

玘灌诧异道："你认得我？"也觉少年眉眼熟悉，似曾相识，定睛一看，竟是当年在储篱舟中撑船的小童，彼时他还是个毛头孩子，在船尾撑着竹竿，用网捕鱼，打水嬉戏，一晃经年，竟已长成了敦实稳重的少年。他常年居于山中，不谙世事，虽记得玘灌的名字，却不知对方已即位为荆国公。

玘灌怕他生分疏远，便无意让他知晓自己身份，只笑着问："可是北辰？"

北辰点头："是呀。公子都不认得我了。公子是来寻先生的？"

玘灌笑意更浓，上前拍了拍他的肩道："北辰都长大了，先生可有给你做媒娶妻？他在里头吗？"

北辰手中的青竹松了松，略略一愣，有些伤神："先生去年初春便仙去了。"玘灌一怔，北辰也顿了一顿，道："公子去小庐喝杯茶吧。"他卸下长竹，拍了拍衣间的泥土，走向前去引路。

玘灌随北辰来到了小村东面的一个小庐。小庐被一周松竹合抱，清凉凉地嵌在山间，若不细探，未必能发觉这处庭院，柴扉虚掩，北辰才方推门，便见一白一黄两只小狗相逐着跑了出来，玘灌跟在身后，却已闻见有暗香包裹而来，不是花香，似沉香，又似是清闲的木屑。进了小院，见里屋堂的门楣上书写着三个圆字：毋果观。

庐舍面东，晨昏能见朝日夕阳，扁扁的三间屋舍，自南往北是灶间、客堂、书房，卧房在楼上。三面开了窗，推拉门薄且轻，开合之间，悄然无声，窗纸平滑如凝玉，能透进山光，屋中一色的用红檀木板铺地，客堂书房随意摆放着几个软芯蒲团，绕着躺椅和木几，随处可见书画古玩，正北的壁炉里正燃着炭火，噼里啪啦地闷闷作响，整个屋子暖烘烘的。一对狗儿想跟进来，却被北辰挡在了门外，玘灌寻了一个蒲团坐下，觉得心安，又有些茫然。

今春怀羽走后，他曾问春晓，母亲眷恋的人是谁，春晓遵着怀羽之命本不愿答，却怜玘灌不知生父，终究以实相告。

于是玘灌方知自己的父亲为先孟国公孟由庶子、现孟国公孟芙之异母弟，名唤孟蓉，长怀羽三岁。孟芙为太子时，因怀羽的母妃得宠于孟国公，心中嫉恨，时常欺侮，孟蓉虽年幼力薄，却处处相护。孟蓉相貌清俊，自幼爱与僧道来往，时常出门游历山水，择道观栖身修行。怀羽嫁入荆国六年后，孟芙即位，怀羽回孟拜贺，却不知孟芙已布下了圈套。孟蓉那时不过二十出头的年纪，气血方刚，尚未婚配，宴上孟芙将孟蓉灌醉，唆使他进了怀羽的寝殿，怀羽因此得玘灌。

洪元那时尚为王子，察觉到了从孟归来的妻子的异样，便留了心，后来看见孟苑书房娄纸上的"储篱"二字，便大概明了了。他对怀羽有怒有恨，也有不愿承认的感激。因为这使他有了对不住怀羽的理由，从此可与陶氏长相厮守，惬意释然。

怀羽对孟蓉有恨有怒却也有爱，竹马之情，悸动之爱，孟蓉对她是坦率的，他的心思、他的渴求，她一眼便能望穿，自打儿时便是这样。怀羽和母妃是外邦人，在孟国宫中相依为命，寄人篱下，举目无亲；孟蓉在那时便已护佑在她身旁，直到她及笄远嫁，他守护了她十五年。纵然这一回他伤了她，她仍感到心安。洪元待她是周到有礼的，却也是刻板冷淡的，他看她的眼神一眼望不见底，黑洞洞的，孟蓉才是她温暖的太阳，白腾腾的，热乎乎的晕染着光芒，她想起时，便将他的小字"储篱"写在了纸上。

洪元对这两个字感到鄙夷，觉得污秽不堪。即位后，他以三子为挟，逼怀羽进了济云观；后遇江湖乐班游行至呈阳，他便引进宫来，把为首的乐师改了名叫"楚离"，谐音储篱，是乐户，是贱民。

孟蓉知道洪元不爱怀羽，早在怀羽嫁去荆国的时候。但迷醉的那晚之后孟蓉却不曾停留相守，次日他便离开了王宫。怀羽追至江边，他却抱着一只大葫芦，仗着水性游过了江。

玘灌初听"储篱"二字，便隐隐地感到熟悉，后听春晓说他曾抱着大葫芦渡江，方才惊觉这正是当年在九凤山下自己遇到的舟中人。他想起当年储篱问及他的排行年龄、父亲母亲，恍然觉得父亲那时已认出了自己，才定要将那沥血之作——二十六国兔皮地图相赠。玘灌感到了平生少有的喜悦欢愉，原来父亲早已在护佑自己，原来自己并不孤苦无依。

后来储篱……父亲去了哪里？玘灌那时问春晓，春晓却摇头，说他渡江后便没回过孟国，也没有来寻过怀羽，只听人言孟蓉有一处小庐建在佟国之东，楠国之南，却不知其名。

于是之后玘灌访遍佟楠两国的深山道观、竹林庙宇，想要再见父亲一面，却总是乘兴而来，败兴而去，如此反复二十余趟，已有些泄气，停下了不再找寻。直到半年前苏植回宫，他才又升起希冀，托付给苏植，之后连月他辗转难眠，每天都盼能收到音信。上月末，终于苏植传来了消息，于是他顺着苏植指引，马不停蹄地来这一带找寻。

这一日他在山中行了半个时辰也不见人家，本以为又找错了地方，有些犹疑，但又对苏植深信不疑，遂鼓着勇气登上了山顶。

认出北辰时他喜不自胜，可随后听闻父亲已故，他一时不知是什么滋味，有悲，有悔，更有委屈。

玘灌问："先生走时，可有说过什么？"北辰想了一会儿答道："先生似乎也没说什么，只是望着窗，嘱咐我好好过日子，别和人打架。"

玘灌有些不甘："那日我们在九凰山下分别后，先生可有提起过我？"

北辰回想了好一会儿，方道："记得遇见公子的前一日，先生曾在小庐观星象排盘，说明日走水路、往南，会遇吉人。后来遇到了公子你，可分开后先生便委实不曾说起了。"

玘灌一时有些惊愕，不知该说些什么，他不知储篱再没回过孟国，再没见过怀羽——是因为他的心底有一片纯粹，这份纯粹令他不愿再见这些人，见了会令他想起自己的不堪。况且回孟，孟芙可杀他，去寻怀羽，洪元亦可谋。孟蓉不恨孟芙，不恨任何人，他觉得人们生而不同，有的人天生为王，有的人天生只能为奴，人各有命，不必相抗。他幼时早慧，向来无争，既是天性使然，也是时局所迫，年少时便常往山中求道，能占卜排盘，预测吉凶生死，却也躲不过去，小字"储篱"便是师父取的。离开孟国后他游历名山大川，期间收养了流浪的孤儿北辰，广安四十年深秋的一个夜晚，他观察星象，知次日会有故人去九凰山脚的河边，便令北辰撑船，载他去迎，果然遇到了正在寻找荀汐的玘灌，他一见玘灌便猜知了他是怀羽之子，清秀的眉眼那么相似，于是他又细问他排行年纪，惊觉这竟是自己同怀羽之子，一时间诧异、欣喜、愧疚、无奈、不舍，心内五味杂陈，他此生第一次感到生命有另一层意义，一层不止属于他自身的意味，很温暖。玘灌和怀羽一样善良，不肯索要名贵的物件，可他却是一定要玘灌收下那地图的，那是他历经二十年行遍二十六国亲笔所绘，是他为儿子早就备下的生辰之礼。他曾数百次幻想过儿子收到这地图时的模样——他当然不曾预料会在河边遇到他，他甚至不确定自己是否能见到他，于是时刻带在身边，他知道玘灌一定喜欢。他的双腿废了，走不得路，跨不上马，临别时白日将尽，他只能送儿子至岸边，目送他远去。不知道能否再见，只盼在多年以后，儿子能想起多年前的这天，会想起他，并因此感到心安。

北辰见玘灌一言不发，只道他是有事相求于储篱，落了空，故而烦闷，便问："公子可是遇到了什么难事？"

玘灌有些出神："无甚难事……只是……想起了先生。他既已仙去，我便去拜一拜他吧。"

北辰有些歉然，皱了皱眉："先生说，来也过客，去也过客，他志在山河，命我把他的尸骨烧尽撒了，不让修墓。"

玘灌愕然。

北辰又道："先生素性逍遥，公子知道的。他有腿疾，远行总有不便，他留下这个遗愿，也是为圆他生前之志吧。"

玘灌想起当年在舟中相遇时，父亲便是盘坐着，腿上盖着块毯，当时他也有些疑惑，却不曾多思，不想竟真是腿疾之故，可转念又想起春晓的话来，心想：可若他腿疾深重，如何能浮着葫芦划水渡江？便疑道："北辰，先生是生来便有腿疾么？"

北辰摇头道："不是。先生原是好的，也能骑马。是在广安、广安二十年，据说一日他骑马下山，马儿受了惊将他翻下，便把腿给摔断了。"

广安二十年——玘灌隐隐地有些惊奇——次年，他便出生了。又问："北辰是如何知道的，那会儿你还没出生呢。"

北辰道："是听先生的朋友们说的。先生是孟国王族，广安二十年，正值孟国公即位，是大日子，所以我才记住了。"

玘灌预感到父亲的腿疾并非如北辰所述，便问北辰："只是摔伤，为何就治不好呢？"他感到父亲是为人所害，必有人知情，只是他们全都遮掩着不愿述以真相罢了。

北辰却是真的不知，摇着头道："治不好的。先生的那些朋友，也有会医术的，也请过许多郎中，都说治不好的。先生直到走时，都是走不得路的。"

玘灌听了这话，只觉鼻尖一酸，眼眶中的泪水一个劲地往外涌，他自幼不得母亲宠爱，疼爱他的祖父又早早离世，父王待他若即若离，参不透喜怒，这多年来，能亲近的长者，不过只有如樽、春晓和只匆匆谋过一面的储篱，不想他却已离世许久，不禁惆怅，他怕北辰察觉，便轻咳了几声，又道："那这二十年，他……"

北辰看出他的感伤，安慰道："先生走不了路，但我会驱车带他下山呐，在陆上则乘马车，在水中便撑小船。先生从不为此难过，在家的时候便写字画画，喂喂鸡鸭，也教我种竹子、种茶。只是我曾向他求教卜术，他却不肯传授，但说世间之事，多知不如少知，不必问也不必测，以免徒增烦扰。"

玘灌已有些哽咽，不敢再问起储篱，便与北辰闲聊其他，方知北辰身世凄清，幼时家中贫寒，一日他随父上街，走散了，他在街市中等了一日直到太阳落山也不见父亲回来，却被储篱遇见，将其收养，往后便留他在了身边。后来他才明白，不是他同父亲走散了，而是父亲不要他了，因为家徒四壁，实在已揭不开锅了，便将他领至市井之中，听天由命。北辰不记得自己的岁数，只从储篱处得知自己当时是六七岁，玘灌听着，心中一动，想起自己与尉迟兄弟的往事种种，自己虽是被其利用，冥冥中却和父亲是一般的行事，便忍不住又落下泪来，见北辰望自己，便道："先生也是心善之人。"

北辰"嗯"了一声，不愿见玘灌流泪，便起身去取茶叶。

玘灌仰了仰头，取了手帕拭去泪水，问北辰："如今是你一人住么？"

北辰过来把新茶给玘灌沏上，答道："还有位姐姐，是……八年前来的这里，随先生修行。"

玘灌一奇："竟有此事，她……多大年纪？"

北辰道："她是广安二十二年生人，今年……二十七岁。"

玘灌又问："她在家吗，怎不曾见？"

北辰道："今日一早我便出门了，还未曾见她，大概在后屋吧，公子想见，我去请来。不过姐姐是个凉薄性子，若她不肯来兄，还请公子勿怪。"

玘灌道："这是自然。"

于是北辰答应着，出了房门。

玘灌终于明白了为何怀羽会这般怨恨自己——她念了储篱二十余年，却不曾等来他去见她，此番等待，何其艰难。他抬起头，只见小庐东面的窗上凿着一幅完整的山茶花雕画，深褐枝干，翡翠枝叶，胭脂红花，一对喜鹊正栖息在花叶间，栩然似能闻其耳语啾啾，他想起母亲宫里的那些山茶花来，便不由地感到苦涩，为自己也为母亲，他端起热茶，轻呷了几口，总算暖了些，却诧异这茶清爽如斯，略一回味，察觉这竟是六月雪——隆冬季节竟有留存，真是难得。

正自出神，北辰回来了，一面道："姐姐方斋戒满，今日一早便上月牙池沐浴去了，我方才以为她在的，不想她也一大早便出门了。公子不如留宿一晚吧?"

玘灌辞道："这回没有多带衣裳，怕是不便，我改天再来，多宿几晚。"

北辰喜道："甚好，甚好，公子不许反悔!"

玘灌见北辰如此雀跃，也不禁一乐，又道："北辰，向你讨几两六月雪，不知可否?"

北辰哈哈一笑："公子好茶品，只是六月雪乃姐姐钟爱之物，这些全是她亲手栽种的，一年只一季，储藏又难，她不在，北辰便只敢奉上几钱，公子见谅。"

玘灌也笑，点了点头："难为北辰了，的确难得。"除下手中的象牙扳指，往北辰手中送："北辰，莫辞。"北辰"嗤"地一笑，忙让："哪里值这，玘灌公子快收好了。"玘灌却道："你不收，我便不敢带走这茶啦。"推入他的口袋，北辰这才别扭着收下。

与北辰天南地北地聊了一阵，玘灌心绪渐朗，出毋果观时，已是黄昏，斜阳还挂在半山，并不觉冷，阵阵饭香传来，耳畔犬吠雀鸣，北辰为玘灌牵来了马，将自己午间烙的烧饼取来让他捎上，玘灌回身望了望小庐，问："北辰，先生为何给小庐取名，叫做毋果呢？"北辰道："就是没有结果啊，先生说，凡事种因，但别求结果。"玘灌点了点头："外头凉，北辰回屋去吧，我过几日再来。"

玘灌上马，顺着原路下山，一路芦花烂漫，山岚缭绕，他有些流连，一时迷失了方向。忽听有马蹄声响，玘灌抬眼，却见前方山弯闪出一匹青黑色的马儿来，马上乘着一名妙龄女子，淡眉秀目，长发在风中轻扬，细细的脸颊泛着红晕，白皙透亮。她身形单薄，着一身碧色罗裙，在晚风中划出一扇如漪的圆弧，如徐徐盛开的海棠，瓣瓣含香。这一段山路有些崎岖，她恐颠簸，便缓缓停住，下马行走。

玘灌见她迎面走来，只觉轰然一惊立在了原地，她却只留意着山路，没有看他，牵着马儿径直从他身边经过，他望着她，惊喜之情犹如开春的冰河肆意流淌，手中的马绳早松脱了："汐儿……荀姑娘……"脚下却似生了根，呆立了好一阵，直到她便要消失在眼前这一处山口，他才猛然转醒，拔腿跑上前去，她这时却跃上了马，衣袂飘起，扬尘而去。

玘灌赶忙上马，匆匆地想要追赶上她，哪知折出那山口，却只有山路纵横，竟再也寻不见她。

玘灌下马，倚坐在古树下，愣愣出神，料定荀汐便是北辰所说的那修行的姐姐，她竟还在世！可她为何都不肯瞧他一眼？他不由地心潮起伏，思绪如河流，遇见了窄道石滩。一路探寻回到小庐，见了北辰便问："你说的那个姐姐，可回来过？"北辰有些疑惑："方才回来过，可是一会儿功夫，便又离开了，我问她去哪、何时回来，她也不说，只是拿着包袱，便走了。"

玘灌颓然无语，知荀汐已认出了自己，只是不肯相见，心便又沉了下来，忽而转念，想她一个女儿家，总不会行远，总会回来的；便寻思着过几日再来寻她。可随即又感到一阵深深的冰凉和苍茫，他感到自己再也见不着她了，心中才涌起的欣喜，这时已平息了下去，脑海中响起了个声音，不知是不是自己在言语——这辈子没有好好告别，下辈子再见一场可好，哪怕只是惊鸿一瞥。他竟忘了拜别北辰，独自出院门蹬上了马，疾驰而去，惊起一片山雀，打破空谷冷清。

邵 儿

  佟国地处大遂之南，与荆、楠建都城于中原不同，佟都邛州设于国之北端，以名山大川为屏，之外便是楠。

  广安四十九年冬，佟国公慎吾驾崩，其嫡子正柏已故去多年，今由其孙平山君承袭王位，这日正是平山君的登基大典，楠国王后芷杨携太子小白前来拜贺。

  风凌清晨，芷杨伴着小白登上了佟宫的钟楼，钟楼伫立在宫城的西北角，此处本就地高，加之楼身达二十丈，便成了王城之中最高的地方。

  芷杨着一袭姜黄龙凤穿牡丹大衫，外头罩着一顶玄黑花鸟百蝶绮罗香紫狐绒里斗篷，凭栏眺望远方，远山连绵，峥嵘崔嵬，护卫着邛州威武雄壮，群山之上连着烽火台，挽住了东北要塞，一夫当关，万夫莫开。山峦之间辟出一道峡谷来，倾泻出一条长河，由北而南向城西奔涌而来，卷起洪波，涛声轰然。

  佟国居南，是夏长冬短的气候，少见冰霜。芷杨在这里生活的那些年，只遇上过三场雪，还都不大，绵绵薄薄的，不过半日便停了。然而这日却是真冷，她对这样的冷感到陌生，明明雪已停，却彻骨寒凉。她衣着虽厚，却仍不由打了个寒噤，于是用手

321

拢了拢袍沿，抬眼时望见了不远处的那口铜钟。

铜钟铸于佟国立国之初，乃遂天子亲赐，提名"齐渊"。佟国地处岭南，巫风盛行，宫中殿名常采"灵""霄"字样，"齐渊"名号虽尊，却与佟廷不搭，宫人便只称其"龙钟"。

芷杨生于启明山，两三岁时随其父御川公明堂回佟，后明堂遇刺，她则逃难去楠，避难于公子碁文府上，十一岁上，她被邵儿邀请来佟，虽被其伯父佟国公慎吾识出，却不曾遇害，反被留在了宫廷，并以公主身份长居王城。

她与邵儿虽为姑侄，但年岁相仿，少时，两人常来钟楼，挨着护栏，向外眺望王城景象，看宫内殿宇花苑，看宫外街市乐坊，数今日市集上多了几家糕点铺子，猜明日会有多少西行的茶马客商，扮演贩卖绫罗的商贾姐弟，沉浸到另一种角色中去。有时会撞响铜钟，见引来了司钟的宫人，便又嬉笑着逐下楼去。他俩给齐渊另取了名号叫"杨儿"，你中有我，我中有你。可后来，邵儿发觉"儿"字并非自己独有，两个哥哥郊儿、郑儿的名字里也有，于是有些苦恼，想改钟名，芷杨却不依，扮个鬼脸笑："邵儿，我是你姑母，你得听我的。"邵儿不情愿，二人便又闹作一团。

钟楼成了一片超越时空的自留地。大钟就像个远古的灵长，日夜注视着王城宫墙，守候着城中男女，那钟锤如同一只命运的推手，沉沉一撞，钟声清越激荡，推动着行人，推动着时光，推着他们走向了不同的际遇，走着走着便走散了。

远方红日跃升，雾霭逐渐消散，芷杨回望大钟，心中升起一片空荡苍凉，如冬月带着冰雪的海棠，挨近了，闻不见清香，却不能失望。

小白见她看着这口钟，眼神忽明忽暗，隐约知晓这钟对母亲有特殊之意，于是走上前，伸手擦拭铜身字间的雪粒尘淤，片刻功夫，小手便冻红了。芷杨看着，有些心疼，心中一暖，上前拉过他的小手，取出一方棉帕为他拭干，柔声道："可有冷着？"小白又看了看铜钟，摇了摇头。

崇安公碁文对这个儿子极为钟爱，三岁上便立了他为太子，每逢朝会，也都带他临朝，宫廷宴饮，走访列国，接见使节，皆把小白带在身边。因恐其夭折，便取了寻常姓名唤作"小白"；但又赐号"玳荣"，尊耀之意不言自明。儿子本多依赖母亲，小白却与父亲最亲。此番佟国公即位，楠国较佟为尊，小白本不必亲来，只因崇安念及芷杨原是佟国公主，思念家乡，便让小白携使臣前来，芷杨随行照顾，便合乎礼了。芷杨也知这层，对碁文心存感佩。

身旁的午儿忽然有些急促地吸了口气，接着便朝芷杨背后的方向行下礼去，请安道："见过佟国公。"

芷杨回头，却见拐角处定然站着个青年，也不知已在此地多久，他披着一件暗紫发亮的金雀纱貂绒斗篷，身穿簇新的紫色蟒袍，腰间束着金光闪闪的宫绦，头戴高高的宝珠紫金王冠，身形挺拔高挑，便是此番继任佟国公位的平山君。

芷杨不由地将手中的帕子攥了攥，脚下却像生了根似的抬不起步，远远地向佟国公行了个礼："平山公。"

佟国公缓步走来，到了跟前，才看着小白问芷杨道："这是……"

小白却不等母亲与午儿回话，对佟国公朗声道："我乃楠国崇安公之子，王代荣太子小白。"

小白向来安静，不喜在人前言语，这时忽然插话，芷杨不由惊诧，但见他镇定有礼如常，才放下心来。

佟国公一奇，感到这孩子不容小觑，他蹲下身来，与小白平视，只见小白下巴尖尖的，前额宽阔圆润，眉稍略有些淡，一双眼睛却大大的很漂亮，像极了芷杨。他不由问："你多大了?"

小白道："佟国公长我一十八岁。"

佟国公心中一凛，这孩子有礼有节，时刻不忘自重身份，分毫不肯居弱，天生一派王者气概，他日若为王，必能严守疆域寸土不让，楠国公果然有个好儿子。曾听人言小白是个早产儿，未足九月便落了地，他本以为这会是个孱弱的孩童，不想竟生得英武不凡，这时他细看小白，只见他一身木槿紫织金立狮宝树纹锦袍，外罩一顶金碧辉煌的雀羽纱面白狐里斗篷，腰束一条琥珀闪紫双环万寿纹玉带，一块九蟠龙珮白宝玉用一根血红的璎珞细细坠着，灿然夺目。他曾听闻楠国公自立了王后芷杨，二人琴瑟和鸣，十分恩爱，但从前只是听闻罢了，如今见了小白，方知楠国公宠爱之殷切。

佟国公笑了笑，温和地说道："不错，玳荣太子与我，是表兄弟。"

小白瞧着他，神色若一泓秋水，波澜不惊，没有回答。

这年小白六岁。

佟国公抬头望了望芷杨，缓缓站起身来，拍了拍龙钟，对芷杨道："夫人一向可好?"

钟身微震，芷杨听着，忍不住思绪缥缈，却收了心神，答道："我都好。"

隆冬时节，天意尚寒，凌波阁兀自矗立在宫城边角，周边并无遮风避雨处，一阵冷风迎面灌来，芷杨呛了风，不禁轻嗽一声，佟国公见了，伸手便要解下自己的斗篷给她，小白见了，仰头却对午儿道："午儿，服侍好母后，我们该上筵席了。"又向佟国公道："平山公，夫人同我住在东街的庆吉屋，十五回楠，小白明日会领使臣入宫拜贺。若无他事，便先告辞了。"

佟国公一愣："……也好，太子也别受凉了。"

几人相对礼罢，小白一行往城楼下走去，临下楼时，芷杨忽然停住脚步，回头望，却见邵儿也正望着自己，她微蹙了蹙眉，轻咬住下唇却没有说话，邵儿便站在原地，晨阳洒在他的身上他的发冠上他的额上，映出丝丝寒意来，他上前两步，低着眉梢浅浅一笑："你会来这里……我知道的。"芷杨将手在鼻尖抵了抵，把头低了低，轻轻提起衣裙，转身下了城楼，雪白的衣袍在青石阶上打出朵素净的冰花。

一阵寒意袭来，透过衣袍，裹挟住独立在宫城一隅的阁楼之上的他，他知道方才她想问为什么自己也会来这里；他们从小便心意相通，从不曾改变。龙钟正静伫，仿佛留住了时光，留住了在时光中驻足片刻的她。

玘灌

黄铜风铃叮咛，绦帐如练，帘幔舒卷，吴国的太庙里笼着淡淡的沉香。榴月降临，中原大地已是芳花遍野，然而龙潭峡谷外的高原上，却新春方替，宁静稀薄，气候微微凉。

广安五十一年，孝月十周年祭，吴国公特迎了荆国公玘灌远道而来都城武康观礼，百官随行，奠仪隆重。

吴国的太庙敦实方正，这时间，正堂里头疏疏间间铺满了团垫，垫上一色绣着织金红棘穿枝花案，彤彤如霞，映着四围窗格前火红色的万寿菊，庙堂格外厚重敞亮。

孝月生前最爱洁净，偏爱洁白的花木，储秀宫内按季会有梨花、玉兰、栀子发花，她尤爱水仙，玘灌回忆着，想起了过往。梨治与她，尚为稚子时便已情投意合，青梅竹马，梨治知她喜好，便在自己的院中栽了好些；象宜公宠爱这个温良勤勉的长孙，为梨治在王宫一角开辟了凌波园，种下各色名贵的花芽，每当水仙花开，梨治便会遣人来采集花露，制成香水，送往储秀宫。

最后一回见孝月，是送她出嫁，那年新春象宜公驾崩，他十一岁，一晃，十九年了。玘灌罩着一身绛赤卷草纹缟衣，黑靴白袜，正跪在吴国太庙明堂正中当先的软垫上，望着堂上的孝月的牌位，端严肃容，拜了三拜。鼓乐声停，玘灌挨近身旁的吴国公道："吴国公你看。"吴国公足蹬羊皮靴，身着黑红蝙蝠纹团龙朝服，相貌端厚，身形高长，他顺着玘灌的眼神望去，只见孝月牌位摆放端正，前头的沉香正静静地燃，并无何异。玘灌却淡淡地道："公主的牌位，落灰了。"这日风大，祭拜大典又不得闭窗，案前的令牌上难免落了香屑，吴国公定睛一看，忙召司仪上前打理，却被玘灌止住："不劳司仪吧。听闻筱凌君在此掌事，请他来罢。"

吴国公忙点头称是，吩咐左右："去传吴炅。"

一时堂下静默无人言，玘灌对着孝月的灵位，恭敬地又拜，吴国公与众人也忙跟着拜下。众人礼罢，复跪坐好；这时只见一内官从侧门走进殿来，身后趋步跟着个中年人，穿一身暗灰直裰，套一双凉鞋白袜，托着一干一湿两块麻布，正是先王的嫡子、先太子筱凌君，本名吴炅。内臣引他来到牌位前，指点道："仔细些，擦干净喽。"筱凌便躬着身，先提着那方干布拭去孝月牌位上细微的浮尘，又拿略湿的另一方把牌的周身擦亮。堂中几位吴国的老臣见此情景，当着吴国公不敢言语，中却有人忍不住涕下。

筱凌君吴炅便是孝月之夫，原为太子。如今的吴国公肃凌君，名唤吴昊，乃筱凌君庶兄。筱凌君为先王嫡子，生性残暴，待肃凌及其生母刻薄寡义；相较之下，肃凌君则礼贤下士，恭谦仁厚许多。肃凌深知，若筱凌即位，自己与母亲必不得好死，遂下了赴死的决心，雇佣死士，暗通荆国公玘灌，表明心迹，愿献吴国六城，以助其夺位。玘灌自幼与孝月亲厚，对筱凌待孝月的暴虐行径早有耳闻；此番与吴炅结盟，既能扩展疆土，又能为孝月雪恨，便与肃凌君一拍即合。

岁首，吴国公驾崩，玘灌果然出兵，与肃凌君里应外合，最终擒太子筱凌于吴国公的灵柩前。肃凌君即位后，依约拨划六城予荆，两国结为同盟。筱凌君则被贬责削爵，圈禁在太庙，为扫除杂役。

玘灌望着佝着背打理孝月牌位的吴炅，问："筱凌君，别来无恙啊？"

吴炅闻言，"扑通"一声跪下了拜道："托荆国公的福，炅，都好。"

玘灌道："托我的福，呵。不是托，肃凌公的福么？"

吴炅有些发怵，忙应道："自然、自然也托大王的福。"

玘灌静默了一会儿，冷冷地问："这些年你可有念及公主？"

吴炅打了个激灵，连忙叩头："公主韶华之年病逝，令人惋惜，炅不敢忘。"

玘灌冷冷一笑，摇头道："你竟也懂'惋惜'？不敢忘，当然，你当然不敢忘。"

筱凌不敢多言，只管叩头如捣蒜。

姬妾与一双子女被生生杖毙于先王灵前，他被反绑在柱上，眼睁睁看他们哭喊，血浆四溅，直至力竭身亡，一切都还历历在目，是他一世的梦魇。

玘灌看着筱凌额前磕破了皮，出了血，才摆了摆手："起来吧。"心下既鄙夷又愤懑，不屑多言。

筱凌荒淫，为太子时，将东宫女侍次第幸遍，孝月虽为太子正妃，不仅不得其宠爱，便是尊重也不曾得之分毫，几次怀孕皆被筱凌派人引产，生前不曾留下一儿半女、病危去世的那日，正遇到筱凌迎娶新妃，孝月身边除了陪嫁来吴的婢女再无他人，孤苦凄清至极。筱凌却觉孝月冲撞了自己的吉日，竟下令不准孝月入葬吴国王陵，只准乱石埋于武康远郊的沁红山。直至肃凌君即位，才将孝月的棺椁迎回王陵，在太庙为她立了牌位。玘灌却不愿孝月在异乡飘零，坚持要将孝月的遗骨接回荆国，此番前来，便是为此。

祭奠礼罢，玘灌心中感伤，又因水土不服，似染了风疾，便不愿多停，吴国公不便多劝，将预先采备的七彩吴锦万余匹奉上，携百官送行二十余里，才与玘灌持觥把酒，辞别回城。

荆国的车队一路返乡，山高水长，峰回路转，偶有疾风掠树，发出异响，每逢此时，抬棺之人便会鸣锣呼喊："趟水咯——""过桥咯——""转弯咯——"告诉棺木中的逝者，前路颠簸，莫惊惶。逝者如生。

离开武康已四五日，到呈阳大约还要两日脚程，这日傍晚，车队驶入一片梅林，玘灌知人马疲乏，便令队伍暂歇，自己也下了马车走动，才下了地，不过一盏茶工夫，胸口却隐隐作痛起来。他料想遇了险境，于是不声不响，只是点了伍樗，回到车上缓缓躺下。此时洪络赵佚留守呈阳，心腹内臣只有伍樗，伍樗见玘灌脸色惨白，正要去请随行的医官，却被玘灌止住："莫要声张。茶水有毒，已无药可解了。若传回宫，太子年幼。皇城会动荡，吴国六城也会被讨回。伍樗，临笔。"伍樗不敢多言，取来了纸笔在茶案前跪坐下。玘灌呼气有些急促，捂着胸口道："传位于太子，丞相陈道正、太尉毕节辅政，令重元君回京，为辅国公，疾生继任北境将军，安阳太子之子祁连、骁元君之子红日，协领御龙军，加邑千户。"

伍樗写罢呈上，玘灌略一阅览，便取出随身的印玺盖上，喘着气对伍樗道："伍樗替我照顾好舍儿。舍儿身边那些人，总叫人不放心。"

伍樗跪着上前，扶抱住玘灌，微仰起头，淌下泪来。

玘灌笑了，言语有些艰难："伍樗，从未见过你哭。"

伍樗日里是个相当平静的人，平静得甚至让他看不透心思。这时他道："当年陛下质楠，先王曾说，若四公子归国，便杀之。"

玘灌曾隐隐猜到过这一层，这时从伍樗口中得知，却仍不由地心头一凉，问："那你为何不杀，还助我回荆？"

伍樗哽咽："娘娘就您一个儿子了。"

玘灌一怔，是啊，怀羽所出三子，梨治被圈禁多年，受尽折磨，青年身亡，青蘅幼年染疾，寄居于山，回宫后不过几年又自请之藩，去了与孟国相接的燕州，平安无卜，只剩下玘灌，却为质子在楠。

伍樗少洪元十岁，因其母为洪元乳母之故，他自幼长于洪元君府，深得洪元信赖，年纪稍长便成了洪元心腹。然而伍樗也是怀羽的盾——当年他看着怀羽在懵懂之年远嫁来荆，车马方至呈阳，便得讯闻其母阿灵薨，荆孟两国都不愿红白喜事相冲，怀羽因此未能归国送丧，大婚之夜，怀羽却要忍着悲痛为夫君奏乐献舞，也是那天夜晚，对着月光，伍樗决议守护洪元王妃；看着洪元与陶氏相欢，只有在需要得子时才会去到怀羽房里；怀羽回孟参拜新君，被孟国公及其庶弟孟蓉设计玷污、抛弃，洪元却佯装不知，即位后又以三子性命相挟，逼迫怀羽自请进了济云观——他与怀羽同岁，虽是内臣，却忍不住为她忧伤。

洪元即位后，他被安插在了锦华宫，监视玘灌起居，玘灌质楠，伍樗接到旨令，一但玘灌回国，便除之。可他在那一刻起却决议不再效忠洪元了，他要扶助玘灌——或许是为那个凄美纤弱的母亲怀羽，或许是因他与生而来的正义和善良。

玘灌无声一笑，问：“那年荆楠之战，我前去探察楠军兵粮，被围攻，身边有几名武士以死劝我离场，那……是你的人吗？”

伍樗眼眶一红，点了点头：“是臣的死士，守候在呈阳。”

玘灌心头一暖，随后便感到了一阵淡淡的有些疏离的忧伤，眼前变得模糊起来，他感到自己进入了一个幽暗的洞穴，周围拥满了人，面无表情，也不说话，都朝着一个方向走去。说是走，其实更像是在向前漂，因为他们根本没有挨着地面。在人群中，他看到了许多久违的熟悉的身影，有象宜威严慈祥，有骁元堂正轩昂，有梨治温厚爽朗，有秋玄端严顽强，有洪元宵衣旰食，有璟旦从容释然，母后怀羽绝美孤单，王后葭儿恬适陶然，他们在对他微微地笑，如朝阳般温暖，他感到自己回到了过去，回到了家园，回到了曾经的锦华宫。他从他们身边经过，却无法停下来仔细看他们，这时又看见了一个人，婷婷立在一丈远的地方，衣袂飘摇，柔和妩媚，清冷温存，似是连若，又似荀汐，他想看清楚些，便努力把眼睛睁大，却分辨不清。

他猛地喘了口气，睁眼见伍樗正拧着眉咬着唇紧握着他的手，眼眶被泪水打地湿红，玘灌感到喉中被什么堵住了，这时他回过了神，知自己是在回荆的马车里，他望着车顶，沙哑着嗓子喃喃道：“璟旦，你的遗愿了了，我带姐姐，回家了。”

芷 杨

马车在宫门前停下，卷帘一挑，躬身跃下个细高的青年郎，一身赤红织金九团龙纹簇花锦衣，宽口衣袖被束得牢牢的，额间背上全是汗珠，显然是才骑过马。他站定后对着马车中的人深深一揖，便不停留，疾步进了宫门。

宫墙内寂静无声，庭前的园圃植满了宿根亚麻，花朵单薄，紫得浅浅深深，五瓣小花顶在细细的枝条上，未到花季，尚不曾开全，却因昨夜的风雨飘摇了一地。

往里走，空气中渐渐晕出了湿漉漉的牡丹花香。

然而青年人无心观景，径直往寝殿的里屋走去，经过重重帘帐，他望见了榻上人的身影，沉沉的疲惫感涌上心来。

她的身形同记忆中一样，只是更单薄了些，侧卧在榻上，左臂枕在耳边，右手垂在身旁，一瀑黑发散在身后，午后的日光静静地铺在她身上，将她一身石绿绛丝轻纱裙映得华丽缱绻，衬得她额角、脖颈、手指与足尖明净透亮。

侍女伏在一旁呜咽，听见动静才回头，见了他，瞬间从惊愕中腾起一丝希望，可却如秋夜的烟火，只一刹，便熄灭了，留下的是无尽的空荡和冷寂、无助又绝望。榻前案上一只银白色的杯

盏被打翻，溢出的酒水还未干，划出一道圆廓。青年只觉被什么
扼住了喉咙，说不出话——他来到榻前坐下，翻过她的身来，抱
在怀里，她气若游丝，双颊青白，血色还在渐渐地散。

她乏力地抬起眼皮，却看不清他的面容，只是模模糊糊地看
见红袍宽敞，金带闪烁，青年人身形挺拔修长——泪水便不由地
淌下了："你……来了。"

见她转醒，青年生起一丝宽慰，可舌根苦涩，心底是哀凉：
"我没有带小白来，你不会怨我吧？"

她艰难地扬了扬嘴角："你是对的，小白，不能来。"

她的手柔若无骨，很凉，他哽咽了，问身旁："午儿，崇安
为何要杀王后？"

午儿泣道："大王是怕自己百年以后，王后会告诉太子……"

"告诉太子什么？"

午儿道："大王……不能生育……"

一时间他想起崇安公从不纳妃，所幸婢女不出几日即会赐
死，原来竟是为此。

他说不出心中是什么滋味，低了低头，迟疑道："小白……
是简原君之子？"

她微微点头，喃喃道："平山君，小白……"

青年握住她手，一字一句郑重承诺："我会照顾好他。"

她感到唇上一湿，是他滴落的眼泪："无以……为报。"

他见她秀美绝伦的面颊愈发苍白，已在弥留之际，不禁悲从
中来："芷杨，你我之间，何以言报。他日若有人为难小白，不
论是谁，我纵是倾国，也会护小白周全。此生没能保护好你，我
恨呐。"

她触碰到他衣角的喜结，苦涩地一笑，勾了勾嘴角，不经意道："大婚呢，还跑来。"

哪知这句玩笑话，却引得他痛哭起来。

十多年前，他奉祖父佟国公慎吾之命拜访楠太子、崇安君碁文，在碁文的府上，他第一次见到芷杨，才一见面便觉欢喜，于是他修书通禀了祖父佟国公慎吾，邀芷杨来佟游玩，芷杨到了佟宫，被慎吾猜知了身世，德翕公主急忙相护，出乎意料的是，慎吾却极宽和，还接了芷杨回佟宫住下。芷杨与邵儿两小无猜，可到底是姑侄血亲。二人都知这层，因此并不祈求什么，也不曾往远处思量，只是朦朦胧胧地盼着对方能长长久久地守着自己，盼着彼此不要长大。

有一年中秋，二人下了筵席偷溜出宫，逛庙会嬉游，佟国人信天地敬鬼神，见寺中供奉着月老像，竟不约而同地拜了拜，周遭的香客行人见二人年幼，都忍俊不禁。

许的愿，不必问，圆月在天，会记得。

后来芷杨听说哥哥碁文不再流亡，终于回到楠国了，便日日盼着相见，果然他来佟国看她了，随行却带来了一纸婚书。

婚书切断了她对碁文的眷念，浇灭了她的依恋，也将她与邵儿从他们编织的梦里拖了出来。

半个月后，她嫁给了楠国越宁公的二公子简原君锦无咎。

大婚那天，邵儿不见了，佟国公慎吾自然明白孙儿的心思，佟宫上下，又有何人未将他俩的情愫看在眼里，不过是想着，二人尚幼，待长大了，自会婚嫁。佟国公命人城里城外地连夜寻他皆未果，直到次日，扈从们才在城外的一处湖边找到了醉倒在树下的他——他那年十四岁，是个腼腆仁孝的孩子，从不饮酒；醒后的第一句话却是："芷杨在哪里？"

芷杨嫁入了简原府，却一直没有身孕，她住在府外种满牡丹的小院里，不与锦无咎一处，邵儿闻知既惊喜又苦恼，喜的是芷杨还记得当年的承诺，她那时说"只是成婚，我不愿意，便不会的"；苦的是二人终究是姑侄，纵然两情相悦也无法在一起；他又想着或许能带着芷杨，去一个楠国和佟国以外的地方，去到海角天涯。他时常这么想着，有时悲、有时喜。

再后来，锦无咎被鸩杀，芷杨成了崇安的王后。再后来，小白出生了。而他则成了佟国的王。

他袭王位有些偶然，这王位本轮不上他的。祖父慎吾公驾崩时，他的父亲正柏太子已故，慎吾公不愿再起夺嫡纷争，便在正柏诸子中择储。正柏有嫡子三人，郑儿、郊儿、邵儿，郑儿、郊儿均文武双全，且少负战功。然慎吾公觉佟国国力渐强，安定恒昌，需仁君以守成，邵儿冲和友善，外可抚黎民，内可恤朝臣，且能善待兄弟，不至手足相残、朝廷动荡，遂拟取之为王。

邵儿二十四岁继位，如今已有几位嫔妃，却迟迟不曾立后，慎吾公在世时便屡次促他册立正妃，好借力巩固根基权势，不至于如当年的御川君明堂，孤立无援，可他见过诸多贵胄公主，却始终觉得，没人有他的王后模样，并不是她们配不上他，只是在他心里，早已把这个位置许给了一个人，那个已为人妻、为人母的芷杨。

简原君过世后，邵儿曾奉慎吾之命前去拜访崇安，经年不见，只觉崇安公碁文较从前年少为太子时更添了儒雅从容，心中一赞，当他看着崇安和芷杨站在一起，却一点儿也不难过，情人的眼神何其敏锐，他只一眼，便看出了他们貌合神离，根本就不是夫妻。还有谁能般配地和她在一块儿呢？只有他自己。

可登基大典那日，当他看见小白，那个只有六岁大、却挡在芷杨身前的稚嫩又英武的娃娃，他的心却像被狠狠地扎了一下，这个孩子的存在，分分明明在告诉着他她已不再属于自己，他隐约又想起那个和她曾有传闻的楠国将军秋玄，一时竟不知自己在执着什么，只觉得自己可笑又可悲。

一晃即位五年了，他待百官公卿温和躬良，处理朝事却冷静明朗，佟国不仅被他守得很好，而且继往开来，国力恒昌。而立之年，该立后了，储位不定，难实一国之基，他不能重蹈芷杨之父、御川君明堂的覆辙。几个儿子郁郁然将为少年，勤勉卓绝，文武斐然，而第四子育让又最得他意，育让尚幼，才是牙牙学语之年，却已颇显其慧，于太师傅所念诗书，不过耳闻一回，便能如数背诵；且温存仁孝，待师待父体恤，于鸟兽虫蚁亦不肯伤，于是邵儿决意，立育让为太子，立其母妃祁玉为后。

今日，广安五十四年六月初八，正是册封王后的大喜之日。

诸国来贺，八方来仪，其中便有楠太子小白。

大典之后，他又单独接待了小白，五年不见，小白长高了，仍是宽宽的额、细细的颔，温雅如崇安，俊秀似芷杨，另有几分沉静。他取来许多珍奇宝物赠与小白，小白谢过收下，却总有些心神不宁，静默不语，他温言相询，话音未落，小白却流下泪来，他忙细细询问了崇安公和芷杨的情形，他是最敏感的恋人，也是最精明的国君，料知芷杨必身处险境。

他何曾放下过她？他自然会赶来。

行了两个昼夜，替下七匹快马，终于赶到了宁城。

他来到宫墙之下，不出所料，宫门森严，纵然他是佟国的王，也一样进不了楠国的宫门。

楠宫城墙秀丽旖旎，可宫门重重上头却悬着沉沉铜锁，他只觉千金重闸压在他胸膛上，压得他喘不过气。一抬头，城门上却有人正俯视着自己——眉目舒朗，有些熟悉——竟是个故人，那将军名叫武夷，长于佟国宫廷，原是芷杨的亲卫，后随远嫁的芷杨来楠——邵儿惊诧崇安公竟会以武夷为守城之将。

可他无暇顾他，只喊："武夷开门！"

武夷听闻便道："大王有令，今日不许任何人出入宫门。还请佟国公恕罪。"声音有些发颤。

邵儿顺着武夷的目光望去，东南，东南——宁城东南，简原君的府邸啊。

他向武夷微微颔首，武夷抱拳还礼，他调转马头，向简原君府奔驰而去。

简原的府邸在宁城东南的街市上，连数十道巷陌，其规模之巨，超出了他的料想，正门外镇着一对健硕的石狮，小厮见了他，便往里头报传，他正思忖简原走后王府会由何人打理，却从里头传来一名女子的声音："可是平山君到了？"音色温婉，平和妩媚，却掷地有声，颇有几分豪气。随后铜门"吱呀"一声洞开，两行侍仆紧随着一名女子迎出了门来。

只见她莫约三十多岁，细挑身材，形容端丽，声音很年轻，邵儿点了点头，不知如何称呼，便问："你是……"

女子答道："王府的诸事现由我打理，唤我萍儿吧。"

又道："平山君想见夫人吧，请随我来，咱们路上说话。"打个手势命人备马车。

她行事干净利落，爽快中带着英豪气，邵儿心中生敬，听王府中人还认芷杨是简原夫人，又觉意外，却服简原君为人。马车一路向宫城行进，萍儿道："眼下出入不便，大王曾予我令牌，姑且一试。"

邵儿问："你怎知我是谁?"

萍儿道："当年我家公子知道大王要杀他，便预备下了要送夫人回佟，自己回来领死。那时我在府外。他之前便找到我，向我道别，又说，如果将来，夫人有难，会来救夫人的，一定是佟国的平山君。我问他为什么，他说因为平山君，是真心实意地顾念夫人。"

邵儿一怔，这多年来，明白自己的，竟是楠国公子锦无咎。萍儿言语不多，行事却极利落稳妥，有她在身边，他觉心下稍安。到宫门时，萍儿拿出令牌，果然顺利入了宫。车马颠簸，萍儿对他道："夫人怕是不行了，平山君去看一看她，莫要惊动大王。"

他点头应下，隐约觉得崇安公知道自己会来，只是不肯为旁人知。

马车在芷杨的喆娴宫门前停下，萍儿道："我在这里等你。"

他行了礼，便匆匆往里走，进了寝殿。

可他终究来晚了，芷杨已服了鸩酒，可若她未服下，守卫也不会为自己放行。

他不可能来得及的。他不可能救得了她的。一切都在崇安公的布控之中。

他有好多话想对她说，有好多事想问她，可她要走了，和十多年前她离开佟国嫁去楠国时一样，仓促匆忙，一去不返。

"芷杨，那个秋玄到底是谁，他……待你好吗?"他吐出了藏在心中多年的话。

　　"他是荀氏将军幕府之后，他眷恋的，是他的骄傲……他想胜过綦文和无咎，并不是真的爱我。"

　　"那你为何还要和他一处？"

　　"因为他……长得像你啊。"她的眼中晶莹莹的，已到了弥留之际。

　　他鼻尖一酸。

　　我是真爱恋你啊，虽然不能在一起。

　　无处可去的我们。从前如是，现在如是，将来亦如是。生生世世。

　　邵儿向窗外看去，只见漫天的晚霞，那么温柔又那么炽热，红得像一场灾难，令人心悸又令人眷恋，已灼伤了将来的自己。

舍　儿

谷雨行经，呈阳雨润，少年公子绛袍金带，高坐在广乘台上。

一位紫衣内臣从台下拾级而上，两旁的龙爪柳亭亭伫立，迎风招展，花叶点点洒下。那内臣行至台上，逼手趋步挨近少年，行礼道："大王，他们就要到了。咱们走吧！"

刺猬紫檀茶案上安放着茶点、酒壶和宝红的火棘，案几后的少年头戴玉冠，着一身白银浅金暗花缎圆领袍，眉目清秀，如惊蛰后渐渐成型的柳梢，这时他看着对面的内臣，却惨然一笑，端起琉璃盏说道："大荆的江山，我的龙椅，我的性命。他们既要，便来拿去，走？我能去哪儿？我无处可去。"那内臣跪下了恳求道："大王。"少年转头看他："高容，我自幼便是由你看顾，母后父王弃我而去，重元君待我不敬，一向都是你挡在前头。人们都说你一心只想往上爬，可想往上走，又有什么错？谁不想往上走？我在位两年，独你知道，我在夜里不敢熄灭宫灯，常会惊醒。梦里会有父王、母后。梦醒时，却只有黑夜，看不见任何人。即位两年，这场梦我做了两年。真盼他们回来啊，周围的人，道貌岸然，喋喋不休。我想去看看熙攘的街市，去看看林间的山花，他们却进言，称大王不可荒废朝政，我思念双亲成疾，他们又称，为君者不该儿女情长。呵，我哪里是他们的王，在他们眼里，我不过是个傀儡，是个乳臭未干的少儿郎。"

少年神色冷峻。

高容中等身量，浓眉大眼，虽着紫衣却未见旁的佩饰，他脸上有淡淡的凹痕，神情却安详和气，他将少年的手心舒展："大王可记得，去年夏天，莲花正盛，您说，要把国家治理地如睡莲般洁净无瑕。"

少年凝视着庭院中满树绚烂的春花，细细咀嚼着几个字："洁净无瑕。"又道："那是……父王喜欢的模样。"

春花旋舞着，飘飞过宫墙，到那没有桎梏与纷争的地方去，他举起杯盏："高容，你伴我多年，这一觥酒敬你。"说罢垂掩下宽阔的衣袖，将酒缓缓饮干。高容垂下头，转过脸去。

少年吐出血来，见高容哽咽，便说道："不怨你，一点儿也不。"一阵刺痛从喉根处袭来，疼得他直淌泪花，他捂住心口，高容回过身来，抱住他哭了。少年嘴角间不断淌出血来，话语也变得断断续续："五叔捕了你一家，换成是我……也会。多谢，你，陪我，听我说话……这，给你……若我有墓，一定常来……看我……你知道，我怕黑。"

少年又疼又冷，浑身发颤："去见……他们。"面容抽搐着，如破茧前的蝶，扭曲，皱巴，痛楚，无力又执着。

高容脚下一麻，想要上前扶抱住他，他却已断了力气，倒在案上，嘴角的血还在流淌，淌红了雪色的护领。

高容看着手中的那方镂空团龙白玉，细腻如脂，平滑如练，上头刻着两个字：舍儿。

　　这是六年前，广安四十九年初春，继阳公与王后一同篆刻的，那时舍儿不过六岁；几日后，继阳公牵众巡游大通河，王后却溺水身亡；再两年，继阳公往吴都武康接先公主孝月的骸骨返乡，也在归途中猝亡，记得那时，直到车马返回呈阳宫城，伍樗当众宣读继阳公遗诏，众人大惊，医官视探，才发现继阳公离世竟已有两日，全凭周身涂了蜡油，又裹了层层衣物，才使其尸臭不多散发，而孝月的棺车又在近旁，故纵使扈从有所觉察，也只道是骸骨之气，不会多想，也不敢妄议。彼时舍儿尚未加冠，字号未拟，却匆匆即位，成了荆国公，高容随侍前后，被舍儿指为内务总管。

　　一时间，高容也有几分难过——我并不是来照看你的，我是五公子泽阳君的家臣。当年继阳君杀害我家公子的胞兄季庆，我家公子那时年幼，却从未忘记报仇。

小 白

　　玄天如水，紫微星斗闪烁，王城的石阶荫凉凉的，秋娘浅吟低唱，打更声缓起又轻落，一伏一浪，幽幽推荡逐向远方。

　　一迭内官远远地从司礼监息声碎步往东宫来，打头的两人各执一端佛手黄粉黛江山吉祥如意八角宫灯，且闻窸窣的脚步声，见首不见尾。内官通身罩着素服，内着青灰底景泰蓝礼袍，穿花绣纹微闪，端严肃穆，臂弯上齐齐托着古鼎灰镂刻雕花沉香木盘，用宝红玉凤菊纹四季平安府绸布垂掩，里头是沉甸甸的金玉礼器。

　　穿过中庭花园，重重宫禁，一纵人进了东宫，在长乐殿外的长阶下止了步。

　　殿周燃着紫檀嵌玻璃龙凤翔云纹挂灯，山黎泛彩，袅娜辉煌，在偏殿值夜的总管古月早在等候，这时听闻声响，便走下阶来，示意众内官在庭中静候，自己返回寝殿，一面思忖该如何唤醒沉睡的少年太子。进了里屋，却见床头坐着一人，映着银白的月光，依稀能照见他身形细瘦稳健，笼着薄柿素纱菱纹晨衣，前额宽阔，下颌圆润，眉眼间很安宁，正是太子。

　　古月躬身上前行礼道："殿下，要更衣咯。"

古月顺着他的眼神，望见了窗牖之外悬在中天的月亮，方才还有鸦青的烟云笼罩，这会儿已消散了，整片月光清明透亮。窗下一盆暗玉紫青龙卧池牡丹，正挺着花骨朵趁夜待放，窗台上一盏雨过天青风翼薄瓷漏，正在缓缓流沙，轻轻地淌过时光。

"五更三刻了，殿下。"

少年太子道："让他们进来吧。"

于是古月趋步退出殿去，过了一会儿，轻轻的脚步声便响起了，从屋外走进殿来。

雕花格纱窗间投下竹月的清影，半年前同样的清晨，他在梦中被唤醒，来人正是古月，那天的冷，他依稀记得。

母后离开前的那几日，正遇着佟国公平山君大婚，父王让他前去拜贺，他问母后是否同去，父王那时已卧病数月，正靠在床头，便低声道："小白，父王想留母后在身边，让清河随你同去，可好？"一面喘息，一面摇响了床头的铜铃，叫女婢端来汤药。

他有些迟疑，却懂事地应下："儿臣听闻，佟国有药名檀华，能安神养气，儿臣去寻来，给父王入药。"如此说着，却隐隐伤心，不知所由。

次日启程，一路上却只觉一颗心咚咚打鼓，惴惴不安。到了佟都邛州，得佟国公接待时，他竟忍不住啜泣起来，惊动了平山君。

在邛州呆了两三日，他启程归国，可回了宁城，却不见了母亲。身边的人三缄其口，父王病深不见——他感到陷入了无尽的深渊，触不见底，无处可依。

过了几日，便是在和今日同样的清晨，天阴阴的，皇城黑沉。总管古月来到他的东宫长乐殿，唤醒了熟睡的他，随从女婢为他穿戴好素净的麻衣，孝袍，白履。于是他终于明白母亲去了哪里。

今日又见古月了。子夜他已转醒，数着紫灰天空中冰蓝色的星。

"古月，走吧。"

古月忙躬身，传令摆驾，他松了口气放下了心，他双眸扑闪，悄悄拿起橙桔多宝纹衣袖擦了擦眼周。他是个轻易不动感情的人，甚至有些薄情寡义，从先王越宁到崇安，他追随的永远都是那个能成为王的人，他恪尽职守，做事滴水不漏，却不曾对任何一个倾注感情，唯有这回不同——因为小白不只是简简单单一个公子，他是整个楠国唯一的希望。王后芷杨走了，简原君走了，崇安公也走了，没有别的子嗣。古月会尽心辅佐他，就像一贯以来尽心辅佐楠廷其他国公一样。

小白的步子小小的，一群人黑压压地随护在前后，若即若离，平稳周全。

苍旻浩渺，星河依旧闪烁，偶时风起，推云遮月，轻轻掀撩他的衣袍。他既觉冷，又有些迷离，但不害怕。什么都不去想，只管向前走。

太庙沉睡在长林尽头。跨过重重门槛，穿过深深庭院，抬起头，越过院墙，他望见穹阁危楼雄黄的斗拱垂花、斜檐边宇鎏金的仙人走兽，正悄然在静谧的晨雾中，等候着小小的他。

他在院门处停了一停，踏了进去。一段芳香轻柔地贴拢过来——是院门前的一对茶白的琼花，绿蔓坚韧，酟芽柔嫩——是母亲栽下的，因喜它常青的枝丫。他曾一同来为琼树浇水施肥，修剪丫杈。这温存的馨香如母亲的手，抚摸着他的面颊，似乎是母亲在低语："小白，你来啦。"琼树结出了小小的果，红黑色的，华贵、沉郁，又茁壮。六个月前琼花正盛，一团团，一簇簇，迎风挺立，喷涌勃发，水青色的，漫天飘洒。那日便是在这里，他强压住孝服下因悲痛而哆嗦、战栗的身躯，告诉自己不可以害怕。

小白挺直了腰背，绕过明堂前宽大的石屏，走进了殿去。

陶埙低低，缭绕四合，筑声沉沉，激荡八方。

明堂一周垂挂着历代国公和王后的画像，他在母亲跟前停下，画上母亲的面容秀美端丽，栩栩如生，眸间笑意浅浅，唇边梨涡微漾，慈爱温存。小白忍不住伸手去触碰，却没有去碰那画中人，抚了抚画沿，将画往铜壁上正了正。

历代国公的白玉雕龙灵牌齐齐整整地镇守在牌座上，从中轴向两侧，父王在最右端。小白依着礼官的指令，对着先君诸王叩拜三九，祭告列祖，礼罢，才缓缓起身，率着众人走出太庙。

礼乐跃兴，云舆腾升，花盖招展，一行人浩浩荡荡，往紫宸殿去，高高端坐的小白，闪着泪光，却没有拿手绢去擦。

芷杨走后，他曾夜夜哭泣，崇安公知他向来知礼，从不曾逾矩，既心疼，又无可奈何，便常赏赐奇异珍宝以慰藉他，江南的茶点、蕃地的宝驹、雪山的玉琪，凡有进贡，都旋即拨到小白的长乐殿去。崇安公精兵法，擅国政，却不知该如何面对这个丧母的孩子。

有一日，小白忽然不哭了，崇安后来得知，是清河对小白说，王后是崇安公一生中最挚爱的人，王后殁了，崇安公最难过。小白那时才九岁，却忽觉自己让父王担心了，很是对不住，于是不再垂泪，侍奉崇安如前，却愈发地律己，修文习武，以此抚慰母亲之灵，报答王抚育，崇安公得闻，虽宽慰，更多的却是心疼。

东方渐白，远山泛彩，石蕊粉的水红的晨光冉冉染染，古月一行伴着小白绕过大半个王城，终于奉着云辇在紫宸殿前落下，正遇着鸣鼓三通，卯时。

数十名仆宦女婢拥着新主步入紫宸殿，礼部总管已在殿外侍候多时，这时携一个礼官进殿来，三跪九叩礼罢，为小白加冠更衣。

柘黄的锦缎礼袍宛如艳丽的骄阳，衮服上深深绛着十二路图案，红日、银月、蓝星、紫辰、翠山、墨龙、驼风、金凤、绮丽繁华，生机非凡。

抬起双臂，尚宫宦臣为他围上晶莹璀璨的宝石大带，他的视线跃过跟前内官的发冠，望见了不远处龙榻上山梗紫团狮纹布衾上静置着金银碧喜软枕，杏黄的帘帐上坠着一对万字水滴铜铃铛，摇线的末端勾着榻沿，父亲病重时，下不了榻，便是摇铜铃，来唤婢女侍臣。小白鼻尖一酸——一切如常。

依稀记得一个月前，那天暮色将合，他听闻召见，便放下手中的书卷，随古月来到紫宸殿。路上他问父王的病状；古月只是摇头——言称大王日间见罢丞相，便歇下了，没有再起。他没有再言，只是加紧步子向紫宸殿去。

崇安公病重已一年余，初时只是乏力，后来渐渐地竟连行动都难以自理，医官每日三次扶脉看诊，内外用药不曾松懈，却终不见好转；众人心中于是有了分辨。崇安公则愈发频繁地召见心腹肱骨，嘱托政要事宜，想来也自知时日无多了。

小白一日日地前来问安，一日日地看着父亲衰颓下去，他有些无助，却不敢露怯。进了紫宸殿，经过帘幔进了里屋，行至榻前，稳稳当当地行下了礼去；许是方才外头风大，许是殿中的灯烛惹眼，他的眼中有些闪烁迷离，却还不自知。

崇安躺在榻上，轻抬抬手，示意他坐。

父王一向最疼他，哪日若见他面带忧色，便会比他还难过。

小白那日迟迟不肯起身。

崇安病根深重，已支坐不起，只是温和地说道："小白起来，地上凉，父王在这里，不要哭。"

崇安知道，榻边的儿子，已泣不成声。

小白扑进崇安的怀里，像是躲进了避风港，这湾港口冬暖夏凉，无论什么时候来，都能倚靠安然，可这海港却在逐渐变浅，变得轻飘，随时会随风浪沉入深洋。

小白定了定神，回想着平日父亲会问的话，微低着头，逐一禀道："今日儿臣随丞相，记熟了第十四章兵法，下午在围场习剑。"

"兵法只余七章便读完了。"父亲说，可以不会武，但不能不知兵法，以后楠国的重任就要他担了。

崇安公将了将他额前的头发，他道："父王要给儿臣加冠。"

小白生性恬静腼腆，爱静静地听别人说话，自己则在一旁细思，这十年来，他随着崇安公更养成了平和恬淡的模样，无论喜怒，皆不轻易动容，这时竟哭了，自是真伤心。

崇安公用手去拭他的泪痕，自己的眼角却闪出了泪花。

他们是彼此的骄傲。

崇安公对小白向来宠爱，不仅因他是他的独子，聪颖向学，更因他眉眼间有芷杨的模样——他知自己时日无多，便更添慈爱，不愿见他难过。

耳畔的礼乐声突然休止，小白从思绪中晃过神来，看见了面前着红叶簇蟒大礼袍的古月和一众礼官。古月见他眼神已定，便安了心，躬身道："殿下，咱们该升殿了。"

已更衣毕。小白对着铜镜照了照，镜中的自己身量未展，才过父王半腰；可头顶的冠冕却庄严绚烂，额前垂坠的十二缕玉藻流光溢彩，穿梭其间的五彩丝条，肃穆荣耀；他忍不住对着铜镜又望了望父王的龙榻，这才缓缓转身，对古月应道："走吧。"

随侍们已换下素服，更上了吉服礼袍，一众人马护拥在小白前后腾腾行走，大道上车辚辚，马萧萧，冠盖相望，旌羽飘摇，步辇上的少年，如同在一团彤云上飘。朝臣早已侍立在广安宫门前宽阔的广场上，穿戴着宽大的锦绣朝服，肃整衣冠，依着文武，按职高低，列侍在御道两侧，排了十余路，垂首静待国公。

小白望着那庄严的正英大殿，扶着内臣走下步辇，沿着宽阔的御道一路向前，终于迈上鹿角棕流云纹清砖长石阶，直至正殿，他提起袍襟，踏过高槛，走过玉石大地，登上大殿正中的汉白玉基座，转过身来，在鎏金雕龙嵌宝石大椅上端严坐定。

古月随侍在侧，这时也站定了，他清了清喉，朗声宣道："进殿——"一声声传下去，于是百官步入殿来。一时殿外丝竹震耳，钟鼓喧天，彩衣御使鸣鞭，禁军将领卷帘，礼部长官高喊行礼——于是百官公卿三叩九拜，齐齐行礼，高声唱道："拜见大王。"

小白望着正英殿内外他的子民，年轻的面容从容、安定，他略一抬手，古月宣："起——"于是千百臣工山呼拜谢，响彻宁城王廷。

广安五十五年秋，楠国公崇安君碁文崩，玳荣太子小白即位，年十岁。

皎　皓

　　水有些烫，浸在身上热辣辣的，却让浴桶中的他感到很舒坦。甲袍挂立在一旁的楠木雕龙六层大架上，他深深地沉浸在热水里，只露出个头，额前的一缕乌发被打湿了落在眉梢边，清秀的面容愈发显得明净俊朗，他倚着桶沿，身上被铁靴磨开的水泡、被铠甲勒出的青淤、被流矢擦出的血痂便被水波挤压着，一阵刺痛过后，周身的创口渐渐麻了，皎皓感觉到了久违又陌生的舒适，长长地舒了口气。

　　新君舍儿八岁即位，即位后依其父继阳公玘灌遗诏，召重元公回朝辅政，重元忠厚通权变，回呈阳后便尽心辅佐幼主，还亲自为其举行了盛大的冠礼，以表成年，领示天下；舍儿因此才得字号"佑吉"。然而重元于玘灌既是叔父，又是岳丈，终究还是逐渐揽权，舍儿自觉受其胁制，万事不得自主，渐生不满，心怀怨恨，重元殁了，便迁怒于母舅、重元之子北境将军疾生；此外又因传言之故，深信王父玘灌乃皎皓所杀，遂暗中决议要杀皎皓。疾生与皎皓素来交好，年初疾生还曾往皎皓的藩地为其祝寿，舍儿得闻大怒，称二人串通叛变，责令其速回呈阳请罪，疾生遵旨，便要回呈阳拜谒，皎皓却不肯前，舍儿于是发兵征讨，拟了王命说要削藩。

　　战前皎皓曾修书予疾生与青蘅，欲联手抵抗。见青蘅回信模棱，便知是不愿出兵；遂一心争取疾生。皎皓亲赴北境，疾生不愿见他，却碍于多年情谊，最终还是开了筵席，预备好了皎皓若提此事，便将他绑了禁足在军营。然而席间皎皓并不曾谈起借兵一事，疾生松了口气，手中的杯盏终不曾掷下，只陪着皎皓吃酒喝茶。未料宴间，皎皓的使臣已将疾生的精兵首领买通，营帐之外也替上了皎皓的兵马。皎皓麾下有霖州军十万，又得了疾生十万精锐，二十万大军是以联合迎战。

　　朝廷之师不断增援，双方战事惨烈，皎皓大军一路南下攻伐抵抗，从清明至重阳，前后七月，只余下三成人马，却终于杀至呈阳。御龙军成了朝廷最后的防线。御龙禁军向来由太子亲率，象宜时是靖元，洪元时则是梨治、后为季庆。忔灌即位后，因舍儿年幼，便将御龙军拨为两路，由梨治之子祁连、骁元之子红日分别统领。而此时红日倒戈向了皎皓，祁连则按兵未动作壁上观，皎皓最终弑君于广乘台，攻占王城。

　　这一路来，皎皓无处可退，每一场战役，于他都是死战，但凡有任何一处差池，便会万劫不复。

　　他向来信因果，只是他信的却不是听天由命，而是万事皆需全力以赴，信功不唐捐，信唯强者方能生存。

　　他幼年时便沉稳持重，早慧远超同龄人，受人朝臣敬服，未及出宫立府的年纪便已有了众多门客追随，其中不乏贤者，也有五湖四海三教九流之人，他问德问才，却不求全，既投了他门下，便能常得封赏拔擢，他的门客广布。父王洪元宠爱他，母亲陶氏却更偏宠哥哥季庆，季庆为人，虽怯懦，有小把戏，乏大定夺，却烂漫天真，不会加害于人；洪元公也看得分明，诸子之中，唯季庆即位，能保其余几子周全，论这一点，便是梨治，也未必能做到。然而皎皓不懂这一层，他崇拜强者，崇拜如祖父象宜、父亲洪元那样的强者，而哥哥却无能，因此纵然季庆待他极好，他对季庆也并不亲近，可虽说不亲近，但若遇着有人薄待了季庆，他却是定不能坐视不管的。因此那日，圮灌阳奉阴违逼杀季庆，他虽年幼，却必定牢记在心。

他知圮灌心思缜密，定会对自己心存芥蒂，只能强忍悲愤，佯装痴儿，待圮灌信他已将季庆一事忘却，对他放松了戒心，才自请离开呈阳。离开呈阳的前一夜，他孤身前去祭奠季庆，在季庆的灵前他割指为誓，不论五年十年，必回呈阳，诛杀圮灌，为季庆报仇。

他知藩地荒凉，可到了霖州，却仍不免灰心，霖州何止荒凉，分明是人迹罕至啊。

他巡视霖州土地，昼夜苦思，终于有了计策。他将圮灌拨给他修造王府的银两，修成了乐坊百间，自己则住进了当地一间乡绅旧院，又命随行的两千名扈从卸甲垦荒——两千扈从自不乐意——他们本是食禄之人，领朝廷官银，吃国家粮饷，跟着皎皓却来到了这不毛之地，食不果腹，还要徒手拓荒。

可在他们怨声渐起之时，皎皓却给了一个令他们无法拒绝的承诺——女人——还是漂亮的女人。

几千亩荒地被开垦成了良田，林木生长，粮食收割，到了皎皓兑现承诺的时候了。

最初买来的一批歌舞伎已能依仗粮食安顿下来，坊间歌舞渐兴。遂朝诸国一向以礼治天下，国风端容肃纪，霖州乐坊却不遮不掩，赫然盘踞在霖州河岸，每逢日沉月升，便会有花船驶过，里头坐着当日新入坊的妙龄女子，引得两岸歌楼上的客人注目观看。不出一日，霖州乐坊名声鹊起，邻国的巨富商贾相继往来，歌舞伎们纷纷涌入，争相献技，以博银钱奖赏。两三年间，霖州便成了繁华之地，名流云集，贵胄络绎。

皎皓的甲士们逐渐成了家。皎皓许他们不必日夜驻守，却与他们有了个约定——但得皎皓号令，便须即刻集结。

他们从此分散在了城中各处，肩负壮大霖州军的使命，成了皎皓的臂膀，成了皎皓的眼。

每逢圮灌派出使探，不待其出呈阳，千里之外的皎皓便已得讯，待其将临，皎皓必会迎客数里，躬亲陪同，待以最上乘的饮食，点雅姬名魁相侍，使来人享尽世间极乐，之后又以重金奉送不提。

探臣回宫后，便只称皎皓已将兵力解散，夜夜笙歌自娱，圮灌初时只是半信，但几次三番均是如此，便不再多做理会，戒备却不曾减。

广安四十八年冬，皎皓收到了王后葭儿的密信，王后在信中警醒皎皓，称大王圮灌时常梦呓称要杀他，要他当心。皎皓之母陶氏与葭儿的母妃是亲姐妹，是以葭儿在圮灌面前对皎皓多有袒护。此后皎皓则加强了防范，不敢轻易回呈阳面王，但凡圮灌有召，便只推重病，私下却加紧部署屯兵。

广安四十九年春，王后葭儿溺水身亡，皎皓觉察到事出有因，他绝不信葭儿的画舫会无故覆水，且船上船下仆臣纤夫簇拥，竟无一人能救。只是他无暇多思，既失了王后庇护，便须尽快另谋途自救。他派出藏于民间的心腹高容前往呈阳，高容性情温厚平和，办事极稳妥牢靠。葭儿才走，舍儿年幼尚不知"死亡"，常问父亲母后去了哪里，总找不着，便时常啼哭，直至咯血，玘灌有些不耐烦，便问左右何人能安抚太子，赵佚与高容是同乡，便举了高容。也是机缘，舍儿见了相貌敦厚和气的高容，竟当真就不哭了，玘灌大喜，重赏了高容，指了他为舍儿的侍臣。

高容也是重义之人，他带舍儿长大，知舍儿孤苦无援。母亲早早离世，父亲常年游历山川，不曾教养指点舍儿，为其培植亲信，后玘灌仓促，重元、青蘅、皎皓、祁连、红日，个个手握重兵，没一个是容易对付的。

玘灌指了重元辅政，但重元回城后却以长者自居，逐渐摄政，到了后来，竟佩剑进殿，为其子疾生请公子之爵，全然不把舍儿放在眼里。舍儿当面隐忍，实则怒极，称"重元可恨，他日必棒杀之"。广安五十四年春，重元病重，背部痈疽毒发，舍儿却派人送去熟羊肉，羊肉温补，于火毒之人乃是大忌。重元含泪服下，气不能喘，心中委屈，在给独子疾生的遗书中道，自己虽嗜权喜财，却也为舍儿荡平了朝中势力，玘灌虽杀了自己的女儿，可舍儿终究是自己的亲外孙，他焉有不真心辅佐的道理。末了又嘱咐疾生，务必效忠舍儿、效忠朝廷，哪怕舍儿出兵攻伐，也万不可与皎皓联手结盟。

只是在舍儿的眼里，至亲皆在弃他而去，他已不敢信任何人，除了自幼伴随守护的内臣。他废了伍樗、洪络、赵佚内侍官位，只留下了高容在身边。

是同情，是怜悯，可高容不能忘记自己所负之命，他要为皎皓，为他替季庆夺回呈阳。他依着计划，怂恿舍儿出兵。有一日，舍儿问他："高容，你的爹娘呢，都还在吗?"他略略一顿——他的父母是病死的，医治丧葬皆是皎皓照管——但他只随口答:"他们被坏人抓走了。"不料舍儿却记下了，直到皎皓兵临城下，自己在广乘台上毒杀舍儿，舍儿都还以为他是被皎皓所迫，才不得已如此。他痛心于舍儿的善良，但却还是告诉自己——舍儿的善非善，是愚笨。

战事持续了七月余，皎皓在阵前血洗关口，一路搏杀，城中的舍儿则殚精竭虑、辗转不眠，他到底还是个孩子，不过十二岁。

高容虽奉命杀舍儿，却也盼着他能不那么痛苦地离世，于是备下了鸩酒，将舍儿毒杀在广乘台。后来高容同皎皓说起舍儿询问自己父母的这一段往事，本以为皎皓会漠然，哪知皎皓听后却红了眼圈，说，舍儿烂漫天真，不像玘灌，倒更像堂姐葭儿，葭儿为救自己，秘密派信出来，后被玘灌察觉，是以而"溺亡"；可自己呢，却杀了她唯一的骨肉。

皎皓向来自信，从不曾悔恨抱怨，唯独对葭儿，他心中有愧，愧怍至深。

他倚靠着桶沿，又重重地吁了口气，明日大典过后，便可真正地入主呈阳，他要追封哥哥季庆为太子，封号已拟定，叫作"承孝"；他会去拜见母亲，自他之藩，已整十年不曾相见，他不知她的鬓间是否已上了寒霜。

皎皓命侍女端来一碗酒，饮下一些以安神助眠，他年纪虽轻不过二十一岁，却常在梦中惊醒。

明日不可以出岔子。

他的每一个今时明日，都是不能出岔子的。

青 蘅

"别再送喽，大王。"中年人回身面向那少年，轻轻说道，一面松了松马缰。

他拢着件天青花鸟纹披风，里头是松软的银白木槿纹缎袍，一尘不染，身形潇洒俊逸，座下那匹白马酷肖其主，正当壮年，双目澄澈有神，鬃须柔顺而挺立，马身锃亮，不掺一毫杂色，将鞍上主人冠玉般的面颊衬得愈发透亮。

身旁马鞍上的少年则披一袭绛色八宝纹披风，衣一身桔梗祥云纹六合团龙鎏金绣袍，腰间束着云跃龙纹大红宫绦，他座下那匹红棕色大马，蹄上落着雪白的玉兰斑纹，映衬得他既尊贵，又活泼爽利。

两人并行于前，身后是浩荡的车队人马。

少年望了望不远处的城门，转过头来唤了声："叔父。"

中年人下了马，轻轻牵过少年的马绳，宽慰道："已经走了三十里啦，就到这里吧，天地广大，哪有不散的筵席。大王念臣时，便派信来，臣即刻回城面见大王。"

少年也跟着下了马，躬下身来对他恭然一揖。

他深深回礼，就着少年的手起了身，莞尔道："都及冠啦。"

见少年红了眼圈，他又道："大王即位以来，内外军政定夺周全，百姓安居，臣工敬服，孝惠太子在天有灵，必能欣慰了。"

少年轻轻一叹："父王终是蒙了冤。"

中年人道："兄长温良，仁孝无双，只是不该期许着去感化心存芥蒂的人。须知，人们并不会因他仁厚，而善待他。所以大王，宁可折些良善，也不可让旁人负了自己。"他松开少年的手，翻身上马，轻轻一夹，马儿会意，缓缓行走起来。

少年却不曾驻足，牵着他的马缓步前行。

窗外蝉鸣渐渐，墙边枝头的蔷薇花很好闻，透进房中的阳光也很暖，他从梦中醒来，这时是初夏，万物峥嵘而慵懒，就和他一样，他想。他看了看枕边的妻，她拢着纟丝玉白薄寝衣，肩头露出明丽的秋红萱草纹，脸上还有些红晕，大概是昨夜的青梅酒微醺，晕染了她到今晨，他含着笑意，掀开天青色的锦被，打算起身，内臣听闻动静便来侍奉他更衣梳洗，一面启禀："大王，前线来了位使卒正在殿外听宣，臣见是捷报，便让他先候着，不可惊扰大王。"他拢了拢雪白的丝缎睡袍，问："什么时候到的？"那内臣回道："是寅时三刻到的。"他笑："愈发没规矩了，捷报便不要紧了？宣。"一面起身来到了正堂。

光阴辗转，已是广安六十年。

五年前，荆国公佑吉君舍儿以"通谋"之名降旨，欲革除皎皓、疾生爵位，削封地，缉拿二人回京。

朝廷和皎皓都曾向青蘅请兵增援。一众门客商议良久，筹划着奉王命征讨两位公子虽易，却有后患，燕霖两州到底唇亡齿寒，霖州被剿，若他日舍儿伐燕，青蘅必涉险境；可若他出兵助力二君，疾生、皎皓兵力却远让于朝廷，以卵击石，一旦兵败，青蘅便是死罪。

两头都是险境，没有万无一失的船票。

于是他迟迟没有答复。

皎皓见请不来青蘅，便果断收掠了疾生麾下的精锐部队，着手迎战。他手握重兵，自不肯任人宰割、弃城投降，他亲率大军与朝廷之师搏杀七月余，北军最终攻破呈阳。

腊月初八，泽阳君皎皓的兵马挺进王城，宫门洞开，举城皆降。皎皓预备着兴典即位，哪知到了次日，众人却迟迟未见他，也不见其扈从和侍仆，到了辰时，众人终于起了疑心，一路寻至寝宫。时值隆冬，天色尚黑，只见寝宫周遭把守森严，寝宫之内却不见仆臣身影。再往里走，来到寝殿，只见里头暗沉沉的，未燃灯烛，又见殿周窗户洞开，北风直贯。时值大寒，屋中一片冰凉。正门被沉铜反锁，众人援木桩将后门撞开，这才进了寝殿，帘账后人影攒动，却是几个侍女蜷缩在此，正打寒噤。再往里走，却见里屋榻上俯卧着一人，众人忙上前探，竟是皎皓，通体冰凉，早没了气息。众人大惊。宫中上下一片哗然。

次日，青蘅所率勤王之师抵达呈阳，见此情景，便当先推举御龙将军、梨治之子祁连为王，祁连固辞，到后来，竟以头抢地以示绝决，众人相持不下，眼见着各方势力便要争涌而起，这时首辅陈道正走了出来，称公子青蘅正值富力之年，且为先君洪元公之嫡子，当仁不让应为荆国公。陈道正早在象宜一朝，便受印拜相，后历洪元公红石、继阳公纪灌、少君舍儿三朝，前后任相二十余载，荆国君主更迭频繁，朝纲却不曾乱，丞相道正功不可没，因此荆国朝中，当推道正最能服众。加之此时荆国国中各路军马，除西、南两军未动，皎皓的霖州军已群龙无首，祁连统帅之御龙军、疾生之北军，均已倒戈青蘅，最终青蘅即位为王，是为平阳公。

平阳公青蘅膝下无子，即位后收祁连作养子，那时祁连正满二十，青蘅便为他行了冠礼，加封其府邸采邑，赐宝剑印玺，令其独领御龙军；又三年，立祁连为太子。

广安五十九年，平阳公青蘅即位近五载，发兵攻孟，祁连主动请缨，愿率兵前去，青蘅甚喜，封其为大将军，拨精兵三十万随其攻孟。

伐孟之战历时八月，初时只是小战，之后逐渐拉开战场，荆国战线深入绵长，兵将却并不疲惫，几日一扰，东突西撞，孟国公孟芙垂垂老矣，疲于应战，只想求和。

荆国宫内捷报频传，故这日清晨侍臣见又是捷报，便不让惊扰平阳公，只待他醒时再禀。

终于青蘅醒了，殿外的驿使听宣，便进殿来，叩首礼毕读了军报。

孟国公被其子诛，篡了王位。

青蘅听罢问："太子何在？"

"禀大王，昨夜收兵，太子现在回城的路上，已过黄阳山。"

"好。"青蘅转头对内臣道："明日摆宴万福宫，为太子接风洗尘。"内臣领旨，同驿使一道退出了殿去。

这时王后也已醒了，披着晨衣坐在榻边，青蘅来到榻前，挨着王后坐下，俯身听了听王后的小腹，轻轻道："王后，孩儿在动呢。"王后一笑："尚不知男女，大王可有取名？"青蘅道："黄阳可好？"

王后道："可有什么典故？"青蘅向后枕靠在软垫上，将双手垫在脑后，望了望窗外，又看王后："早年随师父修习，所居之山，便叫作黄阳。"

师父于他有救命之恩。他四岁上曾得重病，数月不好，便是师父访上门来，施诸医药，使他逐渐康复；后师父带了他回山中，教他读书识字，授以琴棋书画，还将一手精深的医道传给了他，只是他当时不知，师父乃大遂王朝的太子安陵，且是他的外祖父。

遂天子湑昌崩，太子安陵将临大位，却被象宜公设伏截杀，得幸被人救下，避难于启明山，随他一同入山的还有遂朝的旧臣；安陵隐姓埋名，自号"箫老仙"，他是真喜爱竹箫，却不是因为岁数已老，那年他不过二十多岁。

安陵的结发妻名为阿灵，因貌美闻名于世，被孟国春桓公孟由掳回孟国时已有孕在身，春桓公便知是安陵之后。婴儿落了地，阿灵以命相护，春桓公见又是个女儿，终于不曾杀，为女孩取名孟苑。春桓公宠幸阿灵至极，朝夕伴随，冷落了王后，致使王后郁郁而终，太子孟芙因此嫉恨阿灵，连同其女孟苑。待孟苑及笄，得号怀羽，嫁去了荆，后生梨治、青蘅、玑灌。

安陵定居启明山后，娶了相随归隐的旧臣之女为妻，生女便是子榆，子榆容貌类他，清秀之至，明艳动人，他成长于宫廷，见过了太多始乱终弃，待子榆长大，便盼能为她寻一个温良的夫婿，能伴女儿相偕白头，他引青年人前来求箫，与他们约定在山中住一年半载，中有一缘故便是为了给子榆择夫。他也挂念着发妻阿灵，知其女怀羽乃是己出，怀羽孤身在荆，最令他放心不下。得知怀羽得青蘅时，他甚欢喜，便为外孙编起了香囊——那日正遇到楠国幕府将军荀昌次子荀方前来求箫，他心情一好，罕见地约定荀方在山中住三年，以试其诚，哪知荀方还真就在山中住下了，一住便是三年，他也看到子榆对荀方渐生情愫，甚至为了荀方拒绝了前来提亲的已为佟国公的御川君明堂——安陵在心底里是偏向明堂的，明堂到底是王，温雅有量，阅千万女，仍能见子榆之智，是可见其真心，而荀方不过一介将门之后，尚不曾经历花花世界，怕是不懂得珍惜子榆的那段不事雕琢的天真。但他最终还是把女儿嫁给了荀方，不是因为自己与荀方的"三年之约"，而是为女儿见到荀方时眼中闪烁的喜悦与温存。二人成婚后，他便离开了启明，不仅是想让女儿独立持家，更是因为外孙玘灌出世了——安陵自然知道是孟国公孟芙的弟弟孟蓉玷污了怀羽，更知道始作俑者是孟芙，只是他那时来不及复仇——洪元对怀羽已怀芥蒂，玘灌的出世会让其余二子有难，梨治年纪稍长，得象宜、洪元宠爱多年，又在朝中任职，暂且无忧，青蘅却年齿尚幼，无力自保，于是安陵来到呈阳，令人潜入洪元王府，暗中用药，令这外孙卧榻数月而无损于健康，却引得洪元与怀羽四处寻医。洪元夫妇寻遍名医术士皆不见好，广贴布告，他才登府自荐，治好青蘅，借机收其为徒，将他带往自己的另一个居住，便是在荆楠相交地界，叫做黄阳。安顿好青蘅后，他下山去寻了孟蓉，废了他一双腿，使其终身不能再行走。杀人诛心，他要孟蓉这个最爱自由的人好好活着，却不能快意驰骋。广安二十八年，子榆随荀方下了山，在荀府猝亡，安陵闻讯悲痛不能自已，青蘅那年九岁，看着师父一夜白头。安陵恐怕自己命不久矣，便将身世托出，也同他述道了怀羽被辱之事。所幸安陵健朗，悲伤虽沉，终无性命之忧。三年后洪元即位，青蘅奉旨拜谒，之后长住呈阳，与外祖父只能以书信来往。

是以青蘅即位，是定要伐孟的，这是为母报仇。

"阿公在广安五十一年薨了，那时我尚之蕃在燕州，他就在我身边。阿公一生不易，总是亲眼见着子女被人欺凌，虽有一身本领，却无计可施。此番攻孟，我杀孟芙，便是要替他报仇。"

青蘅转头，看见王后的脸色罕见地有些凝重，便不再提这过往，伸手握住她的掌心，缓缓说道："阿公与泰山安城君是兄弟，母后与嘉益公主你，是堂姐妹，因此嘉益，是孤兄嫂，亦是孤的母姨。"

明知这是不伦，为何还要立她为后。嘉益的脸色渐渐苍白，胸口竟有些发慌。

青蘅知晓她的心思："兄长走时，要孤答应他，看顾好你，安阳君本应为王，嘉益你本应为后，连儿本应为太子，一切如前，我不负安阳，也不负你。"

——更何况我自十三岁回宫便倾慕于你，后来安阳太子被禁足于兼宁，身体羸弱，你不放心侍仆使者，每隔几日便亲来御药房取药，那日惊雷密雨，我探你脉象知你有了身孕，我当时就想，若你我有嗣，该多好。

——但，即便不是为了嘉益你，我也会从燕州回来。因为回呈阳，我或许会死，可若不回，却必不得生。

——只是，若安阳君还在，我与他，还能为兄弟吗。

青蘅自幼便与梨治亲近，他聪颖内秀有些腼腆，梨治虽体弱，性情却活泼爽朗，还在洪元王府时青蘅便爱缠着梨治，随箫老仙离开，也是梨治一路相送了二十余里，一路上念叨让他不要想家、要听师父的话，承诺得空便会去看他，梨治也确实是这么做的，旅路辛劳，来去不止十余日，梨治却坚持每季都去看望青薇，生怕这个弟弟想家。

广安三十二年，洪元即位，青薇回宫，二人同在呈阳，却知彼此均处险境，相互不敢多通言语，手足之情却不曾变。四年后梨治获了罪，被削爵圈禁，健康愈衰，青薇每日在御药房的阁楼上，遥望着梨治的偏殿，猜测着这时候梨治会在做什么，思量该给梨治用哪一味草药，等嘉益来取药时，问她梨治的情状，再据此增减变换配方。广安三十六年夏末，青薇清晰地记得，那日风雨灌楼，嘉益来御药房取药，青薇探出了她的脉象，那是一对双生子，便是后来的祁连祁玉。

广安三十九年末，洪元公派兵小突楠国边城灞野，却兵败了，情急之下送出四子玘灌质楠，青薇知王城已非久留之地，便自请前往了藩地燕州。燕州人烟稀少，百废待兴，青薇到燕州后开土地修车衢，使商贾云集、城池渐兴，日后竟成了东北地区的枢纽要地。他在燕州最牵挂梨治，此外便是母后怀羽、兄嫂嘉益。他寻到九凰山谷底的深潭，在那里栽种了九游灰，为的便是给梨治入药，此药相当娇贵，非于至清之潭不能生长，他又在近处择湖建造了百草园培植药苗，景美而隐蔽，建了庐舍在旁，以便看顾那九游灰。

青薇有语言天才，少年在黄阳山，便能驯使雀鸽，后他之藩燕州，便是每日用信鸽给梨治寄去草药，梨治常年抱恙，体虚积弱，气血郁结，宫中医药已不得治，全仗青薇的药调理强身。梨治对青薇一向深信，每回收到信鸽送来的草药，从不使内臣先试。广安四十年冬，梨治收到随王祭祖的旨令，便知洪元已容不得自己在世了，知此番出宫必不得善返，于是修书青薇，将嘉益与一双儿女托付给了他，梨治也知青蘅对嘉益的情愫，便嘱咐嘉益可再嫁，也知青蘅终究容不得祁连，便请求青蘅能认祁连为子，又在遗嘱中嘱咐祁连，事继父当如父亦如君。

接到梨治来信的那天，青蘅正在九凰谷药圃边的竹庐独饮，那日风雨欲来，电闪雷鸣，苟汐来同他践行。青蘅在阁楼上接下了雪鸽带来的信，信上字迹娟秀清丽，一望便知是嘉益手笔，尺素斑驳，隐约有泪痕。青蘅对信凝望许久，禁不住哭了，他眷恋嘉益，更顾念梨治。王族兄弟虽众，只有梨治同他是亲兄弟，何况两人自幼感情淳厚。

梨治的病再也不需要他照顾了。后来，洪元公率众冬至祭祖，梨治随行，以身救父，伤势很重。梨治走得太急，青蘅尚来不及哀痛思悼，荆楠两国硝烟已起。他在燕州冷静地远观着战局，不声不响，保全了自己麾下的士卒数十万余。此战甚速，不过二月余，荆国便战败，紧接着呈阳便传来洪元驾崩、玘灌即位的消息——玘灌果然谋逆，弑了父君。

玘灌初登王座，便提高了青蘅的爵级，但也试图瓦解他的兵力，又以"体恤平阳君曾有疾"为由，令他可不往呈阳拜谒，实则暗中遣人提防监听。玘灌始终忌惮自己，他当然懂得。

玘灌为政有谋、治国有略，并无疏漏，在位九年，他凿运河、修馆驿，此外便休养生息，重农耕与工商经济，使战后凋零的荆国重振复兴，青蘅瞧着，也是一赞。

可玘灌毕竟不是荆国血脉，外祖父曾同与他提起，玘灌的生父是那个伤害过母亲的孟国庶公子孟蓉。若兄长梨治有知，也会想手刃那贼吧。

广安五十一年，玘灌往吴国祭奠孝月，青蘅的人在玘灌回城的路上下了毒，然而玘灌比青蘅想象的要聪明，竟没有声张——但凡那时玘灌一行传出分毫音讯，他即刻便会使人刺杀城中的太子舍儿——全因当时玘灌将此事按下了，让他始终不知玘灌生死，才不敢妄动，舍儿得以保全，顺利即位。

也是到这时，青蘅才明白自己想做的是什么，他想振兴荆国，想征讨孟国，想迎娶嘉益，想完成外祖父未竟的想望，他必须成为荆国的王。

玘灌百密一疏，未料想自己会走地这般仓促，他尚不曾为舍儿培植心腹，临终时只能命重元回朝辅政。然重元君虽是舍儿的外祖父，却知是玘灌害死了自己的女儿葭儿，于是多有迁怒舍儿，对舍儿管束颇多，也有越礼之处，舍儿怨恨重元，重元病重时命其饮食相克之物，促其死亡，重元忍泪服下，感慨这个外孙不知恩情。重元走后，舍儿转而怨起了疾生，疾生为皎皓贺寿，舍儿便生了杀意，以谋逆之名讨之，扬言要削藩剥爵，命二人回呈阳请罪。

泽阳君皎皓与少君舍儿都曾向平阳君青蘅请兵支援。两头都是险境，青蘅思虑良久后言："都答应。都不答应。"

他和门客早有定夺。皎皓败亡，便杀舍儿；舍儿被诛，便杀皎皓。

结局只能有一个，为王者必是他青蘅。

广安五十五年，腊月初八，泽阳君皎皓的军马历尽厮杀，终于挺进王城，舍儿被内侍高容毒杀于广乘台。可到了次日，众人却迟迟不见新君皎皓，辰时，众人一路寻至寝宫，终却发现了已咽了气的泽阳君。众人不知皎皓发生了什么，有说是他前夜饮了热酒，受了寒气充血而亡，有说是他纵欲过度，有说是皎皓弑君被舍儿的鬼魂索了命，在场的却有一人看得最明——安阳君梨治之子祁连，他知皎皓的命是青蘅取走的，也知反青蘅者，便是如此下场——是以祁连以头抢地决不肯即位，此外，当朝首辅陈道正也已猜知了一半，虽是"半知"，却非因他不得全知，而是他只想知道一半，另一半他不打算做猜想，他有另一层思虑——群雄逐鹿，朝堂更迭频繁，为王者只能是最强者，他不愚忠，只要能守稳荆国江山，无论是荆国哪个公子王孙即位，他皆会尽心辅佐效力，这是他所认定的"忠"与"义"。于是他与祁连率众，推举青蘅为王。

青蘅即位后，派人来问嘉益，是否愿为青蘅妻，嘉益记得梨治的话，便不作多思，她行下大礼，此后便成了王后，只是二人心照不宣，嘉益之举是为自保，至于往后的情分，也只能待往后。

这时嘉益忽然想起了问："大王为大公主取名昭羽，可是为了祭奠太后娘娘？"

青蘅点了点头："本该避开母亲的名讳，只是母亲受辱，这么多年有苦难言，我没能早些回城尽孝，是此生之憾。"昭羽是他和嘉益的第一个孩子，是个公主，这年三岁了，模样清秀周正，像极了青蘅，仔细瞧着，也有几分肖似先君洪元。

青蘅自二十一岁之藩，其后在燕州一十五年，所幸女子不在少数，只是他向来会命她们服用避子药，以免生出祸端，受胁于人。唯有一人除外。

若她诞下那孩子，那孩子会是他的长子，他曾抚她脉象，猜那会是个小公子。只是他没能留住她，那是他头一回对嘉益之外的女子动情，清深且沉，却不自知，一宿长梦后他便离开了竹庐，迟迟不肯回来，终于回来时她已离开，听侍仆说，她走的那天，正下着雪，他记得燕州的那场雪，星星点点，绵绵薄薄，是新春的第一场，窗外帘外满山满河的琉璃景象，他回到竹庐后等了很久，却始终没能等到她，才明白她不会再回来。

她太纯，太真，不像嘉益世事洞明却能佯意糊涂。往后他再寻不见她的那一抹嫩白，好似冰雪，胜似冰雪。他也从不曾料到，在那么多年之后，自己竟会随身携带那把曾为她沏过六月雪的紫砂壶，望着她留下的山水画轴，对着绵绵白月观赏海棠丹青，思念她的亭亭倩影，记忆中她周身暗香弥漫。她颇能识得些花苗，曾周身淹没在他的百草园。

这时又有内臣引了信卒来报，见嘉益在此，稍有些迟疑，青蘅示意他言语，那内臣方禀道："太子腿部被流矢所伤，如今高烧不退，昏迷不醒，在马车上一直说胡话，说要向大王请辞太子位……不愿回宫，想求之藩……"

青蘅没有看嘉益，却略低了低头，祁连聪颖似梨治，青蘅想，他向来懂事，自幼便是如此。自己已知嘉益此时所怀为男，他知祁连也知。当年自己毒杀皎皓，不曾留下丝毫痕迹，祁连那时年不过二十，都能看得分明，以头抢地，誓死不肯即位。何况如今自己有了嫡子，祁连如何能安坐东宫。

祁连幼得祖父洪元公宠爱，却自其出生便与父母分离开，后梨治故亡，他在王城中风雨飘摇。祁连的胞妹名唤祁玉，与祁连是孪生兄妹。继阳公玘灌本想将她嫁去孟国，却是在燕州藩地的青蘅请远在呈阳朝中的门客上书谏言，请将公主祁玉嫁予佟国公平山君邵儿，玘灌见进言者众，便准了奏请，十年前祁玉出嫁，那时她尚及笄。如今祁玉已为佟国王后，膝下有一子名唤育让，已被佟国公立为太子，将临总角。佟国公曾深爱楠国简原君之妃、后来的楠王后芷杨，甚至还在册封祁玉的大婚之日跑去楠国与芷杨相见，这些青蘅都了然，可世间哪有双全之事，既举祁玉为一国之后，便是把半个佟国都给了她。梨治，有我在，佟国的王位，他日必属汝孙、祁玉之子育让。

青蘅心中淡淡地升起一丝感伤，一丝从未有过的孤单。此一瞬青蘅忽然为祁连感到难过。

"去回太子，让他放宽心，先回宫来休养些时日，莫要胡思乱想。点几个医官与你同去，好生护送太子回宫，"又转向内臣道："传令下去，孤将亲自迎太子五十里，请众臣工随行。"

转眼再看嘉益，却见她已不在榻前，她早已起身，这时正披着一件宝红甲松鹤纹绸披风，修剪着临窗的一盆香水月季，那花叶花芽，叠瓣重重，勃然怒放，花色如沁血，亦如胭脂上的唇。

青蘅眨了眨眼：梦里你送我三十里，我便迎你五十里吧。

往后如何，且待往后吧。